JN039168

118
52

でも、俺なぁ。
その子がおらんかったとき、
どうやって息してたか、もう思い出されへんねん。

敵の推しは、敵ですか？

金里遠玖

Kanari Tooku

装画　唯奈
カバーデザイン　MOBY design

目次

焼
味の

01、共通の敵ならぬ共通の推しで団結力が強まったらしい

《アンアンアン……いぃい、けんすけェっ！　アーッ！　イッちゃうよぉ、アァーンきもちいぃいン》
肌色が画面いっぱいに広がって揺れている。
耳に飛び込んでくるのは高くて甘ったるい嬌声だ。
うっかり〝再生〟をタップした親指は行き場所を失って、画面から数ミリの位置に浮いている。
《ヤァだ、録んないでよぉ……ンッ》
《いいじゃん》
《絶対、変な顔、してるもんンっ》
《かわいいよ》
《アァン、今うごかないでぇ》
吐息交じりの会話の背後で、肌と肌のぶつかる乾いた音とねちっこい水音が響いている。全容が映っていなくても、画面の向こう側で二人が何をしているかはわかる。
肌色を撫でるように画面が動き、高い声の主が姿を現した。
その瞬間、息をのんだ。よく知っている人だったからだ。
――夢、かな。
追い打ちをかけるみたいに、スマホから甘えた声が響いてくる。
《ねぇえ、つむぎさんに見られたらどうすんのっ？》
《つむぎには見られないよ、だいじょーぶ》
――つむぎ、見てます。今。

心臓がバクバクして手が震えた。それなのに、頭の芯は冷えていた。

婚約者と一緒に行ったウエディングフェア、二人でたくさん写真を撮った。帰宅後に彼の撮った写真を確認したいからとスマホを貸してもらって眺めていたら、指が滑った。そしてこの動画にたどり着いてしまったのだ。

音量が大きすぎて音割れしている。

《アアアアアアーン》

〝あ〟に濁点をつけたようなその声を聞きながら、震える手で画面左下の〝共有〟をタップし、通信アプリで自分の名前を選択した。自分宛てにこの動画を送るためだ。

自分のと同じ機種だからスマホの操作はスムーズにできる、はずなのに、手が震えるせいでなかなか進まない。何度か意図せぬ操作をしてしまった後、なんとか彼のスマホでの操作を終える。

操作の間一時停止していた動画が再び動き出し、甘ったるい声で交わされる会話を聞きながら、自分のスマホを取り出し通信アプリを開いて動画を端末に保存、念のため複数のクラウドにアップした。

――ええと、どうしようかな。

《ほんとにだいじょうぶぅー？　アンッ》

《だいじょーぶだよ》

小さな画面の向こう側で繰り広げられる会話を聞いていたら、画面のこちら側、背後で物音がした。

振り向くと、さっき動画の中で《だいじょーぶ》と言っていた人が、全然大丈夫じゃなさそうな顔をして立っていた。

＊＊＊

今日も暑くなるらしい。

垂れ流しているテレビで天気予報を確認しながら、家を出る準備をする。

パジャマ代わりのスウェットを脱ぎ捨て、Tシャツとハーフパンツを着て日焼け止めを塗り、帽子をかぶって完了。

玄関ではすでに相棒がお座りして待ち構えている。

「よし。ケル、行こうか」

玄関脇のコートハンガーにぶら下げてあるハーネスを取って床に広げると、相棒は自らそこへ前足を入れてくれた。

「いい子だねー」

そう声をかけながら背中の留め金をかちりとはめ、リードをつけた。

ケルことケルベロスは実家で飼っているオスのパグだ。大学の期末試験やらサークルの合宿やらで多忙の弟に代わり、今は私が朝のお散歩を担当している。

「あ、待って。回覧板きてたんだった。確認してお隣さんに回さないと」

玄関に置かれていたバインダーを開いた。地域で行われる夏祭りのお知らせにザッと目を通し、確認欄に〝田無(たなし)〟とサインをする。

玄関のドアを開け、一応「いってきます」とひと声かけて家を出た。早朝五時半。家族はまだ夢の中だ。

なるべく音を立てないように気をつけながら、お隣の郵便受けに回覧板を入れる。

それを見届け、ケルベロスは嬉しそうに私の前を歩き出した。

「んー、いい天気」

雲ひとつない空の下、日中の暑さを予感させるぬるい風が吹いている。

いつものコースをご機嫌に進むプリプリしたお尻を眺めていると、自然に口角が持ち上がる。

ケルベロスは道端の草むらが気になるらしく、ヘボヘボ、フグフグという鼻息をならしながら嗅ぎまわった。

――平和だなぁ。

ケルベロスのかわいいおケツを見ていると、自分が修羅場の真っただ中にいることを忘れてしまいそうになる。

『相手の浮気が原因で婚約破棄』――自分の人生にこんな出来事が降ってくるだなんて、想像もしていなかった。

去年十月の誕生日にプロポーズされ、ＹＥＳと答えた。両親への挨拶と両家の顔合わせも済ませ、同居の準備を進めてきた。九月の記念日に入籍することも決まっていた。結婚式は入籍後にやろうね、と、お決まりのブライダル雑誌なんか買っちゃって、結婚式場でやっているウエディングフェアにも一緒に行った。

そんな状況の婚約者が私の会社の後輩と浮気をしていた。

同じバンドのファン同士、意気投合して盛り上がり、酒を飲んで語り合ううちに深い仲になってしまったらしい。語り合うのは勝手だけど、乳繰り合うのはやめてほしい。

（「会社の後輩がね、健介（けんすけ）が好きなバンド――Mad Equality（マッドイクオリティ）だっけ？――好きなんだって。スマホにステッカー貼ってたから、私の彼氏もそのバンド好きだよって言ったら興奮してた。この間、健介が行ってたツアー、大阪も行ったって。結構ファン歴長いみたい」）

（「え、マジ？　最近ニワカは増えてきてるけど、古参（こさん）のマドエクファンは貴重だなぁ。会ってみたい」）

（「そう？　後輩に聞いてみようか」）

そんな会話をしたのは半年ほど前だった。

二人を引き合わせたのは私だ。

（「健介、こちら後輩の白（しら）ちゃん。白ちゃん、こちらが私の彼氏です」）

（「こんにちはー！　白川菜優（しらかわなゆ）です。お噂はかねがね！　つむぎさんからマドエクのファンだってうかがってお話したいと思ってましたっ！」）

（「つむぎの彼氏の橋本（はしもと）健介です。こちらこそお噂はかねがね。つむぎから会社の後輩にマドエクの古参がいるって聞いて、めちゃくちゃ嬉しかったです」）

（「誰推しですか？」）

（「デン」）

（「え、同じですーっ‼」）

（「マジか、すげぇ嬉しい！」）

初めて三人で飲んだのは五か月前。

あっという間に二人はそういう関係になり、私がそれを知ったのが三週間前。

平凡な人生を歩んできた私にしてはたいそうな修羅場を演じ、彼と別れたのがその翌週。

大学のサークルで出会って二十歳（はたち）の頃から六年も付き合った人と、指導担当として二年間一緒に頑張ってきた仲良しの――と少なくとも私は思っていた――後輩にずいぶんアクロバティックな裏切り方をされ、プライドはズタズタ、涙がポロポロ、お肌はボロボロだ。

同居に向けて解約していたひとり暮らしのアパートの退去日が迫り、やむなく大荷物と共に実家に戻ってきた。

そう広くない実家を埋め尽くす荷物にも、家族は小言ひとつ言わない。両親と弟、皆口に出さねど、かわいそうにと思っているのがありありと伝わってきて、みじめさに拍車をかける。

――はぁ、本当に。なんでこんなことになっちゃったんだろう。

じわ、と視界が揺れたので、慌ててケルベロスの隣にしゃがみ込んで草むらで涙をぬぐった。

弟がつけた冥界の番犬の名に似合わず人懐っこくて穏やかな性格のケルベロスは、フゴフゴ言いながら私の膝の匂いを嗅いでいる。

「かわいいねー、ケルは」

ケルベロスの顔をわっしゃわっしゃ撫でながら、Tシャツの肩のところで涙をぬぐった。

——ダメ、泣いてる場合じゃないでしょ。

今日は午後から慰謝料の話し合いだ。

両親の「一緒に行こうか？」という申し出を断って、ひとりで対峙することにした。

元婚約者の前では絶対に泣いたりしたくない。できることなら、「もう全っ然平気ですけど？」って顔をしていたい。

「負けないぞぉっ！」

気合いを入れて勢いよく立ち上がったら、後ろで「うおっ」と声がした。

振り向くと、こちらも犬を連れた男性が立っていた。

「びっくりしたぁ」と言いながら目を丸くして胸のあたりを押さえているところをみると、私が急に立ち上がったせいで驚かせてしまったらしい。

ぺこりと頭を下げた。

「ごめんなさい、驚かせてしまって」

「いやいや、全然ええんやけど」

関西っぽいイントネーションでそう言いながら、彼は自身の背後を指さして言った。

「向こうから歩いて来てたら、道の端にしゃがみ込んでんのが見えたから。具合でも悪いんかな思て、声かけようか迷ってたとこでした」

「あ、ありがとうございます。すみません。全然具合は悪くないです」

「ならよかった」

ニコ、と男性は微笑んだ。

年齢は私と同じくらいだろうか。この暑いのに黒い長袖パーカーを着てフードをかぶっている。まるでウエイトトレーニング中のボクサーみたいだ。

——あ、このパーカー、健介が持ってたのと同じだ。

元婚約者の推しバンド、マドエクのロゴがついている。正式名称の〝Mad Equality〟ではなく、略称の〝マドエク〟を敢えてカタカナでロゴにしているところがポップでおしゃれだ、と彼が熱く語っていたのを覚えている。

——この人も、マドエク好きなのかな。

目の前の彼は背が高くすらりとしていて、連れている犬も同じく細身の犬種、イタリアングレイハウンドだ。

——あれ？

革の首輪とネームプレートに見覚えがあった。

「……もしかして、ノアくん、ですか？」

「あ、そうです。姉の犬です。姉のお知り合いですかね？」

「はい。散歩中によくお会いして。弟さんですか」

「そうです。旅行行くからってノアの世話を頼まれてて」

「そうでしたか」

ノアくんも私を覚えてくれているらしく、フンフンと機嫌よさそうに私の手の匂いを嗅いでいる。

「そちらのワンちゃんのお名前は？」

「ケルベロスといいます」

「ケルベロス？」

ははは、と男性は朗らかに笑った。

その笑顔を見ながら、（やっぱり姉弟だな）と思った。いつもノアくんのお散歩をしているお姉さんは、実はアイドルですと言われても驚かないほどの美女なのだ。この弟さんも、お姉さんに負けず劣らず整った顔立ちをしている。

高く通った鼻筋に左右対称の切れ長な目、薄い上唇と少し厚い下唇。決して女性的な顔立ちというわけではないけれど、不思議な色気がある。

「ケルベロスって、地獄の番犬の？」

「そうです。弟がどうしてもって聞かなくて」

「こんな番犬おるんやったら地獄行きたなるな」

「三つも頭があったら、フゴフゴうるさそうですよね」

「たしかに」

当のケルベロスはノアくんのお尻の匂いを嗅いでいるところだ。

朝の散歩の時間帯が同じらしく、この辺りでよくノアくんとお姉さんに会っていた。ケルベロスもノアくんも人懐っこく、犬懐っこい性格なので、すれ違うときに少し立ち話をするのが日課だった。

「ケルベロスくん、触っても大丈夫なタイプですか？」

「はい」

「やったー」

そう言いながら男性はその場にしゃがみ、ケルベロスを撫でまわす。

「かわいいなぁ、ケルベロス。何歳ですか？」

「四歳です」

「四歳かぁ。ノアの半分やん。若者やなぁ」

今どきの若者って感じの口調でケルベロスに話しかけながら、男性は満面の笑みを浮かべている。

自分だって一応今どきの若者なはずなのに、自分よりも年上と思(おぼ)しき男性を（若いなあ）なんて思ってしまうのは、このところの出来事で心が急に老け込んでいるせいだろう。

毛の短いノアくんの鼻づらのところをコシコシと撫でながら、そんなことを思う。

「あ、あんまのんびりしてたら暑うなってまいますね。お引き止めしてすいません」

彼はひとしきりケルベロスを撫でた後、そう言って立ち上がった。

「あ、いえいえ」

「今後ともノアと姉をよろしくお願いします」

ぺこりと頭を下げられ、「こちらこそ」と返しながら頭を下げ、反対方向に向かって歩き出す。こういうとき、切り上げどころがわからなくて何度もぺこぺこしてしまう。はたから見たら会津土産の赤べこみたいになっている自覚があるけど、やめられない。

「あ、そうや」

今日も無事に赤べこと化していたら、男性が振り向いた。

「負けんとってな」

「へ?」

男性はいたずらっ子みたいに口の端で微笑んでみせた。

「さっき言ってたから。『負けないぞっ』って。事情はわかれへんけど、応援してます。ぜひ勝ってください」

「あ、え、ありがとうございます」

一瞬面食らったし、あんなところを見られてしまって恥ずかしいとも思った。でも何より、見ず知らずの人間に声をかけてくれるその優しさが、笑顔が、言葉が、心に染みわたった。

すう、と思い切り息を吸い、ガッツポーズをした。

「完全勝利をキメてきますね!」

早朝の河川敷に響き渡る声でそう言ったとき、ここ最近で一番晴れやかな気持ちになった。

02、完全勝利とはいかないまでも

その日の午後、ファミレスで元婚約者の健介と待ち合わせた。

彼は背もたれに体を預け、腕を組んで座っている。

そんな彼の前に書類を差し出す私の手がかすかに震えていることに、気づかれないといいんだけど。

「私の引越し費用はこの領収書のとおり、婚約の記念に贈った時計の代金はこちら、婚約破棄に関する慰謝料を加えて二百万円いただけますか。ネットで調べた相場のちょうど中間くらいの金額なので、法外な要求ではないと思っています。結婚式の費用にしようと言っていたお金で足りるかと思いますので、資力の面でも妥当かと。金額にご不満なら交渉には応じますが、その場合には弁護士さんに依頼しますので、増額の可能性もあるものとお考えください」

用意していたセリフを一気に敬語で告げた。

「わかった。払う。ぶんか——」

「一括でお願いします。長引かせたくないので。期限は今月末でよろしいですか」

「すぐにそんな大金は——」

「結婚準備の中で、そのくらいの金額であれば出せる、というお話があったと記憶していますが」

「いや、それは親の援助——」

「当てがあるようで安心しました」

彼はぐぬぬう、という顔で唇を噛んだ。

忙しそうなキッチンからは皿と皿のぶつかるカチャカチャという音が聞こえてくる。ザワザワと店内に響く話し声を突き抜けて、子供が何か言う高い声が届いた。

皆、週末にファミレスで過ごす時間を楽しんでいる。私たち以外は。

「……二百万っていうのは、菜優の分も合わせて？　それとも別で？」

「合わせて、です。二百万円をどう分担するかはお二人で話し合ってください。健介が全額でもいいし、白ちゃんが半分負担してもいい。私には関係ないので、どうぞご自由に」

「……わかった。菜優の分も含めて、とりあえず俺が払う」

「承知しました。それではこの書面に署名と拇印（ぼいん）をいただけますか」

「なにこれ」

「誓約書です」

気分を害したらしい彼が眉根を寄せ、書類をこちらへ突き返してこようとする。

それをこちらも押し返す。

紙がくしゃ、と音を立てて大きなシワが寄った。

「こんなもの……」

「いらないかどうかは私が判断します。内容は先ほど申し上げたとおりですので、問題ないと思いますが」

手でシワを伸ばしながら言った。

カバンからペンと朱肉を取り出してテーブルに置くと、観念したらしい彼が大きなため息をついてペンを持った。

そして再び、大きなため息をつく。

「……どうして、こんなことになっちゃったんだろうな。俺たち」

誓約書に視線を落としたまま、彼が呟いた。

――え？　は？

今日のために、心の中で何度もリハーサルをした。だから、用意してきたセリフはスラスラ言えた。

でも予想外の言葉にはすぐに反応できなかった。

言葉に詰まった私を見て、彼は安堵したような不思議な表情を浮かべた。

「まぁ、俺のせいだよなぁ。でも、つむぎのことを愛してたのも嘘じゃない。ただ……つむぎと俺の目指す未来がずれてきた気がして」

彼はボールペンを何度も何度もノックする。

カチカチ、カチカチ。

――アイシテタ。

カチカチカチカチ。

出ては引っ込むペン先をぼんやりと見つめながら、早くサインしてくれないかなぁ、と思った。

「つむぎはさぁ、八十五点の人生を目指してるじゃん」

ボールペンの先からゆっくりと視線をずらし、彼を見た。

「……八十五点？」

「そう。平凡な幸せ、的な。真面目に生きて、そこそこ稼いで、そこそこ幸せに暮らせれば十分、みたいな」

「そう……ですね」

「俺は社会に出ていろんな人間に出会って、ゼロか百がいいって思うようになった。リスクがあってもいいから冒険したい。一度きりなんだ、あくせく働くだけのつまんない人生で終わりたくなかった。でっかい夢を一緒に追ってくれるような人と人生を共に歩んでいきたいって、思うようになっちゃったんだよなぁ」

「……そうでしたか」

そう答えながら、視線で誓約書にサインをするよう促した。

彼は言いたいことを言って気が済んだのか、住所と氏名を書き、拇印を押した。

　これで話し合いは終わり。

「それでは」と締めて帰ろうかと思ったら、彼が言い出しにくそうに「あー」という声を上げた。

「実は、菜優からの伝言があるんだけど……」

「伝言？　なんでしょうか？」

　本来の予定ではここに後輩も同席するはずだったけれど、『体調不良』とかで急遽来られなくなったと連絡があった。

「これ。見てもらったほうが早いと思う」

　彼が差し出してきたスマホを受け取った。

　あの肌色にまみれた動画の嫌な記憶がよみがえる。

　深呼吸をしながら、画面を覗き込んだ。

〈会社には言わないでって、つむぎさんに伝えてねん♡〉

　文の末尾にはハートの絵文字。

　息を深く吸ったはずなのに、息が苦しい。胸の奥まできちんと空気が入ってこないような、変な感じ。

「ええと……会社に？」

「そう。内緒にしてほしいんだって」

　先輩の婚約者を奪ったなんて知られたらいづらくなるから、ということなのだろう。

――人に言われたら困るようなこと、しなきゃいいのに。

　そう思ったけど、口には出さなかった。

　もともと吹聴する気はなかったし、これ以上彼らと揉めたくもない。さりとて『絶対に言いません』と約束させられるのも癪だ。『ご希望は一応うかがいました』の意で、黙って頷いておいた。

――これで終わり。

ファミレスの会計はちゃんと自分のドリンクバー代を支払い、「それでは、お元気で」とお別れした。帰りの電車でスマホに残っていたメッセージ履歴をPCに送ってから全削除し、完了だ。

彼のほうは。

問題は、もう一人の当事者だ。

翌週の月曜、その問題を視界の端に捉え、机上のモニターに隠れてこっそりとため息をついた。

同じ会社、同じ部署、同じ島のはす向かいという近さに件の後輩は座っている。

私が二人の関係に気づいたばかりの頃は少し気まずそうにしていたものの、こちらが努めて普通に振る舞っていたのを、もう大丈夫なんだな、と超ポジティブ解釈したのか、慰謝料を払ったから全部チャラと思っているのか、はたまた心臓に毛でも生えているのか、浮気発覚からひと月経つ今では「つむぎさーん」と普通に接してくるようになった。

いっそのこと私が会社を辞めてしまおうかと転職サイトに登録したりもしてみたけど、勤務地・年収・仕事内容が三拍子揃った条件のよい会社はなかなか見つからない。

――何も悪いことをしてない私が辞めるなんて、いくらなんでもおかしくない？

そんな意地だけで、なんとかしがみついて働いている。

（「つむぎだって、忙しいって俺を放置してたじゃん。同じ部署で働いてる菜優は時間作って会いに来てくれてた。ってことは、つむぎだって頑張れば時間作れたはずだよな？　結局、そこまでして俺に会おうって気がなかったんだろ」）

修羅場の真っただ中に投げつけられた悲惨な言葉がふいに心に浮かんできて、まだ癒えてない傷を何度も抉られる。

――健介、あなたは何も、なんっにもわかってないよ。

かわいい後輩が「ごめんなさい！　今日デートなんです！　残業できないです」と眉尻を下げて両手を合

わせ、こちらを拝んでくるのを見たら、「よし、じゃあ、その仕事引き受けるよ！　デート楽しんでね！」と先輩面してしまうくらい、あなたの彼女はお人好しだったんだよ。

だってまさか、その〝デート〟の相手が自分の婚約者だなんて思わないもん。

——つくづく、アリだなぁ、私は。

夏の間あくせく働いて冬に備え、いざ冬になったら夏の間遊んでいたキリギリスに食料をかすめ取られる。

小さい頃、何度も親に読み聞かせられたイソップ物語の『アリとキリギリス』だ。

『勤勉に努力せよ』という教訓の寓話(ぐうわ)のはずだけど、子供向け絵本のラストでは寒さに凍えたキリギリスがアリに助けを求め、アリの暖かな家に招き入れられて食事を振る舞われていた。

それを読むたび、子供心に（アリはなんのために頑張ってるんだろう）と不思議だった。キリギリスみたいに生きればいいのに、そのほうが楽でお得なのに、と。

呑気に音楽を奏でるキリギリスの挿絵に思いを馳せていたら、斜め前から声がかかった。

「つむぎさん、ちょっといいですか」

例の後輩、白川さんだ。

「あ、はい、なぁに？」

「ここなんですけど」

後輩はそう言いながら自分の席のモニターを指さしている。

——こっちへ来いってこと？

頭の中に浮かんだ三万個くらいのハテナを押しのけ、どっこらしょ、を心の中で唱えて椅子から立ち上がった。「どれ？」と言いながらデスクを回り込み、彼女のモニターを覗き込む。

——どうか、横顔が引きつっていませんように。普通に振る舞えていますように。

「あ、これ？」

「ちゃんと入力してるんですけど、さっきからエラーが出て」

「うーんと……」

　後輩の示す画面を上から下まで確認する。

　と、一か所ミスがあった。

「あ、ここチェックついてない。そのせいだと思う」

「ああ」

　後輩はそう言いながらマウスを動かし、チェックをつけた。そして〝次へ〟ボタンをクリック。

「うん、エラー出なかったね。これで大丈夫そう？」

「はい」

　後輩はこちらを見ずに頷いた。

「前につむぎさんから使い方を教えてもらったとき、ここのチェックのこと、おっしゃってましたっけ？」

　——んん？

「ええと……実演しながら説明したから、もしチェックのこと伝えてなかったらその場でエラーが出てたと思うんだよね。でも出てなかったでしょ？　だから、説明してるはず」

「そうでしたっけ」

「うん……たぶん……」

　ぴり、とした空気が流れた。

　——ええと、つまり、私が説明してないから悪いってこと？

「じゃあ、いいんですけど」

「あ、うん。また何かわからないところあったら呼んでね」

　お礼も言われなかったな、と自分の席に戻りながら思った。

勢いよく椅子に座って（態度悪いな）なんて思われたりしないよう、慎重にゆっくりと腰を下ろし、できるだけ音を立てないようにキーボードを叩く。

――健介のことがある前から、こんな子だったっけ？

うちの会社では、新入社員ひとりひとりに先輩社員がついて仕事の指導を行う〝バディ〟という制度をとっている。要は指導担当だ。業務の内容に加え、各種申請の方法などを実践形式（OJT）で伝えていく。本来は入社して四、五年目の社員が担当することが多い役割だが、私の所属する広報部にちょうどの年次の社員がおらず、当時三年目だった私が担当することになったのだ。

彼女が入社してから二年と少し、普通に仲良くやっていたと思う。こんなふうに空気がピリついたこともなかったし、仕事帰りに二人きりでご飯を食べに行ったことも何度もある。

その頃の彼女の言動を思い出してみようとしたけど、健介とのことが強烈すぎてうまく思い出せない。

――もしかして、白ちゃんの言動が気になっちゃうのは、私のほうが嫌な感情を抱いているせいなのかなぁ。

だとしたら私自身の問題だ。

自分でなんとかするしかない。

――どっちにしても、やりにくいなぁ。

心の中でぼやきながら、その日は十九時で仕事を切り上げ、会社を飛び出して電車に乗った。向かうはジムだ。

ひとりでじっとしていると余計なことを考えてしまうので、こういうときは忙しくするに限る。どうせなら何か新しいことにチャレンジしようと、『自分磨き　オススメ』で検索して、行き当たったのがジム通いだ。

筋肉は正義。筋肉は裏切らない。テストステロンはすべてを解決する。本屋で立ち読みした筋トレ本の帯にも、そんな赤文字が躍っていた。

——よし、今日も頑張るぞぉ。

会社近くのジムは知り合いに遭遇するリスクが高いし、郊外の実家近くにはジム自体がない。それならばと、通勤時の乗り換え駅近くのジムを選んだ。

十分ほど電車に揺られ、駅から歩いて五分ほどのビルに向かう。両開きの自動ドアから外へと漏れ出す冷房の冷たい空気に逆らうようにジムに入り、靴を履き替えた。

館内ではアップテンポでご機嫌な曲が流れている。

ストレッチを終えて、いつもどおりランニングマシンで少し走ろうと器具へ向かうと、十台ほどあるランニングマシンがすべて埋まっていた。仕事終わりのこの時間はいつも混雑しているのだ。

走る人たちのリズミカルな足音を聞きながら、フロアを見渡した。

——どうしようかな。バイクも埋まってるし。

初心者なのでいかにもな感じのゴツい筋トレ器具の使い方はよくわからない。

さりとて、順番待ちのためにランニングマシンの後ろに立っていたりしたら、今使っている人に、早く終わらせてくださいというプレッシャーをかけることになってしまう。それは申し訳ない。

——ええと、ええと。

あの人、まごまごしてるな、と思われるのは恥ずかしいので平気な顔をしていたいのだけど、それすらも『まごまごしないように頑張っているイタい人』に見えるのではと思えてきてしまう。

なるべく首を動かさないようにしながら目だけで必死にフロアを見回した。

——あ、あの器具、空いてる。あそこに行こう。

いかにもなマシンの中でも、比較的イカツくない見た目のものだ。

初めて使う人にもわかりやすいように、ちゃんと使い方の説明が掲示されている。その指示に従ってウエイトを調整し、器具に座った。内ももを鍛えるらしい。

　いざトレーニングを始めようと足に力をこめた瞬間、すぐ横から声がかかった。

「君、下半身鍛えたいの？」

　声のしたほうを見ると、三十代半ばくらいの男性が立っていた。

「あっ、えっと、はい。そうですね」

　急に声をかけられたことに戸惑っていると、男性は何がおかしいのか、笑みを浮かべながら私の正面に回り込んでくる。

「その器具より、あの器具のほうがオススメだよ。お尻に効くやつ。使い方教えようか？」

　脚を開いて座るタイプの器具なので、正面に立たれるとなんだか恥ずかしい。慌てて立ち上がった。

　なんだか嫌な感じの笑い方をする人だ。

　それに、「あの器具」と男性が指さしたのは、うつ伏せになってお尻を鍛えるタイプの器具だ。「使い方を教える」だなんて、ロクなことにならない気がする、けど――。

　――もしかして、私が自意識過剰なだけかな？

　ただの親切かもしれない。それなら無碍（むげ）にするのは申し訳ない。

　できるだけ丁寧に断ろうと、言葉を選ぶ。

「あ、いえ、今はこれをやりますので、大丈夫です。ご親切にありがとうございます」

　そう言うと、男性は「いやー」と、やっぱりよくわからない笑みを浮かべた。

「君さぁ、初心者でしょ？　筋トレって、わからないままやっても効果ないんだよ。効果アップのために教えてあげるから」

「あの、でも……」

「ほら。遠慮しないで」

　男性がこちらに手を伸ばしてきた。

その手を避けつつ、確信した。

――この人、絶対に下心がある。

マシンの前に立たれてしまうと、男性を押しのける以外に立ち去る道がない。押しのけて逆上されでもしたら厄介だ。

――どうしようかな。

「俺が教えてあげるから、おいでよ」

腕を掴まれそうになって、さすがに「やめてください」と言おうとしたときだった。

「おーい、大丈夫?」

軽い声が割り込んだ。振り向くと長身の男性が立っている。着ているパーカーの色こそ違うけれど、彼の姿に見覚えがあった。

――あの人だ。ノアくんのお姉さんの弟さん。

ノアくんのお姉さんの弟さん、略してノア弟はこちらを見ず、私に話しかけてきた男性のほうを向いている。

「どうかしたんすか?」

そう言いながら、彼は私と男性の間に割り込むように立った。

こちらに背を向けて立つノア弟のおかげで、しつこい男性の姿はほとんど見えなくなった。

「この子になんか用すか?」

「なんだお前は」

「この子のツレですけど」

「は?」

男性は苛立った様子でノア弟を見上げ、チッと舌を鳴らす。

そして、彼の陰から顔を出すようにして私を睨んだ。

「男と来てるなら、最初からそう言えよ。親切に教えてやろうとしたのによぉ」

突然の暴言に驚いて何も言えずに立っていると、フン、と鼻を鳴らし、男性は「どけ」とノア弟を押しのけた。

その瞬間だった。ダボっとしたパーカーの袖がわずかに持ち上がり、一瞬ノア弟の手首が見えた。

青緑色の模様がチラリ。

——え？

押しのけた男性の位置からは模様は見えなかったらしく、男性はそのまま去っていく。

その背中を見送って、ノア弟が「ふぅ」と小さくため息をついた。

「大丈夫？」

「あ、はい、大丈夫です。助けてくださってありがとうございました」

私がそう答えると、相手は私の顔を見てようやく気づいたらしく「あれ」と言った。

「もしかして、こないだの……地獄の番犬の？」

「はい。飼い主です」

「うわぁ、すごい偶然」

彼はあの日と同じように人懐っこい笑みを浮かべた。

この間は黒いマドエクパーカーを着ていたけど、今日は真っ赤な無地のパーカーだ。

「このジム通ってるんや？」

「はい」

「ケルベロスくん、元気？」

「元気です。ノアくんも？」

「うん。あの日以来姉の家行ってへんけど、昨日の夜に腹（はら）丸出しで寝てる写真送られてきてたから、元気やと思う」

「そうなんですね。よかった」

彼と会話しつつも、脳みその九割くらいは青緑色の模様のことで占められていた。

――入れ墨、だよね。たぶん。

一瞬だったけどたしかに見えた。

そんな私のことなど知る由もない彼は、顔をこちらに寄せて声を低くし、問うてくる。

「んで、さっきの奴、大丈夫かな？　スタッフさんに一応報告しとく？」

「そう、ですね。あまり騒ぐと逆恨みされそうですが……他の人にも同じようなことをしかねないので、とりあえず報告だけ」

「俺もついて行こか？」

「あ、いえ、大丈夫です。自分で」

「そ？　俺、その辺おるから。なんかあったら呼んでな」

「はい。本当にありがとうございました」

「いーえいーえ」

ゆるい口調でそう言って、彼は立ち去った。

私はその足で受付に向かい、「一応」という形でスタッフさんへの報告を済ませた。

スタッフさんはすぐに「警告しましょうか？」と申し出てくれ、三度の警告で強制退会になることなどを丁寧に説明してくれたけれど、お断りすることにした。実際に何か被害があったわけではないし、逆恨みされても困るからだ。

結局、一般的な注意という形で『迷惑行為の禁止』などの張り紙を掲示してもらうことで落ち着いた。

あの男性は普段、他店舗を利用しているらしく、この店舗にはそう頻繁には来ないだろうと聞き、ひと安心だ。

——でもなんか、筋トレする気分じゃなくなっちゃったな。今日はもう帰ろうかな。

そう思ってロッカーに向かい荷物をまとめていたら、ノア弟が寄って来た。

「もう帰る？　駅まで送ってく」

「え？」

彼は小さな声で言う。

「さっきの奴もちょうど帰ろうとしててな。ツレって言った手前、帰り一緒やないと変に思われそうやし、一応今日は警戒しといたほうがええかなって」

「あ、え、すみません。だいじょ——」

大丈夫と言おうとしたけど、最後まで言い切れなかった。視界の端にあの男の人の姿が見えて、やっぱり少し不安になったからだ。

「……ごめんなさい、巻き込んでしまって」

「いや、俺が自ら巻き込まれに行ったんやで？　謝ることないやん。行こ」

「ありがとうございます」

手早く荷物をまとめた彼と共にジムを出て駅に向かう。

横断歩道を渡って数十メートル歩けば駅だ。その横断歩道の信号を待ちながら（黙っているのも気まずいし、何か話題になりそうなものは……）と視線を泳がせていたら、向かいのビルの看板が目についた。デカデカと掲げられていたのは例のバンド〝マドエク〟だった。新曲が出るらしく、バンドのロゴと新曲のタイトルらしき文字と日付が、『いかにもロック』な暗い色の背景の上に白文字で書かれている。

「あ……」

そう呟いて、彼のほうを見る。

「前にお会いしたとき、マドエクのパーカー着てらっしゃいましたよね」

「あ、うん。ようわかったな。あのパーカーがマドエクのやって。マドエク好きなん？」

「あ、はい、友人が。私は全然詳しくないんですが」

そう答えると、彼は看板を見上げながら笑った。

「やろうなぁ」

信号が青に変わり、彼がゆっくりと歩き出す。

その斜め後ろを歩きながら、そっと彼の横顔を盗み見た。

――「やろうなぁ」って、どういう意味？

わからないまま、「じゃあ、気ぃつけて」と改札の前で手を振られ、お礼を言って別れた。

彼の言葉の意味を知るのは、その数日後のことだった。

03、敵の推しに出会ったかもしれない

朝の情報番組を見ながら朝食をとり、慌ただしく出社の準備をする。

テレビの中ではアナウンサーがキラキラした笑顔で何か話している。

――こんな早朝にもちゃんとコンディションを整えて出られるんだから、すごいなぁ。

画面右上に表示されているデジタル時計で時刻を確認し、（今日はまだ少し余裕があるな）と思いながらマグカップにコーヒーを注いだ。

実家近くのコーヒー店で買った安いコロンビア産の豆だけど、大してこだわりのない私にはこれで十分。

腰掛けたソファの足元に、ケルベロスがフゴフゴとすり寄ってくる。

「ケルー」

短い毛を撫でながらテレビを眺めていたら、画面がスタジオからミュージックビデオの映像に切り替わった。

《この番組のテーマソングも担当してくださっている今大注目のロックバンドMad Equalityさんの新曲『ヨゴレナガレ』の最新映像をお届けします》

――うわ、またマドエク。

バンドにはなんの罪もないとわかっているけど、元婚約者と後輩が推しているというだけで、つい、うわと思ってしまう。

――ノアくんの弟さんもマドエクのパーカー着てたってことは、好きなんだろうなぁ。

そんな人を相手に「私は別に」的なことを言ってしまって、失礼だっただろうか。でも、あそこで「私も大好きです」なんて嘘をついて話が広がってしまっても、私は全然ついていけないわけで……そうなるより

は正直に話してよかった、よね？

　心の中で誰にとなくそう問いながらマグカップ片手にリビングを横切り、テレビに近づく。

　テレビボードの上に置かれていたリモコンを手に取ってテレビを消そうとしたら、弟の侑哉（ゆうや）が「おはよー」と言いながら居間に入って来た。

「あ、ちょっと待って姉ちゃん、チャンネル替えないで。それ見る」

　内心（えー）と不満の声を上げつつも、実家に居候（いそうろう）している身なので、大人しくチャンネル権を弟に譲ることにした。

　リモコンを元の位置に戻し、画面に背を向けてコーヒーをひと口。ふぅ。

「コーヒーいい香り。俺も飲みたい」

「うん、侑哉がそろそろ降りてくると思って、侑哉の分も淹（い）れてあるよ。あそこのマグ」

「あ、これ？　姉ちゃんありがとう」

　ダイニングテーブルの上に置いてあったマグカップを持ち上げながら、弟がそう言った。

「どういたしまして」

　テレビに背を向けたまま返事をしていたら、背後から弦楽器（ストリングス）の演奏が聞こえてきた。そこにベースが加わり、穏やかな曲調のまま歌が始まる。ボーカルと同時に入ってきたのはクラシックギターだろうか。軽く弾くような音が心地いい。ボーカルは高くかすれるような声で、切ない魅力がある。

　――あれ。なんか、この曲好きかも。

　あんな人たちと同じものを好きだなんてちょっと癪だな、と思いながら振り向いた。

　倉庫みたいな古びた場所でバンドが演奏している映像が流れていた。

　弟はテレビに近づき、食い入るように画面を見つめている。

す、と。

音が一瞬すべて消えた。

そして弾けた。

曲調ががらりと変わり、ボーカル、エレキギター、エレキベース、ドラムが力強い音楽を奏でる。一気に引いたカメラがまたぐんと寄り、ボーカルがアップになった。ベース、ドラム、そしてギター。

「え」

思わず声が出た。

――あの人、だ。

ギターをかきならす長身の人に見覚えがあった。

――そんなまさか。

信じられない気持ちで一歩テレビに近づいたけど、ちょうど映像が切り替わってギターの人が映らなくなってしまった。時間にして数秒、確信を得るには短すぎた。

――似てる、だけかな？

まもなく音と映像がフェードアウトし、スタジオに座る先ほどのアナウンサーに切り替わった。

《Mad Equality さんの新曲、『ヨゴレナガレ』をご紹介しました》

画面を見つめていた弟が「すぅ」と音を立てて息を吸った。そして吐き出しながら「いやぁー、新曲いいよなぁ。マジでエモい」と、惚れ惚れするって感じに言った。

「侑哉もマドエク知ってるんだね」

「むしろ、今どき知らない人いる？」

「そんなに人気なの？」

「じわじわきてて、この曲でついに弾けたって感じだよ。ひとつ前の『平等』も流行(はや)って街中でもめちゃくちゃ流れてたじゃん」

「そうなの？　知らなかった」

どうしても元婚約者と後輩のことを考えてしまうから、マドエクの曲は意識的に避けていた。たぶんそのせいだろう。

「この新曲はサビの『ヨゴレナガレ、ナガレたヨゴレ』のところに高校生がダンスつけて踊ってる動画がTekTek（テックテック）でバズってて、めちゃくちゃ話題になってるよ。あ、動画見る？　『ヨゴレナガレ』もいいけど、俺は一個前の『平等』が一番好き。平等なんてタイトルだけど、不平等を歌ってんだよ。めちゃくちゃロックじゃない？」

そう言いながら私に動画を見せようとスマホをいじる弟に問う。

「あの……ギターの人、だけどさ」

できるだけ冷静に、ちょっと聞いてみただけ、という顔をした。

「デン？」

「あ、え、『デン』って……あの人なの？」

「そうだよ。なんで？」

「知り合いがファンで、よくその人の話してたから」

健介は口癖のように「マドエクのデンがさぁ」と言っていたのだ。てっきりボーカルかと思っていたけど、ギタリストだったらしい。

「ギターがデン、ボーカルがマトゥシ、ベースがカイ、ドラムがコーダイだよ」

「侑哉、詳しいね」

「うん。結構好きで公式の配信とかも見てるよ。見始めたの、わりと最近だけど」

「そうなんだ」

健介、その人のこと「かっこいい」ってよく言ってたな。

カリスマだ、とも言っていた気がする。

あと、なんて言ってたっけ。「男が惚れるタイプの男」とか。「つむぎはたぶん好きじゃないと思う」とも言われた。「だってつむぎが好きなのって、ドビュッシーでしょ？」と。ドビュッシーはクラシックの作曲家だ。他にない旋律（せんりつ）が好きで、ピアノ曲をよく聴いていた。

——あぁ、もう。

思い出したくないのによみがえってくる記憶を体の中に押し戻そうとコーヒーを飲んだ。

熱いコーヒーが喉を通り、胃の中へ落ちていく。

上を向いて最後の一滴まで飲み干してから顔を戻したら、弟が気づかわしげな視線をこちらに向けていた。

「姉ちゃん……もしかしてだけど。デンのファンって……」

弟は最後まで言わなかったけど、言わんとしていることはわかった。

「うん。健介だよ。ファン歴長いって自分で言ってた」

できるだけ普通の顔をしてそう答えると、弟は「あー」という中途半端な声を上げた。

「そっか。なるほど」

「何が『なるほど』？」

弟は悩ましげに「んー」という声を上げた。

「なんかちょっと……わかっちゃった気がする」

「何が？」

「思考回路が」

「誰の？　健介の？」

「そう。デンの配信も見てるってことだよね？」

「あ、うん。配信の話、よくしてた。面白いって」

元カレと後輩と初めて三人で会った日、二人はその配信の話で盛り上がっていた。

その話題についていけないながらも、二人とも楽しそうなので（打ち解けてくれてよかったなぁ）なんて思っていたのだ。今思えば呑気すぎた。

「姉ちゃんもデンの配信見たことある？」

弟は気まずいのだろう。私のほうを見ず、ケルベロスの頭を撫でながら問うてくる。

「ううん。健介が見てるのを横でチラッと見たくらいで、ちゃんと見たことはないよ。健介もひとりで見たがったし」

「まぁ、そりゃあそうだろうなぁ……うーん……」

そう言って弟は天井を見上げ、ため息をつく。

「何？」

「ええと、デンはさぁ、イケメンだからモテるし、めちゃくちゃチャラいんだよ。明言はしないけど、経験人数とかもたぶんハンパなくて」

サラッとはさまれた〝経験人数〟のワードに少しひるんだ。

どうして朝から弟とこんな話をしているんだろう。

弟はなおもケルベロスを撫でている。

「あれ見て、『チャラい俺』みたいなのに憧れちゃう若者はいるだろうなって思ってたけど……案外、身近にいたのかも、と」

「つまり健介の浮気はその人の影響ってこと？」

「本当のところはわかんないけどね」

「そっか……」

好きなバンドのメンバーがチャラいからって、自分も真似してチャラくなろうなんて思うのだろうか。十代ならまだしも、二十代半ばも過ぎて？

――私の推し作曲家ドビュッシーだって相当な女性遍歴だけど、真似しようなんて思ったことないな。

空のマグカップを傾けて、底に溜まったわずかなコーヒーの雫を口に落とす。

ぽと、と一滴だけ唇に当たったのを舌で舐めたけど、味はわからなかった。

「まぁ、憧れる気持ちはちょっとわかるんだよなぁ」

「何に憧れるの？　チャラいところに？」

「うーん……デンは自他共に認めるクズだけど、なんか憎めなくて、嫌われないんだよ。そういうのうらやましいなって俺も思うもん。女性関係はクズなんだけど、義理堅くて友達思いだし、懐に入れた人間をとことん大事にするし」

「なんか……任侠映画のヒーローみたいだね」

「あぁ、そんな感じかも……任侠……いや別にガラが悪いわけじゃないけど……うーん」

弟は「うまく伝えられないなぁ」ともどかしそうに言いながら、「いいクズなんだよなぁ」とよくわからないことをぼやいた。会話の途中で部屋に入って来た母が、すかさず弟の言葉を拾う。

「コラ侑哉、『クズ』なんて言わないの。学校で毎日生徒たちに『きれいな言葉を使いましょう』って言ってるのに、自分の息子が使ってるなんて」

我が家は両親ともに教員だ。母は近くの公立中学校の教頭をしており、父は私立の高校で教鞭をとっている。母の担当科目は数学、父は現代社会だ。

「ハタチにもなって親に言葉遣い注意されんの嫌なんだけど」

「注意されないような言葉遣いをしなさいよ」

一気に緊張感を増した部屋の空気を変えようと、なるべく明るい声で弟に話しかけた。

「侑哉、ええと、その『配信』っていうのはどこで見れるの？　アプリとか？」

と、弟が目をむいた。

「見るの？　姉ちゃんが？」

「侑哉の話聞いてたら、内容が気になっちゃって」

そう言うと、弟はため息をついた。

「あんまりオススメはしないけどなぁ」

「どうして？」

「姉ちゃん、あんまり好きじゃないだろうから」

「何を？　そのデンさんを？」

「そうだよ。チャラい男、嫌いでしょ？」

「自分が付き合うかどうかって話なら、そりゃあ嫌だけど。別に自分と関係ない世界で生きてる人がチャラくてもなんとも思わないよ。その人の生き方だし」

「あ、そういうタイプか」

「うん」

「じゃあ大丈夫かな」

弟はそう言いながら、自分のスマホを操作して画面を見せてくれた。

「このアプリだよ。今日もたしか二十三時くらいからやる予定だったと思う。コメントするときにここタップすれば投げ銭もできるよ。しないだろうけど」

「投げ銭？」

小銭を投げる様が思い浮かんだけど、絶対に違うということはわかっていた。

「動画配信サイトにコメント機能ってあるでしょ？　それの有料版って感じ」

「コメントするのにお金がかかるの？」

「無料でもコメント自体はできるよ。でも、たくさんの人が配信を見てコメントするから、コメントがすぐに流れていっちゃってなかなか配信者の目に留まらないじゃん？　そこで金を払うと一定時間トップにコメントが固定される仕組み」

「配信する人の目に留まりやすくなるってこと？」

「そう。答えてもらいやすくなる。お金もらってるって思ったら、配信者も無視はできないしね」

「へぇ、そんな仕組みがあるんだね」

「姉ちゃん、ちょっと疎(うと)すぎない？　どんな生き方してきたら、そこ履修せずに二十六歳になれんの？」

「うーん。普通に生きてきたつもりだけど、あんまりSNS関係得意じゃないからなぁ」

　そもそも自分のことを話すのが得意じゃないのに。SNSへの書き込みは、なんだか大勢の人を相手に大声で話しているような気持ちになってしまって落ち着かない。

　そう言うと、弟は呆れたような顔をした。

「企業の広報なのに？　SNSアカウントの運営もしてるって言ってなかった？」

「あくまでも企業のアカウントだからライブ配信はしないし、プレスリリースで出した内容をSNSにも投稿するだけだよ。仕事としての投稿と個人的な投稿は全然違うし」

「難しいこと考えずに、昼ご飯に何食ったーとか、カフェで何飲んだーとか、そういうの投稿すればいいのに」

「それが難しいんだもん……」

　色々なSNSのアカウントを持ってはいるけど、他の人の投稿を眺める専門で、自分で投稿することはほとんどない。

　対して弟は、大学生をしながら自分のファッションを紹介するアカウントを運営し、二万人ほどのフォロワーを擁(よう)している。

　連絡を取らなくなった学生時代の友人も合わせて二百名ほどの私と比べると、百倍ものフォロワーを抱えていることになるが、本人曰く「まだまだ駆け出し」らしい。より多くの人から見てもらうために、と毎日ファッションの勉強をしたり大御所のインフルエンサーのアカウントを研究したりと頑張っている。

同じ両親のもとに生まれて同じ環境で育っても、こんなに性格が違うのだから不思議だ。

そんなことを思っていたら、母が難しい表情で口を開いた。

「侑哉ねぇ、SNSばっかりしてないで、勉強しなさいよ」

「今、夏休みだってば」

「休みの間にちゃんと予習・復習をしておけば、新学期が楽でしょう。せっかく長い夏休みなんだから有意義に――」

「わかった、わかった」

「SNSを仕事にして食べていける人なんて、ほんのひと握りなんだからね。もしも若いうちにうまくいったって、一生できる仕事じゃないでしょう？　おじさんのファッション紹介なんて誰が見るの。それに、若いうちに変にお金なんか持っちゃって生活広げたら、お金がなくなったときに余計つらくなるんだから。わかる？　普通が一番なの。コツコツ努力して普通の人生を歩むのが一番。就活だってそろそろなんじゃないの」

健介に「八十五点を目指してる」と言われた私の価値観は、子供の頃から刷り込まれたこの両親の考え方のせいだろう。

弟は目を細めて「ハイハイ」と言った。

「わかってるってば。そこそこの企業に入れば将来安泰だって話でしょ？　本当かねぇ、この時代に」

「そこそこの企業に入れば、似た環境で育ってきた人と一緒に働けるの。普通に大学を出て……」

「大学出てたってバカな奴は山ほどいるじゃん。ペーパーテストだけできて生活力がない人とかさぁ」

「少なくとも、努力した人としてない人の差は出るんだからね。お母さんはそういう人たちをたくさん見て

「——」

「だから言うとおり大学受験して、ちゃんと行ってんじゃん。姉ちゃんよりは偏差値低いけど、世間的には十分でしょ」

「お母さんはねぇ、世間体の話をしてるわけじゃなくて、あなたの将来を本気で心配——」

「ハイハイ、ご心配どうもー」

母も父も真面目にコツコツ頑張って大学で教職をとり、教員になって、コツコツお金を貯めてマイホームを買って、迫りくる老後に向けてコツコツ貯金をしている。そんな人たちだから、私たち姉弟はずっと「コツコツ努力せよ」と言われてきた。

私はそれを鬱陶しいと思ったことはなかったけれど、弟からすると「うるさい」らしく、毎度この話題になると小競り合いをしている。

今日も始まったそれを尻目に、ケルベロスの顔のシワに溜まった汚れを拭いていたら、火の粉が飛んできた。

「つむぎもね」

「へ？」

「会社、そんな服でいいの？　爪も派手にして」

「え、うん。大丈夫だよ。ビジネスカジュアルだから、みんなこんな感じ。社外の人に会うときはジャケット着るけど」

「そんな服」と言われたのは、くすみピンクのブラウスに深いグレーのタイトスカートだ。この暑いのに、ちゃんとストッキングもはいている。敢えていうならブラウスの袖に控えめなフリルがついているけど、その他に装飾はなく、どこが母のレーダーに引っかかったのかはわからなかった。爪だってヌードカラーのフレンチネイルで、ほんのすこーしラメを載せただけ。長さはケルベロスのお手入れのときに引っ掻いちゃう不安がないくらい短めだ。

「そのスリット、深すぎるんじゃないの」

「タイトスカートだよ？　スリットがなかったら歩けないよ？」

「前から言ってるけど、つむぎの体型はタイトスカートよりもフレアのほうが——」

「母さん。姉ちゃんはもう二十六だよ？　自分の稼いだ金で買ってるんだから、好きにしたらいいじゃん。公序良俗に反するような服着てるわけじゃなし」

「似合う服を着たほうがつむぎのため——」

「姉ちゃん、言っとくけど、そのスカート似合ってるからね」

「ありがとう。おしゃれインフルエンサーの侑哉にそう言ってもらえると嬉しいよ。じゃあ、時間だから会社行ってきまーす」

　ケルベロスの顔を拭いていたウェットティッシュをゴミ箱に捨て、部屋を出る。背後から、

「つむぎまで侑哉の夢を助長するようなことを——」

　という声に追いかけられつつ、ケルベロスのフゴフゴに見送られて家を出た。

——デンさん、かぁ。

　会社へ向かう電車の中でスマホをポチポチ。

『マドエク　デン』で検索すると、すぐに情報が出てきた。カタカナではなくアルファベットで〝ＤＥＮ〟と書くらしい。

　表示された簡単なプロフィールを読む。

——あ、二十八歳なんだ。二つ上か。

　ここにもやはり、弟が言うように『経験人数が多い』というようなことが書かれていた。

　髪型と髪色を頻繁に変えるらしく、画像検索をすると長髪に短髪に三つ編みのイカツイの——名前を知ら

ない――に、赤髪、青髪、金髪と、ヘアカタログみたいな画面になった。

『ただしイケメンに限る』とはよく言ったもので、普通の人が真似をしたら職務質問ホイホイになりそうな髪型も彼にはよく似合っている。

――やっぱり、あの人で間違いなさそう。

他人の空似にしては似すぎている。

――健介と白ちゃんの推しで、もしかすると健介の浮気の引き金になったかもしれない人、かぁ。

パーカーの人の、屈託のない笑顔が脳裏に張り付いていた。

04、人生ゼロ百論の主

「戻りましたー」

　午後二時、一番眠くなる時間帯だ。

　己との戦いになんとか勝利しながらPC画面とにらめっこしていたら、背後からそんな声がした。振り向くと、上司の星野（ほしの）さんが会議から席に戻って来たところだった。

　星野さんは十五ほど年次が上で、ショートヘアに百七十五センチを超える長身、十センチヒールで廊下を闊歩（かっぽ）する姿が眩しい女性課長だ。公平で気さくな人柄から社内での信頼も厚い。ただ、仕事に関しては厳しい。

　私が新卒で広報部に配属されたときから、もう四年の付き合いになる。上司と部下として良い関係を築けていると思うけど、いまだに話すときは少し緊張する。

「田無さん」

　そんな星野さんから声をかけられ、眠気は一瞬で吹き飛んだ。

「あ、はい。なんでしょう」

「今朝メールくれた件だけど」

　手元でPCを操作しながら、上司は軽い口調で言った。

「ホームページのベンダーの件ですか？」

「そうそう。あのまま進めてもらっていいんだけど、契約関係はどうなってるかなと思って」

「法務部に契約内容の審査を依頼して、回答待ちです」

「時間かかりそう？」

「担当者が超多忙らしく、二週間を目途に回答いただける予定です。一昨日依頼したので……回答予定は八月一日ですね」

「了解。ありがとう。そこを確認しておきたかっただけ」

「はい。また進捗あり次第、共有させてください」

「よろしく」

　星野さんはそう言ってから、例の後輩に視線を向けた。

「白川さん」

「はい」

　後輩も背筋を伸ばす。

「昨日提出してくれた原稿なんだけど。日付が合ってるか、もう一度確認してもらえる?」

「日付……ですか?」

「うん。このプロジェクト、始動は来年だよね? でも今年の日付になってるから。大丈夫かなと思って」

「あれ……ちょっとお待ちください。ええと……あ、本当ですね。つむぎさんが確認して直してくださると思って油断しちゃいました」

　自分の仕事をしながらなんとなく耳に入ってくる会話を聞き流していたら、唐突に自分の名前が登場したので驚いてしまった。

「え、私?」

「はい。メールのｃｃ入ってますよね」

　——指導担当だった名残で、たしかにｃｃには入ってるけども。もうひとり立ちして久しいし、原稿を書き上げて内容を確認するのはあなたの仕事なんですが。

「……すみません、私も確認不足でした」

　ここで言い合っても仕方なかろうと頭を下げると、上司は「ううん、間違いがあるのはいいんだ。そのために私がチェックしてるんだし。確認して直しといてほしかっただけだから」と軽く答えた。

——やりづらいよぉ。

心の叫びは日に日に大きくなるばかりだ。

＊＊＊

二十一時過ぎ、へとへとになって帰宅した。

会社から実家までは電車で一時間ほど。そこそこに混んだ電車に揺られるのは疲れるけど、この疲労の原因はたぶん通勤のせいではない。

私が気にしすぎ？

後輩の言葉をいちいち悪いように捉えすぎてる？

いや、でもさすがにあの言い方は悪意があるような……。

という無限ループのせいだ。

抜け出せないまま家にたどり着き、弟が作ってくれた夕食を食べ、父が入れてくれたお風呂に入り、母が洗濯してくれた部屋着に着替える。通勤時間の長さと家族からの気づかわしげな視線、それに少し過干渉気味な母にさえ耐えられれば、実家暮らしは極楽だ。

冷蔵庫で冷えていた麦茶を飲み、居間でスマホを見ている弟に「おやすみ」と告げて自分の部屋へ向かった。

——たしか侑哉、今日二十三時からＤＥＮさんの配信だって言ってたよね。

元婚約者に影響を与えたかもしれない配信がどんなものなのか、少し覗いてみたくなった。

弟に教えてもらったアプリをインストールし、会員登録し、ログインし、と準備を進める。トイレにも行った。準備は万端だ。

ベッドの上に座り、スマホを手に待ち構えていると時刻どおりに配信が始まった。

《みんな今日もお疲れー。もうちょっと人来るん待つかー》

画面の向こうでＤＥＮさんが言った。

――やっぱりあの人だ。間違いない。

話している姿を見て、他人の空似という線は完全に消えた。

少し鼻にかかった声も話し方も、そのままだ。

部屋着っぽいラフな長袖姿でマグカップを片手にニコニコしている。左右対称の整った顔立ちの中にも男らしさを感じるのは、首から肩に見える筋肉のせいだろうか。

ノアくんのお姉さんの弟で、

ジムで助けてくれた人で、

手首に入れ墨がある人で、

人気急上昇中のバンドのギターで、

元婚約者とその浮気相手の推しで、

もしかしたら元婚約者の浮気の引き金になったかもしれない人。

情報が大渋滞だ。

《みんな今日も来てくれてありがとう。そろそろ始めるよー》

冒頭の挨拶(あいさつ)らしきものが始まると、彼が映る画面の横をすさまじい勢いで視聴者のコメントが流れていく。

〈DENくん相変わらずイケメン〉

〈きたよー〉

〈今日も疲れたー〉

〈ニコニコしてんの可愛い〉

〈今日部活の試合負けたから慰めて〉

〈かっこよすぎて草〉

〈実テ終わったー!　やっと見れるー!〉

〈ちこくー〉

〈明日テストだけど見てるぼく〉

〈配信見た後で鏡見ると絶望するから嫌なのに毎回来ちゃう〉

　思い思いに好きなことをコメントしているらしい。実テ、というのはたぶん実力テストのことだろうし、『部活』というコメントもあるから、視聴者層は学生が多いのかもしれない。

　最初に彼が答えた質問は〈今日何してたの？〉だった。彼は軽い調子で《撮影とスタジオ練習》と答える。

　こういうふうに推しの日常を垣間見れるのが嬉しいのか、と納得しつつコメント欄を眺めていたけど、流れていく文字を追っていると、バンド活動とは全く関係のないものも多そうだ。

〈この角度でもかっこいいのズルい〉

《いいやろー。別の角度も見せたろうか？　ほら、ほら》

　そう言って横を向いたり上を向いたり。

　気さくで話しやすい態度は、ケルの散歩中に出会った彼の姿そのものだ。

　たくさんの視聴者が見ている前でこんなに自然体で過ごせるなんて、すごい。友人たちしか見ていないSNSですら何を投稿していいかわからない私とは大違いだ。

〈今バイト中だけど暇だから見てるー〉

《いやバイト中は見んなよ、仕事しぃ。なんかやることあるやろ》

　画面を素早く流れるコメントたちの中からピックアップする能力もすごい。

〈彼女できた？〉

《おらんて。できたら一番にここで報告するから》

〈セフレは？〉

《それはまぁ……ぼちぼち》

〈DENのぼちぼちってどんくらい？〉

《そんなん知ってどうすんねん、エッチぃ》

友達感覚みたいなコメントが並び、彼もそれに、同じような目線で返事をしている。見ている若者からすると、お兄ちゃんみたいな存在なのかもしれない。

〈十七歳女子高生、DENくんに本気の恋(リアコ)愛中です。セフレにしてくれる?〉

《ごめんやけど十七歳はあかん、若すぎる。俺捕まるやん》

〈急にまともなこと言い出した〉

〈DENも一応そういうの気にするんだ?〉

〈十七歳ってダメなの?〉

〈だいたい条例でアウトやな〉

《事務所の社長と約束してんねん。捕まることだけはせぇへんって。だから、成長してからおいで。まぁ、たぶんその頃にはもっといい男に出会って、俺のこと好きじゃなくなってると思うけど》

意外と真面目な返答に、なぜだか少しホッとした。

《ん? 何? なんか読み飛ばした? 大学のやつに答えてあげてってコメント、いっぱい流れてんな。どれのことやろ?》

そう言いながら彼は画面の向こうで視線を動かし、コメントを探している。

《あ、これか。なになに……〈大学に行きたくないんだけど、どうしたらいいですか? 親は行けって言います〉……と》

うーん、と彼は一瞬考え込むような仕草を見せた。そして口を開く。

《行きたくないもん行かんでいいんちゃう? 俺も大学出てないし》

マグカップ片手に、彼はゆるい口調で答えた。そして続ける。

《高卒の俺の配信に来てわざわざそんなコメントするってことは、そう言うてほしかったんやろ?》

マグの飲み物をひと口。

《いいよ、いくらでも無責任なこと言うたる。行かんでもいいんちゃう? って。でも残念ながら俺は君の人生に責任は負ってやれんから、大学行かんかった結果は未来の自分が全部背負うんやで。今ラクしたいってだけで「行きたくないー」言うてるんやったら、いつか未来の自分に「あの頃の自分クソやなー」って思われるかもしれへんから、それは覚悟しとき。逆に言うたら、その覚悟さえあるんやったら好きにしい》

〈DENはその覚悟があったから、大学行かなかったってこと?〉

《それは違う。俺はアホすぎて入れる大学がなかっただけや》

〈DEN泣いちゃうから学歴の話はやめてあげて。マドエクのメンバーで大学出てないのDENだけだから〉

《せっかく人がかっこいいこと言うてんのに水差すんやめぇ。そこほら、出身高校の偏差値とか聞くな。言うとくけど高校受験まではそこそこ勉強してたから、高校は普通んとこやぞ。違う違う、廊下をバイクが走ったりするような高校ちゃうから。俺のせいで出身高校が風評被害被るんは申し訳ないからヤメテ。あ、オイやめろ高校名とか書くな、なんで知ってんねん》

　コメント欄とじゃれ合うようなやりとりに、思わず笑ってしまう。

　そして、ふと思い出した。

　健介はよく配信を見ながら笑っていた。

　もしかしたら、今もこの配信を見ているのだろうか。後輩と一緒に。

　嫌なことに思い至ったところで、画面の向こうの彼が《まぁ馬鹿話は置いといて》と微笑んだ。

《さっきの子に俺からできるアドバイスは、一回大学を卒業してる奴に話聞いてみろってことやな。行った奴と行ってない奴、両方の話聞いてみてから決めたらいいと思う》

〈いい助言〉

〈両論併記の原則〉

〈面白い話はよー〉

〈経験人数は?〉

《何回も言うてるけど、数えてないからほんまにわからんのやって。少なくはない》

〈三桁いく？〉

〈両手両足で足りる？〉

〈ここだけの話にするから教えて〉

〈ここだけの話にしても絶対に切り抜かれて世界に拡散されんの草〉

〈四桁いくかどうかだけ答えてよ〉


コメント欄がびゅんびゅんと流れていく中、私の動体視力でなんとか拾えたコメントはどれも経験人数を問うものだった。視聴者層は若そうなのに、こんなきわどい質問ばかりで大丈夫なのだろうか、と少し心配になってしまう。


《経験人数の話ばっかり聞かんとって、恥ずかしいやん。人数少ない奴って一途に長く付き合ってるってことやから、そのほうがかっこいいに決まってる》

〈出たイケメンの余裕〉

〈多い奴に限ってそういうこと言いがち〉

〈つまり経験人数ゼロの俺は最強ってことでいい？〉

〈上の奴、そのうち魔法使えるようになるじゃん〉

〈うるせー、もう使えるはずの年だよ〉

《経験人数ゼロってことは、これから『初めて』を経験できるんやろ？　最高やん。別にセックスに限った話じゃなく、最初の感動を超えるものってほとんどないと思う。大事にしてな》

――せ、せっくす。


直接的な言葉にたじろいでしまった。

そりゃあ、健介もひとりで見たがるわけだ。

――でも、話は本当に上手だなぁ。

赤裸々すぎる内容をひとまず置くとすれば、弟や健介が「面白い」と言った理由はよくわかった。

高速で流れるコメントを読み上げ、その場で答えを出し、わかりやすく話す。それも、説得力のある答えばかり。相当頭の回転が速くないとできないことだと思う。少なくとも私には無理だ。

――健介も、こういうところに憧れたのかなぁ。

もうどうでもいい、と思えたらいいのに、ついこんなことを考えてしまう。

画面の向こうでは、まだ恋愛関係の話が続いている。


〈なんで彼女作らないの?〉

《彼女作んの向いてないから》

〈幸せにする自信がないってこと?〉

《もはや逆に、不幸にする自信があるわ》

〈そんな胸張って言われてもww〉

〈厄病神やん〉

〈たしかに、すごい数の女不幸にしてそう〉

〈DENみたいな人本気で好きになっちゃったら終わりだと思う〉

〈どういうこと?〉

《よし、みんな今から異性の――とは限らんな、同性でもいいけど――自分がめちゃくちゃ魅力的やと思てる人を思い浮かべて。思い浮かべた? その人が裸で目の前におったとして、我慢できる? 誘惑から逃れれる? 俺は無理。絶対浮気する。だから彼女作ったらあかんタイプなんやって》

〈出たクズ発言〉

〈とかいって、ちゃっかり本気の彼女できてあっという間に結婚しそう〉

〈俺、今の彼女のことすごい好きで、これまで遊んでたの後悔したよ。DENもそうならないように気をつけて〉

〈めちゃくちゃ魅力的な人が裸で目の前にいる状況がわかんない。めちゃくちゃ魅力的な人はたぶん俺の前

で裸になってくれない〉

〈→涙ふけよ〉

　コメント欄は大盛り上がりだ。

　一生懸命コメント欄を追っていたら、だんだん目が疲れてきた。

　ひと言のコメントが多い中、他に比べると少し長めのコメントが目に留まった。

〈今学生でバンドやってるけど、卒業した後どうするかでバンド内で揉めてます。続けたいっていうメンバーと、卒業したら普通に就活したいってメンバーといて、自分はまだ迷ってます。ＤＥＮはどうしてバンドすることにしたの？　将来への不安はなかった？〉

　彼の目にも留まったらしく、コメントをつらつらと読み上げている。

《俺の場合は将来の不安はなかったなぁ。これはwiki（ウィキ）載ってるから知ってる奴は知ってると思うけど、もともとマドエクはマトゥシと大学のサークル仲間たちでやってたバンドで、別のギターがおってん。でもコメ主と同じように卒業後の進路で意見が割れて、ギターの奴は就職のためにマドエクをやめた。その抜けた穴にマトゥシの知り合いやった俺が入った》

　そうだったんだ、と思いながら彼の話を聞いていた。

《声かけてもろた当時俺はフリーターやったから、失うもんがなかったってのはある。あと俺――これは結構配信で言ってるけど――人生百点かゼロ点かのどっちかがいいなと思ってんねん。俺の人生ゼロ点やったわクソーって死ぬか、百点やったわヤッターって死ぬか、どっちかがいい。だからリスク取ることに躊躇（ちゅうちょ）はなかった》

　あ。

　ああ。

　うわぁ。

　変な声が出た。

彼はまだ何か話していたけど、私はもうそれどころじゃなかった。

——これだ。健介があのとき言ってたの、これだ。

八十五点じゃ嫌だ、ゼロか百がいい、と突然言われて（一体なんの話だろう）と不思議だったのだ。

——影響、受けまくりじゃん……。

配信の雰囲気もわかったし、パーカーの人と同一人物だということも確認できたし、どうやら弟の予想は当たっていたらしいことも確認できた。

そろそろ切ろうかなと思っていたら、彼が気になるコメントを拾い上げた。

〈彼氏に会うたびに「痩せろ」って言われてつらいです〉

先ほどまで笑顔でゆるい空気をまとっていた彼が眉間にシワを寄せ、不快そうな表情をする。

《えー、そんなこと言われんの？　彼氏に？　コメ主がどんな体型かわからんけど、健康のために痩せなあかんとかじゃない限り無視でいいんちゃう？》

〈一応標準体型です〉

《標準体型なんやったら、体壊すようなダイエットすんのはやめとき。服脱がしてガリガリやったら心配でセックスどころじゃなくなるやん。そこで心配せんと『痩せてよかった』言う奴には鶏ガラでも咥えさせといたらええねん。ここからは好みの問題やけど、俺はモチモチなくらいでいいと思うけどなぁ。そのほうが気持ちいいし》

当たり前のように服を脱がせる話をしている。

——大丈夫なのかなぁ、この配信。今どきの子たちは、これくらいなら全然平気なのかな。

こういうところが母に似てきた気がして、ちょっとウッと思った。

《え、何が気持ちいいって？　そんなん決まっとるやん、ナカに挿(い)れ——》

慌ててイヤホンを耳から引き抜いた。

〈DENの配信はこうでないと〉

〈やっとエンジンかかってきたか。今日は大人しいなと思ってたら〉

〈体型でそんな違うの？〉

〈わりと違うよ。ソースは俺の彼女〉

〈上のやつ、絶対童貞やろ〉

〈→でも、お前もやん？〉


流れていくコメントの様子からすると、どうやらこれが通常運転らしい。

弟の「姉ちゃん、あんまり好きじゃないだろうから」という予想は大当たりだ。

今度こそ画面を切り、スマホをベッドに伏せて置いた。ついでに自分もスマホの隣に突っ伏して、「うわぁああぁ」となった心を鎮(しず)める。さっきの健介の件の「うわぁ」とはまた違う、心臓に悪いほうの「うわぁ」だ。

――記憶、消せないかな。こんな配信を見た後、ジムで会ったりしたら気まずすぎるよ……。

すでに大渋滞していた彼の情報に、『人生ゼロ百論の主』と『赤裸々下半身事情』まで追加された今、どんな顔で接すればいいのかわからない。

なるべく顔を合わせないように気をつけるしかない。

――でも、私あの人に失礼なことを言っちゃったんだよなぁ。

マドエクのこと、「私は全然詳しくない」だなんて。本人に向かって放つ言葉じゃない、絶対に。

知らなかったとはいえ、きっと傷つけたし、不愉快な思いをさせてしまったに違いない。

（「やろうなぁ」）

あのときの彼の反応を思い出しながら、ガーゼの肌掛布団の下に潜り込んだ。

――今度会ったら、気まずくてもちゃんと謝らないと。

寝る前にあんな配信を見たせいか、久しぶりに元婚約者と後輩の動画が夢に出てきてしまい、翌朝は最悪な気分で目覚めることになった。

05、不真面目選手権

八月に入り、また一段と気温が高くなった。

省エネのための控えめな設定温度に汗をかきながら、法務部に内線電話をかける。

プルル、プル――、

『はい、法務部です』

呼び出し音二回目の途中で相手が出た。

「お疲れ様です、広報の田無です」

『あ、お疲れ様ですー』

「あの、ご確認をお願いしていたホームページのベンダーとの契約の件なんですけど……」

『あっ』

電話の向こうで、今思い出した、という雰囲気の声が上がった。

「たしか、昨日期限でした……よね……？」

『ごめんなさい！　すっかり抜けてました！』

「いえいえ、こちらも急かしてしまってすみません。いつ頃までにできそうかわかれば、教えていただけると嬉しいです」

『今日中に確認して回答しますね！　定時回ってしまうかもしれませんが大丈夫ですか？』

「大丈夫です、ありがとうございます。それではお待ち――」

お待ちしております、と言おうとしたら、斜め前の席から声が上がった。

「つむぎさんって本っ当に真面目ですよねー。私だったら一日遅れるくらい、目くじら立てませんけどねぇ」

例の後輩、白川さんだ。

隣にいる別の先輩に向かって言ったらしく、同意を求めるように「ね?」と話しかけているが、当の先輩はあまり聞いていなかったのか、「んー?」みたいな曖昧な返事をしただけだった。

電話の向こうでは、『すみません、もう少しだけお待ちください』という申し訳なさそうな声がする。

「あ、では、よろしくお願いします」とかなんとか、自分でも何を言っているのかよくわからないまま内線電話を切り、信じられない気持ちで後輩を見つめた。

後輩はすでに視線を自分のモニターに戻し、キーボードを叩いている。

その口元に、うっすらと笑みが浮かんだ。

——え、笑ってる? 今、この状況で?

——え?

マグカップを持って席を立った。給茶機に向かう体でフロアを出て、廊下を歩く。

まだ何が起こったのかよくわからずにいた。

——今の、何?

嫌味?

それとも、ただの感想?

婚約者を寝取られた女と寝取った女、会社で血みどろのキャットファイトを繰り広げてもおかしくないところを、たゆまぬ努力でかろうじて普通に接しているのに、この間から、何かにつけてチクチク言われている気がする。

——え、私、おかしくないよね? 法務の人への対応も、嫌な感じになってなかったよね?

私だって催促するのは好きじゃない。できればいい顔をしたいし、「気にしなくていいですよー」って言いたい。

でも、締切までになんの連絡もなければ確認を入れるのが社会人として当然の対応だと思っている。

だって、今日みたいに相手が忘れている場合、催促しなければ永遠に返事はこないわけで。契約には相手がいるので、社外にも迷惑がかかってしまうし。

――違うのかな。私が真面目すぎるのかな。

給茶機にマグカップをセットし、コーヒーのボタンを押す。

そういえば健介にも「融通がきかない」と言われたことがあったな、と思いながら、マグカップに落ちるコーヒーを見つめていた。

＊＊＊

仕事中も脳内会議は紛糾し続け、そのまま終業時刻を迎えた。

煩悩を払うには除夜の鐘か筋トレ。前者はまだ何か月も先なので、即効性を求めるなら筋トレがいい。

というわけで、ジムに向かっている。

――真面目すぎなのか否か。

午後に降ったにわか雨のせいで、日陰だけアスファルトの色が濃い。そして道の端には小さな水たまりがちらほら。

信号待ちの間に靴の底を水たまりにそっと浸し、乾き始めたアスファルトにまた濃い色の足跡をつけながら歩き出した。

と、横断歩道の向こう側、ジムの扉が開いて長身の男性が出てくるのが見えた。今日も長袖のパーカーを着ている。

――あ、あの人だ。

一瞬迷ったけど、横断歩道を渡ってすぐに追いかけた。

「あの」

　声をかけると彼はこちらを振り向いた。すぐに私がわかったらしく「あ、ケルベロスくんの」と言う。

「こないだはどうもー。あれから大丈夫やった？」

「はい。おかげさまで。その節はありがとうございました」

「いえいえ」

「それとあの……先日は大変失礼なことを申し上げまして」

　そう言ってぺこりと頭を下げると、彼は「ん？」と声を上げた。

「俺、なんか言われたっけ？」

「あのその……マドエクさんのこと。私は詳しくない、と」

　彼は「ああ」と言い、ニコッと微笑んだ。

　目尻に深く長いシワができる。整った顔立ちが笑うと急に幼くなるので、手首に入れ墨のあるバンドマンだということを忘れそうになる。

「それって、俺に気づいてくれたってことかな」

「はい。本当に申し訳ありません。気がつかないばかりか、ご本人を前に『友達が好き』なんて言ってしまって」

「え、むしろ『友達が好き』って聞いて嬉しかったけどなぁ。世界中の人が俺らのこと知ってるわけないやん？『知名度が上がって、いつかこの子にも届いたらいいなーがんばろ』と思ったよ」

　不愉快な思いをさせたわけではないとわかり、ホッとする。

「流行に疎い私にも、ちゃんと届きました」

「よかったわー」

　ニコニコ。

　人懐っこい笑みにつられて、気づけば私も微笑んでいた。

「それでは、失礼します」

「え。もしかして、それだけ言うために追いかけてくれたん？」

「そうです、非礼を詫びなければと思いまして」

「そんなん気にせんでよかったのに。でも、ありがとう。真面目さんやなぁ」

　――まじめ。

　不意打ちだった。

　その単語が胸に深々と突き刺さった。

　というよりもたぶん、昼間の彼女に刺されて深手を負っていた傷口がぱっかりと開いてしまった。

　じわり目の周りが熱くなるのを感じて慌てて顔を背けたけど、間に合わなかった。

　意に反して涙がぼろぼろとこぼれ落ちる。

「え、な」

　突然涙を流す私を見て、彼は困惑した様子で短い声を上げる。

　そりゃあ、びっくりするよね。私だってびっくりしてるもん。

「ご、ごめんなさい」

　ジムの入り口から数メートル、チェーンのお弁当屋さんの前だ。

　夕ご飯を買いに来たと思しき人が、怪訝（けげん）な顔でこちらを見つめながらお弁当屋さんに入って行った。

　慌てて顔を手で覆ったけど、非情にも涙は止まらない。手を伝って流れた涙が肘からぼとぼとと地面に落ちる。

　――なんで、会社でも泣かなかったのに。

　恥ずかしくて、こんなことで泣いてしまう自分が情けなくて、余計に涙が溢れてしまう。

「ええと……俺、なんか悪いこと言うた……んやな?」

　声が近くなった。たぶん顔を覗き込まれている。

「いいえ、違います。ごめんなさい本当に。悪いことなんて何も」

　浮気の理由を問いただしたときに健介から言われたのは「真面目すぎてちょっとつまんなくなった」だっ

た。

そりゃあ先輩の婚約者に手を出す人よりは真面目に決まっている。不真面目選手権をやっているなら、そう言っといてくれないと。

あんまり涙が止まらないので、一旦顔から手を離してジムバッグをゴソゴソし、汗を拭くために持ってきたタオルを引っ張り出して涙を拭いた。

本当に情けない。それに自分がめんどくさくて仕方ない。

目の前の人もさぞうんざりしているのだろう、謝らないと。

そう思ってなんとか涙を引っ込めて彼を見たら、意外なことに微笑んでいた。

「ハイ、ここで三択問題でーす」

何を言い出すのかと思ったら、指を三本立て、楽しそうに彼は続ける。

「ご飯に誘う、放置して立ち去る、抱き寄せる、正解はどれでしょう?」

「……二番目です」

「よし、じゃあ一緒にご飯行こ。こっち」

彼はそう言ってスタスタと歩き出す。脚が長いので歩くのが早い。慌てて小走りで追いかけながら声をかけた。

「あの、私、二番目って……」

「でも俺、腹減ったんよなぁ。すぐそこのうまい店知ってるから、ごちそうさせて」

彼はなおも早足で歩きながら、チラリとこちらを見た。横から見てもわかるきれいな形の口の端に笑みが浮かんでいる。

「どうして……」

「だって、絶対大丈夫じゃないときに『大丈夫』っていうタイプの人やん。そういう人の『何も』は信じたらあかんって知ってんねん」

「えっ……」

「あとまぁ単純に、泣かせたままバイバイすんのは後味悪いしな」

「あの、ごめんなさい。勝手に泣いただけなので、どうかお気になさらず」

「ううん、謝らんでいいよ。泣かせたん俺やもん。むしろ俺のほうこそごめんな」

「とんでもない、こちらこ——」

「まぁ言うてそこまで悪いと思てへんから。ご飯おごってチャラになるかなぁくらいの。それくらいで許してくれる？」

　そう言ってから片側の口角だけを持ち上げて、彼はいたずらっぽく笑った。

　その言い草に、私もつられてちょっと笑ってしまった。

　形の整った眉にくっきりした二重（ふたえ）の涼しげな目。すっと通った高い鼻。彼が笑うだけで、取り巻く空気がパッと華やぐような、不思議なオーラのある人だ。

「ってわけで、ご飯行こう。それとも、後味悪いまま俺が今晩眠れんくてもかまへん？」

　そんなふうに言われてしまうと、断りにくい。

「あの……では、この間助けていただいたお礼もかねて私にごちそうさせていただけませんか」

「うーん……ほなら割り勘でどう？」

　迷った末に頷いた。

「よかった」

　彼の顔がくしゃ、とまた幼くなった。

06、クソ真面目とクソ不真面目

「こっち」

彼が先ほどスタスタ歩いていたのは私に後を追わせるためだったらしい。私が頷いた後は、私のペースに合わせてゆっくりと歩いてくれた。

「ここでいい?」

立ち止まった彼が指さした先には小ぢんまりとしたお店があった。看板も入り口も小さく、普通に歩いていたら見落としてしまいそうだ。

「こんばんはー。予約してないんですけど、今から二人、入れますか?」

明るい声でそう言いながら入っていく彼について、私もお店の暖簾(のれん)をくぐった。

照明は暗めで、アットホームな洋風小料理屋さんという雰囲気だ。壁の黒板にチョークでオススメのメニューが書かれている。そのラインナップを見る限り値段がそれほど高そうではなく、こっそり胸をなで下ろした。

「こちらのお席どうぞー」

衝立(ついたて)で区切られ、半個室のように奥まったカウンター席に案内された。

荷物を下ろし、並んで座る。

「なんて呼んだらいい?」

出されたおしぼりで手を拭きながら彼が問いかけてきた。

「友達からは『つむぎ』って呼ばれてます」

「つむぎちゃんね。かわいい名前やな。本名?」

「あ、はい、そうです。田無つむぎ、といいます」

「タナシって、田んぼが無いって書く『田無』?」

「そうです」

「マジか」

　彼はびっくりした顔で言った。

「あの……苗字が、何か?」

「俺、DENっていうんやけどさ」

「はい、存じています」

「本名、こうやねん」

　彼はカウンターに指で文字を書いた。

　彼の手元を見て、その一文字一文字を読み取る。

「細野伸由(ほそののぶよし)」

　意外と普通の名前だ。

「名前の漢字全部に田んぼ入ってるやろ?」

　そう言われ、先ほどの漢字を頭の中で反芻(はんすう)する。

　細、野、伸、由。

「あ、ほんとだ! ちっとも気づかなかったです」

「それで小学生の頃からずっと『デン』って呼ばれててん。そのまま芸名にした」

「なるほど、それで」

「田んぼだらけのDENと、田無さんかぁ、と思って。なんか運命感じてまうなぁ」

「私の家族はみんなこの苗字ですので……みんな運命の人ってことになっちゃいますけど」

「たしかに」

彼はそう言ってくしゃ、と笑った。

本当によく笑う人だ。

「ええと、本名でお呼びしたほうがよろしいですか？」

「どっちでも、好きなほうでいいよ」

「うーん……」

呼び方に限らず、「どっちでもいい」と言われると悩んでしまうタイプだ。「どっちでもいい」と口では言いつつ、どっちでもよくないパターンもあるし、本当にどっちでもいいパターンもある。それを見極めないと相手に不快な思いをさせてしまう。

「ええと、ええと……では、その……アーティストのDENさんとしてより先に、犬の散歩仲間やジムの会員同士として知り合ったので、本名で……細野さん、と呼ばせていただいても？」

「あ、そっち？」

——あ、間違えた、かな。

「やっぱりDENさんとお呼びしたほうが？」

「ううん。そうじゃなくて。本名って下の名前やと思ったからさ。ノブヨシかなって」

「あ、ええと……下の名前は……ハードルが高いです」

「俺そのハードル秒で飛び越えてもうてるけど。嫌やった？」

探るような視線を受け、慌てて両手を顔の前で振ってみせた。

「あの、いえ、嫌じゃないです。自分が呼ぶとなるとハードルが高いというだけで、呼ばれるのは全然」

「そ？　じゃあ俺は引き続きつむぎちゃんて呼ぶね。『細野』かぁ。新鮮やわ」

「あまり呼ばれないですか？」

「うん。苗字呼びは小学生のとき以来かな」

「え、そんなに……？」

「そう。ずっとデン。あ、あと、タメ語でええで。たぶん年同じくらいやんな？　つむぎちゃん、いくつ？」

「二十六です」

「あ、二つしか変わらんやん。タメ語にしよ？」

「あの……親しくない人にタメ語を使うのが少し苦手で」

「グッサ」

　彼は胸のあたりを押さえ、わざとらしく悲しそうな顔をしている。

「俺つむぎちゃんと親しいつもりやった……散歩で会って、ジムで再会して……これから一緒にご飯食べようとしてる仲やのに……」

「あ、すみません、あの、言い方を少し間違えました。その……馴れ馴れしいと思われてしまうんじゃないかと心配になっちゃうので、敬語のほうが気楽なんです」

「敬語のほうが楽？　へぇーそんな人おるんや。びっくり。じゃあまぁ、タメ語は追い追いってことにしようか」

　そう言いながら、彼は目の前に置かれたメニューを見た。

「お酒飲んでもいい？」

「はい、もちろん」

「どうしよっかな。よくわからんから、お店の人にオススメ選んでもらおうっと」

　——なるほど、そんな方法が。

　毎度メニューとにらめっこして一生懸命選んでいたけど、こんなふうに誰かに委ねる方法もあるんだ、と驚く。

「アレルギーとか苦手な食べ物とかある？」

「いえ。なんでも食べます」

「じゃあ、適当にこの前菜いくつかと……あ、この肉うまそう。見てこれ」

「あ、本当ですね」

「食べたいメニューある？」

そう答えながら、内心少し焦っていた。

ここまでの会話がすべて受け身だからだ。

つまらない奴だ、と思われてしまいそうで心配になる。

「どれ頼んでも外れはなさそうやけど……この前これ頼んでうまかったなぁ。新しいのに挑戦するか、前回うまかったやつにするか悩むなぁ。つむぎちゃんはどっちタイプ？」

「私は安全なところを選んじゃうタイプです」

「おっけー、じゃあ新しいのに挑戦しよう」

意外な返答に驚いていると、彼はくすりと笑った。

「せっかくやから、いつもはせぇへん選択したほうがおもろいやん？」

「たしかに、そうですね」

「つむぎちゃんもお酒飲む？」

「あ、ええと……」

「無理に飲まんでも大丈夫やで」

「あ、では、私はジンジャエールで」

「おっけー」

彼がカウンターの向こう側に声をかけ、注文をする。

それが終わるのを待って切り出した。

「あの、細野さん」

「うん？」

「本当に申し訳ありません」

「え、その話、もう終わったんちゃうん？」

「あ、マドエクを知らなかったことではなくて、突然泣き出してしまったことです。めんどくさいなと思われたでしょうに……」

「ええっ」と彼は驚いたような顔をして、少し体を逸らした。

「びっくりはしたけど。めんどくさいなんて思わへんよ。泣きたいときに泣いたらいいやん。そんなんつむぎちゃんの勝手やで」

「……ありがとうございます」

「うん、そっちのほうがええなぁ」

「え？」

「ごめんって言われるより、ありがとうって言われるほうが嬉しいやん」

なんてきれいな顔で笑うんだろう。目にかかるかかからないか、少し長めの前髪の奥に、黒い瞳が輝いている。

うっかり見とれそうになっていたら、カウンターの向こう側から飲み物が差し出された。

「お待たせしました。お飲み物です」

目の前に置かれたワインとジンジャエールのグラスを持ち、グラスを目の前に掲げて乾杯する。

彼はワイングラスを回すように軽く動かしながら、そっと鼻を寄せる。

そして舐めるように口づけた。

「あ、うまっ」

彼が驚いた顔でグラスを見た。

「これ、うまいです」

カウンターの向こう側に彼が声をかけると、厨房で作業をしていた店員さんが顔を上げて「ありがとうございます。インドのワインなんですけど、インド産は結構オススメ多いんですよ」と言った。

「つむぎちゃんもちょっと飲んでみる？　あ、お酒平気な人？」

「あ、はい」

「じゃあ、どうぞどうぞ」

　彼が口をつけたグラスを差し出され、（あ、新たに頼むのではなく、これを飲むのか）と驚いた。

　間接キス……と思ったけど、何も気にしていない様子の細野さんと、カウンターの向こうで手を止めて私の感想を待っているらしい店員さんの視線を感じ、拒めなかった。

「あ、ちょ、ちょっと待ってくださいね。口紅を」

　カバンからハンカチを引っ張り出し、唇を拭いた。昼食後に化粧直しをしてから半日経っているのですっかり落ちているだろうとは思うけれど、グラスに口紅がついてしまうのは申し訳ない。

　何度かゴシゴシとぬぐってから、「失礼して」とグラスに口をつけた。

「あ、おいしいです」

　そう言ったけど、本当のところはよくわからなかった。もともとワインに詳しくないし、緊張してしまって味わう余裕がなかったからだ。「おいしい」なんて、月並みすぎてつまらない感想を言ってしまった気がする。

　グラスに口紅がついていないことを確認し、彼の前に戻した。

　店員さんは「お口に合ってよかったです」と言って作業に戻っていく。

　次に届けられたのはチーズカナッペだった。

　どうぞ、というように手で示され、ひとつ取ってかじる。

「あ……おいしいです」

「うん、うまいね」

　そう頷いて、彼は厨房に向かって「お兄さん、これ何入ってんすか？」と尋ねた。

すぐに厨房から出てきたお兄さんが私たちの手元を見て「ああ」と言った。

「クリームチーズとクルミとニンニクとパセリと……あとは隠し味を少々」

「うわ、最後のところが一番知りたいのにー」

「あと百回くらい通ってくださったらレシピお渡ししますよ」

「百回かぁ、だいぶ時間かかるなぁ」

お兄さんと彼の会話を聞きながら、もうひと口。

うーん、お酒が飲みたくなる味だ。

「酒進むわー」

「そうですね。私も飲みたくなっちゃいました」

「飲んだら？　明日仕事？」

「いえ。土日休みの仕事なので、明日は休みです」

「お、じゃあ、いいやん。飲みやすいん聞いてみよか」

「はい」

店員さんにオススメを尋ねると、今頼んでいる料理に合うというワインをいくつか教えてくれた。その中から当てずっぽうで「じゃあこれ」と指さしたワインがすぐに届けられる。

「おいしいです。カナッぺもさっきよりおいしく感じます」

「うまい？　じゃあ、俺も次それにしよう」

彼はそう言いながらグラスを空け、私が飲んでいるワインを注文した。

私は先ほどから「おいしい」しか言っていないことに気づいて、脳内辞書の『食事の感想』の項目を必死にめくっていたけど、緊張のせいなのかお酒のせいなのか、辞書は残念ながら白紙だった。

「にしても、つむぎちゃん、普通やなぁ」

「何が……ですか？」

普通、という言葉にドキリとしながら問う。

「わりとみんな聞いてくるんよなぁ、あの人に会ったことある？　とかあの噂本当？　とか、ゴシップ的なやつ。自分で言うのもなんやけど、ちょっと名前知ってる人に会った興奮とかさ」

「興奮はもちろんあります。『テレビの中の人が目の前にいる』って。ただ……あまりそれを表に出すのは失礼かなと思いまして」

「失礼って、なんで？」

「オンの状態でいることを強要してしまう気がして。私自身、職場の人と外で会うのが苦手なタイプなので」

「あ、休日とかに会っても挨拶せぇへんタイプ？」

「もちろん無視はしませんが、向こうが気づいてなかったら敢えてこちらからは声をかけないタイプです」

ふんふん、と彼は頷く。

「おるよなー、そういうタイプ。俺はねぇ、バリバリこっちから声かけるタイプ。やから大丈夫やで。オンオフの概念がそもそもあんまりわかれへんし」

「おうちでも外でも同じなんですか？」

「うん、基本このまま」

「……疲れませんか？」

「疲れへんよ。むしろ、切り替えるほうが疲れるんちゃう？　俺は切り替えてないから感覚わからんけど。いつから切り替えるようになったん」

「小学生くらいからでしょうか。もうずっと、当たり前に切り替えてきたので疲れるとかはわからないです」

「それって、どっちが本当の自分とかあるん？」

「いえ、どちらも本当の自分です」

「そうなんや、ますますわからへんわ」

そう言いながら、彼はパーカーの首元を持ってパタパタと振った。

暑いのだろうか。

彼の様子を見ながら、夏野菜のラタトゥイユを頬張る。

「かわいい子の隣で飲む酒はうまいなぁ。ペース上がって困るわ」

お酒のせいで思考回路が鈍ってきたのか、耳に入って来たそのセリフを処理するのに少し時間がかかった。

――え。

ポカン、と口が開いてしまった。

数秒彼と見つめ合う。

「つむぎちゃん？　口開いてんで？」

「え……今、なんて」

「つむぎちゃんがかわいいから、酒がうまいなって」

「かわいい？」

「うん」

「そんなこと……言われたことないです」

「え？　かわいいって言われへん？」

「この身長ですし……」

身長は百六十七センチだ。小学生の頃から周囲より大きくて、『トーテムポール』というあだ名だったこともある。ヒールを履くと男子の身長を越えてしまうことも少なくないので、もっぱら靴はフラットシューズだ。

「身長と可愛さ、関係ある？」

「その……守りたくなるような可愛さ、みたいなのが」

「そんなん、自分に自信ない男が自分より弱そうな存在を求めて自尊心を満たしてるだけやん。つむぎちゃん、めっちゃかわいいで。初めて会ったときドキドキしたもん」

ニコニコと笑うこの人は、無自覚なのだろうか。

「つむぎちゃん、胸押さえてどしたん?」

彼の笑顔を見ながら、なんとか心臓を落ち着けようと深呼吸をした。

「その……そういうことを言われ慣れてないので、ダメージが」

ふす、と彼は笑う。

「ダメージなんや」

「はい……心臓に」

「そういうところもかわいいなぁ」

その瞬間、心のキャパの針が振り切れた。

どんな顔をしていいのかもわからないし、自分がどんな顔をしているのかもわからない。

顔を両手で覆い、手の中でモゴモゴと言った。

「ちょ、ちょっとタイムアウトをください」

「耳赤くなってんのもかわいー」

「あの、本当にちょっと……」

「ちっちゃい爪もかわいー」

「タイムって言ってるのに……!」

耐えられなくなって手を顔から離しながら彼に強い視線を向けた。

彼は余裕の表情で笑っている。

「もうあかんて、全部かわいいから。俺を黙らせたかったら、自分のかわいさを認めるしかないで」

「わかりました、わかりましたから……」

両手のひらを彼のほうに向け、『勘弁して』という意を示すと、彼はようやく「かわいい」攻撃をやめてくれた。

ホッとしながら、再び両手で顔を覆い、暴れる鼓動を落ち着けようと深呼吸をする。

「あのですね」

両手で顔を覆ったまま、モゴモゴと言った。

「うん？」

「無自覚かもしれませんが、細野さんのその整ったお顔立ちで『かわいい』を連呼されると、慣れていない人間は息が苦しくなるので、お気をつけになったほうがいいかと」

「でも、褒められたら嬉しくない？」

「嬉しいっていうか……ちょっと怖いです」

「え？　怖い？　なんで？」

「黒船に遭遇したお江戸の人たちの気持ちがわかりました……」

「黒船？　どっからペリー出てきてん」

「得体が知れなくて怖いです……」

「俺は思ったこと言ってるだけやのに」

指のすき間を開けた。ちょうど目のところだけ。

「それ……どうやったら、できるようになりますか」

「何が」

「思ったことを、相手も楽しめるような言い方で伝えられるの、すごいなって。配信を拝見してても思いました」

「あ、配信見てくれたん？　ありがとう」

「頭の回転が速くて、お話上手でうらやましいなぁと」

「しょっちゅうマネージャーに『赤裸々すぎるからオブラートに包め』って怒られてるけどな」

「あぁ……」

「『それはたしかに』って今思ったやろ？」

「……ちょっと思いました」

　彼は白い歯を見せ、声を上げて笑った。

「皆に言われるわ。いつかアカウント消されるんちゃうか、とか。一応規約は守ってんねんけど」

　そう言って彼は私の顔を覗き込んだ。

「俺、つむぎちゃんと話してて普通に楽しいけどなぁ。だから、そのままでいいんちゃう？」

「瞬発力が欲しいんです」

「何の？　会話の？」

「そうです」

「たとえば？」

「たとえばさっきの……カナッペがおいしいっていう話ですが」

「うん」

「感想を言うまでに、色々考えたんです」

「え、何を？」

「『おいしい』なんて感想、普通すぎてつまらないんじゃないか、とか。私はおいしいと思うけど、細野さんはおいしくないと思ってるかもしれない。ここで私が『おいしい』って言ったら、同調を強要することになるまいか。それとも、細野さんもおいしいと思っていたとして、私が『おいしい』と言ってしまったら、私に気を使って食べづらくなってしまうんじゃないか。でも、教えていただいたお店で出てきた料理についてひと言も感想を述べないのは失礼だから、やっぱり何か言うべきだろう……『おいしい』をおしゃれに言い換える言葉は思いつかない。で、結局、『おいしい』と」

　今度は彼のほうがポカンとしている。

「あのひと言にそこまでの重みがあったん？　『おいしい』って？」

「そうです」

　若干引かれている気がする。

「わかった。つむぎちゃん俺の三倍くらい頭の回転速いわ。めちゃくちゃ瞬発力あんで。ただ、ちゃんとしてるから言葉出すまでにスクリーニングしてんねんな」

「スクリーニング？　選別、という意味の、ですか？」

「そう。『これ言ったら相手傷つけるかな？　失礼じゃないかな？　不快にさせへんかな？』って。思いついてから口に出すまでに、そのスクリーニングを経てるから時間かかんねんな。偉いなぁ、見習いたいわ。その真面目な――あ、待った、これはＮＧワードやったな、ごめん。俺のスクリーニング機能ゴミで」

「あ、いえ」

　もう涙は出なかったけど、なんだか気まずくて思わず目を伏せた。

　そしてグラスに手を伸ばし、ワインをひと口。

　コースターにそっと戻し、グラスに映り込んだ照明の丸を見つめる。

「なんで『真面目』って言われるん嫌なん？」

　控えめな問いかけだった。

「嫌、というわけじゃないんですが。なんとなく『つまらない人間だ』って言われてる気がしてしまって」

「え、俺全然そんなこと思ってへんけど」

　彼は私の顔を覗き込んだ。私の表情の変化はそれほどまでにわかりやすかったのだろう。

「もしかして、そういう意味で『真面目』って言われたことあるん？」

「……たぶん」

「そうか。俺、地雷踏み抜いたってことやな」

「でも、地雷は踏んだ人じゃなくて埋めた人が悪いので」

「たしかに。つむぎちゃんの地雷は誰が埋めたん？」

「……いえあの、楽しい話じゃないですから」

「この状況で誰が楽しい話期待すんねん」

「そうですよね……」

「で？」

あまり拒むのも失礼だろうと、できるだけ軽く聞こえるように、短く言った。

「婚約者が私の後輩と浮気してたので少し前に別れたんですけど、その後輩に今日、仕事中に『本っ当に真面目ですよねー』って言われてしまって」

自分で言いながら「あれ、なんか大したことないかも」と思った。

言葉にしてみると、こんなものだ。気にしすぎ、と言われてしまう気がした。

でも彼は「うわぁ」と言い、整った顔を不快そうにゆがめた。

「なんやそれ、むっちゃ腹立つなぁ。婚約者を寝取った女に『真面目ですねぇ、プークスクス』言われたら許されへんわ」

「プークスクスとは言われてないですけど……」

「でも、その気配を感じたから傷ついたんやろ？」

「……そう、ですね」

あれは絶対に馬鹿にした言い方だった。

そうだ。やっぱり、私が腹を立てたのはおかしくなんてない。

彼が「腹立つ」と言ってくれたおかげで、自分のそういう気持ちにお墨付きをもらったような気がした。

怒っていいんだ、と。

「そんなこと言われて、黙ってたん？」

「さっきの瞬発力の話じゃないですけど、とっさになんと返せばいいかわからなくて。道端で突然泣き出したりして関係ない人を巻き込んじゃうくらいなら、いっそあの場で泣いてやればよかったんですよね」

ハァ、と大きめのため息が漏れた。

　彼は首をブンブンと横に振る。

「あかん、あかん。そんなん、相手にダメージないやん。泣いてもあかん。そこは『ビッチは黙っとけや、口に消しゴム詰めんぞカスが』くらい言うたらんと」

「言えたら……いいんですけど」

「今練習してみたら？」

　息を大きく吸って、一気に言った。

「黙っとけやぁ」

　結構強く言ったつもりだったけど、全然ダメだったみたい。隣で彼がく、く、と体を折って笑っている。

　彼はしばらく肩を震わせてから、ようやく、というように口を開く。

「いや関西弁である必要はないやん。ほんでドスが足らんドスが。もっと低い声で言うてみ」

「び、ビッチは黙ってて。口に消しゴムっ詰めてやるからね、カスが」

　声がうわずったし、何度かつっかえてしまった。

　んんんんんー、と彼は唸りながら難しい顔をした。

「なんっか迫力ないなー」

「……人に向かって『カス』って言ったことないです」

「うん。そんな感じするわ。暴言とか吐かなそう」

「両親が教員で、家で汚い言葉を使うとすごく怒られて」

「あ、先生なんや。めっちゃわかるわ」

「やっぱり……『真面目』に見えますか？」

「うん。いい意味でな？　ちゃんとしてる感じ」

「それがいけなかったのかなぁ」と呟いた。

小さい頃から「しっかりしている」と言われて育った。しっかりしなくちゃ、お姉ちゃんだから。どうしても六つ下の弟に向きがちな両親の関心を自分に引き寄せたくて、いろんなことを頑張った。「ねぇ見て見て」のひと言を無邪気に言える弟と違って、私はいつも自分に課題を課した。これを上手にできたら、見てもらおう、と。

まぁつまり、典型的な〝長女タイプ〟だ。

そこに加えて両親が教員、母に至っては市内の学校に勤務していたものだから、先生の中には当然母の知り合いもいて、下手なことをすると母に知られる、迷惑をかけるという思いが私を〝THE（ザ）優等生〟に育て上げた。

「なんであかんの？　いいことやん。やるべきことをちゃんとできるんは、『つまらない人間』じゃなくて、誠実な人間ってことやろ。胸張ったらいいやん」

「誠実……」

「たとえば、この店入ってすぐに、店員さんがおしぼり持ってきてくれたやん？　つむぎちゃん、『ありがとうございます』って言うてたやん。注文取りに来てくれたときも『よろしくお願いします』って言うてた。俺との会話の途中でも、一旦会話を止めて、ちゃんと店員さんの目を見てさ。流れるようにその言葉が出てくる。俺のワイン飲んだ後も、自分が口つけたほうを反対側に向けて俺の手元に戻してくれる。そういうのがちゃんとできる人、魅力的やなぁと思って俺は見てたけど」

「無意識……でした」

「無意識にできるようになるくらい、意識して繰り返してきたってことやろ。そんなん、誠実じゃないとできんよ。クソ真面目とクソ不真面目で比べたら前者のほうがいいに決まってるやん。クソ不真面目な俺がこんなこと言うんも変やけど」

そう言って彼は笑う。

――ああ、いいなぁ、この人。

自分でも気づいていなかった自分のいいところを見つけ出してくれる人なんだ。

──だから人気者なんだろうな。

この人を好きな、元婚約者と後輩の気持ちがわかってしまう。

彼らの気持ちなんて、何ひとつわかりたくない、共感したくないのに。

──もしかして、健介と一緒にいるときに配信を一緒に見て、楽しいと思えていたら、浮気されることもなく、今も一緒にいたかもしれない。

そんなことを思ってしまうのも嫌だ。

目の前のワインをぐい、と飲み干した。すぐに彼から「飲み物追加で頼む？」と聞かれ、迷った末にもう一杯同じものを頼んだ。少し飲みすぎているかもしれない。

「なぁ、どうせやから、全部吐き出したら？」

「え？」

「誰にも吐き出してないやろ？」

「何を、ですか？」

「そのクソオブクソたちへの愚痴とか、つらいとか悔しいとかいう気持ちとか、全部。聞くで」

なんで、という言葉を、口には出さなかったのに、まるで聞こえたみたいに彼が言う。

「人に頼るん苦手そうやから」

「どうしてわかるんですか？」

「頼るのが得意な人は犬の散歩中にひとりで『負けないぞ！』言うたりせぇへんし、会社でそんなムカつくことあったら、友達に連絡して『ねぇちょっと話聞いてー！』って今頃飲んだくれてるわ。泣きそうな顔してひとりでジムには行かへん」

ぽろ、と涙が出た。

「ちょっと、ごめんなさい、泣いちゃう」

「泣いとき、泣いとき」

「う……」

　何か言おうと思ったのに、何も思いつかなかった。

「つらかったなぁ」

「めんどくさくて、ごめん、なさい」

「だからそれ、もうごめんはいいって。俺、女の子の涙見慣れてるから、全然平気やで」

「あり……がとう」

　――実家でも会社でも泣かずに我慢できていたのに、どうして。

　お酒のせいなのか。

　それとも、優しすぎる言葉のせいなのか。

「よし、飲もう飲もう。ほら、俺のも飲んでいいから。ほんで話してみ。全部。そういうのってたぶん、身近な人に話すより他人に話すほうが楽やから」

　そうかもしれない。

　心配をかけたくないとか、かわいそうって思われたくないとか、いろんなことを考えてしまって、身近な人に話せない。

　でも、今日が終わればきっともうそんなに話すこともないだろうこの人には、話せる気がした。

07、『大人の一夜』の始め方

涙をぬぐい、彼から差し出されたグラスを空けてふぅと息を吐く。

自分の息がお酒臭いかも、なんて考える余裕もない。

「元婚約者ってどんな奴やったん？」

「どんな……マドエクさんのファンでした」

背中をさする大きな手に促されるように、ぽつりと答える。

「え、もしかして前に言ってた『友人』って……？」

「そうです。初めてお会いした日に着てらっしゃったパーカー、元婚約者も持ってました」

「あーあのパーカーなぁ」

そう言って彼は苦笑した。

「パーカーが何か……？」

「つむぎちゃんの話遮ってごめんやけど、ちょっと言い訳させてもらってもいい？」

「はい」

「これ見よがしに自分のバンドのパーカー着て歩いてるん、めっちゃ恥ずかしいやん。あれな、ちゃうねん。姉の家に泊まったときに服がなくて。唯一、姉が買ってしまい込んでたあのパーカーのサイズがピッタリやったから着ててん」

「ご自身のバンドのパーカーを着てても、『これ見よがし』なんて思わないです」

「そう？　なら良かったけど。絶対誰にも本人やって気づかれへんように、フードかぶっててん」

「あ、それで、だったんですね」

「うん」

　彼は「ごめんごめん、そんだけ」と言って、はぁ、とため息をついた。

「にしても、元婚約者がマドエクのファンかぁ」

「中でも細野さんが好きだって言ってました」

「マジか。ファンでいてくれるんは嬉しいけど、なんとも言えん気持ちやなぁ」

　そう言って天井を仰ぐ。

「浮気相手の後輩もです」

「え？」

「後輩もマドエクさんのファンで。それで私が二人を紹介して」

「えー、つむぎちゃんがきっかけでマドエクファンの二人が出会ってくっついちゃったってこと？」

「です。後輩も細野さん推しだとわかって、かなり盛り上がってました」

「うわ、しんど」

　じわり、にじむ涙を指先でぬぐう。

「後輩と……どう接したらいいのかわからなくて」

「普通やったらバリクソ嫌な態度取るとこやけど、そういうことしなそうやもんな」

「悔しいから、平気な顔してたいんです」

「あ、それはわかる。悟られたくないんよな」

　共感の言葉を口にしながら、彼は額ににじんだ汗を袖口でぬぐった。

「会社では平気な顔できてると思うんですけど」

「だからやなぁ、たぶん。平気な顔するために、会社にいるとき感情を鈍化させてんねんな」

「鈍化……」

「その反動で、今涙が止まらへんのちゃう？」

「たしかに、そうかもしれません」

感じないように、悟られないように、嫌な顔をしないように、普段どおりに、と、自分の心に幾重にも蓋をしているから。

「鈍化させせっぱなしにしてたら心が死ぬから、つむぎちゃんがうまくバランス取れててよかった」

よかった、なんて。

ほかのところで勝手に溜め込んできた感情を目の前で吐き出されているというのに、それを「よかった」なんて。

「それにしても、つむぎちゃんの敵二人に推されてんの、微妙な気持ちやわ」

そう言いながら、また彼は汗をぬぐう。

涙をぬぐう私と、汗をぬぐう彼。

「あの……暑くないですか？」

涙をようやく引っ込め、深呼吸をして彼に問いかけた。

何度も泣いたせいですっかり鼻声だ。

「めちゃくちゃ暑いけど、大丈夫やで」

「そうですか」

大丈夫、と言われてしまうと、なんだかそれ以上「暑いでしょう」というのもおかしい気がする。

愚痴を聞いてもらった感謝と申し訳なさをどう表現したものかと迷って、「あの」と切り出した。

「細野さんは……何もないですか？」

「何が？」

「他人だからこそ話せる愚痴、とか」

「全部口に出すから、あんまり溜め込まへんのよなぁ」

「じゃあ、いつか聞いてほしいことができたら、今日のお礼に私が聞きます」

彼にはたくさん友人がいるのだろうから、そんな「いつか」はきっと来ないだろうと思いつつも、もしも何かあるとしたら、そのときは力になりたいと思った。

「うん。お願いするわ。ありがとう」

グラスの中にわずかに残っていた赤紫色の液体を飲み干しながら彼のほうを見ると、首筋を汗が伝っている。

「暑そう……ですね」

「たぶんジムでだいぶ体温上がってたところに酒のせいでさらに体温上がっちゃって。まいった。ごめんな、隣で汗ダラダラかいてて」

パタパタ、パタパタ。

彼はかたくなにパーカーを脱がず、首元を引っ張って空気を送り込んでいる。

「あの……パーカー、脱がないんですか？」

「あー、うん。ちょっとな」

「もしかして……その……余計なことかもしれませんが……もしも手首の模様のことを気にしておられるなら、大丈夫ですよ」

そう言うと、彼の動きが止まった。

「え」

驚いた様子でこちらを見る。

「え、え、なんで？　え、なんで？」

「実はこの間、見えてしまいまして」

「え。見えたって、いつ？」

「ジムで助けていただいたときに、あの男の人が押しのけて……そのときに袖が一瞬」

「うわぁ、あのときか。えー、ごめん」

彼は体をこちらに向け、深々と頭を下げた。

「ほんとごめんなぁ、怖いやろ。え、っていうかもしかして、怖くて断れへんくて今日ついてきた？」

「いえ、そんなことは」

「よかったぁ。無意識に拉致(らち)してたかと思たわ」

慌てて否定すると、彼はホッとした表情でそう言う。

「拉致だなんて、まさか」

「じゃあ、お言葉に甘えてちょっとパーカー脱いでもいい？　やっぱり怖い、ってなったら着るからすぐ言ってな」

「はい」

彼は衝立の向こう側を覗き「まぁこっち側やったら他からは見えへんな。大丈夫そう」と呟いてパーカーを脱いだ。

そしてあらわになった姿に息をのむ。

――わ、すごい。

手首から覗いていた模様は手首だけではなかった。

Tシャツ姿になった彼の右腕を覆い尽くすようにびっしりと模様が入っている。

「思ったより面積広かったやろ。大丈夫？　こわい？」

「いえ、あの、びっくりはしてます」

「そやろなぁ。こんなことお願いするんあれやけど、できたら内緒にしてくれる？　公表してないから」

「あ、もちろんです。私、誇れることがひとつだけあって。口の堅さには自信が」

「ありがとう。でも」

そう言いながら、彼は目を細めた。

「つむぎちゃん誇れること『ひとつだけ』ちゃうで。絶対他にもいっぱいあるから、探してみ」

脱いだパーカーを丸め、椅子と背中の間に押し込みながら、彼が言う。

――そうかな？

誇れることが他に何かあるか考えてみたけど、すぐには思いつかなかった。

「たとえば、可愛いところ。あと、誠実なところ。穏やかなところ。犬好きなところ。いっぱい考えてるところ。ほらな、出会って間もない俺でもこんなに挙げれるんやから、探したらめちゃくちゃ出てくんで。楽しみやな」

ひとつずつ指を折り、そうしてできた握りこぶしを振りながら、彼が笑顔で言う。

「私も……細野さんの誇れるところを挙げてみていいですか」

「あ、俺？　いや、つむぎちゃん自身のを探してほしいけど。まぁいっか」

「頭の回転が速い、見ず知らずの他人を助けてくれる、人と仲良くなるのが上手、人を緊張させない、それから……」

「どれもむっちゃ嬉しいけど、一個大事なやつ忘れてんで。イケメン」

そう言って彼は配信でも披露していたキメ顔をしてみせる。

「そうでした」

「今『自分で言うな』って思ったやろ？」

「いいえ、『ここまで整ったお顔立ちだと、自分で言っても全然嫌らしさがないな、すごいな』と」

「『整ったお顔立ち』なんて初めて言われたわ。もうひとつ、つむぎちゃんの良いとこ見つけた。言葉遣いがきれい」

「私も細野さんのをもうひとつ見つけました」

「お、なになに？」

「人のいいところを見つけるのが上手」

「お、それは嬉しいやつー」

その柔らかな笑みが腕を覆う模様とあまりにもアンバランスで、不思議な気持ちになった。

お腹も張り、頼んでいた料理もほとんどなくなり、〝終わり〟が近づいている。

――もうちょっとだけ、こうしていたいなぁ。

＊＊＊

そんなことを思ったって、タイムリミットはきてしまうわけで。

帰宅が二十四時を回ると、母がきっといい顔をしない。

私が一瞬腕時計に視線をやったのに気づいた彼が「あ、時間やんな？　ごめんな、遅くなって」と言い出し、流れるようにお会計を済ませてお店を出た。

「あの、細野さん、さっきのお代……」

お店を出る前にパーカーを羽織った彼は、また暑そうにしている。

カバンから財布を出し、駅の方向に歩き出す彼にそう声をかけると、彼は首を横に振った。

「あ、いらんいらん。レシート捨ててきたから金額わからへんし」

「覚えてます。九千七百五十六円でした」

「記憶力めっちゃいいな」

そういって彼は笑う。

「じゃあ二千円ちょうだい。俺のほうがいっぱい飲んでるから、半分はさすがにもらいすぎ」

「いえ、それならせめて四千円で」

「間とって三千円は？」

「三千五百円なら……」

「やめて、小銭増えたら重いから」

「……本当に三千円でいいんですか？」

「うん」

「すみません。ごちそうさまです」

「いやマジで俺のほうがいっぱい飲み食いしてるから。むしろ、もらいすぎてると思う」

「そんなことないです。楽しい時間をありがとうございました。細野さんには楽しくない話を聞かせてしまった気がしますが」

「ううん。それでつむぎちゃんの気持ちが楽になったんやったら、『楽しかった』で合ってんで。俺も楽しかった」

「それならよかったです」

——もしあの人たちが知ったら、うらやましがるんだろうなぁ。

フフ、と思わず笑いが漏れた。

「どしたん？」

「ちょっと意地の悪いことを考えていました」

「意地悪いこと？　なになに？」

「『敵の推しとご飯食べたぞーっいいだろー』って」

「ああ、元婚約者と後輩に？」

「そうです」

「俺との飯にそんな価値があるかわからんけど、それでうらやましがらせてやれるんやったら、言うたったら？　なんなら証拠に写真でも撮る？」

「え、いえいえ、そんなことは」

焦って首を横に振った。

「ほんまにええで？　俺、街中で写真とか撮られんの全然嫌じゃないタイプやし」

「ありがとうございます。でも大丈夫です。心の中で『いいだろーっ』て意地悪なこと思ってるだけで十分です。

すみません、そんな、利用するようなこと言って」

「全然いいよ。つむぎちゃんが楽になるんやったら、好きに使って」

　そう言ってまたくしゃ、と笑う。

「細野さん……本当に優しいですね」

「俺なぁ、鏡みたいな性格やねん」

「鏡？」

「そう。優しい人には優しくなるし、クソみたいな相手にはクソみたいな態度取る。俺を優しいと思うんやったら、それはつむぎちゃんが優しいってことやで」

　嬉しくて、何か言葉を返そうと思ったけど、いい返事が思い浮かばなかった。

　だからただ「ありがとう」の意味で頭を下げた。

＊＊＊

「うーん……止まってんなぁ」

「そう……ですね」

「再開の目途立ってへんてさ」

「ええと……どうしようかな」

　駅について彼にお礼を言い改札を入ろうとしたら、「あ、ちょっと待ち」と呼び止められた。指で示されたほうを見ると、頭上の電光掲示板を「運転見合わせ」という赤文字が流れていた。

「他の路線で帰れそう？」

「ええと……あ、終バスがもう終わってます」

「マジか」

「タクシーで帰ります」

「え、でも、家あの辺やんな？　ケルベロスくんの散歩してた」

「はい」

「タクシー代えげつないことなんで」

「ちょっと調べてみて、あまりに高くつきそうならビジネスホテルに泊まります。なので、すみません、ここで失礼しますね。おやすみなさ――」

「うち来る？」

彼が言った。

「え？」

「うちわりと近いけど。来る？」

「え、でも」

「つむぎちゃんさえよければ。もうちょっとつむぎちゃんと話したいと思ってたし」

私の迷いを察したらしい彼がゆっくりと言う。

「実は、さっきここまで歩いてくる途中に言うかどうか迷ったセリフがあんねん」

「……どんな？」

「『そいつらのこと、もっとうらやましがらせてみる？』って」

「もっと……？」

「そう。たとえば、敵の推しともっと深く知り合ってみるとか」

一緒にご飯を食べて、お酒を飲んで、家に誘われて。

この「深く知り合う」の意味は、さすがの私にもわかった。

普段の私なら絶対に乗らない誘いだ。

三秒で「ホテルにひとりで泊まります」と返事をして立ち去っている。

　でも今は、立ち去れなかった。

（「つむぎさんって本っ当に真面目ですよねー。私だったら――」）

　私だって、私だって。

　不真面目に振る舞おうと思ったら、振る舞えるんだから。

「……私がおうちにお邪魔することで傷つく人はいませんか？」

「おらんよ」

「それなら……知り合ってみたいです」

　そう答えると、彼はにっこりと笑った。

「じゃあ、一緒行こう」

　彼は私の手を取り、駅の外へと歩き出した。

　自然だ。すごく。

　――慣れてるんだろうなぁ。

　私は付き合ってもない人と手をつなぐなんて初めてだ。

　我ながら真面目。

　真面目ついでに、母に〈電車が止まってるから、今日はホテルに泊まって明日帰ります〉と短いメッセージを送った。

「あの……本当にいいんですか？」

「何が？」

「酔っ払ってらっしゃるのかなって」

「それ、俺のセリフちゃう？　つむぎちゃんが言うん？」

「だって、細野さんにはメリットがないのに」

　そう言うと、彼は笑う。

「セックス自体がメリットやん。人によっては金払ってやるくらいやのに」

わわ、と、その言葉の生々しさにうろたえた。

いや、これからその生々しいことをするのに、と自分を奮い立たせる。

「私が危ない人だったら？」

「結構ヤバイ奴いっぱい知ってるから、だいたい見たらわかる。つむぎちゃんは絶対に違う」

「そう、ですか」

「そう。あ、いい意味でね」

駅の外に出ると、彼は「んー」と声を上げた。

「ここから歩かれへん距離ではないけど、飲んでるし暑いし、タクシー捕まえよか」

「あの……大丈夫なんですか」

「何が？」

「その……撮られたり、とか」

「全然大丈夫やで。俺がヤリチンって皆知ってるから、ニュースバリューないもん」

「自信満々ですね」

「まぁ、数多の成功体験あるからな」

「今まで女性とそういうことをしても、撮られなかった？」

「そういうこと」

そういう人の家に行こうとしてるんだ、と、改めて思う。

――私、馬鹿なことしてる？　酔ってる？　後悔する？

たぶん馬鹿なことをしてるし、今は間違いなく酔っているし、後悔もするんだろう。

でも、別にいい。

馬鹿なことをしないように気をつけていたって、もらい事故みたいな馬鹿げたことに突然巻き込まれて日常がひっくり返るんだから。それなら自分から突っ込んでいくほうがずっとマシだ。

それに。

――こうやって……始まるんだなぁ。

付き合って、手をつないで、キスをして、少しずつ関係を深めて。私にとって体の関係はその先にあるものだったから、付き合ってもいないのにどうやって体の関係が始まるのか、興味があった。

元婚約者と後輩もこんなふうに始まったのだろうか。お酒を飲んで語らって、夜の静けさの中を二人で歩くうちに――。

嫌な思考を振り払い、覚悟を決めて深呼吸しながら、彼が止めたタクシーに乗り込んだ。

歩けない距離ではないと言っていたから、すぐに着くはずだ。

何を話していいかわからなくて窓の外を眺めていたら、彼が隣で動く気配があった。

ちゅ。

小さな音と首に当たったぬるい感触から、首にキスされたのだとわかった。

「あ、あの、汗が、汗が」

慌てて身をよじりながらそう言ったけど、彼は平然としている。

「そりゃ人間やから汗はかくよ」

「あの、ちょ」

「んー、いい匂い」

ぺろ、と舐められた。

「あっ」

つい小さな声が出てしまう。

「いい反応」

彼の手がスカートへと伸び、太ももをゆっくりと撫でられた。

「あの、運転手さん、いますよ」

「知ってるー」

　そう言って、彼はパッと体を離した。

「火、ついたやろ?」

　うずうずと、先を期待して体のどこかが疼き出す。

　そんな私を見て、彼は満足そうに微笑んだ。

　――わかってたけど、やっぱりすごく慣れてる。

　こっちは全然慣れてないのに。

　付き合ってもない相手とこんなことになるのは初めてだから、こんなときどう振る舞えばいいのかわからない。

　タクシーを降り、オートロックのエントランスを抜け、手を引かれて廊下を進みながら膨らんでいった私の戸惑いは、玄関を入るなりあっという間にかき消された。

　ドアが閉まる重い音と同時に、深いキスをされた。まるで大好きな人とするみたいな、我慢できなかったみたいな、そんな衝動を感じるキスだ。

　唇をついばまれ、舌が絡められ、応じるだけで精一杯。

　――私も絡めたほうがいいのかな。でも動きが拙いとか思われたらどうしよう。かといって、何もしないのも失礼かな。

　迷っていると、一度顔が離れ、探るような視線が落ちてきた。

「嫌じゃない?」

　ふるふる、と首を横に振って答えた。

「そ、じゃあ遠慮なく」

　再び深いキスをされ、息が苦しくて声が漏れた。頭の芯が痺れていく。

唇が離れたすきになんとか取り戻したわずかな理性で「あの、シャワー」と言ってみたけど、「ジムで浴びてきたよ」と返された。

違う、そうじゃない。

私が浴びるって話を。

押しかけておいてシャワーを貸せというのは非常識なのではないかと思えてきて、それ以上は言えなかった。

そのまま寝室に運ばれ、服を着たままベッドに下ろされる。

百六十七センチ、女性としては大柄の私は、決して軽くはないだろうに。

「力持ち、ですね」

「このためにジム行って鍛えてんねん」

彼はそう言い、部屋の照明を落として私を見下ろした。

「んー、かわい」

誰が、どこが、何が。

疑問しか浮かばない。

服、かな。

それならまだわかる。セールで新調したばかりのお気に入りだから。

その服はあっという間に脱がされた。夏用のジャケット、カットソー、タイトスカート、ストッキング。パンプスソックスをはいていたはずだけど、知らないうちにどこかへ消えていた。

「あ、下着が」

透けないこと、アウターに響かないことだけを条件に買った、可愛くもなく色気もないブラジャーだ。

「ごめんなさい」

「えーなんで？　謝るようなことないやん。どうせすぐ脱がせるし。俺のパンツも普通やで。見る？」

下着姿の私を残し、彼は自ら服を脱いだ。

たしかに普通のパンツだった。ウエストのゴムに、私でも知っているようなブランドの名前が書かれている以外は。

すぐにウエストゴムのことなんて気にしていられなくなった。薄い布越しに彼のそこが力を持っているのが見えたからだ。

視線をどうしてよいかわからなくて両手で顔を覆っていたら、「顔見えへんやん」と残念そうに言われた。

ちゅ、と音がして、髪に唇が押し当てられたのがわかった。

ちゅ、とまた音がする。首だ。

今度は肩。鎖骨。私の顔から引き剥がした手。手首。肘の内側。そしておヘソ。

「あ、あの」

「おしゃべりは後でな」

ブラを押し上げ、あらわになった胸に彼が口づける。

恥ずかしくて顔が爆発しそうだった。

ちう、という小さな小さな水音が聞こえる。

ぺちょ、ちう。音の生々しさと、ぬるい舌の触れる感覚が同時に襲ってくる。舌先で転がすように、執拗にその場所を弄ばれ、腰が浮いた。

「あの、ちょっと、待っ」

「たへん」

体をよじろうとしたけど、そっと押さえつけられた。

胸を弄ぶ舌はそのままに、大きな手がゆっくりとお腹を伝い、お尻へと下りていく。

私は仰向けに寝転んで目を閉じ、なされるがままだ。置き場所に困った自分の手は、「気をつけ」みたいに体に張り付いている。

お尻のまろみを撫でた手がゆっくりとショーツの中へもぐりこんだ。

何かに気づいたような「ふ」という小さな声と共に彼の顔が胸から離れる。

「もうとろけてる」

恥ずかしくて返事ができない。

彼の手はゆっくりと秘所に触れ、芽を撫でた。

ぬる、と彼の指が滑る。

は、と思わず息が漏れた。

体が燃えるみたいに火照っている。

ぬるぬると何度も同じ場所を往復した指が、つぷ、と少しだけ中へ入った。

「あー、気持ちよさそ」

私のことを指したのか、私の中に入れる感触を想像した言葉なのか、どっちかわからない。

どっちも、かもしれない。

「とろとろ」

彼はそう言いながら、また同じように芽を弄んだ。

「ん」

鼻から声が漏れた。

その甘ったるさに、自分で慄いた。

下着がゆっくりとずらされ、脚から引き抜かれる。

「あの……入れないんですか」

「んー」

「あの……」

「お願いされるまで入れへん主義で」

　何を言わせようというのか。

　私の体から溢れた水分がお尻のほうまで垂れているのがわかる。

　卑猥な水音まで聞こえている。ぐち、ぬち、なまめかしくて耳をふさぎたくなる。

　長い指がクイとそこを押すたび、勝手に甘い声が出る。そんな感覚は初めてだった。

「あ、そこ……や……」

　足の指先に力が入って、ぎゅっと丸まった。

「本当はいやじゃないやろ?」

「や」

「いやじゃないやん、締め付けてるもん」

「んっ」

　もう、もう、もう。

　自分が何を求めているのかもわからない。

　ただ何かを求めて手を伸ばすけど、彼に触れるのもためらわれて、空を掻く。

「あーかわい」

　耳元でかすれた声がそう言う。ときに低く、ときに高い声が耳から流れ込んで、頭をぐちゃぐちゃにかき混ぜられているみたいだ。

「背中、手回して」

　そう言われて触れた背中は熱くて、汗ばんでいた。

　指は変わらず体の中でうごめいている。

　と、彼がゆっくりと体を離し、そこへ顔を近づけた。

「あ、あの!　しゃ、しゃわ」

「大丈夫」

「だいじょ、ば、ない」

「大丈夫、大丈夫」

なだめるように言って、彼がその場所を舐め上げた。

ずる、とすするような音がするのは、濡れているからだ。

芽を舌で押され、「ああ」と声が出た。何もかも恥ずかしい。体勢も、舐められているという事実も、彼のことをほとんど知らないということも。

じゅ、と音を立てて吸われた。

「あ、も、や」

ついに単音しか発することができなくなった。

「力抜いて」

なだめるように太ももの裏側を撫でられるけど、逆効果だ。腰が震えた。

「あの、やだ、やだ。もうやです」

泣き声みたいになった。

顔が離れる。

じっと見られている。整った顔立ちの、ほとんど知らない人。知っているのは優しいことだけだ。

「行為自体がやだってことではないよな？」

「ちが、ます」

「『入れて』って、言ってほしいなぁ」

そんなこと、言ったことない。

適当にほぐされて、そこそこにほぐれたら、勝手に入ってくるものだと思っていた。

「い、」

言えない。

顔を覆った。

「耳真っ赤。かわい」

低い声が言った。ハスキーな高い声を出したり、お腹の底に響くような低い声だったり。この人は、自在に声を操れるのだろうか。

今夜だけで、一生で言われた「かわいい」の回数を上回るんじゃないかな。

「い、れてください」

「やっと」

ぐ、とすぐにそれが押し当てられた。

硬い。

すぐに奥まで入ってくるかと思って、痛みを避けるために体の力を抜いた。けど、すぐには入ってこない。

浅い場所を抜き差しして、花芽をかすめる。

「あの、そ、れ」

「気持ちいい？」

声の代わりに、ねばっこい水音が返事をする。

耳をふさぎたくなった。

「俺も気持ちいー」

語尾を伸ばして、彼が言う。

まだ中にちゃんと入っていないのに。

彼は抜き差しを繰り返しながら、ゆっくりと奥へと入ってきた。異物感はない。すっかりとろけた私の内側は、大きく見えた彼のそれをすんなりと受け入れた。

「ヤバぁ、きもちい」

そう言いながら、彼は腰をゆるゆると動かす。

私はシーツに背中を張り付けて、情けない声を上げているだけだ。
何かしたほうがいいんじゃないかと伸ばしかけた手を、シーツに縫い留められた。
「まぁまぁ、そう色々考えんでいいから。ただ感じて。な?」
耳元で放たれた声が頭に染みわたるような、変な感覚だった。
耳を犯されて、頭を犯されて、体も犯されて、もう何も残ってない。
火照った頬が熱い。
――ただ感じるって、どうやって?
「考えるんやめてみ」
そんなこと言われても、人間ってのは考える葦(あし)だってパスカルも言ってて。
考えないなんて、無理で。
無理、なはず、
――あああああああ……。
どこまでが声に出て、どこからが頭の中で、
何が起きて、何が起きていないのか、
全部わからなくなった。
「本当にかわいいなぁ、きもちい」
彼がそう呟いたとき、まるで世界で一番愛されているような、気がした。

【書き下ろし番外編①】いい子

姉の愛犬ノアを散歩させていたら、道端にしゃがんでいる人が見えた。具合が悪いのだろうか、と思い、少し歩みを速めた。

近づくと、草むらに小型犬のお尻が見えた。その隣で、女性がこちらに背を向けてしゃがんでいる。その肩が震えているように見えた。

――もしかして泣いてる？

泣いているときに見ず知らずの人間から声をかけられるのは嫌だろうかと迷っていたら、「負けないぞぉっ」という声と共に女性が威勢よく立ち上がった。こちらは驚いてのけぞる。

それが彼女との出会いだった。

カジュアルな服装にキャップを目深にかぶり、笑顔で会話に応じているが、キャップのひさしの影から少し覗く目元が赤い。

――なんかよっぽどつらいことあったんやろうな。

キャップのひさしに隠れたがっているところを見ると、たぶん泣いていたことには気づかないフリをしたほうがいいんだろう。

彼女はノアに目を留め、「もしかして」と言った。姉と顔見知りらしい。いわゆる犬友達、というやつか。

彼女の連れている相棒の名前を問うと、「ケルベロス」だった。聞いたら二度と忘れない。いいセンスだ。ケルベロスの話で少し気持ちがほぐれたのか、彼女は照れたように「弟がどうしてもって聞かなくて」と笑う。

姿勢、服の着こなし、表情、笑い方、言葉遣い。このわずかな時間でも『きちんとしている』のが伝わってくる。たぶん、所かまわず泣き出すようなタイプじゃない。そんな子が道端に座り込んで泣いていたということは。

――道端以外に、泣ける場所がないんかな。

お互いの相棒を少し撫で合った後の別れ際、事情は知らないながら「負けんとってな」と伝えると、意外にも力強い返答があった。小さな地獄の番犬を連れて小走りに去る彼女の背中を何度か振り返った。

――頑張れ。

名前も知らない、事情も知らない通りすがりの人のことをこんなに応援したくなったのは、たぶん初めてだった。

＊＊＊

またいつかノアの散歩で会うことがあるだろうか、そのときに元気になっていたらいいな、とぼんやり考えていた彼女との再会は、意外にも早く訪れた。

仕事帰りにふらりと立ち寄ったジムでのことだった。

しつこい男に絡まれている人を見かけたのだ。

トラブルに巻き込まれないように気をつけろと事務所の社長から口酸っぱく言われているので、最初は遠巻きにしていた。これだけ筋肉自慢が揃っているのだ。誰かが助けるだろう、という思いもあった。でも、皆同じ構えでいるらしい。チラチラと視線を送って気にかけている素振りは見せるものの、動き出さない。

――動くか。

ツレのフリをして迷惑な男を追い払ってから向き合うと、あのケルベロスの彼女だった。

「ケルベロス君、元気？」

そう聞きながら、彼女の表情を観察する。

先ほどの不快な出来事に動揺はしているのだろうが、表情はあの日よりも明るい。

自分に対しても、ジムのスタッフに対しても、終始「巻き込んでしまってごめんなさい」という態度で接してくる姿からは、第一印象と同じ、『きちんとしている』のが伝わってくる。

そんなふうに感じていたからだろう。

ジム近くの路上で二度目の再会をしたときに、彼女の微笑ましい言動に思わず「真面目さんやなぁ」という感想をこぼした。

と、彼女の表情が凍り付いた。

——やらかした。

そう気づいたときには、彼女の目から涙がこぼれていた。くるりとカールしたまつげの隙間から、ぽろぽろと水滴が落ちていく。そのことに、彼女自身が驚いているようだ。

怒りや哀しみなどの感情が動くよりも先に体が反応して涙が出るのは、心が限界を迎えている証拠だ。

「ごめんなさい」

彼女は慌てた様子で涙をぬぐうが、次から次へと溢れるので、肘まで伝って地面に落ちていく。

半ば——というか、かなり——強引に彼女を食事に誘い、近くの小料理屋に入った。何度か訪れたことがあり、小ぢんまりとして居心地のよい雰囲気が気に入っている。

薄暗い照明の下で互いの名を明かし、酒を飲み、同じ皿から料理を食べる。

自分にとっては、よくある夜だ。

人と話すのが好きだし、人の話を聞くのも好きだ。「話を聞いてほしい人」を見分けるのも、たぶん得意なほうだと思う。夜の街で働いていた頃、店で金を落とす人の大半はそういう人だったからだ。

酒で盛り上がってそのままベッドになだれこんでもいいし、なだれこまなくてもいい。

——うーん、でも、つむぎちゃんはなぁ。

酒の勢いで関係を持ったら、酔いがさめたあと後悔するんだろう。傷心につけこんで後悔させるのは本意じゃない。

だから今夜はズボンのチャックをしっかり閉めたまま、彼女を駅まで送るつもりだった。事実、ちゃんと送った。だが、天のいたずらか、電車が止まっていた。

彼女はすぐにスマホを取り出し、代替の交通手段を探し始める。

——なるほどねぇ。ここで『俺と泊まる』という選択肢は出てこぉへんのやなぁ。

飲みながら「かわいい」と言ったときの反応を見るに、異性として全く意識されていないというわけではなさそうなのに。試しに「うち来る？」と問うてみたら、心底驚いたような顔をされた。

——これ、演技じゃないんやろなぁ。

反応が予想できなくて、楽しくなってきた。

「たとえば、敵の推しともっと深く知り合ってみるとか」

意識的に彼女の耳元に顔を近づけてそう言ったら、耳が赤くなった。意図は通じたらしい。

小さな手を引き、歩き出す。別にヤッてもヤらなくてもどっちでもよかったはずなのに、彼女の戸惑いが勢いを上回らないうちにと、早足になる自分がいる。タクシーの中から仕掛け、シャワーに入りたがるのを無視して寝室に連れ込んだ。

自ら服を脱ぎ捨ててエロい下着を見せてくれる女の子も大歓迎だが、彼女の計算の無い恥ずかしがり方はなかなか腰にくる。興に乗って散々喘がせ、楽しい一夜を過ごした。

だけど、それもよくある一夜だった。

特別だったのは翌朝だ。

彼女が去った後、部屋の掃除をしようとして気がついた。ブティックの陳列棚かと思うほど丁寧に畳まれた部屋着とタオルがベッドの片隅に置かれていて、浴室には髪の毛の一本も落ちていない。頻繁に人が出入りする家だからこそわかるが、シャワーを浴びて髪の毛が一本も抜けない人はいない。痕跡を残さないよう、細心の注意を払ったのだろう。

――ええ子やなぁ。

女運には恵まれているらしく、これまでに出会ったどの子もそれぞれに〝いい子〟だったが、ひと晩で、いい子だと思った回数はダントツで今回が最多だ。そんなことを考えながら寝室を見渡して、思わず「ふ」と笑いが漏れた。

「そんだけ気ぃ使ってくれてんのに、まぁまぁデカい痕跡を残して行ってもうてるとこがまたなんとも」

壁際に落ちていたのは、ネックストラップのついた社員証だった。

社名と部署名に続いて書かれた〝田無つむぎ〟という名前を指でなぞり、本名だったんだな、と思った。とっさに偽名を使うなんて思いつきもしないんだろう。まっすぐで、嘘がない。

――あの子を苦しめた奴らが、むちゃくちゃ不幸になりますように。

そう、勝手に呪っておくことにした。

＊＊＊

午後から、仕事の衣装合わせでバンドのメンバーと顔を合わせた。

「お前なんか今日めっちゃ機嫌ええなぁ」

ボーカルのマキにそう言われ、「そう？」と問い返す。自覚はなかった。

「久しぶりにあの店で飯食って、自分のベッドで寝れたからかな」

「お、珍しくひとり寝？」

「いや……ひとりではない」

「また女の子か。お前ほんまに体力お化けやな……」

「てことは、あのお気に入りのレストランに女の子連れて行ったの?」

ベースのカイが意外そうな声を上げる。

「うん」

「デン、女の子は連れて行かないようにしてなかった? あのレストランに通えなくなるのつらいからって」

「緊急事態やったし、昨日の子は店で待ち伏せとかするようなタイプじゃないから」

そう答えると、ドラムのコーダイが唸り声をあげた。

「何がムカつくってさ。デンのそういう読みは当たるところだよなぁ。いつか読みが外れて、めちゃくちゃ痛い思いすればいいのに」

「昨日の子に関しては、なんならもうちょっと小ズルく生きてほしいくらいやな」

そう答えながら、彼女が忘れていった社員証のことを考えた。

――つむぎちゃんから連絡くるかな。きたらええな。

08、愛のない行為の話

優しい行為に優しい言葉、世界で一番愛されているような、そんな気がした一夜だった。

——気がした、だけだけど。

ことが済んで体の熱が冷えると、頭も冷えてきた。

これはお互いが気持ちよくなるためだけの行為だ。そこに愛はない。

——そんな相手と、こんなことしちゃったんだなぁ。

酔いと勢いに任せて置いてけぼりにした『間違ったことをしている』という意識が追いついてきたのを、慌てて振り払う。

——そもそも、愛のある行為はよくて、愛のない行為はダメっていうのもおかしな話だよね。

愛なんて不確かなのに。

その不確かさをよく知る今となっては、これまで何かの免罪符みたいに掲げていた「真剣なお付き合い」というのも、なんだか馬鹿馬鹿しく思えてくる。

「なんか、また色々考えてる?」

隣の彼が楽しそうに言った。

今夜初めて一緒にご飯を食べた人と、ベッドに二人並んで転がっている。この状況でまさか「愛について考えてました」なんて言えるはずもなく、目の前にあったそれを話題にした。

「ええと、入れ墨の柄(がら)……ヨーロッパの鎧かなって思ってました」

「あ、これ? そう、西洋甲冑(アーマー)」

入れ墨の範囲はかなり広く、右腕から右胸の半分ほどにかけて、背中は肩甲骨のあたりまでを覆うようにある。

「つむぎちゃん、入れ墨見るん初めて？」

「そうですね。間近で見るのは初めてです」

「そっかぁ、怖くない？」

「たぶん……細野さん以外だったら、怖いと思います」

「やんなぁ。俺も道端で墨が入ってる人見たらちょっと身構えるもん」

「自分も入ってるのに？」

「まぁ、入ってるがゆえに絡まれることもあるしな」

そっか、そんなことが、と思った。

全然知らない世界だ。

「……痛いですか？　彫るとき」

「まぁ、体に針刺してるわけやから。そりゃ痛いよ」

「そっか、針なんですね」

「うん。痛いし、寝てるときに液体しみでてきてシーツに貼り付いたり、ちょっとよくなったら、かゆーってなるし、しんどい思い出しかないなぁ」

「ひぇ、シーツに貼り付くんですか」

「傷やからなぁ。かさぶた剥がれたところから体液でてきて貼り付いてた。『これ貼っといたら大丈夫』ていう絆創膏みたいなんを彫り師さんが教えてくれてんけど、ケチって買わへんかったから」

ヒィ、と、話を聞きながら声が出た。

「くっ付かへんように気ぃつけて寝るんやけど、うっかり寝返り打ってもうたりな」

「胸も背中も入ってるってことは、横向きに寝るしかないってことですか？」

「あ、いや、これ一回で入れるわけちゃうよ。こんだけ大きいの入れるときは何回かに分けんねん」

こんくらいずつ、と言いながら、彼は指で四角を描いて見せた。

「彫り師さんも疲れるしな」

「なるほど」

陰影も細かく点や線で描かれていて、近くで見るととても繊細な模様だ。

金属の板が幾重にも重なり、胸と背中側にはベルトと留め具もある。まるで本当に、肩から腕にかけて金属の鎧をまとっているみたいだ。

平面の紙に絵を描くのだって難しいのに、曲線の、しかも肌の上にこんな立体の絵を描けるなんてすごい。じっと見つめていたら、そんなはずはないのに、もしかして硬いんじゃないかと思えてきて、確かめたくなった。

「あの……触ってもいいですか」

「いいよ」

指先でそっと二の腕に触れた。

私の腕と比べるとはるかに硬いけど、やっぱり柔らかな、人の肌の感触だ。

甲殻類の背中みたいに重なった絵の部分をそっとなぞる。

「凹凸(おうとつ)があるんですね」

「あ、それは入れ墨のせいちゃうで」

「へ？」

「もともとここに火傷の痕があって、その上に墨入れたから。ボコボコしてんのは火傷のせい」

「やけど……」

聞いてはいけないところに踏み込んでしまったかと思って言葉に詰まった。

そんな私を見て、彼は笑う。

「悪いこと聞いたかなって顔してるけど、全然大丈夫。嫌なら言わへん。よぉ見たら火傷の痕わかるから、見てみ」

「それでは失礼して」

顔を近づけ、彼の腕を見る。

ぎっしりと描かれた模様の中に、ミミズ腫れのような痕が見えた。鼻息がかかってしまいそうな距離感でようやく見えるくらいだ。

「あ、たしかにここ」

「そう、よー見たらわかるやろ」

「敢えて火傷の上に……入れたんですか？」

「そ。結構イカつい痕なってて、ジロジロ見られてさぁ。かわいそうって思われるんが嫌で」

——あ、わかる。

かわいそうって思われるのが嫌なの、すごくわかる。みじめさに拍車がかかるから、本当に嫌なんだ。

自分だって自分と同じ立場の人を見たらそう思うに違いないから、相手は何も悪くない。

でも、嫌だ。

本当は『かわいそうと思われるのが嫌』なんじゃなくて、『人からかわいそうだと思われるような状況にある自分が嫌』なのかもしれないけど、とにかく私も嫌だった。

——でも。

ここで「わかる」と言うのは無責任な気がして黙っていた。

私は私の痛みを『わかる』だけで、彼の痛みがわかるわけじゃない。

「かわいそうって思われるくらいやったら、怖いって思われたほうがいいなって」

「そうだったんですね。だから……この柄なんですか」

「うん？」

「心を守るために、鎧なのかなって」

「あー、柄は彫り師さんが考えてくれてん」

「そうなんですか」

　ミミズ腫れのような痕は、腕の広範囲に広がっていた。

「……命が無事で、よかったです」

　しみじみと言った。

「ん?」

「こんなに広範囲の火傷だから、きっと大変だったでしょう」

「つむぎちゃん……俺が無事でよかったって思ってくれるん?」

　何を問われているのかわからなかった。

「え、もちろんです。だって、無事じゃなかったら、今、細野さん、ここにいらっしゃらないんですよ?」

「まぁたしかに。無事じゃなかったらセックスはできてないなぁ」

「ね?」と彼がこちらを向いた。黒い瞳、汗で少し濡れた髪、作り物みたいに整った顔立ち。そんな人が隣にいるのが不思議だ。

「せっかく生きてるし、もっかいくらい『生きてる証』感じとく?」

　少し休んで冷えていた体に、また火を灯された。

　今度は早めに「入れてください」と言えた。彼は「言えたやん」と笑った。

　私は行為の間中ずっと、青緑色の模様を眺めていた。

＊＊＊

　彼が私の髪を撫でる。

髪から伝わるかすかな刺激と体に残る余韻が心地いい。

「つむぎちゃんずっと見てたけど、気に入った？　墨」

「あ……そうかもしれません」

「墨入れるのはオススメせぇへんけど」

「あ、はい。私には似合わないと思いますし」

「つむぎちゃんに限らず、誰にもオススメしてへんから」

意外な言葉だった。

「同じように……傷痕を隠したい人でも？」

「うーん。不利益も相当デカいからなぁ。これを消したいとまでは思ってないけど、今同じ火傷を負ったとしても、たぶん墨入れんと痕そのままにしてると思う。後悔してるっていうのとも違うし、難しいねんけど」

あ、と思った。

その感覚に覚えがあった。

「私のピアスホールと似てるかもしれません」

そう言いながら髪を耳にかけてピアスホールを見せた。

「左右ひとつずつ開いてるんですけど」

「うん、知ってる。さっき舐めるときに見たから」

「あ」

さらりと言われて顔が熱くなった。

「真っ赤」

「言わないでください」

頬を押さえ、えーとえーと、なんの話だったっけ、と思い返す。

「そうだ、ピアス。二十歳で初めて開けたんです。親の反対を押しきって。たぶん初めての反抗でした」

「かわいい反抗やな」

　親はピアスに否定的で、ずっと「開けちゃダメ」と言われていた。

　二十歳になったら親の同意なしで開けられるようになるからと、誕生日の前から病院を予約して、二十歳になるなり飛んで行って開けた。

　特別でキラキラして、大人の世界の入り口のような気がした。

「もしこの先ピアスホールが閉じちゃったとしたら、もう開けないと思います。それくらいの存在です。でも、当時の私には必要なことだったんだと思います。振り返って『別に』って思うことも、そのときの自分には大切だったなら、そのときの自分が幸せだったなら、救われたなら、間違いでも無駄でもなかったんだろうなって」

「あー、たしかに。それやな。俺の入れ墨も」

「何をあんなにムキになってたのかな、かわいいな、て思ったりします」

　彼は頷いて、それから「何がってさぁ」と言った。

「ピアスの穴を病院で開けるやつおるんかっていうのがね、まず驚きやわ」

「ええと……ご自身でピアッサーで開ける派、ということですか？」

「いや、この辺のとかは画鋲で開けたよ」

　自身の耳の上のあたりをなぞりながら、彼が言う。

「画鋲!?」

「驚かれることに驚いてる」

「驚いてることに驚かれてることに驚いてます」

　彼はく、く、と笑った。

「氷当てて冷やしといて、画鋲刺したら開くよ。こっちは安全ピン」

「だだだ大丈夫なんですか、ばい菌とか」

「俺は大丈夫やったけど、友達で化膿してるやつおったわ」

「わ、痛そう」

「さすがに病院行ってたな、そんときは」

うんうん、と頷いていたら、喉が急にチクチクした。

けほ、と咳が出る。

「あ、大丈夫？」

「大丈夫です。ガビョウ、に力を入れすぎたのかもしれません」

「さっきのあれで？　そんなダメージ負った？」

「わからないですが……」

「ごめんな。あんまりかわいい声で啼くから、無理させたかも」

「……声を褒められたの初めてです」

また顔が熱い。

「えー、あんなかわいい声やのに？」

「あんまり出たことなかった、のかも。相手の……その……リードに任せてたので」

胸元の肌掛けを引っ張り上げて顔の下半分を覆う。

こんな話、どんな顔ですればいいのかわからない。

「声が出るかどうかって、リードとかの問題なん？　相手が下手くそやっただけちゃう？」

「浮気相手は大きい声出てたので……たぶん私のせいです」

「え」と彼が半分ほど体を起こした。

「浮気相手の喘ぎ声の大きさ知ってんの？　むっちゃ怖いんやけど。何があったん」

「ええと……気づいたきっかけが、彼氏のスマホに残されてた、その……行為中の動画なので」

「え、ハメ撮りってこと？　浮気相手と彼氏の？　マジで？　見ちゃったん？　そんなどギツイ経験ある？」

「元婚約者は最初『AVだ』とか言ってごまかそうとしてましたけど」

はぁ、とため息が出た。

「喘ぎ声が元婚約者の名前を呼んでて。そんな、他の名前のすべての人の心を折りにいくような内容のものがあるのかなって……」

「別の名前呼ばれたら、心っていうかチンチンが折れるよね」

「……せっかくオブラートに包んだのに」

そう言いながら、肌掛けをさらに引っ張り上げて頭まですっぽりと覆った。

そして、肌掛けの向こう側に声をかける。

「いいですよ、笑ってくれて。なんかそのほうが報われます」

「いや、そんなん笑えんわ。マジかぁ、つらかったなぁ。つむぎちゃん、全然そんな修羅場くぐってきた感じに見えへんのに」

「自分でもそう思います。修羅場とは無縁な人生だったはずなのに、て」

もぞ、と布団から顔を出す。

「すみません、また愚痴ってますね」

「俺が聞いてるんやから、ええんやで。むしろ聞かれるん嫌やったら止めてな」

「大丈夫です」

「浮気はその一回やったん？」

「いえ、違います。たぶん」

「『たぶん』ってことは、聞いてないん？」

「聞いてないです」

「気にならへんの？　一回でも許せへんタイプ？」

「うーん。浮気って、行為の回数で数えられるようなものじゃない気がして」

「それ以外、何の数でカウントするん？」

「あ、いや、その……慰謝料とかの話なら、回数が問題になることもあるかもしれませんけど。もっとその……気持ちの面で言うなら、ちょっと違うのかなって。服を脱ぎ始めた瞬間から観念して全部白状する瞬間まで、騙して嘘ついて、裏切り続けてると思うんです。その……行為の間だけ裏切ってるわけではなくて」

「なるほどなぁ」

　彼が頷く。

「元婚約者、浮気しながらも、私との婚約の話は普通に進んでいて」

「ほう」

「私との……その、そういう関係がなかったかというと、そんなこともなくて」

「つまり二股状態やったんやな」

「別れてから、『あー、あのときはもう浮気してたんだな』って、ネタバラシ的な感じでわかってしまって。あの子と比べられてたんだろうな、とか。比べられて、結果……」

　く、と声が出た。

「……負けたんだなぁとか、やっぱり、思ってしまって」

「後輩って、どんな女なん？」

「どんな人……ええと……一般的に『いい女』だと思います」

　そう答えながら、胸が軋んだ。

「学生の頃にファッション雑誌の読者モデルをしてたこともあるとかで容姿は整ってるし、一か月に一回ちゃんとヘアサロンとネイルサロンに行って自分磨きをして、服にお金もかけて、それに――」

　胸の前で丸を描くように手を動かした。

　彼は察したように聞いてきた。

「巨乳？」

「そうです」

　肌掛けを手繰り寄せ、できるだけ胸のあたりを分厚くして自分の胸を隠しながら言った。

　あの子の胸と比べると、自分の胸のなんとささやかなことか。

　形だって別にきれいなわけじゃない。ごくごく普通のBカップだ。

「なので、負けても仕方ないかなぁとも、思ったりして。共通の推しがいて、可愛くてってなると」

「うーん……」

「どうしたんですか？」

「いや……昔のことを思い出してた。浮気して、当時の彼女からぶん殴られたことがあって。こんな感じで傷つけたんやなぁと思って。耳痛いわ」

　うわ、と思った。

　やっぱり敵の推しは敵だ、とも。

「つむぎちゃんの軽蔑の視線が痛いわ……」

「……すみません」

「いや。思ってること言うてみ」

「それでは失礼して……」

「どうぞ」

「相手の人、きっとものすごく傷ついてますよ。過ごしてきた期間が全部嘘みたいに思えて、あれも嘘か、これも嘘か、あのときも嘘ついてたのかって、思い出全部黒塗りされるみたいな気持ちになりますよ」

「耳いたたたたたたたたた。かわいい顔してめちゃくちゃ斬り込んでくるやん」

「晴らせない恨みをここにぶつけてるんで――」

　最後まで言えず、はぁ、とため息が出た。

「……ごめんなさい」

「何が？」

「その『昔』の浮気をされた人は私じゃないから、その人がどんなふうに感じたかなんてわかんないのに。勝手に代弁みたいなことして。その人にも細野さんにも、色々失礼だなって」

「いや失礼ではないんちゃう？　彼女は言葉より先に手が出るタイプやったから、五発くらい思い切りビンタされて罵（ののし）られて、捨てられたけど。たぶん同じようなことで傷ついてたんやろうなって、十三年越しくらいにちゃんとわかった感じするわ。ありがとう」

「十三年……？」

「うん」

「細野さん、今」

「二十八」

「十五歳のときってことですか？　その修羅場」

「うん。こう見えて俺、わりと昔からモテてな」

「こう見えてっていうか、そのままですが」

「そう？」

「十五歳で浮気して、しかもその浮気がバレるって……そんなことあるんですか」

「うん。きれいなお姉さんに誘われてフラリといっちゃった的な」

「なんか私が知ってる十五歳と違います……」

「つむぎちゃんはどんな十五歳やったん？」

「たぶん……このままだと思います」

　十五歳といえば中学三年生か高校一年生。部活と高校受験と、ちょっとややこしい女子同士の人間関係のことしか思い出せなかった。

「浮気はその一度きり、ですか？」

「うん。まぁ、それ以降誰とも付き合ってへんから、浮気っていう概念が消えた」

「それはつまり……」

「セフレやな」

——そういえば、配信でもそんなことを言ってた。

「浮気しちゃうから、彼女は作らずにその……オトモダチでいる、と」

「うん。お互いにな？　それぞれが好きに楽しんでる感じ」

彼は悪びれる様子もない。

そう思って、（いやいや、ちがうちがう）と脳内で訂正する。

——悪びれるっていうのは悪いことを前提にしちゃってる。でも、そうじゃない。

大人がお互い合意の上でそういう関係を結んでいるならなんの問題もないわけで、外野が『いい』とか『悪い』とか、そんな評価を下そうとすること自体が間違っているのだと思う。

それにしても。

——セフレ、かぁ。

別世界の話だ。

そんな関係を誰かと結ぼうと思ったことがないので、想像もできない。『お付き合い』との違いもいまいちわからない。彼氏彼女と呼ばれる関係でも、お互いが好きに振る舞っている人たちはいるはずだし。

——結局、自分たちの関係にどんな名前をつけたいか、っていうだけの違いなのかも。

「うーん……」

やっぱり、わたしにはよくわからない。その関係に未来はあるのか、なんてことを考えてしまう。

モヤモヤと考えていたら、彼が隣であふ、とあくびをした。わたしもつられてあくびをする。

「つむぎちゃん、疲れてるよな。もう寝る？」

「あ、ええと、シャワーをお借りしても？」

「うん、もちろん。でも眠そうやから後にしたら？」

「いいんですか」

「うん。ちょっと寝とき」

ぽんぽん、と肌掛けの上から肩を叩かれた。眠くなってくる。

――信じられないなぁ、初めて来た他人の家で寝るなんて。

母が知ったら卒倒しそうだ。

昨日の自分が知っても卒倒しそうだ。

シャワー浴びなくちゃ、と、ああでも少しだけ、がせめぎ合って、後者に軍配が上がった。

＊＊＊

ゆっくりと意識が浮上した。

すぐ近くで声がする。

――あ、そうだ。ここ、細野さんの。

彼が誰かと何かを話している。

頭だけを動かして声のほうを見ると、こちらに背を向け、壁際の机に向かう彼の姿があった。ＰＣに向かって話しているらしい。

「記念日デートに彼女を連れて行くお店？　そんなん俺に聞いて、おしゃれな店の名前が出てくると思う？　きったねぇ飲み屋しか知らんわ。記念日にはオススメできんけど、きったなくてうまい店で飲みたくなったらいつでも聞いて」

――あ、もしかして、配信中……かな？

「あ、まだ高校生なん？　それやったら、背伸びせんとファミレス行っとけ。身分不相応な店で不慣れなムーブレてダサッて思われるより、いつもどおりの場所でいつもどおりのお前でおんのが一番やぞ。いい店用に用意してた食事の予算をプレゼントに振り分けて、ちょっといいもんプレゼントしたらいいやん。焦らんでも大人になってからの人生は長いから、今しかできんことを楽しんどき」

いいアドバイス、なんて思っている余裕はない。

もしも動いて配信画面に映ってしまったら大変なことになる。カメラの画角に納まる範囲がどこからどこまでかわからないので、指一本の動きでも致命傷になる可能性があった。

——う、うごけない。

寝返りも打てないし、ちょっとはだけてしまっている肌掛けを引っ張り上げて体を隠すこともできない。

動けないと思うと動きたくなる、この現象に名前はあるのだろうか。

天邪鬼（あまのじゃく）現象、とかかな。

スマホもカバンの中に置き去りなので、時間の経過がわからない。

クーラーの風がむき出しの肌に当たり、体がすっかり冷えている。

——しまったなぁ、トイレに行きたくなってきた。

ピンチだ。

ベッドの上をスライドするように移動して端から落ちれば映らずに済むだろうかとか、色々と方法を考えてはみるものの、どんな方法を取ったとしても映らない確信はない。

「じゃあ、今日はそろそろ終わりにしまーす。いい子はクソして寝ろ！　おやすみー」

——あ、きっと締めの挨拶だ。

彼が「ふぅ」と息をつき、ノートPCを閉じたのを見届けて立ち上がった。そしてベッドサイドに落ちていた下着を拾う。

「あ、つむぎちゃん、起きてた——」

「あ、あの、お手洗いはっ」

「出て右すぐの扉」

「お借りしますっっ！」

　無事に間に合わせ、下着を身に着けて寝室に戻ると彼が笑い転げていた。

「あのですね……動いて、もしも映ったりしたらご迷惑をおかけするだろうなと思いまして」

「気つかってくれてありがとう。本当にいい子やねー、つむぎちゃんは」

　ヨシヨシされた。

　ぐしゃぐしゃになった髪の毛を整えながら答える。

「今日、配信のご予定だったんですね。すみません」

「いやむしろ、ごめんね。うるさくて起こしたよな？　もう一個の部屋でやろうかなと思ってんけど、コンセントの位置が悪くて延長コードも見つからんかったからここになっちゃった。俺の顔と後ろの壁の上のほうと天井しか映ってないから、安心してな」

「ありがとうございます」

「シャワー浴びる？　寝巻、俺の服でよければ、用意してある」

「あ、ではお言葉に甘えて」

　シャワーを浴び、用意してくれていた服に着替え、これまた用意してくれていたお水を飲んで、彼のベッドで眠りについた。

　疲れていたらしく、ぐっすり眠れた。夢も見なかった。

＊＊＊

「つむぎちゃんみたいなんを、いい女っていうんやで」

　翌朝、帰り際に彼が駅で言った。

「へ？」

「昨日、後輩のことをいい女って言うてたやん。でも、それは違う。いい女もいい男も、『いい人間』のベースなく成り立たへんよ。自分に余裕ないときでも周りにちゃんと目配りできて、傷つく人がおらんか確認したり、俺が撮られへんか心配してくれたり、配信に姿見せんようにベッドに張り付いてたり。自分の利益だけじゃなく誰かのために行動できるんがいい人間で、いい女やで。これは自慢やけどいろんな女の子と会ってきた俺が言うんやから、間違いない」

「……ありがとうございます」

改札口で手を振り、連絡先を交換することなく別れた。

——もう、二度とあの家に行くことはないんだろうな。

そう思っていた。このときは。

09、カレーとナンの配分

――あれ？　社員証がない。

週明けに出社して気づいた。

社員証はビルとフロアに入るためのカードキーも兼ねているので、ないとにかく不便だ。

その日は総務部で仮の社員証を発行してもらって過ごした。

――家に忘れてきたんだろうな。

そう軽く考えていたのに、帰宅してから家を探しても、見つからない。

もしや、と問い合わせたジムからも「落とし物の中にはありません」という返答をもらった。

――とすれば、残るは一か所だけ。

「あぁ……やっちゃったなぁ……」

いっそ諦めて、正直に会社に申告しようか。

そうなると総務の人たちに大変なお手数をおかけすることになるし、顛末書も書かなくちゃならない。何より、後輩にそのことを知られたら勝ち誇った顔をされそうなのがまた。

「うぅぅぅうーん」

トイレの中で文字どおり頭を抱えた。

心の中で天秤がグラグラと揺れている。

――連絡先、交換しなかったけど……彼のSNSアカウントはあるだろうから、こっちからメッセージは送れるかも……。

お昼休みにスマホで彼のアカウントを探してみると、すぐに見つかった。幸いにもDMを送れる設定になっている。公式マークがついているから、なりすましの恐れもない。
昼休み中にご飯そっちのけで文章を書いては消し、書いては消し、文ができた後もさんざん迷ってためらってから、ダイナマイトの〝発破〟ボタンを押すくらいの気持ちで〝送信〟をタップした。
〈先日お邪魔した田無です。図々しくご連絡してしまい大変申し訳ありません。お宅に社員証を忘れてしまったかもしれず、お手数ですがご確認いただくことは可能でしょうか〉
忙しい人だから、すぐに返事がくることは期待していなかったけど、意外にもすぐに返信が届いた。
ブブ、と手の中のスマホが震える。
《あ、つむぎちゃん。こないだはどうも》
《連絡ありがとう》
《社員証っぽいやつ、家に落ちてたよ。預かってる》
ブブ、ブブ、と短いメッセージが連続で届く。
《顔写真入りのやつやんな?》
〈そうです。申し訳ありません〉
《いえいえー》
《連絡先聞いてなかったから、落ちてたよって連絡できんくてさ。連絡くれてよかった》
ブブ、ブブ。
短い内容を連続で送るタイプらしい。
〈大変お手数ですが、着払いでお送りいただくことは可能でしょうか？　もしご都合がよろしければ、ご自宅まで取りに伺います。お送りいただく場合、住所は下記となります〉
《ちょ、》
《まてまてまて》
《コラー！　そんな簡単に個人情報晒すな》

《うち取りに来たら？　今日の夜七時以降なら家いれるよ》

〈ありがとうございます。それでは本日十九時頃に伺います。本当に申し訳ありません〉

《家の場所わかる？　駅まで迎え行こうか？》

〈わかりますので、直接おうちに伺います。お迎え不要です。お部屋番号だけ忘れてしまって……教えていただけますでしょうか？　お手数をおかけいたします〉

《六〇三号室。夜やから気をつけて来てなー！》

午後はなんだかそわそわしてしまって、あまり仕事に集中できなかった。

定時になるなり会社を飛び出し、駅ビルで菓子折りを入手して電車に乗った。そのまま彼の家に直行すると早く着きすぎるので、ジムに寄って軽くストレッチしてから向かうことにした。

そしてマンションの前で少し悩む。

——少し遅れるべき？

誰かの家に招待されたときは、ほんの少し遅れて行くのがマナーと言われて育ったからだ。招く側が準備で慌ただしくしているところに早く到着してしまうとかえって迷惑だから、ということらしいのだけど。

——この場合は大丈夫かなぁ。

社員証を受け取って帰るだけなので、準備という準備もなさそうだし。あまりお待たせしてしまうと、彼のこの後の予定に響くかもしれない。

時計とにらめっこし、十九時きっかりにインターホンのボタンを押した。

彼の明るい声に迎えられてエントランスを抜け、エレベーターに乗って六階へ。深呼吸をして部屋の前のインターホンに手を伸ばしていたら、ドアが開いた。

「いらっしゃいー。時間ピッタリやな」

「あ、田無です」

田無です、とインターホンで言う準備をしていたせいで、対面なのに名乗ってしまった。

「うん、知ってるよ」

「……間違えました」

「何を」

「挨拶を……あの、こんばんは」

「うん、こんばんは」

　彼は首を傾げて少し笑ってから、親指で自分の背後を指した。

「時間あるんやったら上がっていったら？　もうちょっとで飯（メシ）届くから」

「届く……？」

「そう、宅配。一緒に食べるかなと思って、多めに頼んどいた」

「え、私の分も……ですか？」

「うん、お腹すいてるやろ。仕事帰りやろうし」

「お腹はペコペコです……が……」

「よかった。一緒食べよう」

「配信は……？」

「今日はないよ」

「あのでも、よろしいんでしょうか」

「よろしいよ。さぁ、上がって」

　——ええと。

　社員証を受け取って、すぐに帰るつもりだった。

　予想外の展開に戸惑っていると、彼が「あ」と言った。

「なんかこの後、予定とかある？」

「いえ、ありませんが……」

——断るのも失礼かな。

今日は絶対にご飯代を全額払わせてもらおう、と固く決意しながら玄関に足を踏み入れた。

「……お邪魔します」

「どうぞー。洗面所そこな」

「ありがとうございます」

前回お邪魔したときは寝室に一直線で、手洗いもうがいもしなかった。そんなことを思って顔を覆いたくなった。

「あ、なんか思い出してるやろ」

「……恥ずかしいことを」

「気持ちよかったことの間違いかな?」

言葉が見つからなくて俯くと、頭上で笑い声がする。

手洗いとうがいを済ませ、自分のハンカチで手を拭く。

「はい、つむぎちゃん。これ社員証な。今度こそ忘れんように、もうカバン入れとき」

「ありがとうございます。ご迷惑をおかけしまして」

「別に迷惑はかかってないって。宅配、そろそろやと思うんやけど」

彼がそう言いながら廊下の先のドアを開けると、ひとり暮らしにはかなり広いＬＤＫが広がっていた。

「あの……」

彼の背中に声をかけた。

「うん?」

彼が振り向いた。

「もう一度会いたくてわざと落としていった、とかではないです」

そう言うと、彼は口元をきゅっと結びながら頷いた。

「わかってる。そんなんする人は配信の間必死に隠れたりせぇへんし、郵送してくれなんて言わんやろ。ほんで、そういう人は部屋番号までしっかり覚えて帰るよ。全然疑ってもない」

「それならよかったです」

　ほ、と胸をなで下ろした。

　そして、手に持っていた紙袋の中身を取り出し彼に差し出す。

「あの、こちらを」

　包装紙にくるまれた箱を見て、彼は驚いたような顔をした。

「え、これ何？」

「お詫びの品です」

「何に対する？」

「私の忘れ物のせいでお手数をおかけしたことに対する……」

「もしかして……菓子折りってやつ？」

「そうです。つまらないものですが」

「つまらないものを、わざわざ買って持って来てくれたん？」

「……定型文のつもりでした」

「せやろなぁ」

「あの、でも、本当につまらないものかもしれません……何をお持ちするか迷ったんですが……」

　彼はその場でバリバリと包装紙を破き、箱を開けた。

　ゼリーが整列している。

　それを見て、彼の口元が上弦の弧を描いた。

「このゼリー、なつかしー。ばあちゃんちでよく食ってた。お中元に毎年送られてきてたやつや」

　ばあちゃんちのゼリー。

なんだかもう、いたたまれなくなった。

「あの……すみません。オーソドックスすぎるかなって思ったんですが……手土産に最適って書いてあったし、お値段もその……過剰なものだとかえって気を遣わせてしまうかなって……高すぎず安すぎずちょうどいいと思ったし、日持ちがするのでお口に合わなくても他の人にあげられるからご迷惑にならないかと思いまして。もちろんお好きなら、この量なら一人でも食べきれるだろうし、容器が薄型で重ねて置けるので冷蔵庫のスペースもあまり圧迫しないかなと」

説明している間、彼はずっとウンウンと相槌を打ってくれていた。

「めっちゃ考えてるなぁ」

「……考えすぎ、ですよね」

「いや、選んだ過程教えてくれて嬉しいわ」

「考えすぎた結果がおばあちゃんちのお中元なのが恥ずかしいです……」

「いやほんま懐かしくて嬉しい。まさかこのゼリーを年下の子からもらうと思えへんかった」

「細野さんなら……こういうとき何を選びますか?」

「友達んち行くときの手土産はいつも酒やな」

「お酒、ですか?」

「うん。その場で飲むやつな」

お酒に詳しくない私には真似できそうもない芸当だ。

「これ好きやから全部自分で食うわ、ありがとう」

彼はそう言って箱を顔の前に掲げ、ぺこりと頭を下げた。

そして思い出したように「あ」という。

「そや、つむぎちゃん、あんなに簡単に住所教えたらあかんで」

「でも、私も細野さんのご自宅を知っているわけですし」

「……たしかに。それはそうやな」

彼の言葉にかぶさるようにインターホンが鳴った。

「あ、飯きたー」

彼が応対し、玄関まで料理を受け取りに行く。私は顔を出さないほうがよかろうと居間で待機していたけど、彼が運んできたビニール袋の中にあったレシートは音速で回収しておいた。値段を確認してちゃんと払わせてもらうためだ。

彼は袋から取り出したスプーンをテーブルに並べていたので私の動きには気づかなかったらしく、ガサガサと袋から容器を取り出して朗らかに言った。

「今さらやけど、カレー好き？」

「好きです」

「よかった。カレー嫌いな奴おらんやろという偏見のもと選んだ」

「たしかに、私の周りにはいないですね。カレー嫌いな人」

「やんなぁ。あ、こっちがバターチキンカレーで、こっちがグリーンカレーかな、で、これがマトンのやつ。たぶん」

「全部おいしそうですね」

「うん、三種類を半分こしよ。二種類のやつ頼んで『どっちがいい？』って聞いたら、つむぎちゃんたぶん『細野さんのお好きなほうを取ってください』って言うんやろなと思ったから、最初っから全部分けることにしてん」

——み、見透かされている。

プラスチックの容器を上から順に取り出していくと、底のほうに大きなビニール袋があった。

「あ、ナン！」

「そう、ナンにした。ナンでよかった？　ライスのほうが良ければチンするご飯あるけど」

「あ、いえ、ナンがいいです！　家じゃ作れないので嬉しいです」

「よっしゃ、じゃあ食べよ」

　二人掛けの小さなダイニングテーブルに向き合って座り、手を合わせる。

「いただきまーす」

　そう言いながら、大きなナンに手を伸ばした。

　火傷しないように爪先で持ってナンを割くと、割いた隙間からほかほかと湯気が立ちのぼる。できたてだ。嬉しい。

　小さくちぎったナンにたっぷりとカレーをつける。この配分が難しい。ナンだけが残るのも、カレーだけが残るのも悲しい。バランスよく食べて、最後のひとかけらのナンで器に残ったカレーを最後の一滴まで残らず拭い去るのが至高だ。

　残りのナンの大きさとカレーの量を慎重に観察していたら、「どうしたん？」と問われた。

「あ、いえ」

　バランスよく食べようと思ってました、なんて言ったらまた笑われてしまいそうな気がして答えに窮する。でも、黙っているのも変な感じだ。

「その……カレーの量とナンの量をですね」

　自分で言いながら笑ってしまった。

「どしたん、笑って」

「また笑われるんだろうなと思ったら、先に自分が笑ってしまいました」

「先に自分が笑(わろ)てまうとか、売れん芸人みたいなことするやん」

「ほんとですね」

「んで？」

「カレーとナンの量を均等に配分するにはどれくらいの量をつけるのが適切かって考えてました」

予想どおり、彼は笑った。

「そんなん考えたことないわ。最後のほうに考えるんはわかるけど、食べ始めやで？　終盤で帳尻合わせたらいいやん」

「後悔することありませんか？　配分間違ったな、みたいな」

「間違ったな、て思うことはあるけど、後悔はせぇへんよ」

「私そういうときに、すごく悔んじゃうんですよね。最初からちゃんと考えてればよかったなぁって」

ほぉん、と彼は感心したような声を上げる。

「ほんまに色々真剣に考えて生きてんねんなぁ、偉いなぁ」

「真剣に考えてるの、カレーとナンのことですよ。偉くはないです」

「他のこともやろ？」

「そう、ですかね……」

連絡をするかどうかも、手土産のことも、十九時の約束で何時にインターホンを押すかも、たしかにたくさん考えた。

それを「偉い」と言ってもらって、少しこそばゆい気持ちになりながらバターチキンカレーをすくい、口に運ぶ。

「でもあれやな、つむぎちゃん誘いにはわりとすんなり乗るタイプやんな。『えー、どうしよっかなー』みたいにずっと迷う感じじゃなくて、ちょっと考えて『行きます』って」

――チョロい女だと思われてるのかな。

そんな私の考えを察したらしく、彼が首を横に振った。

「あ、ちゃうで。軽いとか言うてるわけじゃなくて。誘った側としては、頷いてくれたら嬉しいわけやし。ただ、そのときはどんなこと考えてんのかなって」

「私が何を考えてるかなんて、聞いていて楽しいですか……？」

「楽しいから聞いてんねん。知りたいやん」

　使い捨てのおしぼりで指先についたカレーをぬぐいながら「んー」と答えを探す。

「ええと……お誘いの場合は、誘ってくださった相手の方がいるので。判断の指標がすでにあるおかげで、そんなに迷わずにすみます」

「指標って？」

「相手を不快にさせない返事をする、というのがベースに」

「じゃあ、俺を不快にさせへんために今俺と飯食ってるってこと？」

「あ、いえ、そんなつもりは……」

「正直に言うてええで」

「……お断りするのは失礼かな、とは思いました」

「なるほどなぁ。相手が期待してる答えを言うてまうってことか」

「ですね。断るのがちょっと苦手です」

「つむぎちゃん……いつか詐欺られんで……気ぃつけや……」

「あ、はい。そこは重々。学生時代に道端で話しかけられたアンケートを断れなくて、さんざんな目に遭ったので」

「あんなん足止めるやつおるんや……」

「はい、ここに」

　ちょっと引かれている気がする。

　彼はナンをちぎりながら、何かに気づいたように「え」と言った。

「ちょぉ待って。じゃあこないだ家来たんも？」

「あ！　それは違いますっっ！」

　慌てて言ったら、彼が体を後ろに反らせた。

「びっくりしたぁ、めっちゃデカい声出すやん」

「すみません。でも、それは違います。そういうのはちゃんと断れます。相手の気持ちよりも優先するものがあるときは」

「そうなんや。普段の生活では自分の気持ちよりも相手の気持ちの優先順位のほうが高いってことやな?」

「そんなふうに考えたことなかったですけど……言われてみれば、そういう節があるのかもしれません。あんまり『これをしたい』とか『あれを食べたい』とか『これは嫌』とかそういう思いが強いほうじゃないので、やりたいことがある人とか、食べたいものがある人についていくほうが性に合っていて」

「そっかぁ。その生き方で疲れへん?」

「疲れないです」

「不思議やなぁ」

彼は水族館で変な魚を見つけた人みたいな顔をしていた。

掲示板の説明を見て「こんな魚いるんだぁ。へぇー」となる、アレ。

つまらないくらい〝普通〟の私がそんなふうに思われる瞬間がくるなんて、と、妙な感動と共にその視線を受け止めた。

「あ、つむぎちゃん、その遠慮のカタマリ食べて」

「このチキンですか?」

「そう。俺さっきデカいの一個食べたから」

「それでは、お言葉に甘えて」

大きめのナンでチキンをくるみ、口へ運ぶ。

口からはみ出ないか心配だったけど、なんとか詰め込んでもぐもぐした。

「そういやさぁ。つむぎちゃんのメッセージ、なんか業務連絡みたいじゃない?」

「あ、ごめんなさい。馴れ馴れしいのもおかしいかなと」

「俺の馴れ馴れしさ見たやろ？」

「細野さんは人を不快にさせない特殊能力をお持ちなので」

「あ、これ特殊能力なん？」

「そうです。私にはその能力がないので、無理してハジけてる感じになっちゃうんです」

「どういうこと？」

「モヤシみたいな人が町営プールでヒョウ柄の海パンはいて星形のサングラスかけてウェイウェイしてる図、みたいな」

「あー、なんとなくわかったわ。はしゃぎ慣れてない感じな」

　この例えで伝わったらしい。

　彼は納得した様子で頷いた。

「え、じゃあ、つむぎちゃんみんなに対してあんな感じなん？」

「あ、いえ、さすがに友人とのやりとりはもっと砕けてます」

「それでいいやん、俺にも。俺を友人枠から外すんやめてくれへん？」

「友人というのも……図々しいかなと」

「え、友達ちゃうん？　なんなん、その線引きは。こないだも『親しくない』言うてたし」

　──そんな、傷ついたような顔をされましても。

「……距離を詰めるのに時間がかかるタイプなんです」

「こないだ、だいぶ距離詰まってたやん」

　肌と肌が触れ合った話をしているらしい。

　恥ずかしい。

「その……物理的な距離ではなくて」

「心の距離？　よけい寂しいやん、そんなこと言われたら」

「すみません」

「何回会ったら友達、みたいなんあるん？」

「いえ、回数は特に。細野さんは、あるんですか？　何回、とか」

「うーん、会話三往復くらいしたら友達かな」

「それだと、人に道尋ねたら友達になっちゃいませんか？」

「うん、友達やろ？　その流れから連絡先交換したりもすんで」

あまりにもあっさりと肯定され、（これが噂に聞く陽キャという生き物か）と慄いた。

陽キャな彼は最後のひと切れのナンを口に放り込み、「はーうまかった」と嬉しそうな顔をする。私も最後のひと口を食べ終え、空の容器を手に立ち上がった。

「あの、台所お借りしていいですか」

「あ、容器？　いいよ、捨てるだけやから」

「分別方法をお伺いしても？」

「この辺りは分別ゆるいから。燃えるゴミで出せる」

「そうなんですね。じゃあ、汚れだけ流しちゃいますね」

「俺やるよ」

「これくらいはさせてください」

「じゃあその代わり、レシート返してな」

容器を持って台所へ向かおうとしていた足を止め、彼のほうを振り返った。

彼は笑顔でこちらを見ている。

「……え？」

「レシート回収したやろ。これ払うつもりで」

「ええと……」

「払わせると思う？　俺が勝手に頼んでてんで？　それで誘って払わせるとか、どんな当たり屋やって話やん」

「あのでも……」

「片付けてもらうので十分やから」

「はんぶ……」

「いらんて」

「でも――」

今回ばかりは、と思っていたら、彼が何か思いついたように「あ」と言った。

「わかった。じゃあ、お返しにつむぎちゃんの連絡先教えて。ＤＭやと見落としそうやからさ。ＤＭすごい数くるから、今回気づけたんほんま偶然で」

「わたしの連絡先にカレーほどの価値は」

「あるやろ、普通に」

――ないでしょ、普通に。

彼の言葉を真っ向から否定することになってしまうので、心の中だけで呟いておいた。

返事に迷いながら､空の容器についたカレーを洗い流す。油分に弾かれた水滴がぬるりと容器の表面を滑って落ちていく。

――連絡先を交換して、どうするんだろう。

この先連絡を取り合うようなことがあるんだろうか。

――ない、だろうなぁ。

それならば別に、連絡先を教えてもなんの支障もないわけだけど。

流水だけでは油汚れが落ちそうにないので食器用洗剤を借りることにした。

彼の了承を得て洗剤を使い、汚れを洗い流す。

「あの、本当にいいんですか」

「うん。連絡先教えるん嫌じゃなければ」

「あ、いえ、嫌ではないです」

容器をビニール袋に入れてまとめ、彼の「そこ置いといて。捨てとく」という言葉に甘え、台所に置いて彼のもとへ戻った。

「通信アプリでいいですか？」

「うん。これ俺のコード。読み取って」

「あ、はい、失礼します」

スマホをコードにかざして読み取りながら問いかけた。

「こんなに簡単に連絡先を渡してしまって、大丈夫ですか？」

「なんで？」

「私がばらまいちゃうとか」

「ばらまくん？」

「いえ、絶対にしませんが」

「じゃあ大丈夫やん」

「私が大ウソつきだったらどうするんですか？」

「大ウソつきはたぶん手土産にゼリー持って来ぉへんのちゃうかな」

「そう……かもしれません」

やろ？　と彼は笑った。

「あ、デザートにゼリー食おうか。せっかくやし」

「私はお腹いっぱいなので大丈夫です」

「じゃあ俺食ってもいい？」

「もちろんです」

私の持ってきたつまらないゼリーを、彼は「この味やー！　なつかしー！」と言いながらおいしそうに食べる。

どうしてだろう、まだきちんと話すのは二度目なのに、不思議と緊張しない。

——一夜を共にすると何か特別な関係になるのかなぁ。

彼の人柄がそうさせるのか、これが一般的な現象なのか、他に経験のない私にはよくわからない。

そんなことを考えながら彼の手元を見つめていたら、ゼリーの最後のひとさじを口に運びながら彼が軽い口調で言った。

「今日も泊まっていく?」

唐突な提案に驚いたけど、すぐに首を横に振った。

「今日は……帰ります。明日も仕事なので」

「そっか」

不快な気持ちにさせてしまったかと少し不安になったけど、彼はニコッと微笑んだ。

「ちゃんと断れるって、ほんまやったんやな」

「……はい」

駅まで送る、という申し出を固辞し、ひとりで家を出た。街灯があるので暗くはない。

帰りの電車の中でお礼のメッセージを打って送ったら、すぐに変なスタンプが返ってきた。くねくねした奇妙なキャラクターが躍っている。そしてひと言、《また会おうー》とだけ返事がきた。

——ジムで、ってことかな。

こちらも変なスタンプを返したかったけど、ありきたりな動物キャラのラインナップしかなくて、〈ありがとうございます〉というメッセージ付きのものを選んで送った。

電車に揺られながら、ふと気づく。

——あ、そういえば。

彼は「連絡先を教えて」と言ったのに、私にコードを読み取らせた。

つまり私のほうからメッセージを送らなければ、彼は私の連絡先を知らないままだったわけで。

——うまいなぁ、逃げ道作るの。

他にも相手はたくさんいるから、私ごときに逃げられたところで支障はない、という余裕の表れでもあるのかもしれない。

敵の推しの連絡先が文字どおり手の中にあって、敵の推しの秘密を知って、敵の推しの体温まで知って、敵の推しとカレーを食べた。

——(敵の推しと深く知り合ってやったぞ、ザマァミロ)だなんて、結局全然思えてないな。

揺れる電車の中で、敵と、その推しのことを考えていた。

10、敵の推しの秘密

大学時代の友人から短いメッセージが届いたのは、社員証を取りに行った日から三日後の夜だった。風呂上がりのストレッチを中断し、スマホを手にベッドにもたれて「ふぅ」とため息をついた。

——そろそろみんなにも報告しなくちゃと思ってたけど、向こうから先に連絡がいっちゃったかぁ。

私と健介が付き合い始めた頃からずっと応援してくれていたサークル仲間の一人だ。自分の口から報告すべきだったのに、失礼なことをしてしまった。

《婚約解消のこと、聞いたよ。今ちょっと話せる？》

〈うん〉

そう返すと、すぐにアプリ通話がかかってきた。

「もしもし」

『つむぎ……大変だったね』

「うん。ごめんね。落ち着いたら私からみんなに話さなくちゃと思ってたんだけど、つい遅くなっちゃって」

『ううん、それは全然。びっくりしたけど』

「あの……なんて聞いたの？」

『婚約解消したっていうのと、ハシケンが浮気してたって』

〝ハシケン〟は元婚約者、橋本健介の大学時代のあだ名だ。

「あ、そこまで聞いたんだ」

『うん、ハシケン最初は言葉濁してたらしいけど、さすがにみんな理由を知りたがるじゃない？　それで、問い詰められて話したって』

「そっか」

『もともとハシケンの結婚祝いの場のつもりで予定してたサークル同期の男飲みだったから、みんなびっくりアンド呆れてたみたいよ』

「そっか」

　それ以外に言葉が見つからない。

　スマホを頬と肩ではさんで話しながら、両膝を引き寄せて腕で抱えた。

『つむぎ、大変だったね』

　友人は先ほどと同じ言葉を繰り返した。

『ハシケンがそんなことするなんて思わなかった。浮気とかするタイプじゃないと思ってたのに』

「うん、私もびっくりしたよ」

　隣は弟の部屋だけど、幸いにも弟はまだ帰宅していない。おかげで気兼ねなく話せる。

『大学時代はそんなんじゃなかったよね。真面目だったのに、どうしちゃったんだろう』

「うーん、相手の女の子がそれだけ魅力的だったってことかなぁ」

　それと、推しの影響も。

『つむぎは浮気相手の人、知ってるの？　その、どんな人か、とか』

「うん。職場の後輩だから。私が紹介したの」

　絶句、のお手本みたいな沈黙が流れた。

『……はぁ？』

「二人が同じバンドを好きでね。会ってみたいっていうから、その……友達に会わせる、的なノリで紹介したの」

『は？　そしたら浮気したの？』

「うん。なんか健介には夢があるらしくて、それを応援してくれたって言ってた。だから浮気っていうより、本気に近かったんだと思う」

『ハシケンがそう言ったの？』

「うん、そんなようなことを」

『ハシケン、浮気しといてナニ寝ぼけたこと言ってんの？　本気ならちゃんと落とし前つけてつむぎと別れてからやれよ。なんで自分のシモの不始末をつむぎのせいにしてんの？　思った以上に最低なんだけど』

友人の辛辣な物言いに、思わず苦笑いしてしまった。

浮気発覚のきっかけなんて話したら、罵詈雑言(ばりぞうごん)が響いてきそうだ。

『その後輩、まだ会社来てるの？』

「うん、来てるよ」

『普通に？』

「うん、普通に」

『頭おかしいんじゃないの』

「慰謝料払ったし、もういいかなと思ってるんじゃない？」

『そんなの五億くらいもらっても許せないんですけど』

「まぁでも、いい大人が合意の上でしたことだからね。後輩だけを責めるのも違うし」

『いや、責めていいでしょ。土下座レベルの話だよ？　ムカつきすぎてスマホ折りそう』

「折らないで、ゆうちゃん」

ふぅ、と電話の向こうで呼吸を整える声がする。

『つむぎ、大丈夫？』

「うん」

『……未練とか、ないの？』

「うーん……どうだろう」

時折あの映像を夢に見たり、私が二人を引き合わせたりしなければ、と思うのは、やっぱり未練なのかな。

「少しはある、かも」

『そうだよねぇ。はぁ、ちょっと考えられないわ……』

「わたしもしばらくは夢かなって思ったよ」

『まぁ、でもさぁ』

「うん?」

『言い方悪いけど……結婚前でよかったのかも。気づかずに結婚しちゃってたら、と思うと』

「それはたしかに」

短い沈黙があった。

友人の切り出しにくそうな雰囲気を悟って「どうかした?」と声をかける。

『あの……こんなときに話しづらいんだけど……十二月の……』

「あ、ゆうちゃんの結婚式のことかな? 本当におめでとう」

友人もサークル同期の恋人がいて、年末に結婚式をすることになっている。

私は新婦側の友人として、健介は新郎側の友人として出席する予定だった。

『出席で返事もらってるけど、そのままで大丈夫かな……? その、気まずいかなって。ハシケンも今のところ出席になってるから』

「変わらず出席するつもりだったよ」

『ありがとう。つむぎは来たくなくても『今さらキャンセルしたら迷惑かけるかも』とかで、無理にでも来そうだなと思って。だから、大丈夫だからって伝えたかったんだ。なんなら当日ドタキャンでも大丈夫だからね。つむぎがつらい顔して招待客の席に座ってたら、私もつらいし。もちろん、来てくれるなら最高に嬉しいけど』

友人は涙声で続けた。

『私は悔しいよ、つむぎ。お互い結婚してもさぁ、みんな同期だから家族ぐるみで仲良くできるねって言ってたのに。ぶち壊しおって。ハシケンの馬鹿野郎。大馬鹿野郎。許さん』

ずず、と鼻水をすする音がする。

『ごめん、つむぎ。つむぎのほうがつらいし、つむぎのほうが悔しいに決まってるのに。私が泣いてごめん』

「そんなことないよ、ゆうちゃん。ありがとう」

いい友人をもった。

学生時代の親しい友人は皆サークル仲間なので、健介との共通の知人だ。一方的に悪口を吹き込むことになってしまう気がしたし、友人たちを板挟みにしてしまうのも嫌で、伝え方に悩んでいたのだ。

「ありがとう。行くよ。お祝いしたいもん」

『こちらこそありがとうだよ。もう少し近くなったら正式な招待状を送るね』

「わかった。待ってる」

『つむぎ……あんまり話したくないかもだけど、話したくなったらいつでも聞くから』

「うん。ありがとう」

じゃあね、うん、ありがとう、と言い合って通話を切った。

重苦しい気持ちを払おうと、ひとつ大きなため息をつく。

と、メッセージアプリのトップに表示される芸能ニュースの見出しが目に飛び込んできた。

《マドエクのギタリストＤＥＮ、入れ墨に賛否両論。ハロウィンの仮装では？の声も》

え、と思った。

すぐに記事を開くと、どうやらＳＮＳ上で彼の入れ墨のことが話題になっているらしかった。

誰かが入れ墨の写真を投稿し、それが拡散されたようだ。

投稿主はここまで拡散されることを想定していなかったのか、拡散されるとすぐにアカウントごと投稿が削除され、元の投稿は見られない状態になっているという。記事には『拡散され』とか『話題』とか、それに対するSNS上の反応を紹介するような言葉が並ぶばかりで、実際の写真は掲載されていなかった。

——こんなタイミングで。

もしかして、私だと思われちゃうかな。

唯一誇れるのは口の堅さだ、なんて言っておきながら。

でも、わざわざ「私じゃありません」なんて連絡するのも言い訳がましい感じがする。

行動できないまま数日が経ち、モヤモヤを晴らそうと訪れたジムで彼を見かけた。

——あ、細野さん。

彼はちょうどストレッチをしているところだった。ゆったりと筋肉を伸ばしている様子だから、筋トレ終わりだろうか。私も一時間ほど走ってそろそろ帰ろうと思っているタイミングだったので、話しかけるにはちょうどいい。

——今なら話しかけても迷惑じゃないかな。いや、でも馴れ馴れしく話しかけるのも。

迷いながら少し離れたところに突っ立っていたら、彼が振り向いた。

こちらに軽く手を上げ、マットを降りて靴に足を入れ、トントン、とつま先を地面に打ちながらこちらへ向かってくる。

「つむぎちゃん、こないだぶり」

「あ、あの、こんばんは」

「どした？　なんか話したいことありそうな顔してたけど」

「えっ？」

背中に目でもついているのか、と思った。

「鏡に映ってたで。こっち見てんのが」

「あ、鏡……」

「こんだけ四方八方にあるからなぁ」

「そ、そうですよね……」

　こっそり見ている姿を逆に見られていたなんて、すごく恥ずかしい。

「なんか話ある感じやな？　俺もう終わるけど、この後時間ある？」

「あ、はい」

「家でいい？」

「はい」

「じゃあ俺今からシャワー浴びるから、外出たとこで待ち合わそう」

「あ、はい。私もシャワー浴びて出ますね」

「うん、ごゆっくり。髪ちゃんと乾かしてな」

「はい」

　家で、というのは、たぶん外でその話をしたくないということだろう。

問い詰められるだろうか。私は誰にも話してない、と言って、信じてもらえるだろうか。うまく説明できるだろうか。

　緊張しながらシャワーで汗を流して外に出た。

　彼はジムの前の電柱にもたれるようにして立っている。長身で顔が小さいので、そんな仕草すら絵になる。

「すみません、お待たせしました」

「ううん、全然」

　相変わらずの長袖パーカーだ。

「家まで歩ける？　タクシー呼ぶ？」

「あ、いえ、歩けます」

「じゃあ歩くか」

　そう言って彼はゆっくりと歩き出した。

心なしか、笑顔が少なくてよそよそしい気がする。

——やっぱり怒ってるのかな？

そりゃあそうだよね。

秘密にするって約束したのに、バラされたら。

——バラしたの、私じゃないんだけどなぁ。

どう説明したら信じてもらえるのか、まるで見当もつかないまま、彼の暮らすマンションに着き、エレベーターで六階へ。

「どうぞー」

ドアを開けた彼に言われ、中に入った。

「まぁ入って。座って話そう」

そう言われたけど、空気感に耐えられなくて、玄関のドアが閉まるなり声を上げた。

「あの、私じゃないです。私誰にも」

「へ？」

「記事、ＳＮＳ、私じゃなくて」

焦りすぎてうまく文章にならない。

でも、彼には伝わったらしい。

「あ、俺の入れ墨の記事のこと？　え、話ってそれ？」

「はい」

頷くと、彼はハーッと息を深く吐いた。吐ききると、脱力したように頭をだらんと垂れた。

「なんや、その話かぁ。深刻な顔してるから」

「え……なんの話だと思ったんですか？」

「もっと深刻なやつ」

「深刻なやつ？」

「そう。俺ら、やることやってるし」

「え」

「やろ？」

「あ……えとつまりその、えーと」

生々しくて、なんだか口に出せない。

「つむぎちゃんのオブラート分厚すぎて何も言えてへんやん」

「あの、でも、その、一応」

「うん。予防はしてるけど。百パーはないやん？」

「そう、ですね」

そうだ、本当に。

当たり前のことだし忘れていたわけでもないけど、改めてこうして突きつけられるとハッとする。

「で、つむぎちゃんが言いたかったんは入れ墨のことな。記事読んだ？」

「はい。SNSで写真が拡散されたって」

「写真見た？」

「あ、いいえ……投稿はもう削除された、と読みました」

「そっか。スクショがまだ出回ってるけど、投稿されたん大昔の写真やねん。地元におった頃は入れ墨隠してなかったからさ。その頃の半袖着てる写真な。集合写真みたいなやつで写ってる人数かなり多いから、そのうちの誰かが流したんかもしれへんし、どっかから写真を入手した第三者かも。特定は無理やし、する気もない」

「あ……そうだったんですね」

「うん。だからつむぎちゃんのことは最初から一ミリも疑ってへんよ」

よかった、とホッとした。

「ええと、あの、敵の推しだ、なんて話をしてしまったので……その」

「ん？」

「もしかしたら、敵への恨みをそういう形で晴らした、と思われてしまうかなって心配になって」

「俺の秘密を暴露することでつむぎちゃんの気が晴れるんやったら、もっとヤバイ秘密教えたろうか？」

「い、いえ、いいです！」

慌てて顔の前で手をブンブン振った。

「そんな恨みの晴らし方は嫌です」

「そっか。じゃあヤバイ秘密はしまっとく」

「そうしてください」

彼は私をじっと見つめ、「なんかごめんなぁ」と言った。

「へ？」

「責任感強い人に秘密を背負わせたら、こうなってまうんやなって」

「『こう』というのは？」

「秘密が漏れた＝（イコール）自分の責任、て。仮に、仮にやで、つむぎちゃんから漏れてたとしても、そもそも俺がつむぎちゃんに見せたんが悪いんやから、俺の脇の甘さをつむぎちゃんが背負う必要はないのに」

「そう、でしょうか」

「そうやで。それにまぁ、俺のセフレは基本みんな知ってるわけやし」

「あ……」

そっか、と思った。

そういうことをするには裸になるわけで、そりゃあ入れ墨だって見えるし、知らないはずがない。

――うわ、恥ずかしい。私一人が知ってる秘密、みたいな反応しちゃって。

「何が言いたいかっていうと。つむぎちゃんにそんなドえらい重荷を背負わすつもりはないから、漏れたら『あ、どっかから漏れてるー』と思っといたらええよってこと」

「……わかりました」

秘密を知るたくさんの人たちの一人にすぎないから、と。

私の気持ちを楽にするための言葉が、心を撫でながら引っ掻いていく。

――ううん、そうじゃない、傷つくようなことじゃないはず。

というか、この件で傷ついているのは、秘密を暴露された彼のほうだ。

「あの……細野さん、大丈夫ですか？　お仕事関係とか」

「うん。事務所は最初から俺が墨入ってんの知ってるから『ついにこのときがきたか』みたいな感じ。無用なトラブルを避けるために人前出るときは長袖で隠せって言われてたけど、この時代やし、広まんのは時間の問題やろなって言うててん。やっぱり入れ墨ってイメージ悪いから、マドエク＝入れ墨＝ヤカラ、みたいに見られんの嫌やったけど、知名度だいぶ上がってきたし、もう大丈夫ちゃうかなぁ」

「それならよかったです」

はぁ、と思わず息が漏れた。

先ほど彼がしていた頭をだらりと垂れる仕草を、今度は私がする。

「心配してくれてありがとう」

「いえ、ありがとうなんて……」

お礼を言われる理由はない、それどころか。

「……ごめんなさい、私、あの報道を見て一番に自分の心配をしちゃってました。『疑われるかな』って。あんな記事が出てしまって、真っ先に細野さんのことを心配すべきなのに」

「そっか。よかったやん」

「へ？　よかった……？」

「自分のこと最優先できてよかったやん。その調子やで」

まさか「よかった」と言われるなんて夢にも思わなかった私は、呆然と彼を見つめた。

「俺のことは俺が最優先で心配するから。そこは俺に任せて、つむぎちゃんは自分のこと最優先したって」

そう言って微笑みながら、彼は「ちょっと待っとって」とリビングへ続くドアに向かった。

戻って来た彼は、小さな袋を「はい」と差し出してきた。

「これあげる」

「これは？」

「お土産」

「私に？」

「そう。仕事で地方行ったとき、コーディネーターさんが『近くの神社が有名です』って教えてくれて。俺が好きそうな神社って言われて行ったら、それ売ってたから買ってきた」

手のひらに収まりそうなサイズの小さな紙袋には、たしかに神社の名前が書かれている。袋を開けると、紐が見えた。ストラップのようなものらしい。

紐をそっとつまんで引っ張った。チリリ、と小さな鈴の音がする。

「どうして私に？」

「こないだもらったゼリーのお礼。会社でまた悔しいことがあったら、それ握っとき。そんで『お前が推してるDENとセックスしたったけどな』って思っとき。俺とのセックスにそんな力があるかわからんけど」

言葉の選択が直球すぎてくらくらする。

それに、鈴の横で揺れる小さなモチーフも。

「なんかこれ……その……形が」

「そう、チン――」

「待って、オブラートに包んでください……」

「おチン？」

「包めてないです」

　彼はしばらく考え込んだ。

「あ、いんけ――」

「今日はこれで失礼します。お邪魔しました」

　彼の言葉を遮るように言ったら、はは、と彼が朗らかに笑った。

　そして「泊まっていく？」なんて誘われることもなく、お礼を言って彼の家を出た。駅まで送るという申し出は、やはり断った。

　――敵の推し、かぁ。

　駅近くのビルの看板には、いつか彼と一緒に見たマドエクの新曲が掲げられていた。

　それを見つめて、ちょっと誇らしい気持ちになった。

　――誇らしい、か。もしかしたら、敵の推しが自分の推しになりつつあるかも。

　彼はその夜の配信で入れ墨のことを認め、これまで黙っていたことをファンに対してお詫びすると共に、決して入れ墨を推奨はしないこと、今後も積極的に露出はしないつもりであることなどを、いつもと変わらない調子で語った。

　と、翌日のネットニュースで知った。

　記事のコメント欄を覗くと、予想どおり紛糾していた。

〈入れ墨の写真見たけどクソダサかった〉

〈甲冑とか厨二病で草〉

〈かっこいいじゃん〉

〈反社にしか見えん〉

〈入れ墨をかっこいいと思ってる時点でムリ。そんな奴らの作ってる音楽なんか絶対薄っぺらい〉

〈DENだけでしょ？　他のメンバーは入ってないよね？　コーダイも入ってたら泣くんだけど〉

〈古参のファンの間ではずっとそうかなって言われてたよ。いつも長袖着てるから〉

〈変わらず応援してるよー〉

〈子供に見せたくないです。テレビに出さないでください〉

〈隠してるんだからいいんじゃないの？　ダメなの？〉

〈若いファンが真似したらどう責任取るつもり？〉

〈金あるんだからレーザーで消せばいいのに〉

　嫌なコメントをみると嫌な気持ちになって、味方するコメントをみると嬉しい気持ちになった。

　――推しになりつつある、じゃなくて、もうすでに、かも。

　記事を閉じた指で検索バーに打ち込んだのは『推し　好き　違い』だった。

11、炎上にはご注意ください

「お先に失礼しまーす」

口々にそう言って帰っていく同僚たちを見送りながら、ＰＣに向かう。

私もまもなくだ。

――あー、お腹すいた。

今日はみんな帰りが遅いので夕飯は各自で、と母から連絡がきていた。帰り道においしいものを食べて帰ろうかとか、それとも材料を買って帰って作ろうかとか、あれこれと考えながらＰＣをシャットダウンして帰り支度をしていたら、内線電話が鳴った。

「はい、広報、田無です」

『あ、田無さんいた、よかった』

社内電話の最初に交わす「お疲れ様です」の定型句もなくそう言ったのは、上司の星野さんだ。

『まだフロアにいる？　よね、この電話に出てるってことは』

「はい」

『白川さんは？』

「帰りました」

『ＳＮＳアカウントって白川さんが主担当だよね？』

「はい。白川さんが主担当で、私が副担当で入ってます」

『今日投稿した？』

「朝、二件投稿しています。商品のことと、暦にまつわる豆知識を」

『夕方は？』

「いえ、投稿していませんが……？」

企業のSNSには宣伝効果もあるが、投稿内容によっては炎上騒ぎにもなりかねない諸刃の剣だ。そこで、二人体制を敷いて投稿前に必ずチェックすることになっているのだ。

『今私もそっち向かってるんだけど、ちょっと急ぎで。今すぐアカウントにアクセスしてもらえる？』

「あ、はい。すみません、PCシャットダウンしてしまったのですぐに立ち上げますね」

『あ、帰ろうとしてた？　ごめんね』

「いえ、大丈夫です」

慌ててPCの電源を入れ、ブラウザを立ち上げ、IDとパスワードを打ち込んでログインした。

「ログインできました」

『ありがとう』

電話口と背後から、ピピ、という電子音がした。ドアの解錠音だ。

振り返ると、少し離れた入り口に星野さんが立っていた。電話を切りながらこちらに走ってくる。

「星野さん、お疲れ様です」

「お疲れ。ごめんね、今日用事は？」

「ありません。大丈夫です」

短く会話をしながら画面に視線を戻すと、SNSの新着通知を知らせる数字がいつもよりはるかに多い。

見たことのない数だ。

——え？

何が起こっているのだろう、と、画面に顔を近づける。

「最新の投稿、確認できる？」

「はい」

　ホーム画面から最新の投稿を見て、目を疑った。

〈強がって一生懸命平気なフリしてんの笑える〉

　――なにこれ。

〝高遠（たかとお）コーポレーション〟という社名と、アルファベットのTをあしらったロゴのアイコンを何度も確認する。間違いなくうちの会社のアカウントだ。

　でも、投稿には全く覚えがない。

　すでに数千件の再投稿（リポスト）が行われ、拡散されている。

　呆然としている私に、星野さんから指示が飛ぶ。

「投稿のスクリーンショットを撮って、すぐに削除してもらえる？」

「はい」

　画面をキャプチャし、投稿を削除する。

　とんでもないことが起きている、と手が震えた。

「削除できました」

「ありがとう。そしたら、すぐにパスワード変更してもらえるかな。新しいのはこれで」

　息つく暇もなく、指示が飛ぶ。

　アカウントへの不正アクセスを危惧したのだろう。

　差し出されたメモの指示どおりに変更し終えると、また星野さんは「ありがとう」と言った。

「すぐに新しい投稿の文面を用意しないと」

「はい」

「『当アカウントにおいて、先ほど不適切な投稿が行われたことに関しましてお詫びいたします。投稿により不快な思いをされた方々に深く謝罪申し上げます。大変申し訳ございませんでした』でどうかな。文字数は大丈夫？」

「大丈夫です」

「誤字脱字がないか確認させてね。シャレにならないから」

「もちろんです」

　星野さんが画面を覗き込みやすいように椅子を引き、体をずらした。

　口に出して文面を読み上げながら、二人で三度内容を確認する。

「あの、星野さん」

「何？」

「冒頭にカッコ書きで『お詫び』とつけ加えても？」

「あ、たしかにそのほうがいいね。ひと目で投稿内容がわかるもんね」

「はい」

　頷きながら、【お詫び】という文言を追加する。

「よし、オッケー。投稿しよう」

　マウスを持つ手が震えている。

〝投稿〟をクリックすると、ようやく星野さんが「ふぅ」と息を吐いた。

「他の社員のところにも取引先から問い合わせがあるかもしれないから、社内掲示板（イントラ）に経緯を掲載したほうがよさそうだね」

「はい。そちらも文面作成しますか」

「お願いしていい？　私は部長に電話かけてくる。掲載前に内容を確認させてね」

「もちろんです」

　詳細が不明のため、『会社のＳＮＳアカウントに業務と無関係の内容が投稿されたこと、すでに削除済みであること、謝罪の文言を投稿したこと』という、事実だけを淡々と記した文章にした。

　書き終えたタイミングで、電話を終えた星野さんが戻ってくる。

「部長からイントラ掲載の許可が下りたよ」

「文章、これでどうでしょうか」

「うん、いいと思う。『対応を協議中のため、決まり次第追ってお伝えします』も加えてもらっていいかな。投稿者名は星野で」

——そうか、星野さんの名前になるのか。

上司の名前を投稿者欄に打ち込み、投稿ボタンを押す。イントラ掲示板は総務からのお知らせや社長から全社員向けの発信などに使われるものだ。社外向けの広報活動を担う私たちの部署が使うことは多くない。

「削除はしたけど、ほぼ間違いなく誰かがスクショを保管してるから、そのスクショが出回ると思う。対応を考えないと。投稿したのは白川さんで間違いなさそうかな?」

「乗っ取りの可能性をのぞけば、アカウントのＩＤとパスワードを知っているのは私と星野さんと白川さんしかいません」

「わかった。白川さんに連絡取ってみる。田無さん今日まだ残れる？　用事とかない？」

「大丈夫です」

「じゃあ、これから対応を決めるために上と会議するから、一緒に出てもらえる?」

「はい」

——大変なことが起きてしまった。

この先のことを考えるのに精一杯で、誤投稿された文が何を意味するかなんて、考える余裕もなかった。

＊＊＊

後輩が戻って来たのはおよそ四十分後、社長も交えた対応会議の途中だった。

「失礼します」

　後輩が会議室の入り口に姿を表すなり星野さんがすぐに立ち上がり、「あ、白川さん。呼び戻してごめんね」と頭を下げた。そしてすぐに彼女を会議室から連れ出す。

「ごめん、田無さんもちょっといいかな？」

「あ、はい」

　慌てて席を立ち、星野さん、後輩と一緒に会議室を出た。

　星野さんの誘導で隣の空いている会議室に入り、ドアを閉める。

「これをＳＮＳに投稿したの、白川さん？」

　着席するなり、星野さんからＰＣ画面が示され、後輩に質問が飛んだ。

「え……」

「投稿に見覚えは？」

「いえ……」

「ＰＣの記録（ログ）を確認すればわかるんだけど、早期に対応するために、少しでも早く事実が知りたいの。私でも田無さんでもないから、もしも白川さんじゃないなら、アカウントの乗っ取りとか不正アクセスを疑うことになるんだけど……」

　後輩の口がゆっくりと開く。

「わたし……かもしれません」

「かもしれないっていうのは？」

　机の上に置かれた後輩の手が震えている。

「個人のアカウントに投稿したつもりで……」

「そう。いわゆる誤爆ってことね」

「はい」

「わかった。もう投稿は削除済みだけど、さっき確認したら、予想どおりスクショが拡散されてた。それで、今後の対応を考えるために、隣に各部門の責任者が集まってる。現状はこれで伝わったかな？」

「……はい」

「今後の対応を考えるに当たっては今回の原因究明もしなくちゃいけないから、担当者として白川さんと田無さんには同席してほしいと思ってるんだけど、大丈夫？」

後輩のミスとはいえ、さすがに気の毒になった。

電話口で簡単に事情を説明され、詳細がわからないまま慌てて戻って来たのだろう。指示されたとおりに会議室に来たら御前会議みたいに、直属の上司からその上の部長、本部長、社長という縦のラインと、法務部長、ＩＴ部門長までもが揃い踏みしているのだ。本部長は出張中のためオンラインでの参加だが、モニターにデカデカと映し出される顔には相当な威圧感があった。

心配で彼女の顔を覗き込んだけど、彼女はこちらを見ることなく頷いた。

――大丈夫、かな？

「大丈夫です」

彼女の返答を受け、また三人で連れ立って隣の会議室に戻る。

偉い人たちに出迎えられると思ったのに、会議室に座っていたのは部長と社長の二人だけだった。

「あまり人数が多いと威圧感がすごくなっちゃうから、このほうが話しやすいだろうということで」

そう言って部長は私たち三人に椅子を勧めた。

机の向こう側が部長と社長の二人、こちら側に星野さん、私、後輩の三人が並ぶ形だ。

星野さんをこちら側に配したのは、きっと部長の気づかいだろう。隣にいてくれるだけでずいぶんと心強い。

私たちが皆座ったのを見届けて、部長が口火を切った。

「アカウント上での謝罪は済んでいるけど、今夜中にホームページにもリリースを出す方針で決まりそうです。リリースには再発防止策も入れたいので、その検討に当たり、今回の誤爆が起きた原因をきちんと把握したいと考えています。ここまでは大丈夫ですか？」

「はい」

「そのための聞き取りです。議事録も取っています。書記は社長」

「ずいぶん贅沢(ぜいたく)な書記ですね」

　星野さんの言葉に部長と社長が低く笑い、場の空気が少しほぐれた。

「アカウントの運営は田無さんと白川さんの二人で担当していた、という認識で合っていますか」

「はい」

　頷く。

「通常の投稿をするときのフローは？」

　後輩を見たけど、唇を引き結んでいて答えられそうにない。代わりに私が答えることにした。

「白川さんが草案を作成して、私が内容を確認し、白川さんが投稿するという流れです」

「責任者はどちらですか？」

　これには星野さんが答えた。

「主担当は白川さんです」

「あの、でも……副担当である私のほうが年次が上で、チェックする役割ですので、私にも責任があります。申し訳ありません」

　そう申し出たら、社長が静かに言った。

「でも今回の投稿については、田無さんにはチェックのしようがないですよね。白川さんは自分のアカウントに投稿するつもりだったわけだから、田無さんに内容の確認を依頼するはずがないし」

「……そう、ですね」

「誤爆を防げる仕組みになっていなかったのも問題ですが、最大の問題は会社のＰＣから個人のＳＮＳアカウントにアクセスしたことにあるのでは。しかも、このスクリーンショットを見る限り、投稿は就業時間内です。終業時刻の五分前ではありますが、時刻になれば終業のチャイムが鳴るわけですから、終業後だと誤解したわけではないでしょう、白川さん？」

「……はい」

社長の話し方は穏やかだが、規則違反の行為に対する怒りがにじんでいる。

聞いているこちらがハラハラするほどだけど、緊張しすぎて正常な判断ができなくなっているのか、後輩はひと言も謝らない。

痺れを切らしたらしい部長が、やはり穏やかな口調で言った。

「今回は明らかに私的な投稿とわかる内容だから会社の見解だと誤解される恐れは低いし、政治や宗教などの致命傷になりかねないトピックでもなかった。でも、すでに相当拡散されているし、企業イメージを大きく毀損（きそん）しかねない事故（インシデント）です。事態の大きさを理解していますか？」

「……はい」

後輩が頷く。

――お願いだから、せめてひと言謝ってぇ。

心の中で悲鳴と共に懇願したけど、届くはずもなく。

代わりに星野さんが「申し訳ありません」と頭を下げ、私に問うてきた。

「田無さん、現場目線で、今後誤爆を防ぐ手だてはありそう？」

「あ、はい。先ほど調べたところ、専用のシステムがあるようです。ただ、導入にはやはり相当な費用がかかりますので……ソフト面で補うならば、個人アカウントへのアクセス禁止を――」

「――すでに禁止、ですよね？」

社長の静かなツッコミが怖い。

「はい。その運用徹底と、投稿時にアカウント名を口に出して読み上げる、などのアプローチが現実的かと思います」

「どんな仕組みを作っても、運用する人がその運用方法を守らないと、ミスは減らせないからなぁ」

部長がぼやくように言った。

私の隣にいる後輩が俯いた。

肩を震わせている。今にも泣きそうだ。

チラリと星野さんを見ると、彼女も同じことを考えていたらしい。

「社長、部長、すみません。白川さんと二人で話してきても？」

「わかりました」

星野さんは後輩を別室へ連れ出した。

残された私は、戻って来たお偉方も加えた「高遠偉い人軍団（オールスターズ）」に囲まれて小さくなりながら、再発防止に役立ちそうな情報を必死に探した。

その間に、顧問弁護士、不祥事対応専門のコンサルタントなどさまざまな人へと連絡がなされ、それらの意見をもとに対応が決まっていった。

――なるほど、そのために社長がここにいるんだ。

担当者のミスで社長が出てくることに驚いていたけれど、影響を最小限に食い止めるために最速で意志決定をする必要があるから、ということなら納得。

決定の速度に圧倒されつつ、手元のＰＣで再発防止策をまとめていると、社長から声がかかった。

「田無さん、申し訳ないんだけど、星野さんと白川さんも含めた人数で夕食を手配してもらっていいですか？すぐに弁護士先生から折り返しがある予定なので、私は動けなくて。皆さんまだ食べてらっしゃいませんよね？」

「はい」という声が次々と上がる。

「承知いたしました、一、二、三……八名分手配します。お店の指定はありますか」

「どこでもいいけど、この時刻だと、駅前の割烹（かっぽう）に届けてもらうのが早いかな。店名わかりますか？」

「わかります。お電話して参ります」

部屋を出て割烹の名前を検索し、電話をかけると、すぐにお弁当を作って届けてくれることになった。社長がおかみさんと懇意にしているらしく、社名を言うだけで「はいよっ」と威勢のいい返事がきた。

「お弁当、三十分くらいで届けてくださるそうです」

「ありがたい。田無さんもありがとう」

頷き、深呼吸をする。そして勇気を振り絞って言った。

「あの、再発防止策についてですが、追加で調べて見つかったもののうち、運用面ですぐに実施できそうなものをまとめました。皆様をｃｃに入れて、Ｔｏ星野さんで送らせていただいてもよろしいですか」

「ありがとう。実担当目線での意見、ありがたいです。我々が作っても、絵に描いた餅になってはどうしようもないから」

社長の返答を受けてメールを作成していたら、星野さんと後輩が戻って来た。

やはり泣いたらしく、後輩の目が赤い。

「大丈夫？」

「はい」

「そう、よかった」

目を合わせようとしない後輩と短く会話し、作りかけだったメールを完成させて送信した。

それから総出でホームページに載せる公式のお詫び文書を作り、その場で社長決裁を受けてアップし、ＳＮＳアカウントにもホームページ掲載文書へのリンクを投稿した。

「スクリーンショットが数万単位で再投稿（リポスト）され拡散はされていますが、すぐにＳＮＳ上で謝罪文を投稿したおかげで、今のところそれほど大きな炎上にはならずに済んでいるようです。主な反応は『個人の悪口じゃん』や『間違えて投稿しちゃってんのかな』といった具合に誤爆そのものを面白がるものが多く、深刻なダメージは避けられるのではと」

SNS上の動向をずっとチェックしていた部長の言葉に、ようやくみんなで息を吐いた。

「白川さんも田無さんも遅くまでお疲れ様でした。今日できるのはここまでだから、あとは明日以降に状況を見つつ対応していきましょう。さっき届いたお弁当、ここで食べていってもいいけど、この空間で食べるのは緊張するでしょうから、よかったら持って帰って食べてください」

「あの、お弁当代は……」

「私のおごりです」

社長の言葉に「ひえ」となりながら、星野さんを見た。

「ご厚意に甘えよう」

星野さんに言われ、社長に頭を下げる。

「ごちそうさまです」

「いえいえ。お疲れ様。明日以降も対応は続くので気を抜かずに。気をつけて帰ってください」

帰り支度のため、一旦自席に戻って時計を見ると、時刻は二十二時半を回ったところだった。どうりでお腹がすくはずだ。

ノー残業デーだったこともあってか、フロアには私たちしかいない。

PCをシャットダウンしてデスクにしまい、鍵をかけていたら、後輩から「つむぎさん、私の分のお弁当いります?」と尋ねられた。

「あ、え。白ちゃん大丈夫? 食欲ないの?」

やはり気持ちがつらいのだろうと心配になって尋ねたら、「夕ご飯食べたので」と言われた。

「……へ?」

「夕ご飯を食べてる途中で星野さんからのお電話があったので、急いで食べてきました。だからお腹すいてないんです」

「あ、そうなの……。あの、でも社長のご厚意だし、持って帰って明日の朝いただくとかしたら……?」

後輩はハァア、と深いため息をついた。

「ご厚意なんですかねぇ。そもそも今日……私、必要でした？」

「え、何が？」

「この処理に、私って必要だったんですかね」

「原因がわからないと、対策も打てないから……」

「原因なんか見ればわかるじゃないですか。なのにおおげさに『聞き取り』なんて。晒されに帰って来たみたいな感じですよね」

「あー、うーん……」

――晒す、という雰囲気にならないように、あれだけ気を使って人数を絞ってくれていたと思うんだけどな。

「いつもは『責任取るのが上の仕事』、みたいなきれいごとを言うわりに、なんかあったら怒られるの、普通に理不尽じゃないですか？」

「責任は上が取ってくれてるよ。イントラ、誰の名前で出たか知ってる？　リリースだって」

前者は星野さん、後者は社長名だ。

後輩が戻ってくるまでの間に、星野さんが「担当者を決めた私の責任です」と何度も頭を下げていた姿を見ているから、後輩の言葉には到底同意できなかった。

後輩はなおも不満そうに続ける。

「だいたい、仕事用のPCでSNSなんてみんなやってることじゃないですか」

「みんな……かな」

「つむぎさん、やったことないんですか？」

「ないよ」

「一回も？」

「うん」

「あー、つむぎさんは真面目ですもんね」

後輩の言葉が、今回はちっとも刺さらなかった。

――なんであかんの？　いいことやん。やるべきことをちゃんとできるんは、つまらない人間じゃなくて、誠実な人間ってことやろ。胸張ったらいいやん。

腕に騎士の鎧をまとった彼の声が脳裏で響いたおかげだった。

その言葉に背中を押され、私は頷く。

「うん、そうだよ。真面目なの」

後輩は何も答えなかった。

もしかしたら聞こえなかったかもしれない。それでもよかった。

「じゃあ、お先に」

後輩を残してフロアを出た。

＊＊＊

〈強がって一生懸命平気なフリしてんの笑える〉

きっとあれは私のことだ。

終電に揺られ、窓の外を見ながらそう思った。黒い中に街の灯りが粒々と光っている。

車内には人がまばらに散り、座席は空いていた。でも私はドアのそばに立って、ぐっと唇を噛んだ。

――強がって平気なフリしてないと、泣いちゃうんだよ。

窓に映った私は情けない顔をしていた。

後輩は、私が毎日さも『不幸です』って顔で会社に行って、鼻水をすすりながら仕事をしていれば満足なんだろうか。

——そうしたらきっと、「被害者面がウザい」とか言われるんだろうな。

必死に視線を上げた。そうしないと、目の表面に膨らみ始めた水滴がこぼれてしまいそうだった。

——疲れた。ほんとに疲れた。

線路の継ぎ目にさしかかったのか、電車がガタンと大きく揺れた。カバンの中からチリリと鈴の音がする。

なんの音だかすぐにわからなくて、数秒考えて（あっ）と思った。

カバンを覗き、まだ紙袋に入っていたそれを見る。

人が少ないとはいえ、あのモチーフを電車の中で取り出す勇気はなかった。

紙袋の中で彼からもらったお土産がチリリチリリと音を立てるのを聞いていたら、自分でも気づかないうちに口角が上がっていた。

（「会社で悔しいことがあったら、それ握っとき」）

紙袋ごと、ストラップをぎゅっと握りしめた。

彼から唐突に連絡があったのは、それから二週間後のことだった。

12、狐面とトウモロコシ

《つむぎちゃん、お祭り行かへん？　二十三日にうちの近くでやるやつ》

　急なお誘いだったけど、不思議と迷わなかった。

〈行きたいです〉

《よし、じゃあ行こう》

　その後、数往復のやりとりで、あっという間に待ち合わせ時刻と場所まで決まった。

《つむぎちゃんが浴衣（ゆかた）で来てくれたらいいなぁって、祈っとこっと》

〈細野さんも浴衣でいらっしゃるなら〉

《その返しは予想外。オッケー》

　その日の会社帰りに浴衣を買った。紺地に古典柄の絞りで、帯は黄色だ。

　当日、カラコロと下駄（げた）を鳴らし、彼に指定された待ち合わせ場所に向かう。

　私の到着からほどなく現れた彼も、約束どおり浴衣姿だった。長身で手足が長く顔が小さい、いわゆる『日本人体型』とはかけ離れた体型なのに、浴衣がよく似合っている。

　いつもパーカー姿ばかりだったので新鮮だ。

　やはり入れ墨が見えないようにという配慮なのか、浴衣の下に長袖を着ている。

　彼はこちらに気づくと手を上げてニコッと笑った。

「つむぎちゃん浴衣やー。かわいー。祈ったかいがあった」

「細野さんもお似合いですね」

「ありがとう。お世話になってるスタイリストさんが貸してくれた。つむぎちゃんは？　もしかして、わざわざ買ったん？」

「いいえ、家にあったので」

「ふぅん」

「なんか……含みがありませんか」

「ここに『お手入れ方法』っていうシールついてんなと思って」

彼は私の背中に手を伸ばし、ペリリと剥がしたシールを指先につけて振る。

「あっ……」

「直前の記憶なくなったことにして、もう一回聞いていい？　もしかして、わざわざ買ったん？」

「……買いました」

彼は肩を震わせて笑った。

「なんで嘘ついたん」

「頑張っちゃってる感じに見えたら恥ずかしいなと思って」

「いや、普通に嬉しいから。今日の浴衣は俺だけのために着てくれてるってことやろ？　そんなん、めちゃくちゃ嬉しいやん」

――何人もセフレがいるような人に「俺だけ」なんて言われましても。

そう思うのに、喜んでもらえて嬉しいな、とも思ってしまう。

「あ、場所こっち。そこ曲がったら人すごいから、はぐれんように気をつけてな」

「はい」

「地域のお祭りやから規模はそんなに大きくないけど、花火も上がるって」

そう言いながら、彼は道端で配られていたうちわを受け取り、顔をあおいだ。

今日も暑い。長袖でいるのは相当つらいだろう。

　会場の公園に近づくと、すでに入り口付近に人だかりができていた。手前にもいくつか露店があり、お面や綿菓子が並んでいる。

「あ。ちょっとごめん、そこでお面買っていい？」

「お面？　はい……あ、そっか、お顔を――」

　隠すためか、と納得しながら、お面を選ぶ彼の背中を見守った。

「やっぱりこれかな、お面と言えば」

　彼が選んだのは狐の面だった。

　高い鼻、涼しげな目。

「ちょっと似てますね、細野さんに」

「もしかして喧嘩売ってる？」

「え、すみません。お嫌でしたか」

「嘘嘘」

　彼はそう言いながら額にお面をつけた。

　バレそうになったらすぐにお面をずり下げて別人を装う作戦らしい。

「自意識過剰やなぁ、俺」

「そんなことないです」

「普段話しかけられんのは全然いいんやけど、今日はつむぎちゃんおるし、人ごみで話しかけられたら周りにも迷惑やしと思って」

「なるほど」

　彼はお面を顔の左右に寄せて「どっちがかっこいい？」と聞いてくる。

「どっちもかっこいいです」

「それは知ってる。どっちがよりかっこいいかなって」

「右です」

「今テキトーに言うたやろ」

「はい」

「つむぎちゃん、ちょっと俺に対する態度変わってきたことない？」

「変なストラップをいただいたときに、細野さんには気を使うのをやめようかなって思いました」

　ストラップのせいにしたけど、本当は違う。

　私が気を使っても使わなくても、彼はいつも同じ温度感で接してくれる気がしたからだ。

「お、それは嬉しい。俺もついに友達枠に入ったか」

　彼は「ウンウン」と満足げに頷いている。

「あのストラップ使ってる？」

「ストラップとして使っているかというと、ノーです。カバンには入れてます。紙袋ごと」

「見えるところに吊るしといたらいいのに」

「歩くセクハラになっちゃいますよ」

「あ、それ俺の昔のバイト先でのあだ名や」

「……何をしたらそんなあだ名がつくんですか？」

「何やと思う？」

　彼が眉を上げたので、狐面が上を向いた。

「……あんまり知りたくなくなってきました」

　そう言うと、彼は朗らかに笑う。

「つむぎちゃんは？　なんかバイトしてたことある？」

「はい。大学生の頃に塾の講師と家庭教師を」

「ぽいなぁ。先生って感じするわ。でも、学校の先生にはならへんかったんやな？」

「はい。両親の苦労を見てたので、なりたいと思ったこともないです」

「そっかぁ」

彼は感触を確かめるみたいにお面を一度下げ、「プラスチックの匂いする」と言いながらまた額のあたりまでずり上げた。

「あの……今日、どうして私を誘ってくださったんですか」

「一緒に行ったら楽しそうって思ったからやな」

他に理由なんてあるの？　って感じの顔で、彼は言う。

お面を右に寄せて人懐っこい笑みを浮かべる姿を見ながら、罪作りな人だな、と思った。

人ごみの中を進むと、お祭りらしい色とりどりの提灯が見えてくる。その提灯に照らされて揺れるのは、屋台から立ちのぼる白い煙だ。お囃子の音が明るく響き、活気ある声がお客さんを呼び込んでいる。

「祭りといえば屋台よなー。匂いだけで腹減ってくるやん。何食おう。りんご飴は最後やな。その前に何かで腹膨らまさんと。お好み焼きか焼きそばか……ケバブもうまそう。つむぎちゃん、何食べたい？」

「ええと……あ、焼きトウモロコシ食べてもいいですか」

「いいよ」

醤油の香りがする煙の中、屋台に並び、七百円もする焼きトウモロコシを買った。コンビニでいつも数十円の差をケチッて『照り焼きチキンとレタスの具だくさんサンドイッチ』を諦め『ハムサンド』を買っている私からすると、結構な贅沢だ。

「後で俺にもひと口ちょうだい」

「あ、先にどうぞ」

「いや、つむぎちゃん先食べて。さすがに買った人より先に口はつけられへん」

「あ、ではお先に」

香ばしく焦げた醤油の香りがする。

トウモロコシの甘さと焦げの苦さと醤油のしょっぱさがほどよく混ざり合って、いつまでも食べていたくなる味だ。

「おいしいです。どうぞ」

「ありがとう。あっつ。うんまっ」

はふはふ、と、彼の口から立ちのぼる湯気を見る。

「子供の頃思い出すなぁ。この匂いと味と」

彼はしみじみと言い、「ありがとう」とトウモロコシを返してきた。

私も共感するような声を上げたけど、お祭りで焼きトウモロコシを買って食べた記憶はなかった。

両親はお祭りでの買い食いを良しとせず、テキ屋さんの食べ物やクジは「高いから」と買わせてくれなかった。お面をつけて綿あめを持った子とすれ違うたびにうらやましかったけど、それを口に出したことはない。

町内会や商工会議所が主宰している屋台だけは許されていたので、百円玉を五枚握りしめて、その屋台へ一直線。毎年同じ味の焼きそばを食べ、同じ色のヨーヨーを買って、ハズれないけど大当たりもない、微妙なクジを引いていた。

そのルールは結局、ある年弟が内緒で買ったテキ屋さんのクジで大当たりを出し、ゲーム機を抱えて帰って来たことで、なし崩し的に消えた。

――そういえば、ゲームも一日三十分っていうルールだったな。侑哉が二時間もやってたからって、父に電源コードを抜かれて大騒ぎしてたこともあったっけ。

そんなことを思いながらトウモロコシを頬張る。おいしい。

おいしいのに買ったことを後悔しているのは、薄皮が歯にはさまるせいだ。

——ほらね、お父さん、お母さん。子供の頃に焼きトウモロコシ食べさせておかないから、娘は焼きトウモロコシの危険性を理解しないまま大人になっちゃったよ。

食べ終わる頃には、奥歯の歯間はほぼ全滅だった。笑ったら黄色い皮がピロピロしているに違いない。

今日は絶対に歯を見せて笑わないようにしよう、と心に誓いながら、そばにあったゴミ箱にトウモロコシの芯を捨て、持参したウェットティッシュで手を拭く。

「お、花火始まるって」

彼の視線が逸れたすきに舌で一生懸命歯をつついてみたけど、取れる気配はなかった。

なるべく目立たないようにモゴモゴ舌を動かしながら彼の誘導で人ごみの中を進んでいたら、ヒュウウウウ、という、あの乾いた音が鳴った。

歩きながら空を見上げる。

黒い背景に、オレンジ色の大輪の花火が開いた。

少し遅れて、どおおーん、と大きな音が響く。

——花火大会なんて久しぶり。

昔サークルのみんなで見たな、とか、健介と付き合ったきっかけは花火大会だったなとか、そんなことを考えた。

サークルのアイドル的な存在だった友人がかわいい浴衣を着ていた。わたしは着崩れるのが怖くて——というよりも母から「着崩れるから、やめておけば?」と言われたから——洋服で行ったんだった。当時の自分としては精一杯のおしゃれをしていたつもりだったけど、浴衣姿を褒められる友人を見て、いいな、なんて思う自分もどこかにいた。

「——むぎちゃん」

「あ、はい」

　微笑まれる。

「あ、ごめんなさい、何か――」

「聞こえてへんかった？」

「あの、はい。花火の音で。なんでしょう？」

　花火の提供企業を読み上げるアナウンスが響く。

「上書き」

「はい？」

　花火の大きな音であまりよく聞こえなかったので、聞き違いだろうかと思った。

「上書きしたろ」

　もう一度言った。聞き間違いではなさそうだ。

「上書き？」

「そう」

　彼は頷いた。

「長い間一緒におったら思い出がいっぱいあるやろうけど、上書きしてったらいいよ。ちょっとずつでも」

　大きな手がこちらに伸びてくる。

　頬に触れるかと思った手は顔から少し離れたところで止まり、髪にそっと触れた。

　自分で結ったまとめ髪からこぼれていたひとふさを、彼が指でつまんでそっと押し込んでくれる。

「うん、これで完璧」

　そう言って彼は、動いた拍子に額からずり落ちた狐面を押し上げた。

「あとは歯のトウモロコシをどうにかするだけやな」

「っ……！」

声にならない声が出た。

彼は背を丸めて笑う。

もう、笑われてばかりだ。

「み、みえてしまいましたか」

「ううん、全然。でも口をモニョモニョしてるし、トウモロコシといえば、やん。俺もさっきひと口もらっただけで歯に詰まってるもん。しゃあないよなぁ」

「トウモロコシを選んだのは間違いでした」

口元を手で隠しながら答えた。

「あ、待って。あそこにたこ焼きの屋台あるわ。爪楊枝（つまようじ）もらってくる」

「あ、え、自分で行きま――」

「ここにおって。動かんとってな。はぐれるから」

彼はすぐに爪楊枝を二本ゲットして戻って来た。

「じゃーん」

「ありがとうございます」

「ちょっとお互い背向けてホジホジしよ」

「あ、はい」

二人で浴衣を着て背中合わせに立ち、花火の下で爪楊枝で歯をホジホジする男女。その横を、かわいいお面に綿あめを持った女の子が通り過ぎて行く。

――綿あめにすればよかった。

背を向けたまま、彼が後ろで言う。

「なぁ、ふむぎはん、なんか元気ない？」

　爪楊枝を使っているせいだろう。発音がゆるい。

「どうして、ですか」

「最近ジムで見かけへんかったから」

「あ、最近家探しをしてるので、なかなか仕事帰りにジムに行く時間が取れなくて」

「あ、家探してんの？」

「はい。実家にいつまでもいるわけにも」

「どの辺で？」

「本当はこの辺りがいいんですが、やっぱり家賃が高いので……数駅離れた辺りかなぁと」

「そっか。内見とかしてんの？」

「仕事がバタバタしていて、内見はひとつだけしか行けてないです」

　誤爆の件でしばらく慌ただしかった。後輩はＳＮＳの運営担当から外れ、私が主担当に。二度と同じことを起こさないために企業向けのＳＮＳ運用セミナーに出たり、これをきっかけに全社的にＰＣの私的利用について見直そうというプロジェクトが立ち上がってそのメンバーになったりと、予定外の仕事が次々に舞い込んでくるからだ。

　ようやく歯の掃除を終え、爪楊枝を捨てた。

「この辺、人増えてきたな。あっちのほう行こうか」

「あ、はい」

　並んで、彼の指さした方向へ歩き出す。

「仕事のバタバタって？」

「ちょっと、ミスがあって」

「怒られたん？」

「あ……私ではなくて、後輩が」

「後輩って、あの？」

「そうです」

「ザマァ」

　彼は迷うことなくそう言った。

「そう、思えればよかったんですけどね」

　私の答えを聞いて、彼は「え」と声を上げた。

「思わへんの？　バチ当たったー、とか」

「うーん……」

　ミスに対して、ざまぁみろとは思えなかった。会社の評判を落としかねないものだったからだ。それに、投稿の内容がたぶん私に向けられたものだったから。

　言葉に詰まっていると、彼が足を止めた。黒い瞳がこちらを覗き込む。

「つむぎちゃん、負けんなよ」

「……へ？」

「なんか、初めて会ったときも同じこと言ったな。負けんなよって」

「そう、ですね」

　何に対しての「負けんなよ」なのかわからずに彼を見つめる。

「会社のアカウントに誤爆で悪口書き込むような人間に負けんな。あんな薄っぺらい言葉、傷ついてやる価値もない」

「え。どうして……」

「めちゃくちゃ拡散されてたやん。俺のアカウントにも回ってきてた。あれ、例の後輩やろ？」

「え、でも、私の勤務先……」

「お客様の中に、社員証を忘れて帰られた方はいらっしゃいませんかー？」

「あ」

「やろ？　だから勤務先も部署も知ってる。アカウントの紹介文に『高遠コーポレーションの広報がお届けします』って書いてあるし」

「あー……」

「ＳＮＳで流れてきたの見てすぐに『あ、つむぎちゃんの会社や』ってわかってな。あの文面といい、嫌な予感しててん」

「もしかして……だから今日誘ってくださったんですか？」

「ううん。花火来たいからやし、つむぎちゃんの浴衣姿見たかったからやで」

　たぶん違う。

　けれど、彼のやさしさに、今日は騙されておこうと思った。

13、ヤンキーと野良猫

狐面の下、先ほどまで柔らかかった表情が、今は冷たく固い。本当に狐面みたいだ。

「歯がゆいなぁ。つむぎちゃんの代わりに思っくそ文句言うたりたいくらいや」

「言えないのが……いけないいんですよね。だから舐められちゃう」

「つむぎちゃんみたいな人がおってくれるおかげで、世界がちょっと優しい場所になってんねん。だからいけなくない。むしろありがとう」

情けない顔をしてしまいそうで、慌てて空を見上げた。

――どうしてなんだろう。

六年も一緒にいて、遠からず「病めるときも健やかなるときも支え合う」という誓いを立てるはずだった人に苦しめられて、初めて会ってからひと月ほどの人に救われている、この状況は。

ドオオオオオオン、と天を打つ大きな音がする。

ドォォオオオオオン、バラバラバラバラ。

オレンジ、赤、緑。

次々に打ち上がる大輪の花火を見ていたら、思い出さずにはいられなかった。

（「つむぎ、好きな人いるの？」）

（「うん……いるよ」）

（「もしかして、俺……だったりする？」）

（「……うん」）

（「俺と付き合ってくれる？」）

（「私でいいの？」）

（「つむぎがいい」）

遠い記憶の中の会話をかき消すみたいに、ドォオオオオオン、ドオン。また一発、また一発、と打ち上がっていく。

「俺はつむぎちゃんの敵の推しやけどさぁ」

彼が花火に負けない声で言った。

「つむぎちゃんは俺の推しやで」

こっそり横目で彼を見た。彼は花火を見ていた。

私は白い狐の面が花火の光を受けて次々と色を変えるのをじっと見つめていた。

「推し……」

「そ」

――私も細野さんが推しです。

口に出すのはやめておいた。

――お互いに推しって。なんか。なんか。

それ以上は考えるのもやめておいた。

クライマックスが近づき、連続で打ち上がった花火が空を埋め尽くしていく。

最後の一発が終わり、どこからともなく拍手が沸き起こる。

拍手がやむと、辺りは急に静かになった。

火薬の匂い、煙。終わってしまった、という寂しい空気感の中、さぁ帰ろう、と人々が動き出す。

私たちも人波に押されるように歩き出した。

カラコロ、カラコロ。下駄が鳴る。

駅に向かって歩き続けていたら、彼が「ちょっと遠回りしてもいい？」と言った。

「はい。どうしました？」

「さすがに人多いから。ちょっと気づかれたかも」

そう言って狐のお面を下ろす。

「あ、私、離れたほうがいいですか？」

「いや、大丈夫」

早足に人の波を離れ、脇道に入った。

「よかった。気づいてるっぽい子ら、あっち行った。やっぱりお面あるといいな」

駅に向かう道から一本中へ入った夜道を歩く。

小規模なオフィスビルの並ぶ道は、さすがに休日のこの時刻ともなるとほとんど灯りがついていない。ぽつぽつと灯る街灯の周辺以外は、少し不安を覚える暗さだ。

そして隣には狐面。

人とすれ違ったら怖がらせてしまいそう。

そんなことを考えていたら、彼が何かに気づいたように立ち止まった。

「なんかニィニィ声がする」

周囲を見回しながら言う。

私も足を止め、耳を澄ます。

「あ……ほんとだ。あっちの植え込みでしょうか」

「たぶんそうやな」

彼は頷きながら狐面を首まで下げ、背中側に回した。

暗闇の中で声の主を踏んづけてしまわないように、慎重に足元を確認しながら鳴き声の主を探す。生い茂った植え込みをかき分けて覗いた彼が「おった」と小さな声を上げた。

「奥のほうに丸まってる。子猫や。だいぶ小さい」

「親猫が近くにいるんでしょうか」

「ちょっと離れて様子見てみるか」

　親猫が迎えに来ることを期待して、道路の反対側から見守ることにした。
　三、四十分は待っただろうか。
「……来ぉへんな」

「そうですね……あの、ちょっと鳴き声が弱くなってる気が」

「やっぱりそうやんな。一旦保護するしかないかな」

　彼はそう言ってまたゆっくりと植え込みに近づいた。

「あ、私のほうが体が小さいので、届くかも」

「いや、植え込みで傷だらけになんで。俺でも届くと思う」

「でも、浴衣、借り物なんですよね？　それならやっぱり私が」

「今連絡して『汚すかも』ってスタイリストさんに言ったら、弁償で許してくれるって」

「え、今、ですか？」

「そ」

　スマホをいじっていると思ったら。

　彼は大きな体をかがめて植え込みに近づき、中に手を入れた。

　ガサガサと植え込みをかき分ける音に混じって、ニィ、ニィ、という力ない声が聞こえてくる。

「ちょっとごめんなぁ。怖いことせぇへんから、ちょっと触らせてな。おいで。そんな踏ん張らんで大丈夫やで」

　なだめるように舌を鳴らしたり、手招きをしたり。五分ほど格闘したのち、彼が「よし！」と言った。

「抱っこできた。街灯のとこ行こう。ここじゃ見えへん」

　彼は子猫を腕でくるむように大事そうに抱え、植え込みのそばを離れて街灯の下へ向かった。

　小さな茶色い猫だ。あどけない顔とぽわぽわした綿毛のような毛からすると、生後数か月だろうか。

「三、四か月くらいかなぁ」

「よくわかりますね」

「昔実家にいついてた猫が子供産んだことがあってな。一緒に遊んでたから」

「あ、なるほど」

「イテテ、爪立てんな。待って、大丈夫やから。あ、お前怪我してるやん。どこや」

彼は子猫をそっと地面に下ろした。

「汚すぎて、怪我がどこかわからへん。でも血ついてるし、足引きずってんな。目ヤニもひどいし。とりあえず獣医さんとこ連れて行くわ。つむぎちゃん、遅くなるしもう帰――」

「いえ、残ります」

「珍しく食い気味」

「遮ってすみません。でも、こういうときは手が多いほうがいいと思うので。近くの獣医さん調べますね」

巾着(きんちゃく)からスマホを取り出して検索すると、いくつか候補があった。

「あ、ひとつだけ診療時間内――あ、あと五分で閉まっちゃう、すぐ電話かけますね」

番号をタップして発信すると、すぐに電話がつながった。

事情を説明して今夜診てもらえないかとお願いすると、快く「待ちます」と言ってもらえ、ホッとしながら名前と到着見込み時刻を伝えた。

「待っててくださるそうです。表は閉めるから通用口から入ってほしい、と」

「ありがたいな」

「はい、本当に」

「病院どのへん？　ちょっとスマホ借りていい？　あーこの辺か、だいたいわかった。タクシー探そ。花火帰りの客捕まえるために近くに待機してんのおると思うから、アプリで呼んだらすぐ来てもらえそう」

彼の予想どおりタクシーは難なく見つかり、猫を抱っこしたままにすることを条件に、乗せてもらえることになった。

「よかったなぁ。病院もタクシーの運ちゃんも優しくて。お前ついてんぞ」

乗り込んだタクシーの後部座席で、彼は腕の中の子猫に話しかけている。

「あー……嫌やなぁ……強面(こわもて)のヤンキーが雨の中で野良猫拾うネットミーム、そのまんまやんけ」

「そのネットミーム、知らないです」

「ギャップでいい奴に見える、的な」

「あ……なるほど」

右腕にはびっしりと入れ墨が入っている。それを知っていても、〝強面〟も〝ヤンキー〟も彼を表す言葉としてしっくりこないのはどうしてだろうと考えた。

ニィ、ニィ、彼の腕の中で弱弱しい声を上げていた猫が、大きなあくびをして彼の手に頬をすりつける。

「眠いんか。うーん、目閉じられたら息してるか不安になるから起きててほしいけど、無理やり起こすんもかわいそうやなぁ」

そう言いながら指でコシコシと頬を撫でる彼と、満足そうな子猫。

――ヤンキーと野良猫じゃなくて、優しい人と野良猫、だと思う。

＊＊＊

「さぁて、どうすっか」

隣で段ボール箱を覗き込みながら、彼が言った。

子猫を病院で診察してもらった結果、怪我は表面的なもので、足を引きずっているのは脱臼(だっきゅう)のせいとのことだった。その場で整復してもらったが、もしも脱臼を繰り返すようなら外科的な手術が必要になる場合もあるという。

傷口に塗る軟膏をもらい、傷を舐めないためのカラーを巻かれて帰って来た。

「エサとシーツ、今晩の分は病院で買えたけど、明日買い足しに行かなあかんな。ほんでこの先どうするか、やけど」

病院で教えてもらった近隣の保護団体に手分けして片っ端から連絡を入れたけど、どの団体もすでに多くの猫を保護していてギリギリの状態だという。

怪我や脱臼の治療も必要となると、すぐに引き取りは難しい、との返答ばかりだった。ほとんどが篤志家の寄付などによって成り立っており、治療費を捻出するのも簡単ではないらしい。より多くの猫を保護するために、慎重になるのは理解できる。

里親掲示板も教えてもらったが、怪我をしている子は里親が決まりにくい、という。

「俺に飼ってほしい、てオーラがすごかった」

「私が電話したところも同じくでした」

保護団体の人との長い会話を終え、彼も私もくたくたに疲れていた。

当の子猫は先ほどから、段ボール箱で作った即席のお部屋の中ですやすやと眠っている。

「つむぎちゃん浴衣しんどいやろ、俺の服でよかったら貸すから、着替えたら？　もう終電もないやろ。泊まっていき」

「あ……すみません。ありがとうございます」

「いや、つむぎちゃんおってくれてほんま助かったから。ありがとう、付き合わせてごめんな」

「とんでもないです」

彼が用意してくれたTシャツとハーフパンツに着替えながら、ぼんやりと考えた。

——ホテルに泊まるべきかな。

でも、今さら？

この間泊めてもらったのに今回断るのは、よそよそしい感じがするかな。

しかも子猫の世話を細野さんに丸投げすることになっちゃう。

二人ともグッタリだから今日はそういうことにはならなそうだし。

いやむしろ、そういうことにならないなら、細野さんの側からすると泊めるメリットがないような――。

「つむぎちゃん、迷惑かなとか考えてんやったら、迷惑ちゃうから」

洗面所の扉の向こうから彼の声がする。

「あの……いいんですか？」

「うん」

カララ、と引き戸を開けた。

「それでは……ご迷惑をおかけしますが」

「いえいえ。つむぎちゃんおってくれたら、おチビが夜中に目覚ましても心強いしな」

二人で子猫の寝床の前に戻り、また唸る。

「うーん」

私が実家に連れて帰って飼う、という可能性も考えてはみるけど、ケルベロスの存在を考えると安易に「引き受けます」とは言えない。

「俺が飼う……うーん……飼うとなると責任が生じるわけで……『責任』って大嫌いな二文字やわ。責任感なんか皆無やもん。俺に飼われる猫がかわいそうや」

「本当に責任感がない人は迷ったりしないと思います。『キャーかわいー、飼うー』ってなって、病院にも連れて行かず、もう今頃エサとかオモチャとか買ってる頃です」

そう答えると、彼は私を見て微笑んだ。

そして唐突に頭を撫でられた。

「……へ？」

「いい子やなぁと思って。ナデナデしたくなった」

んー、と彼はなおも唸る。

「責任感の件は置いとくとしても、仕事で家空けること多いからなぁ。飼っても、ペットホテルに預けてばっかりになりそう。姉んとこもノアおるから、留守中預かってもらうのはたぶん難しいよなぁ。お互いストレスんなったら可哀想やし。やっぱり可愛がってくれる人見つけたるんが一番やと思う」

「怪我と脱臼の件がネックにならないといいんですが……保護団体の方は気にされていました」

二人並んで段ボールの前にしゃがみ込み、子猫を見つめる。

「お前、俺みたいやなぁ。キズモノはあかんてさぁ」

彼がポツリと言った。

キズモノ。

「キズモノって……入れ墨のことですか？」

「そ」

彼には珍しい、自虐的な言い方が気になった。

「何か……あったんですか？」

「実はあれで、決まりかけてたＣＭの話ひとつ飛んでん。企業イメージに合わへんからって」

何も言えなかった。

「いや、入れ墨は俺が自分で入れたんやから、このおチビの怪我と一緒にすんのはおかしいか」

でも彼の入れ墨は、その下の火傷を隠すためのものだ。

腕を覆うほどの火傷は、たぶん意図せず負ってしまったもののはず。

――キズモノはあかん。

そんなことない。絶対に。

お金のこと、お世話のこと、子猫の一生という長い時間のこと、責任のこと、愛情のこと、ひとつとおりを考えて、答えが出た。

「信頼できる引き取り手が見つかるまで、私が育てます。旅行は苦手であまりあちこち行かないので、長期で家を空けることも少ないですし。もともとこの辺りで家を探すつもりだったので、細野さんもいつでも会いに来られます。仕事に行くので日中は寂しい思いをさせちゃうのが心配ですが、獣医さんがこの月齢なら半日くらいの留守番は大丈夫とおっしゃってたので、慣れるまで数日仕事を休めばなんとかなると思います」

「ん?」

「あの」

「うん。つむぎちゃん、一旦息継ぎ」

「あ、はい」

ふぅ、と息をついた。

「ええと、ヘルプが必要なら大学生の暇そうな弟を召喚してもいいですし。あ、あと、もし脱臼の治療費が必要になったとしても、がっぽりもらった慰謝料があるので万全です。もしも引き取り手が見つからなかったら、一生面倒を見る覚悟もあります。ひとり暮らし用の物件でペット可っていうのが簡単に見つかるかわかりませんが、少し駅から離れたり条件を妥協すれば、ゼロってことはないかと思いますので」

思いつくことを次々に並べたら、聞いていた彼が「それやったらさぁ」と短く言った。

「つむぎちゃん、ここ住んだら?」

14、仲代さんと仲由さん

「へ？」

　——住む？

「物置になってるそこの右側の部屋、空けるから」

「……え？」

　——住む？

「そう。ルームシェア。win-win（ウィンウィン）やなと思って。つむぎちゃん家賃浮くし、おチビの世話もフォローし合えるし。立地的にもこの辺がいいならなおさら。ジムも近いから行き放題やで」

「あのでも」

「あ、念のためやけど、襲わへんよ？」

「お、おそっ……⁉　ゲホッ」

　驚いて咳き込んでしまった。

「お、おそわれるだなんて、思ってません」

　イガイガしたままの喉でなんとかそう言った。何度か咳払いをし、喉を整える。

　彼はそういう卑劣なことをする人じゃない。それを信じられる程度には、彼という人を知っているつもりだ。

　襲われる心配がなくたって、男の人と同居にはたくさんのハードルがある。

　母とか。

　父とか。

良識とか。

ご近所の目とか。

〝マドエクのDENさん〟との同居にはさらにたくさんのハードルがある。

誰かに知られたら。

誰かに見られたら。

誰かに撮られたら。

それに、他の女の人は。

「つむぎちゃんの頭、今スパコンみたいな高速処理中やな」

「……負荷がかかりすぎて、ものすごく低速になってます」

「悩む理由は？」

「たくさんありすぎて」

「ひとつずつどうぞ」

「ええと……」

この年で「親が」と言い出すのは憚られた。両親も良識も私の問題だから、とひとまずのみ込むことにして『マドエクDENとの同居』部門について尋ねる。

「あの、諸々大丈夫なんですか」

「大丈夫やで」

雑な問いに、雑な答えが返ってきた。

「いやあの」

「諸々ってあれやろ？　撮られるんちゃうかとか、人に見られたらどうすんねんとか」

「そうです」

「前も言うたけど俺の女関係にニュースバリューないし、つむぎちゃん巻き込みそうになったら『あれは姉です』て言うから迷惑はかけへんと思う」

　今思いついた様子ではなく、用意してあったみたいな、スムーズな言い訳だった。

「あの……今まで何人が『お姉さん』になったんですか……?」

「今んとこ、ない」

　今んとこ。

「……では、誰かを傷つける、とかは」

「ない」

「本当に?」

「うん。みんな自由にやってるから。俺も相手が何してても気にならへんし。あ、相手に本命できたらやめるけど」

「そう……ですか」

　あと三回くらい「本当に傷つく人はいませんか」と念を押しておきたかったけど、さすがにしつこいだろうとやめておいた。

「女の人をその……おうちに呼ぶのに、不便は……?」

「あ、家に連れ込むってこと? そんときはホテル行くから大丈夫やで」

「そ、そうですか」

「うん」

　完全に私の理解の範疇を超える会話をなんとかこなし、ええと、ともう一度考える。

　子猫は相変わらず気持ちよさそうに眠っている。カラーを嫌がる子も多いと獣医さんが言っていたけど、幸いにも暴れることなくすんなりと受け入れている。

「あ、もし『断ったら失礼』とか思ってんのやったら、それは除外してな。そんなん気にせんでいいから。つむぎちゃんとチビのことだけ考えて」

おチビのことを考えるなら、ここに住むほうがいいに決まっている。私の財力でこの広さの家を借りられるはずもないし、お世話をするにも、一人より二人のほうがいい。

そう思っていたら、彼が「ごめん、ごめん」と笑った。

「気にせんでいいとか言いつつ『チビのため』って、結局追い詰めちゃってんなぁ。つむぎちゃんのしたいようにしたらいいよって言いたかってんけど」

――わたしのしたいように。

『男の人との同居』にも『マドエクDENさんとの同居』にもためらう理由はたくさんある。

――でも、嫌ではないな。

ちっとも嫌ではない。

というかたぶん、その逆だ。

男の人、マドエクのDENさん、というのを取っ払った『細野さんとの同居』には、ためらう理由はほとんどなかった。

「……ひとつだけ」

「うん」

「私と一緒に暮らすのが、細野さんの負担にならないかな……と」

「なんで？　実は超散らかし魔とか？　別にそれでも俺はいいけど」

「いいえ、その……融通がきかないところがあるので」

「融通？　なんのはな――いや、聞くまでもないわ。元婚約者になんか言われたんやな？」

ビンゴ。

彼は床にあぐらをかき、腕まくりをして、入れ墨の入った腕に力こぶを作りながら言った。

「何言われたか言うてみぃ。俺が華麗に論破したる」

「ええと……どこから」

「ぜんぶ」

「うーんと……浮気が発覚した後の話し合いは修羅場だったんです。私は彼を責めたし」

「そらそやろ」

「彼も私を責めました」

「なんで？　どの口が？」

「彼が浮気したのは私にも原因があるって。かわいげがないとか、真面目すぎて面白くないとか、身長が高いのが実は嫌だったとか、仕事が忙しそうで構ってくれないのが嫌だった、デートしたときのあの言動が、そういえば前に喧嘩したときも……みたいな。その中に、一緒に暮らしたら自分ルールを押し付けてきそうで同居が憂鬱だった、というのがあって」

「自分ルール？」

「思い当たる節はあるんです」

「たとえば？」

「電車に乗って、自分たちが座ったときに、隣の席が空いているとするじゃないですか」

「うん」

「彼はその空いている座席に荷物を置くタイプだったんです」

「あー」

「『空いてるんだからいいじゃん』って。でも私はそれが嫌で、彼が荷物を置こうとすると止めて、代わりに私が膝の上で持つようにしていました。後から乗って来た人が『荷物を退けてください』って言える人とは限らないでしょう？　私は言えないタイプだから、荷物が置いてあったら座るのは諦めちゃうと思うんです。でもそういうとき、彼からはいつも『ルールに縛られてて融通がきかない』と言われていて。そういうのが鬱陶しかったんだろうな、と」

彼は袖を戻し、腕を組んで「ん？」と言った。「んん？」ともう一度繰り返す。

「え、でもそれ、つむぎちゃんは相手に何も押し付けてないやん。一万歩譲って『お前自分で持てよ』っていうのはたしかに押し付けかもしれへんけど、『私が持つね』は最良の解決方法やろ。荷物を自分で持ちたくない——この時点ですでにツッコミどころ満載やけど——元婚約者の希望も、誰かの席を奪いたくないつむぎちゃんの気持ちも、ちゃんと叶ってて」

「……たしかに」

「それやのに『同居したら自分ルール押し付けてきそう』なんか、よう言えたなぁ。ようわからん『融通』とやらを押し付けてんのはお前やろって」

——たしかに。

「そう……ですね」

言われてみれば、そのとおりだ。

「あと、修羅場でそいつが言うたことは全部、自分の浮気を正当化するためやから。思いつく限り相手の悪いところ挙げて、相手を落として、さもイーブンみたいな顔したかっただけ。自分で自分のやったことを背負いきれんから、人のせいにして逃げてんねん。アホやなぁ。こんなこと言いたないけど、そんなやつのどこがよかったん？」

「それが……」

下を向く。

「あ、いや、言いたくなかったらいいけど」

「誠実なところ、って答えてました。友達に聞かれたら、いつも」

「つら……」

「ね。見る目がなさすぎて笑っちゃいます。彼もだけど、わたしもアホなんです。全然気づかなかったし」

彼は首を横に振った。

「みんな『自分は見抜ける』って思ってるけど、それは嘘うまいやつに会ったことないだけやで。ときどきおんねん、息をするように嘘をつくやつ。絶対に見抜かれへん。ほんで誠実な人ほど『そんなひどい嘘つかへんやろ』と思うから、騙されるんよなぁ。つむぎちゃんはアホちゃうよ、ひたすらに誠実なだけ」

——優しいなぁ。

彼の優しさは私だけに向けられるものじゃない。それはわかっている。でも、優しく差し出された手を振り払うのは難しい。

私はたぶん、その手を掴みたいから。

——間違ってるかな。

彼の顔を見つめ、最後まで迷った。

口を開いた後も、まだ迷っていた。

開けた口の中が乾いていくのを感じながらさらに迷って、最後は勢いで言った。

「ここに住んでもいいですか」

彼の顔がほころんだ。

つられて私も微笑んだ。

「うん、そうしてくれたら俺もおチビもありがたい」

「あの、私に至らぬところがあったら、指摘してくれますか。後でまとめて言ったりせず」

「うん、約束する。いちいち言う。つむぎちゃんも俺の足らんとこ言うてな」

「はい」

細野さんは子猫を『キズモノ』と自分に例えてたけど、私は子猫を私みたいだと思った。窮地を助けてもらって、住む場所ももらって。

「つむぎちゃん、ご両親は大丈夫？　先生なんやろ」

「大丈夫じゃないと思います」

相手の浮気が原因で婚約破棄してまだ数か月、実家になんとか押し込んでいた荷物を持って「付き合ってもいない男性と一緒に暮らすことにします。猫のために」なんて。

「でも……飛び込んでみたいなって」

「俺の腕に？」

「ううん、自分の腕に」

「どういうこと？」

「今までたぶん、私は自分の人生を誰か他の人の手に委ねてきたので」

「そっか。ようわからんけど、つむぎちゃん今いい顔してんで」

彼の言葉に、素直に頷いた。

人生で初めてのとんでもない決断を下した今、きっと自分は今までにないスッキリした顔をしている気がした。

＊＊＊

――もちろん、ここは避けて通れないけど。

帰宅し、両親を前に切り出した。

「あの……ここを出ようかなと思いまして」

「新しい家が決まったの？」

「うん。友達と一緒に暮らそうかなって」

「そう。会社の？」

「ううん」

「じゃあ大学の？」

「ううん」

　居間の置き時計がコチコチと音を立てる。

「……お母さんも知ってる人？」

「ううん。知らない人。最近知り合ったの」

　母はすぐに眉根を寄せた。

「そんなのダメ、危ない人だったらどう――」

「健介のことはお父さんもお母さんも学生時代から知ってたけど、かなり危ない人だったよ」

「そういうことじゃなくて」

　母が父と私を交互に見ながらそう言った。父が頷き、母の言葉を引き取る。

「たぶん今お父さんが考えてることはお母さんと同じだと思う。つむぎはその……あの件ですごく傷ついたと思う」

「うん」

「そういう、苦しい思いをしてる人を巧みに選んで近づいてくる人というのが、世の中にはいて」

「あ、洗脳……とか？」

「うん。生徒によく話すんだ。思春期の心はスポンジだって。いいものも悪いものもぐんぐん吸い込む。だからそばにいる人、周囲の環境が大切だってね。つむぎはもう大人だけど、傷ついてるときは大人でもそんなふうになる」

「……うん」

たしかにスポンジみたいだったのかもしれない。だから細野さんのひとつひとつの言葉が心に染みたのかも。

「心配してくれてありがとう。でも、その人は洗脳とか、そういうタイプじゃないよ。私もその人に依存してるわけじゃない。ちゃんとひとりで立てる。たしかに支えてもらってる部分はあるけど」

本当はまだ迷っていた。

大それたことをしようとしている。

一生を変えるかもしれない。

でも――彼の言葉を借りるなら――いつか今を振り返ったときに「あの頃の自分クソやな」とは思わない気がした。

――そういえば、あの夜のことも後悔はしてないな。

彼の誘いに乗ったのは私にとってすごく大きな出来事だったけど、あの夜の前と後で、世界は何も変わらなかった。

ハァ、と目の前で母が大きなため息をついた。

「つむぎのことは信用してるけど」

その言葉が心に引っかかった。

「その信用って、『この子は親の意に反することをしないだろう』っていう信用？」

両親が同時に息をのんだ。

「それとも、『自分の人生を自分で決めて、自分で責任を取って、ちゃんと歩んでいける』っていう信用？」

両親の目をちゃんと見て、しっかりと話したかった。でも、いざとなると難しい。部屋の隅で眠るケルや壁をゆっくりと巡り、ようやく両親のほうに視線を向けて続けた。

「私、よく真面目って言われる。誠実だ、とも言ってもらえた。お父さんとお母さんがそう育ててくれたと思う。ありがとう。でも、そろそろひとり立ちしなきゃいけないと思う。お父さんとお母さんがどう思うかじゃなくて」

いつまでも二人がいるわけじゃない。そのうち私が二人のために何かを判断しなきゃいけないときもくる。そのときになって、トウモロコシの薄皮であたふたする自分でありたくない。

「……たしかに、この先ずっとつむぎの進む道を整えてやることはできないね」

父も同じことを思ったらしい。

「だから、後者の意味で私を信じてみてくれませんか」

二人はしばらく黙っていた。

しばらくして、ようやく「はぁ」と母がため息をつく。

「一緒に暮らすなら、相手の人にご挨拶しておきたいんだけど」

「ええと……仕事が忙しい人だから、たぶん時間を作ってもらうの難しいと思う。それに私は先方のご家族にご挨拶したりしないから、ちょっと変な空気になっちゃいそう」

「じゃあ、連絡先だけでも教えてもらえない？」

「わかった。聞いてみるね」

翌日の仕事帰り、借りていた洋服を返しに行くついでに彼の家に寄って話した。

「ご両親、いいって？」

「いいとも悪いとも言われなかったです。ちょっとずるい言い方をしたかも」

「男やってことは？」

「……聞かれなかったので」

「ワルやなぁ、つむぎちゃん」

「何かあったときのために細野さんの連絡先を教えておいてほしいってことでした。緊急事態以外では連絡しないからって。あと、うちの親の連絡先も細野さんに知らせておくようにと」

彼は感心した様子で頷いた。

「つむぎちゃんち、さすが、ちゃんとしてんなぁ」

「ちょっと待ってな」と少し待たされて、「ハイ」とメモを渡された。

「本当にいいんですか？」

「うん。だって、つむぎちゃんの親やろ？　つむぎちゃんを育てた人がこの番号を悪用するとは思えんし」

メモに視線を落とし、（あっ）と思った。

「あの……名前が」

細野伸代（のぶよ）、になっている。

「嘘つくん嫌やろ？　だから、俺が代わりに嘘ついといた。つむぎちゃんはそのメモを渡すだけ」

「細野さん……」

しばらく迷って、彼の了解を得て『代』の部分を『由』に書き換えて写真を撮った。

そして両親に送る。

《男の人なの？》

〈そうだよ〉

たぶん両親は百万個ほどの言葉をのみ込んで、父からひとことだけ返ってきた。

《部屋は空けておく。いつでも帰ってきていいから》

15、ただの二足歩行の猿

がちゃ、と玄関の鍵が開く音がした。

慌てて涙をぬぐい、ティッシュをスウェットのポケットに詰め込んだ。

「ただいまー」

「おかえりなさい」

玄関まで迎えに出ると、彼はちょうど靴を脱いでいるところだった。

色が味噌みたいだからと名付けた子猫の〝おミソ〟もトコトコと後をついて来た。

私とおミソを順に見て、彼は眉を下げた。

「つむぎちゃん、ごめんなぁ。おミソの世話任せっぱなしで」

「いえいえ。お疲れ様です」

ナァ、と高く鳴いたおミソの声に反応して、彼がしゃがむ。

足にすり寄ったおミソの頭を軽く撫でながら、彼は小さなため息をついた。

「三日ぶりか」

「はい。お忙しそうですね」

そう言ってから、（あ、これは嫌味に聞こえるかも）と慌ててつけ足した。

「あ、ごめんなさい。他意はないです」

「タイ？」

「嫌味に聞こえてしまうかなと」

「何が？」

「帰って来られないことを揶揄(やゆ)しているように聞こえてしまったらと……」

　言葉を重ねて墓穴を掘っている気がして、口をつぐんだ。

「全然思わへんかったけど」

「それならよかったです。お疲れだろうなと思って」

「なぁ。バタバタで記憶も危うぃわ」

「今日はもうお仕事終わりですか？」

「うん、終わり」

「よかったです」

　すでに時刻は二十時を回ったところ。一緒に暮らすようになってわかったことだが、彼の仕事は想像以上に不規則で、夕方や早朝に出かけて行くことも多い。

「二十六時まで仕事」という言葉を聞いたときは何を言っているのかと耳を疑った。

「ツアー始まるからなぁ。プロモーションが」

　あふ、とあくび混じりに彼が言う。

　二人と一匹で居間に向かいながら「今朝の生放送、見ました」と告げたら、彼は「俺ちゃんとしてた？　眠すぎて何言ったか覚えてない」と苦笑した。

　ふぁあああ、ともう一度大きなあくびをした彼にソファを勧め、何か飲み物を、と台所に立つ。

「つむぎちゃん、気ぃ使わんでええよ。つむぎちゃんも仕事して疲れて帰って来てんねんから」

　おミソを抱いてソファに体を沈めた彼がこちらに声を投げてくる。

「私も喉が渇いたので。ついでです」

「そっか。じゃあ甘えようかなぁ」

「麦茶でいいですか？」

「もちろん」

　コポポポポ、彼がいつも使っているマグカップと自分のグラスに麦茶を注ぎ、居間へ運ぶ。

「どうぞ」

「ありがとー」

　一気に半分ほどを飲んだ彼は、「はぁ生き返った」と言いながらマグカップをコーヒーテーブルに置いた。

「なぁ、つむぎちゃん」

「はい」

「俺帰ってくるまで泣いてた？」

　油断していた私は、とっさに嘘もつけずに「え」と言ってしまう。

「ど、どうして……」

「鼻赤いよ。目も」

「あ……」

「まぁここ座り」

　彼の隣に腰を下ろした。

　おミソは彼の腕からするりと下り、クーラーの風で揺れるカーテンの裾へ向かった。裾にじゃれついて、パンチをしたり飛びかかったり、楽しそうに遊んでいる。

「どうしたん。なんかあった？」

「いえ……あの、ただちょっと」

「ちょっと？」

「今日、入籍する予定だったので。ちょっとだけ、その」

「そうかぁ」

彼は座ったまま前傾し、はぁ、と大きなため息をついた。

めんどくさいと思われたかな、と身構えていると、彼は「よかったぁー」と言った。しみじみ、というぅ感じに。

「よかったぁ、俺今日帰って来れて。こんな日に、つむぎちゃんをひとりにせんでよかった」

彼がここに帰ってくるのは三日ぶりだ。

仕事柄不規則なので、いてもいなくても気にしないで、と言われている。一緒に暮らし始めて数週間、彼が家で寝たのは五日くらいだろうか。そのほかの日に彼がどこに泊まっているのかは知らない。もしかしたら女の人といるのかもしれないし、仕事かもしれない。

彼はゆっくりと体を起こし、私の顔を覗き込んだ。

「なぁ。取り返したいって思わへんの？」

ぽつりと、彼が言った。

「……取り返す？　あ……彼を、ですか？」

「うん。思いつきもせぇへんかったって感じやな」

「はい」

「目には目を、歯には歯を。略奪には略奪を。で、取り返した後でハンマー投げくらいの勢いつけて捨てたったらえええやん」

片足を軸に回転し、咆哮と共にハンマーを空中に放り投げるメダリストの姿が脳裏に浮かんだ。

もしも、もしも仮にそんなことをしたとして、どんな顔をするんだろう。後輩は、彼は。

「元婚約者に会う機会、もうないん？」

「あります」

「お、あるんや」

「はい。共通の友人の結婚式が十二月に」

そう答えると、彼は驚いた様子で「えっ？」と言った。

「結婚式？　浮気で婚約解消したカップルの両方が出席するって招待する側もだいぶ気まずくない？　男のほうに『お前のせいなんやから今回は招待取り消しとくわ』って言うたらええのに」

うーん、と私は答えに詰まる。

友人カップルがどんなふうに考えているのか、私は知らない。でも、なんとなくわかるような気はしていた。

「何も聞いてないので本当のところはわからないですが……サークルの同期全員が出席予定の結婚式で一人だけの招待を取り消すって、ほぼ絶縁宣言と同義じゃないですか」

「サークル内でそんなことしたやつとの縁つないどきたい？」

「自分たちにとって一生に一度のハレの日を絶縁宣言の場にしたくない、という気持ちはわかるような気がして」

「あー……まぁなぁ」

彼は納得したようなしてないような、微妙な声を上げた。

「俺にはその気持ちはわからんけど……そう考える人もおるんかもなぁ」

「はい。なので私は、新郎新婦が心置きなく披露宴を楽しめるように『もう全然平気だよ』って顔をします」

「結局つむぎちゃんが負担を背負い込んでてなぁ。まぁ、他人の対応に文句言うてもしゃあないなぁ。つむぎちゃんにとってはチャンスかもしれんし」

「チャンス……ですかね」

「うん。見返したろ」

見返す、かぁ。

目には目を、歯には歯を？

「あの……略奪というのはちょっと置いておきますが、『別れてよかった』とは思われたくないなって」

「そらそやな。思いっきりイイ女～って感じで目の前歩きたいよな、そこは」

　帰宅したときは眠そうにしていた彼が、今は目を輝かせて「うんうん」と頷いている。

「でも……服装も髪型もずっと彼の好みに合わせてきたので、できることはすでにやってしまってる気がします。それでもこんな結末なので、これ以上何をすればいいのか」

「好みに合わせてたん？　健気やなぁ」

　彼は少し考え込んだ。

「あの、細野さん、お疲れですよね？　私のことはもうい――」

「目ぇ覚めたから大丈夫。せっかくやもん、ちょっと考えよ。十二月やったらまだ時間あるから、なんでもできんで」

　うーん、と彼は私の頭からつま先までを何度か見る。

「逆に、自分がこれまでやりたかったことやってみるんは？　そいつの好みとか関係なく」

　やりたかったこと。

　――やりたかったこと？

「あ……挑戦したかった髪型、なら」

「よし、挑戦しよう」

「ヒールもしばらく履いてなくて」

「すんげぇヒール履こう。足首グネるくらいのやつ」

「足首グネりながら現れても『イイ女～』ってなりますか？」

「いや……グネらん高さにしよう」

　髪型を変えて、高いヒールを履くなら。

「ドレスも、ちょっと冒険してみようかな」

「ちょっとと言わず、大冒険したら」

「大冒険……」

　お金がかかりそう。

　だけど、そうだ。私にはお金がある。

　健介から振り込まれた慰謝料は、手をつけることなく銀行口座に眠っている。

「つむぎちゃん、いつも行ってる美容院とかあんの？」

「あ……家の近くの美容院に。それが何か？」

「俺の姉、美容師やねん」

「ノアくんのお姉さんが？」

「そう。好き放題注文つけれるし、似合う髪型の相談とかもできるんちゃうかなと思って。なんかつむぎちゃん、気使いすぎて自分の要望あんまり言わなそうやからさ」

「あ……お察しのとおりです」

「姉に聞いてみる？」

　長くは迷わなかった。

「お願いしてもいいんですか？」

「うん。後で連絡しとくわ。喜んで力になってくれると思う。あと……いつもお世話になってるスタイリストさんにも相談してみていい？　たぶん最適な人紹介してくれると思う。やっぱりプロの目はすごいで。似合う服見つけてくれるから」

「ご迷惑では？」

「全然」

「ありがとうございます」

彼は「どういたしまして」と頷き、微笑んだ。

「つむぎちゃんの大変身、楽しみやなぁ」

「大、というほど変われるかわかりませんが」

「変われるよ。たぶん、気持ちもな」

そう言って彼は立ち上がり、伸びをした。

「あちこち連絡してみるから、一週間くらい待ってな」

「お忙しいのにすみません」

「ううん。役に立てたら嬉しいわ。ほんで、今日はなんか楽しいことしよう。今から出かけるんはあれやから、映画でも見る？」

彼がコーヒーテーブルに手を伸ばし、置いてあったリモコンのひとつを手に取った。

いくつもあるリモコンのうち、用途が分からなかったものだ。

彼がボタンを押すと、ピ、という音と共に部屋の照明が落ち、居間の壁に〝Now Loading（読み込み中）……〟の文字が浮かび上がる。

カーテンと戯れていたおミソの目が二つ、部屋の隅で光った。壁の文字が気になるらしく、壁を見上げて身構えている。

「これは……」

「壁に投影するプロジェクター。照明と一体になってんねん」

「ハイテクですね」

「な。つむぎちゃん、なんか見たいのある？　サブスクひととおり加入してるけど」

「ひととおり？」

「そう」

「すごいですね」

「それぞれのサービスごとに限定のコンテンツがあるやん？　このサービスでしか見られへん的な。それ目当てでついつい申し込んじゃうんよなぁ」

「じゃあ、もしかしてＨＡＬＯ（ヘイロー）も？」

「うん、入ってるよ。見たいんある？」

「ＨＡＬＯでしか見られないドラマがあって」

「おうおう、じゃあ見ようか」

「あのでも、ドラマなので一話で終わらないです」

「いいよ。今日は配信もお休みやし。何話あるん？」

「一シーズン二十話で、シーズン七が最新だと思います。本国ではシーズン九も制作決定してます」

「なっが」

　彼はそう言って笑った。

「ごめん、ちょっとそれは長すぎるわ。俺トイレ行ってくるから、その間につむぎちゃんの好きなん選んどいて。今日中に見終わりそうなやつで」

「あ、はい」

　〝ファミリー向け〟というカテゴリを選択し、画面に表示されたあらすじを読む。このカテゴリなら、過激なラブシーンが出たりはしないだろう。そこさえ回避できれば、話がつまらなくても致命傷は負わない。

「見つかった？」

　戻って来た彼に問われ、レビューの高そうなものをいくつか示すと、「どれも知らんけど、これ行こか」と選んでくれた。

　見慣れた配給会社のオープニング映像に続き、壮大なＢＧＭに乗って大自然を空撮するさわやかな映像が流れた。

　ソファに並んで座る彼の組んだ足先が音楽に合わせて軽く揺れている。

　――無意識かな。音楽、好きなんだな。

　私が他社のホームページを見るときに『ＩＲ情報への到達のしやすさ』なんかを気にしてしまうのと同じように、彼はきっと私とは違う視点で音楽を聴いているのだろう。

　そんなことを思ったときだった。

　場面が変わり、画面全体に炎が現れた。

　農家が音を立てて燃えている。

　その瞬間、彼が隣で身を固くしたのがわかった。足先の動きが止まり、左手で右腕をぎゅっと抱え込んでいる。

　私はとっさにリモコンのホームボタンを押した。

　すぐに画面が切り替わり、動画配信サイトのアイコンが現れる。

　彼は驚いた様子でこちらを見た。

「あの……ごめんなさい」

「ん？」

「あの、ごめんなさい」

　もう一度同じことを言ってしまった。

「どしたん？」

「ちょっとその……やっぱり、他のが見たくなって」

　彼は体の動きを止め、視線だけ、壁と私の間を往復させた。

「……なんでわかったん？」

「なんのことですか」

　声がうわずった。

　静かな部屋に、おミソが遊ぶボールの中の鈴の音が響く。

「気ぃ使わせてごめんな」

「いいえ、謝るのは私です。すみません、本当に。わがままで」

　ふ、と彼は笑った。

「つむぎちゃんは女優にはなれへんな」

「この容姿で女優を目指すほど図々しくはないです」

「容姿の話はしてへんよ。つむぎちゃんは十二分にかわいいけど。俺が言うてんのは、演技の話」

　彼はそう言って前髪を掻き上げ、「いやー」と言った。

「俺、そんなにわかりやすかった?」

　首を横に振る。

「横顔が……ホラー映画を見てるときの弟にそっくりだったので」

　く、く、と、折り曲げた背中が揺れる。

　伸びやかな手足が今は縮こまっている。

「ごめんなあ。ありがとう。火傷したときのこと思い出してもうてた」

「あの、その話……しなくていいです」

「ん?」

「逆にごめんなさい。スルーしたほうがよかったですよね。話させたかったわけじゃないんです」

　彼はふ、と笑う。

「実際、家が燃えてる映像とか見るの苦手やから、消してくれて助かったよ」

「じゃあ、よかったです」

　そう答えると、彼は「あー」と言いながら頭を抱えた。

「あかん、こういうん本当苦手やねん」

「こういうん？」

　何を指すのかわからず聞き返したその言葉の意味を、彼は語らない。無理な笑顔を浮かべた彼の額に玉のような汗が浮いている。

　ほとんど無意識に彼の手を取った。

「……それはズルいわ、つむぎちゃん」

　彼がため息みたいなものを吐き出しながら言う。

　ごめんなさい、と慌てて離そうとしたけど、ぎゅっと握り返された。

　夏だというのに、彼の指は冷えきっている。

「……こわいなぁ」

「何が……ですか？」

「下心なくこれができちゃうつむぎちゃん、こわいなぁ。ペリーやわ」

　いつかの私の言葉を、今度は彼が口にする。

　彼はつないでいないほうの手で何度か顔を撫でた。汗で生え際が濡れている。

　顔を見られたくないのかもしれない、と思ったので、私はおミソを見ていた。

　ボールをパンチして転がし、身を低くして飛びかかり、転がったボールをまた追いかけ、パンチして、爪を立ててかぶりつく。チリリ、チリリ、鈴が軽やかな音を立てる。

　生後半年くらいまでは、ああしてオモチャとひとり遊びをすることも多いらしい。見ているだけで癒やされる姿だ。

しばらくそうしていたら、彼が隣でハァと大きなため息をついた。

「かっこ悪いなぁ、俺」

「そんなことないです。それは本当に違います」

「だって、火が怖いってなぁ。人類として致命的やで。火使わへんかったら、ただの二足歩行の猿やん」

思わずちょっと笑ってしまった。

「怖いものは誰にでもあります。わたしは、祖母の家の天井のシミが怖いです。人の横顔に見えて、いつか動くんじゃないかって。子供の頃からずっと」

「そのシミ、見てみたいな」

「この話をするとみんなにそう言われるんです。写真撮ってきてよ、とか。でも写真を撮ったら写っちゃいけないものまで写りそうで、とても撮れないんです」

「どんだけ怖い横顔やねん」

「でも、そのシミが横顔に見えるの、私だけなんです。家族の誰も理解してくれないんですよ。ただのシミじゃんって」

「それも怖いな」

「そうなんですよ。怖いんです。夜中にひとりでトイレ行くの嫌なくらい怖いです。というか、祖母の家で夜中に目が覚めたらもう終わりです。見たくないのに、寝る部屋の天井だから目についちゃうし、今にも動き出すんじゃないかと思ったら下手に目を離せないし。朝がくるまでずっとそのシミを見つめてるんです」

「相当やん」

「だから、かっこ悪くなんてないです」

「それ、俺もつむぎちゃんもかっこ悪いってだけじゃない？」

「……たしかに。例を間違えました」

こんなに力強く意味のないことを語って、恥ずかしくなった。俯いていると、隣で彼が静かに言った。

「ありがとう」

顔を上げる。

彼はいつもの顔で微笑んだ。

「ごめんな、楽しい日にしようって言うて、出だしからつまずいて」

「いえ。そのお気持ちだけで十分すぎて、もう悲しい気持ちはどこかにいきました」

「そう?」

「はい」

チリリリリ、おミソのボールの音に紛れるくらいの小さな声で、彼がぽつりと言った。

「中学生の頃に近所で大きい火事があってな」

「そうですか」

他に言葉が見つからない。

何か言わないと、と思うほど、焦って何も思いつかなくなる。

「熱かったなぁ」

そう言った彼の左手がまた右腕を掴んでいたから、慌てて「あの、本当に、その話は――」しなくてもいいですから、と続けようとした私を遮って、コーヒーテーブルの上の彼のスマホが震えた。

ブブ、ブブ、と続けて鳴っているから、おそらく電話だろう。

画面を覗き込んで発信者を確認した彼が「ちょっとごめん」と立ち上がった。

「はい」

彼はスマホを持って部屋を出た。

何か話している声が廊下から聞こえてくるけど、内容は聞こえない。聞き耳を立てているようで居心地が悪いので、おミソに話しかけて過ごしていたら、彼が戻って来た。

「ごめん、ちょっと出かけてくる」

え、と思わず立ち上がる。

「急用、ですか？」

「事務所から呼び出された。明日発売の週刊誌に俺の記事が載るらしい」

「え、明日発売の記事がわかるんですか……？」

「掲載の前日とかに、事務所に『こんな記事載せますよー』て知らせてくんねん。大手はそこで神の見えざる手を使って記事止めたりもするけど、うちの事務所はたぶん無理やな」

「何か……悪い記事ですか……？」

「できれば、つむぎちゃんには読んでほしくない内容やな」

「それなら、読みません」

彼は口角をほんの少し持ち上げた。

「こんなバタバタでごめんな。もう最悪や。楽しい日にしようとか言っといて」

「いえ、それは全然。ありがとうございます」

「行ってくる。つむぎちゃん、寝といてな。心配やーとかいうて起きといてくれそうやけど、たぶん今日は帰れへんと思うから」

「……はい」

「おミソもごめんな、今度またたっぷり遊ぼ」

慌ただしく、彼は去った。

16、黒い噂と訪問者

言葉どおり、彼はその夜帰ってこなかった。

記事の内容が気にならないと言ったら嘘になる。でも彼に「読まない」と約束したから、記事を目にしてしまわないように細心の注意を払った。

ネットニュースを見ないように、通信アプリのニュースバナーを踏まないように、電車の吊り広告を見ないように。

——そうだった。会社に落とし穴があるんだった。

「聞いてくださいよー。今朝ニュースアプリ見てたら、推しのヤバイ記事が出てて。朝から最悪ですぅ」

始業直前、自席で仕事の準備をしていたら、後輩が隣の席の別の先輩にそう声をかけた。

——しまった、どうしよう。

もうすぐ朝礼が始まってしまう。このタイミングで席を立つと朝礼に間に合わなくなる。

目をつぶって視界をふさぐみたいに、耳に蓋をする機能があればいいのに。

蓋のない耳から、集めたくもない情報が飛び込んでくる。

「白川さんの推しって誰だっけ」

「マドエクのギターです」

「あぁ、マドエクってあの、最近よく見る?」

「そうです」

手元のＰＣで検索したらしい先輩がモニターを見ながら声を上げた。

「へぇ、本当に結構ヤバそうだね。なになに……」

DENの過去をよく知るA氏はこう語る。『高校時代には暴力事件で停学になったこともあるし、黒服をしていたときも暴力沙汰で警察のお世話になったとか、黒い噂には事欠かないヤンチャな若者でしたね。たぶん裏社会の人ともつながってたんじゃないかな？　あの入れ墨だしね。カタギにはとても見えないでしょう。未成年の頃から年齢をごまかしてボーイをやってた、みたいな話もあったし』

先輩が読み上げ終えると、後輩がデスクに沈み込んだ。

「そうなんですよ。ハァ……今日は仕事どころじゃないですよもう……」

「この『黒服』とか『ボーイ』って何？」

「いわゆる水商売のお店にいる男性スタッフのことです。ボーイが昇格して黒服になる、的な」

「へぇ」

後輩と先輩の会話を聞きながら、猛烈な後悔に襲われた。

――テキトーに理由をつけて席を立っちゃえばよかったなぁ。

朝礼を一日くらいサボっても「お腹痛くてトイレ行ってました」で済むのに。

こんなときは、真面目な自分がうらめしい。

一日中後輩のため息を聞きながら仕事をしたけど、効率は最悪だった。

――細野さん、家に帰ってるかな。大丈夫かな。

早く家に帰りたいのに、仕事が終わらないから帰れない。

終業後三時間ほど格闘して、（今日は無理だ）と諦めた。

明日の自分にいろんなものを託して帰ろうとメールの受信ボックスを整理していたら、ひとつ気になるメールがあった。

後輩の担当している案件に《ご進捗いかがですか》という催促のメールが入っていたのだ。過去のメールを遡(さかのぼ)って確認すると、締切はどうやら今日だ。

肝心の後輩は、定時にため息と共に帰ってしまっている。

確認のため後輩に電話をかけるが、出ない。

――どうしようかな。

先方は社外の人だけど、私が担当していた業務を後輩に引き継いだものなので、担当の人と面識はある。

迷った末に、先方の担当者に電話をかけた。すぐに出た相手に状況を尋ねると、やはり締切は今日までで、後輩からの連絡はないという。

『すでに何度か期日延長のご依頼をいただいて、なんとか今日までお待ちしている状態ですので、今日中にお返事をいただけないと以降の作業に遅れが出てしまいます。その旨お伝えしてあったのですが……』

担当者は困惑した様子でそう続けた。

刷新予定の会社案内の校正作業だ。遅れれば納品の日程も変わってしまう。そうすると、配布予定のイベントに間に合わないかもしれない。

上司の星野さんに相談しようか、それって告げ口みたいかな、だけど報告は社会人の基本、私が黙って代わりにやれば穏便に済む、元指導担当としての責任もあるし、関わっていた案件だから対応できるし、あぁでももう帰りたい、後輩の評価なんか知ったこっちゃない、お腹すいた、おミソにご飯あげなきゃ、細野さんは大丈夫かな……と、色々なことが一気に頭を巡った。

ぐしゃぐしゃにこんがらがった感情の中に、ひとつだけ確かなものがあった。

――私の感情で社外に迷惑をかけるのは違う。

「……本日、何時までならお待ちいただけますか」

何時でも待ちます、という返事を受け、謝罪の言葉を告げて電話を切った。社内システムで『白川さんフォローのため』という理由を添えて深夜残業の申請を上げ、ＰＣの時計を睨む。

——何時に帰れるんだろう。

おミソのご飯を頼めるかと細野さんに連絡すると、すぐに《家おるよ。おミソは任せて。頑張れ》と短い返信があった。

＊＊＊

帰宅したのは日付も変わった後だった。

もう寝ているだろうからと音を立てないように鍵を回し、そっとドアを開けた。

——あれ、電気ついてる。

居間から漏れ出した灯りが暗い廊下を照らしている。

「おかえり、つむぎちゃん」

姿を現した細野さんがそう言った。

ひそひそ声でそう言ったところからすると、おミソは寝ているのだろう。

「遅かったな」

いつもどおり、明るい笑顔だ。

「仕事が長引いてしまって」

「お疲れ」

「細野さんもお疲れ様です。おミソのご飯、ありがとうございました」

「いや、全然。いつも任せちゃってるから。こちらこそ。つむぎちゃん、ご飯食べた？」

「あ、いえ……」

すっかり忘れていた。

「買っといた。冷蔵庫入ってる。夜遅いし、胃にやさしいようにスープにした。足りんかったらごめんな」

「十分すぎます。ありがとうございます。すみません」

「ううん」

スープをレンジで温めている間に部屋に戻り、窮屈な服を脱いで部屋着に着替えた。

普段はストッキングを脱いだら「あー帰って来た」という開放感があるのに、今日はあまり感じなかった。

たぶん、心に重石が載っているから。

レンジの軽やかな電子音に呼ばれて居間に戻り、熱々のスープを取り出す。

「つむぎちゃん……記事読んだ？」

ほかほかの容器のフチを爪でつまんでいたら、背後からそう声がかかった。

――どうしよう。嘘をつくべきかな。

一旦容器から手を離し、振り向いた。

そして悟る。

――嘘をついても無駄だ。

さっきのは質問じゃなくて確認だ。

彼の表情からそう知れた。

たぶん私の態度がわかりやすかったのだろう。

「あの……ごめんなさい、読まないようにしてたのですが。耳に入ってしまいました」

そう言って頭を下げた。

「そっか」

彼は肩でひとつ息をする。

「大丈夫ですか？」

「うん」

言葉のわりに、大丈夫って感じじゃない。

いつもどおりの穏やかな表情なのにそう思うのは、たぶん目が合わないからだ。

「本当に？」

「うん、本当。記事の内容もな」

「……全部？」

「ほとんど全部、やな」

「年齢詐称も？」

「うん」

「裏社会も？」

「どやろ。自覚的に付き合ったことはないけど、別に『ヤクザです』って名乗って近寄ってくるわけちゃうしなぁ。ケツ持ちとかで息はかかってたかも。たしかにラスボス的に出てくる強面の人はおったし。困った客相手に俺ら黒服じゃどうにもならんときとか、黒服が店の女の子に手出したときとかに登場すんねん。オーナーの知り合いとしか聞いてないけど、クソ怖い人ではあった」

ヤクザ、ケツ持ち、黒服、店の女の子。

どれも馴染のない言葉だ。

それに、私の知っている彼からは程遠い言葉でもあった。

「……暴力、も？」

「記事に書いてあることは嘘ではない」

　疲れた頭が、その情報を受け付けない。

　――暴力？

　暴力。

　それはさすがに。

　後輩があれほど落ち込んでいたのが、少しわかる。

（それはダメだ）と責める声と、（過去のことだ）と必死に擁護する声が体の中でせめぎ合っている。

　――わかるよ白ちゃん、推しのこういうのはキツいね。

　そんなことを思っていたから、続く彼の言葉に心を救われた。

「俺は殴ってないけどなぁ。殴られて騒ぎになったのは本当やから、『暴力事件』は嘘じゃない」

　体の中の淀みを全部吐き出すみたいな、深い深い息が出た。

「……殴ってないのに停学に？」

「まぁ、俺が口で挑発したせいもあるし。喧嘩両成敗ってやつやな。停学期間は俺のほうが短かったけど」

　彼の言葉に頷き、ハッとした。

「あ、ごめんなさい、私……読まないって言ったのに。こんな……質問攻めみたいな」

　彼には私に説明する義務なんてないのに。

「いや、全然。一緒に住んどるやつがヤバイ奴やったら嫌やろ。むしろ聞いてもらったほうが。言い訳ばっかりでダサいけど」

　首を横に振った。

「そんなことはないです」

「なんでも聞いて」

「じゃあ……その後の暴力沙汰っていうのも本当なんですか?」

「店に来てた厄介な客をつまみ出したときに、その厄介な客が『暴行や!』言うて警察呼んだから、たしかに警察沙汰にはなった。一応警察に話も聞かれたし。でも、その客のほうが住居侵入だか不退去だかで引っ張られて、俺はお咎めなしで済んだ」

「それなら細野さんは悪くないんじゃ」

「そこはな」

「じゃあ今回の記事は――」

「一個だけ、どんな言い訳もできへんことがあんねん」

「あ……年齢詐称、ですか?」

「うん。年ごまかして働いてた」

「そうまでして……その仕事がしたかったんですか?」

「時給よかったからな。金欲しさに」

　私は理由を尋ねなかった。でも彼は淡々と続けた。

「女の子とホテル行くん、めっちゃ金かかるやん」

「そう……ですね」

　胸のどこかがチクリと痛んだ。

　――チクリ?

　当時の彼がどんな生活をしていたって、傷つく理由なんかないのに。

　――あ、ちがう。

「女の子とホテル」という言葉に傷ついたわけじゃない。それが嘘だ、とわかったからだ。嘘をつかれたことに傷ついたんだ。

「ごめんなぁ、つむぎちゃん」

「何が、ですか？」

　彼は微笑んだ。

「スープ、冷めちゃったなと思って」

　この話はもう終わり。

　彼のそのメッセージを受け取って、私はスープを振り返った。

　胃にやさしいものを、と彼が選んでくれた生姜（しょうが）のスープの蓋の裏側に、涙みたいな水滴がたくさん張り付いていた。

＊＊＊

　翌日の配信で、彼はファンに向けた説明をすることになった。

　隣の部屋で配信している彼の様子を、私は自室のスマホから見守った。

《今日は真面目な話をさせてもらいます》

　彼はそう言って、いつもより少し静かに配信を始めた。

《ボーイと黒服のバイトしてたのは本当です。裏社会の人とは、知る限り付き合ったことはないけど、気づかんまま付き合ってた可能性はある》

〈知る限り、ていうのがな〉

〈店のバックについてんだろうなぁ〉

〈さすがに反社は無理だわファンやめる〉

〈こういうときにすぐ「ファンやめる」とか言い出す奴もともとファンじゃない説〉

〈夜の仕事しといて反社と付き合ったことないは嘘でしょ〉

〈→夜の仕事全般を差別すんのやめろ〉

《ボーイとか黒服してたこと自体は恥じてないし、謝るつもりもありません。今その仕事してる人は胸張ってほしい。問題は俺が高校時代からやってたことです》

　彼は一旦言葉を切った。

《もちろん採用のときに年齢確認されてるんで、店側に落ち度はないです。俺が年齢をごまかした。手段については、詳細を話すと助長する可能性があるので伏せさせてもらいます。当時の俺にその認識はなかったけど、犯罪です。事務所の弁護士さんと相談したところ、公訴時効っていうのを過ぎてるから、今から罪に問われることはないそうです。でも、絶対に真似せんとって。俺は本当に恥じてるし、これ聞いてくれる人たちにそうなってほしくない。応援してくれてる人、がっかりさせた人、ご迷惑をおかけした方々、本当にごめんなさい》

　彼はそう言って深々と頭を下げる。

　いつもにも増して、コメント欄が流れるのが速い。

　好意的なコメントもある。でも、厳しいコメントもかなり目につく。

〈ほんと無理〉

〈シンプルに犯罪者で草〉

〈いつもの調子どこいったんだよ〉

〈ＤＥＮ終了のお知らせ〉

〈お前のせいでマドエク全体が犯罪者だと思われんのマジ迷惑〉

〈ヤクザのオトモダチと仲良くな〉

〈マトゥシの才能に乗っかってるだけでギタリスト名乗るほどの技術はないから、配信の需要がなくなった

ら存在意義もないんだよなぁ〉

〈ビジュアル担当だからどうせ賞味期限は短いでしょ〉

〈入れ墨はやっぱりヤバイ奴ってことを自ら証明しちゃってて森〉

〈掘ったらまだまだ出てくんじゃね。スキャンダルの鉱脈じゃん〉

〈炎上商法は冷めるわ〉

〈ヨゴレナガレじゃねぇよお前が社会のヨゴレだよ〉

通りがかりに刃物みたいな言葉で切りつけて去って行く。

侑哉の言っていた『投げ銭』とやらをたくさん払って、わざわざひどい言葉を投げつけてくる人もいる。

私は途中から、ドアを二枚隔てた彼のことが気になって、配信どころではなかった。

彼は画面の向こうの人じゃない。生身の人で。見かけは鎧に覆われた腕すらも、本当は柔らかな肌でできていて。火を放たれたら無傷ではいられないのに。

彼は真剣な顔でコメント欄を見つめ、頷いている。

――あんなの、全部正面から受け止めてたら心が壊れちゃう。向こうの部屋に飛び込んで、私が盾になれたらいいのに。

ひどいコメントを読むのに耐えられなくなって、おミソを連れて部屋を出た。

彼の部屋から廊下に低い声が漏れてくる。

――私は絶対に入れないけど。おミソなら。

「そばにいてあげて」

わずかに開いていた彼の部屋のドアの隙間から、おミソを部屋に入れた。

ミィ、と小さな声を上げて、おミソが部屋に入っていく。それを見届けて、私は自分の部屋に戻り、またスマホを見つめた。画面の向こうで、おミソに気づいた彼が驚き、そして一瞬顔をほころばせた。

彼は続けて『暴力事件』についても説明をし、事務所からも正式な謝罪のリリースがあることなどを告げた後、改めて深々と頭を下げた。

《配信に来てくれて本当にありがとう》

画面の中の彼がもう一度頭を下げ、配信が終わった。

ほどなく、彼が部屋から廊下に出てくる気配があった。

コンコン、と控えめに部屋のドアが叩かれる。

ドアを開けると、おミソを抱いた彼が立っていた。

私の顔を見て笑う。

「めっちゃ泣いてるやん」

「……すみませっ」

彼の笑顔を見たら、涙が止まらなくなった。

「つむぎちゃんやな、おミソ入れてくれたん」

「余計なことしてごめんなさい」

「ううん。おかげでむっちゃ癒やされたぁ」

彼はそう言って、大きな手で私の髪をくしゃくしゃにした。

「おミソもやけど、あのタイミングでおミソを送り込んでくれたつむぎちゃんの気持ちにもな。ありがとう」

「いえ。私は何も」

「俺が百パー悪いから。受け止めんとな」

そうかな。本当に。

言い訳のできないことをしたのは本当だけど。

叩くために我先にと群がってくる、正義のお面をつけた彼らの言葉を、本当に全部受け止めなくちゃいけないんだろうか。

「私は……ずっと、向こう側の人間で」

「向こう側？」

「ネットの向こう側で騒動を眺めてる人間です。安全なところから対岸の火を眺めて『燃えてるのかぁ』って。身近な人が渦中にいるとこんなに苦しいんですね。よくトンチンカンな擁護をして火に油を注ぐ人がいますけど、ああいう人の気持ちがわかりました」

そう言うと、彼はおミソを抱いてニッと笑った。

「俺、いつの間にかつむぎちゃんの『身近な人』になってんやな」

続けて何か言いかけた彼の言葉を遮るように、けたたましくインターホンが鳴った。

私がここに住み始めてから、来客は初めてだ。

彼は「こんな時間に」と言いながら廊下を進んで居間の壁にある小さなモニターを覗き込み、ため息と共に呟いた。

「マキ……」

17、忠告

細野さんは鼻から深く息を吐き、インターホンの応答ボタンを押した。

「はい」

『俺ー』

予想に反して、スピーカーから聞こえてきたのは男性の声だった。

「何しに来てん」

『猫見に来たー』

「帰れ」

『話あんねん、上げて』

彼は「帰れ」ともう一度言いつつも、エントランスの解錠ボタンを押す。

「ごめん、つむぎちゃん。ちょっと出てくる。バンドのボーカル来た」

「あ、マトゥシさん、でしたっけ？」

「うん」

「あの、私が外に出てましょうか？」

「あかん、こんな時間やで。俺が外出るから」

「でも……お話があるっておっしゃってましたし、ここのほうが」

このSNS時代、しかもあんな記事が出た後だ。大事な話を外でしたくはないだろう。

ピンポン、と、今度は部屋の前のインターホンの音が鳴る。

「あの、私が自分の部屋にこもって気配を消せば……」

「ううん、隠れる必要はないよ。別にやましいわけじゃない。ややこしいだけで」

彼は短い逡巡（しゅんじゅん）ののち、「ごめんな」と言った。

「嫌な奴ではないから、上げてもいい？」

「もちろんです。細野さんのお家なので」

「今はつむぎちゃんの家でもあるやん」

「大丈夫です」

「ありがとう」

ピンポン、ともう一度インターホンが鳴った。私は慌てて頬に残っていた涙を拭き、手早く髪や服を整える。といってもすでに部屋着だから、ラフな姿なのは変わらない。

彼は「わかったって」と言いながら玄関に向かい、鍵を回した。

鍵が開くなりドアが外に開けられ、細身の男性が姿を現した。

「酒買（こ）うて来たでー」

男性はそう言って手に下げたレジ袋を前に突き出し、靴を脱ごうと両足をすり合わせたところで動きを止めた。細野さんの後ろに立つ私に気づいたらしい。

「え」

男性の視線が私と細野さんを行ったり来たりする。

「え？」

「あの、はじめまして。田無と申します。突然申し訳ありません」

「いや、突然申し訳ないのはマキのほうやから。つむぎちゃんが謝らんでいいから」

「えっ？」

「マキ、お前さっきから『え』しか言えてへんぞ」

「待って待って。は？」

　ニイィ、とおミソが居間から出てくる。

「あ、猫」

「そう。おミソな」

「ちょっと待って、全然状況が理解できへん。ごめん。いや、デンお前、人がおるならそう言えよ」

「帰れって言うたやん」

「だってまさか、女の子おるなんて思わへんし。いや本当ごめんなさい、えっと誰ちゃんやったっけ」

「あ、田無つむぎと申します」

「あ、つむぎちゃん？」

「お前が『つむぎちゃん』て呼ぶな。田無さんて呼べ」

「あ、ごめん田無さん」

「いえ、全然」

「ええと、俺帰ったほうがいい？」

「わりと最初からそう言うてんで」

「あ、いえ。すみません、私のほうが外に出てますので」

　スマホだけあれば、近くのファミレスで時間を潰せる。

　そんな私の言葉を、マトゥシさんが拾い上げた。

「え待って。『出てます』って何？『帰ります』じゃなくて？　え？　ここに住んでるってこと？」

「ええと、あの……」

「マジで住んでんの？　ここに？」

「そやで」

「え、は？　付き合ってるってこと？」

「ルームメイトや」

「はぁ!?　デンお前言うとけよ、そんな大事なこと」

「隠してはなかったけど、言うほどでもないかなって」

「言うほどやろ……社長にも言うとかんと……勘弁してくれよほんま、ビビるわ」

「あの、立ち話もなんですし、中に入られますか？　お茶淹れます」

「つむぎちゃん、そんな気つかわんでいいから」

　細野さんがそう答えた瞬間、ぐぅぅぅ、とマトゥシさんのお腹が鳴った。

「……お前それ狙ってるやろ」

「狙って腹鳴らせるわけないやろ。とあるメンバーの配信を固唾をのんで見守ってたら夕飯食い損ねてん」

「あの……よかったら、何か召し上がりますか？　夕飯の残りがあるので。肉じゃがとほうれん草のおひたしと……あ、お味噌汁も」

「待って……え、そんなもん食えんの？　母ちゃんの飯みたいなやつ？」

「つむぎちゃん、ごめん。ほっといていいよ」

「あの、でも」

　マトゥシさんのほうを見ると、彼はお腹を押さえて眉をへの字にした。

「腹減ったなぁ」

　そんなマトゥシさんを見て、彼は「ハァ」とため息をついた。

「つむぎちゃん仕事増やしてごめんな。俺ご飯よそうわ」

「はい、お味噌汁温めますね。オカズ足りますかね？　お魚焼きますか？　冷凍庫にホッケが」

「そこまでせんでええよ。あ、豆腐あるやん冷奴食わしとこ」

「刻みネギ冷凍庫にあります」

「ありがとう」

　二人で台所に立っていたら、背後からマトゥシさんの声が聞こえた。

「なんやねんこれ……夫婦かよ……」

　食器の数が少ないので、水切りカゴに伏せてあったお茶碗を布巾で拭いて細野さんに渡す。

「むっちゃいい匂いするやん。ええなぁ。俺もルームメイト欲しなってきた」

「ルームメイトを家政婦扱いすな」

「どんな流れで一緒に住むことなったん？」

　なんと答えてよいかわからず隣を見やると、彼はしゃもじについたご飯粒をつまんで口に放り込みながら
「んー」と言った。

「一緒におるときにおミソ見つけて、ここ住むかって話に」

「そんなカジュアルに男女で同居が始まることある？　田無さんの親御さんは何も言わへんの？」

「言われそうだったのですが、なんとかクリアできました。ちょっと自分の殻を破りたくて」

　そう答えると、マトゥシさんは眉を寄せた。

「親に反抗して破れる殻なんて、たかが知れてんで」

「……ごもっともです」

「マキ、人んちで飯食わしてもらおうって分際で、すげぇ偉そうなこと言うやん」

　そうこうしているうちに、食卓に一人分の食事が並ぶ。

　マトゥシさんは瞳を輝かせて「うまそう、いただきます」と手を合わせた。

「だってお前なぁ。俺、結構心配してんぞ」

「何を？」

「好き放題言われてるから」

「あー」

「へこんでんのかなと思って。そしたら何や。肉じゃがて」

「すまんすまん」

「軽すぎるんじゃボケ」

「すまーん」

「伸ばすな」

「ほんで？　俺の処遇、決まった？　クビなんの？」

クビ、という言葉にドキリとした。

はぁ、とマトゥシさんがため息をつく。

「DENをクビにするんやったらみんなやめるってさ。カイとコーダイから社長に連絡きてたらしい」

マトゥシさんがまっすぐに細野さんを見つめる。

「……たまらんなぁ」

「お前これ感動して泣くとこやぞ」

「俺の涙お前に渡しとくから、代わりに泣いといて」

「いらんわ自分の分で精一杯じゃ」

「お前泣き虫やもんな」

「やめろ、それ言うな」

部屋の隅でカーテンの裾と戯れているおミソにそっと近づき、抱き上げた。ふわふわの毛にそっと鼻を寄せると、干したての布団みたいな香りがした。

「あの、私……部屋に戻ってますね」

おミソを抱いたまま二人にそう言うと、二人同時に「え、なんで？　ここおってええよ」と声を上げた。

「でも……私がいると、お話しにくいこともあるでしょうから」

「もう話終わったで」

「え？　今ので？」

「そう。今ので」

細野さんとマトゥシさんを交互に見る。

二人ともウンウン、と頷いている。

——あれで終わり？

驚いていると、マトゥシさんは味噌汁をひと口飲み、「うめー」と言った。

「田無さんは働いてんの？」

「は、はい。会社員です」

「へー、何系の？　うわ、この肉じゃがもウマっ」

「建築機械のメーカーで広報を」

もっとプロフィールを語ったほうがよいだろうかと思ったけれど、何を話せばいいのかわからない。

気まぐれなおミソの「おろしてー」という要求を受け、そっと床に下ろした。また脱臼してしまわないように、あまり高いところからジャンプさせないように気をつけているのだ。

「あ、俺のこと、マキでいいで。本名はマキやねん」

「マキさん。苗字ですか？」

「そう。巻くって漢字の巻。下の名前がカツトシ。マキカツトシ、を縮めて『マトゥシ』」

「なるほど」

マキさんはおいしそうにご飯を頬張った。

「あの……」

「うん？」

「『ヨゴレナガレ』、マキさんが作詞作曲されたんですよね」

「うん」

「あの、あそこ、好きです」

　曲の一部分をハミングで歌った。

「あ、あそこな。ありがとう。俺も気に入ってる」

「曲ってどうやって作るんですか？　普通に思いつくものですか？」

「絞り出すときもあるし、パッと思いつくときもあるよ。半々くらいかなぁ。どっちが人気出るかは正直全然わからへん。あ、これが売れるんや、意外ーみたいなときもあるし」

「そうなんですね。すごいなぁ、想像もつかない世界です」

「つむぎちゃんは？　音楽やってたん？」

「いえ。聴く専門です」

「そうかぁ。普段どんなん聴くん？」

「あ、ええと……ドビュッシー、ご存じですか」

「うん。有名なやつしか知らんけど、『月の光』とか大昔に弾いたことあんで」

「ピアノ弾かれるんですか？」

「マキめちゃくちゃピアノうまいで」

　細野さんの声が割り込んだ。

「母親がピアノの先生してたから、三歳くらいから弾いてたな」

「マキの家の前通ったらいっつもピアノの音聞こえてきてたもんな」

「あ、お家がお近くだったんですか？」

「そう。ガキの頃な。徒歩二分とかやんな」

「うん」

　水切りカゴのお皿を片付けてくれていた細野さんが「あ。そうやキッチンペーパー切れてたんやった」と呟いた。

「あ、ほな俺取ってくるわ。買い置き、前と同じとこ？」

「そう」

　マキさんが部屋を出て、キッチンペーパーを片手に戻って来る。

「よくご存じですね」

「ここ住んでたからな」

「あ、そうなんですね」

「バンドメンバー四人でな。わりと長かったよな？　いつまで？　去年？」

「一昨年（おととし）の末までやな」

　マキさんの質問に細野さんが答えた。

「やっとみんなお金も貯まってきて、バイトも辞めれて、バンドで過ごす時間長くなってきたから、プライベートくらい分けるかって話になって、みんなここ出てん。でもＤＥＮがこの家気に入ってるからって、そのまま住んでて」

「なんかいいですね。一緒に暮らして、同じ夢を追って」

「聞こえはいいけど、地獄やったよなぁ」

「ほんまにな」

「地獄？」

「売れんかったら、やっぱり気持ちもしんどいしな。それぞれバイトして、くたくたになって帰って来てからみんなで曲作ったりアレンジしたりしてたな。めちゃめちゃ喧嘩もしたし。売れてる人らとの違いはどこにあるんかって、チャート上位の音楽片っ端から聞きまくって。で頑張って作った曲が、なんか俺らっぽくなかったりとか」

「あの頃はしんどかったなぁ」

しみじみ、という感じでマキさんが言う。

「俺たちのいいところってどこ？　みたいな話毎日してたなぁ」

「どうやって抜け出したんですか」

「SNS戦略変えたんが一番デカいな」

「そうそう」

「最初はわりと大人しくやっててん。真面目に告知とかして。でも拡散力が知れてて。俺らの音楽聞いてくれる層ってどこなんやろ、どこに刺さるんやろって話から、今よりもうちょい若い層も取り込みたいって話になって、それやったらSNS戦略大事にしよう、みたいな。魅力的なコンテンツが世の中に溢れてるからさぁ。いい曲作ってたらいつか誰かが見つけてくれて届く、みたいな時代じゃないやん。で、メンバー個人のSNSに力入れるようになって。レコーディングの裏話やったり、DENの赤裸々な配信やったりとか、少しずつそれぞれのスタイルが確立されてきた感じやんな」

——あぁ、この人たちはキリギリスじゃなくてアリなんだ。

唐突にそのことに気がついた。

もちろん才能はあるに違いないけど、それだけでここまで来たわけじゃない。

綿密な計算のもと、努力を重ねてここにいる。

「……かっこいいですね」

「え、俺？」

「いやマキのことちゃうやろ」

「皆さんが、です」

マキさんは「ごちそうさまでしたー」と言いながらお皿を重ね、台所へ運んで自分で洗い始めた。

それと入れ替わりに、細野さんが台所から居間へ来る。

一緒に暮らしていただけあって、そういう動作がすごく自然だ。

おミソが細野さんの足にじゃれつく。

そのおミソをひと撫でし、細野さんがキッチンカウンターに置いてあった財布を手に取った。

「マキが持ってきた酒飲んでも。氷買ってくるわ。マキ、手出すなよ」

「何に？　酒に？」

「酒も。つむぎちゃんも」

「お前とちゃうわ」

「たしかに」

玄関に向かって歩き出した細野さんを、マキさんが「ちょお待て」と呼び止める。

マキさんは細野さんの前に立ち、ポケットから財布を取り出した。私も知っているハイブランドのものだ。

そこから五百円玉を取り出し、細野さんに渡す。

「これ持って行け。ほんで、お前の財布とスマホは置いて行け。預かるから」

マキさんがそう言って細野さんに向かって手を出した。

「お前……」

はぁ、と細野さんがため息をついた。

「……わかった」

細野さんが財布とスマホをマキさんの手に載せる。

「道草食うなよ。はよ帰って来い」

「信用ないなぁ。そういうこと言われたら道草食いたくなるタイプなん知ってるやろ」

「ほな、なんて言うたらええんや。帰って来んな言うたら帰って来るんか」

「そうもいかへん」

「お前みたいなややこしいやつメンバーにしてる俺ほんま偉いわ」

「俺のこと大好きなくせに」

ポンポンと飛び交う会話についていけずにいるうちに、「じゃあ、ちょっと行ってくる」という言葉と共に、彼が家を出て行った。

残されたマキさんとおミソと私、沈黙が気まずくて話しかける。

「仲がいいんですね」

「まぁそうやな」

「子供の頃からずっと仲良しだったんですか？」

「いやー……」

そう言ってマキさんは苦笑した。

「DENのことはどっちかというと嫌いやった」

「え、嫌い……？」

「だって、イケメンで話うまくて運動神経いいからめちゃくちゃモテるのに、それを鼻にかけへんお茶目なキャラやで？　ムカつくやん。小六まで身長だけは勝ってたのに、中学入ってから身長ニョキニョキ伸びたあいつにあっという間に抜かされて。上の学年のかわいい先輩とかからも告られまくってた。普通に嫌いになるやろ。妬ましすぎて」

「それはたしかに」

「やろ？」

「変わるきっかけがあったんですか？」

「うーん、まぁなぁ。家族の恩人やから。ばあちゃんと妹の命救われてんねん。嫌いではおれんよなぁ」

――命を？

あ、と思った。

「もしかして……火事の？」

マキさんは驚いたような顔をした。

「あ、知ってんの？ DENが話したん？ 珍しいなぁ。まぁ一緒に暮らしてると隠すんも無理あるかぁ。あいつ今でも火苦手やもんな」

私は黙って頷いた。

話を促すつもりはなかったけど、マキさんはそのまま話し続けた。

「この先あいつがどんなに馬鹿なことして世間から叩かれても、俺はあいつを見捨てへんて決めてんねん。だって、できる？ 同級生の家が燃えてるところに『この時間ばあちゃんと妹がいてるはずや！』って飛び込んで助けんねんで」

「私なら……できないと思います」

「やろ？ 俺なんべんも思った。もし逆やったとして、俺はあいつの家に飛び込めたやろかって。自分の家族助けるんでも飛び込めたかわかれへんのに、人んちなんか無理やったと思う。そんとき俺ら、中学生やで？」

マキさんはそう言って、信じられないって感じに首を横に振った。

「妹はばあちゃん残して逃げるわけにいかへんて一生懸命背負おうとしてたらいしけど、そんときまだ小学生で体も小さくてさぁ。ばあちゃん太ってて膝悪いし、どう考えても無理やったわけ。あっという間に火と煙が回って、二人とも『もうあかんな』って思てたんやって」

マキさんは淡々と言った。

火に囲まれるのはどれほどの恐怖だろう、ということを考えた。

「そこにDENが飛び込んできて、妹に『先逃げろ』言うて、ばあちゃん背負って外連れ出してくれてん。ばあちゃんはもう亡くなったけど、火事から八年も生きて、病院で穏やかに逝った。妹も去年結婚して来年子供産まれる予定やし。今ある幸せ、全部あいつのおかげやねん」

黒服、ヤクザ、ケツ持ち、お店の女の子。

遠ざかりかけていた彼という存在が、一気にまたこちらに引き寄せられたような気がした。

私が知っている彼だ、と。

「DENの黒服の話も聞いた？」

「本当のことだっていうのだけ」

「黒服してた理由は？」

「お金が欲しかったって」

「嘘ではないな」

マキさんは苦笑いした。

「あいつ、くだらんことはペラペラようしゃべるくせに、自分の真面目な話となると本当に口重(おも)なるからなぁ」

小さく頷くので精一杯だった。

マキさんは私の顔をじっと見つめて言った。

「あいつに惚れんのはやめとき」

唐突な言葉に驚いて、マキさんを見る。

真剣な表情だ。

「DENのこと、人としてはめちゃくちゃ好きやし尊敬もしてるけど、本気で好きになったらあかんタイプの人間や。特に、田無さんみたいな子はあかん」

「どうして、ですか？」

「それ聞くってことは、もう好きってこと？」

「いえ……人としては好きです」

「そこで止めとき。これは嫉妬とかじゃなくて、マジで。バンド加入してから、あいつ四回も姿消してんねん」

「姿を消すってどういうことですか」

「わからへんやろ？」

　ほらね、みたいな顔をされた。

「忽然と消えんねん。家にもおらん、バイト先にもおらん、連絡もつかへん」

「それは……どういうときに……ですか？」

「メンバーとデカめの喧嘩したときが一回と、ライブでド派手な失敗した後と……あとはきっかけすらわかれへん。二日後くらいにフラッと帰って来て、あの顔で『俺おらんで寂しかったー？』言われてみぃ。ムカつくどころの騒ぎちゃうで」

　なんとなく、そんな彼の姿が想像できた。天使みたいな笑みを浮かべていそうな。

「ここ数年はないけど。癖みたいなもんやから、またいつ出るかわからへん。今度こそ帰って来ぉへんかもと思いながら待つあの気持ちは、正直味わってほしない」

　苦々しげに言う。

　でもマキさんはきっと怒っているわけじゃない。

　心配なんだ。

「……マキさんが今日ここにいらっしゃったのは、そのせいですか」

マキさんは頷いた。

「そう。あいつも俺の意図わかってるよ。だから財布とスマホ置いて行け言うたときに、あんな反応してたん」

「あの短い会話でそれが伝わるって、すごいですね」

「まぁ、長い付き合いやからなぁ。その俺ですら踏み込まれへんところがあんねん。マジで悪いこと言わんから、『人として好き』で止めとき」

そう言ってマキさんは時計を見た。

「あいつ遅いな」

細野さんはそれから十分くらいで、氷と共に帰って来た。

マキさんはたくさんお酒を飲んで、深夜に「ほなー」と明るく帰って行った。

玄関の鍵をかけた細野さんは、「やれやれ」という顔でこちらを見た。

「……俺がおらん間に、マキがなんかしゃべったな?」

「……恩人だっていう話を」

「てことは、ほぼ全部やな」

「ごめんなさい。他の人から聞き出すようなことをして」

「つむぎちゃんから聞き出したんちゃうってわかってるよ。それに自分で話すんが恥ずかしいだけで、知られるんが嫌なわけちゃうから」

「どうして恥ずかしいんですか?」

「『かっこいい』って反応されるん苦手やねん」

「事実、かっこいいじゃないですか」

彼は「おミソー」と言いながらしゃがみ込み、こちらに背を向けた。

「『助けました、めでたしめでたし』で終わってたらな。でも、俺めちゃくちゃ後悔したんよなぁ、火傷すげぇ痛いし、喉はしばらく変やったし、ばあちゃんと母親泣かせたし、怖い夢ばっかり見るし。火傷の痕は一生残ります言われるし。火傷せんと助け出せてたら後悔なんかなかったと思うけど」

マキさんの妹さんとおばあちゃんの命と引き換えに、彼は火傷を負った。

「俺が飛び込まんでも助かってたんちゃうか、とか、飛び込む俺じゃなくても良かったんちゃう、とか、もっと言うたら俺以外の誰かやったら良かったのに、てな。後悔したらあかん気がするやんそこは。『命守れたから後悔なんかひとつもありません、火傷なんて屁でもありません、彼らが無事なら自分の腕なんかくれてやります』て思っとかんと」

おミソの細いしっぽが細野さんの手をするりと撫でるのを見つめながら、彼の言葉を聞いていた。

「俺はスーパーマンにはなれへんかってん」

ニィと鳴いておミソがこちらに向かってくるのを追うように、彼の顔もこちらを向いた。一瞬目が合った。でもすぐに逸らされた。

「恩人っていうのやってさぁ。マキの家族は皆そう言うけど、ほんまは逆やで。あいつの親父おらんかったら、俺は今でも借金まみれで客のゲロ片付けてた」

借金。

ポロリと出たその言葉を、私はそっと心の片隅において、聞かなかったことにした。

――女の子とホテル行くくん、金かかるやん。

彼のあの嘘を、信じておこう。

「入れ墨の理由……公表しないんですか?」

「それでも入れ墨あるのは変わらんしな。火傷の痕を『かわいそう』って思われるんが嫌で墨入れたくせに、自分に都合が悪くなったら『かわいそうやから許して』って言い出すのは違うかなって。あと、理由公表したら、マキの妹の耳にも入るやん? きっかけは火傷でも、墨入れるって決めたんは俺やから、『自分のせいで』とか思わせたくない」

——そっか。たしかに。

彼の事情を聞いて、入れ墨も仕方ないなんて思ったけど、よく考えたら勝手な話だ。『可哀想だから、その可哀想を回復するための入れ墨なら許してあげる。それ以外はダメ』って、何様なんだろう。

「細野さんはたしかに……スーパーマンじゃないです」

「やろ」

「子供の頃に思い描くヒーローって絶対に死なないし、別世界の存在じゃないですか。でも現実にそんなことはなくて、葛藤もするし敵を前に足が震えることもあるはず。細野さんはそれを『怖かったぁ』って言える人だから、そういう等身大の姿がみんなに好かれるんだと思います」

「……つむぎちゃん、今日の配信見たやろ。むちゃくちゃ嫌われてんで」

「ううん。好きな人のほうが多いです。今はそういう声を上げにくいだけで。細野さんを好きな人が心置きなく『好き』って叫べるようになるといいですね」

そう言いながら足元に絡んでいたおミソを抱き上げて顔を上げたら、ちゅ、と唇を奪われた。

「……どうしたんですか」

「キスしたくなった」

彼はそう言ってから、その場にしゃがみ込んだ。

「あー待って。ちゃう。ちゃうねん」

「何が、ですか?」

おミソが腕の中で、彼の声に驚いている。

「なんか、このために『一緒に住まへん?』って言ったみたいやん。ちゃうねん、ほんまに」

「へ?」

「最悪やん、おミソの世話九割つむぎちゃんに任せちゃってて、家事も結構やってもらって、キスとかして。なんかそんな都合のいい存在として使ってるみたいな」

「そんなこと、思わなかったです」

「待って、あかん、鎮まれー」

「あ、私ですか？」

「ちゃう、俺のチン――」

　静まれ、と言われたのかと思った。

「あはいわかりました大丈夫ですそれ以上言わなくてわかりましたので」

　しゃがみ込んだままの彼を前に、私は少し考えた。

「いい、ですよ」

「何が？」

「嫌じゃないです」

　彼はこちらを見上げ、首を横に振った。

「つむぎちゃんは絶対そう言うやん。わかってんねん。優しいからさぁ……俺が弱ってるであろうこの状況でさ。そういう優しさにつけ込みたないねん」

　彼は私を「優しい」と言ったけど、私は彼以上に優しい人を知らない。

（「本気で好きになったらあかんタイプの人間や」）

　しゃがんだまま「あかんー」と繰り返す彼を前に、マキさんの言葉をずっと考えていた。

18、DENさんと細野さん

彼の話題は翌週にはほとんど見かけなくなった。なんでも芸能界随一のオシドリ夫婦の妻のほうに不倫が発覚したとかで、今はその話題一色だ。

彼の配信もすっかり——少なくとも表面上は——元どおりだ。

気がつけば、一緒に暮らし始めてからひと月。おミソの新たな飼い主候補も見つかり、二度の顔合わせを経て、先方の検討結果を待っている。

そんなある日、彼の誕生日が近いことを知った。後輩が会社で騒いでいたおかげだ。ファンレターと共に事務所にプレゼントを送るつもりらしく、候補としてブランドの財布やアクセサリーを検討しているという。

——私も何かプレゼント用意したいなぁ。

はぁ、と憂鬱な気持ちになったのは、プレゼントを選ぶのが苦手だからだ。

相手がまだ持っていないもので、もらったら喜びそうなもので、もし仮に（いらね）と思われたとしても処理に困らなくて、渡した瞬間にがっかりされない程度には大きく、邪魔にならない程度には小さく、それなりにおしゃれなもの。できれば気をつかわせない程度の値段だけど、相手のことを軽く見ていると思われないくらいには——。

考慮すべき要素が多すぎて、難易度がとても高い。

みんながどうやってこの難問に立ち向かっているのか、私にはまるでわからない。

「消えもの、かなぁ。やっぱり」

——おばあちゃんちのゼリーよりは少しマシなものを渡したいなぁ。

そんなことを考えながら巨大ショッピングモールの端から端まで歩いてみたけど候補すら見つからない。日本中にいるファンが後輩のようにプレゼントを送るとしたら、何を選んでも誰かと被ってしまう気がするからだ。

出かけたついでにマスカラを買おうと立ち寄ったドラッグストアで、ふと（ここにあるものなら大抵消えるなぁ）と思った。

——シャンプーはどうかな？　お風呂場に置いてあるのと同じのを買っていけば、確実に使うから迷惑にはならないかな。

でもシャンプーの詰め替えって、と冷静な自分が呼びかけてくる。（誕生日プレゼントに生活用品？）て思われてしまいそうな。

洗剤や化粧品の並ぶ場所を歩き回っていたら、ふと避妊具が目についた。

——これも消えものだなぁ。彼なら絶対に使うだろうし。

疲労からあからさまな暴走を始めた思考回路をストップしてくれたのは、レジに持っていくのが恥ずかしいという思いだった。

——いやいやいやいやいや、そもそも何を考えてるの、何を。

慌ててその棚を離れ、（うわぁあああ）となりながら早足で歩いていたときに、ふと薬コーナーのオブラートが目についた。

——これだ。

「と、思ったんですけどね」

彼はオブラートの箱を前に笑い転げている。

自分で包装紙を買ってラッピングまでしたけど、渡す瞬間に（絶対に間違えた）と思った。

——でも、笑ってもらえてるから、いいのかな。

　こんなふうに声を上げて笑っている姿は久しぶりに見た気がする。

「これめっちゃ嬉しいわ」

「喜んでいただけてよかったです。変なものですみません」

「俺のために選んでくれたっていうのが伝わってくるもん。最高のプレゼントやわ。赤裸々になりすぎんように、配信のとき目につく場所に置いとく。ほんまにありがとう」

「どういたしまして」

　そんな誕生日の一週間後、帰宅するなり彼から封筒を手渡された。

「これは？」

「誕生日プレゼントのお返し。細野じゃなくてDENに会いにおいで。マドエクを『敵の推し』から上書きしてほしいなって。チケット二枚入ってる。誰誘ってもいいから。あ、元婚約者と後輩以外でな」

＊＊＊

　誰を誘うかは一瞬で決まった。

〈仕事の関係でマドエクのライブのチケットをもらったんだけど、行く？〉

《行きます行かせてくださいありがとう姉ちゃん》

　当日、弟と共にライブ会場へ向かった。

　クラシックのコンサートへ行ったことはあるけど、ロックバンドのライブは初めてだ。

「あっちが物販だ。すごい列だけど、俺Tシャツ欲しいから並んでもいい？　姉ちゃんその辺で待っててくれてもいいけど」

「ううん。一緒に並ぶよ。物販ってどんな感じなのか気になる」

グッズ販売の長い列に並んでいると、付近に並んでいる人たちの会話が耳に入る。

細野さんの記事のこともずいぶん話題にのぼっていたけど、おおむね『これからの行動を見守る』という受け止められ方をしているようだった。

——よかった。

弟はというと、「あの記事のおかげで母さんから『侑哉が好きなバンドは反社会的な人たちなの？　入れ墨なんて絶対に入れないでね』って言われる」と不服そうに語っていた。

無事に弟のお目当てのTシャツを手に入れ、会場内に入った。スタッフの誘導に従って座席に向かう。

開演までずいぶん時間があると思ったのに、徐々に人で埋め尽くされていく会場を見渡したり弟の溢れるマドエク愛に耳を傾けているうちに、あっという間に開演時間になった。

マキさんを先頭にメンバーが登場する。

——あ、細野さん出てきた。

うわぁぁぁぁあ、という会場の声援で床が揺れている。

ステージ上の彼は、家にいるときと変わらない様子で観客を見渡し、ぐるりと全方位に手を振った。

ライブの冒頭、四人がステージ上に整列した。

「まず初めに、DENから皆さんにお話があります」

マキさんの言葉を受け、細野さんが客席に向かって深々と頭を下げた。

「マドエクのファンって公言しにくくなった、とあちこちで言われました。本当にごめんなさい。これから信頼回復に努めて、みんながファンやって胸を張って言えるような人間になりたいと思います。ごめんな。応援ありがとう。今日は楽しんで帰ってください」

わぁぁああ、と、また大きな歓声が上がる。

頑張れー！　という声も聞こえた。

――頑張れ。頑張れ。

私も心の中でそう叫ぶ。

メンバーが変わるがわる細野さんの背中を「がんばろうな」って感じに叩くのを見ていたら、ちょっと目頭が熱くなった。

「っく……」

声のした隣を見ると、弟が唇を噛み締め、顔をくしゃくしゃにして泣いていた。

――想像以上のマドエク愛だな。

パッと照明が落ち、暗闇の中で演奏が始まった。

目のくらむような光と左右のスピーカーから響く重低音と、飛び跳ねる観客の作り出す地響きと。すべてに圧倒される。

――曲間には声援が上がるけど、演奏中はみんな声を出さないんだな。

会場の一体感に感動しながら、私はずっと細野さんを見つめていた。心からこの舞台を楽しんでいるのが伝わってきて、私まで嬉しい気持ちになった。

ステージ上の彼らも観客も皆が汗だくになった頃、明るくMCをしていたマキさんが静かに言った。

「さて、ここで皆さんにお知らせがあります。我々マドエク、来月、十月の二十八日に、新曲をリリースします！」

わぁぁぁあああああ、と会場が沸く。

隣で弟も沸いている。

「今回はDENが作詞・作曲を手がけました」

きゃあああああ、と会場が沸く。

やっぱり隣で弟も沸いている。

　マキさんが続けた。

「ボーカルのレコーディングを先日終えたばかりで、ミックスとかマスタリングとか、作業はまだまだ残っていますが。今日はこの曲を、俺とＤＥＮの二人でお届けしたいと思います」

　マキさんが彼を見た。

　彼は頷き微笑んで、マイクを手に口を開いた。

「友達のために書いた曲です。聴いてください。『ツムグ』」

　エレキギターをアコースティックギターに持ち換えた彼がゆったりとした旋律を奏でる。

　左手の指が弦の上を移動するかすかな音が聞こえる。

　歌い出しは彼だった。優しい声だ。

　——歌詞が。

　真面目で不器用な人へのストレートな応援歌だ。

　友達のために書いた曲。

　ツムグ。

　——もしかして、友達って。

　いやいや、そんな。

　彼にはたくさんの友人がいて、まさかこれが私だなんて、そんなことは。

　とんだ勘違い野郎になってしまいそうな自分の心を諌めながら、ステージの上で生き生きしている彼を見つめていた。

　曲が終わると、静まり返っていた会場がザワザワと波立った。

　アンコールが終わり、メンバーが手を振ってステージを去る。

　終わってしまった、という空気感の中、忘れ物がないかと椅子の下を確認していたら、黒いポロシャツを着たスタッフさんから声をかけられた。

「楽屋へご招待するようにと」

「え、楽屋、ですか」

「マジ？　楽屋行けんの？　え、マジ？」

　弟が隣で素っ頓狂な声を上げた。

　スタッフさんの後について、人の往来の激しいバックヤードを歩いた。

「姉ちゃん、どゆこと？」

「私もよくわかんない」

「仕事関係って言ってたよね？」

「うん、まぁ」

「姉ちゃん建機メーカーでしょ？　マドエクとなんの関係が？」

　スタッフさんの「こちらどうぞ」という言葉に背を押されて入った部屋の奥で、彼がこちらに気づいて手を上げた。

「あ、つむぎちゃん、こっちこっち」

　隣で弟が「は？」と声を上げる。

「『つむぎちゃん』……？　ちょっと待って、姉ちゃん」

「ええと……話は後でね」

　彼のほうへ歩き出してすぐに、彼の隣に佇む(たたず)女性に気がついた。

　彼がすぐに紹介してくれる。

「こちら俺の姉。姉ちゃん、こちらつむぎちゃん」

「はじめまし——ん？　どこかでお会いしたことあります？」

お姉さんは私をまじまじと見つめてくる。

「あの、ケルベロスの……」

「あぁっ!!」

お姉さんはもともと丸っこい目をさらに丸くして高い声を上げた。

「わー！　ケルくんの！　えーっ！　ノブのお知り合いだったんですか？」

「そう、友達やねん」

「ノブ……ＤＥＮの姉の和葉です。弟がいつもお世話になって」

定型文の挨拶を交わしていたら、彼がニコニコしながら言った。

「前に話したやろ、大変身したい子がおるって」

「あ、それがつむぎさんってことね。こんな騒がしいところじゃあれなので、変身の話は今度またゆっくりお話しさせてくださいね！　連絡先をお伺いしても？」

お姉さんは標準語なんだな、と思いながら、その場でスマホを取り出して連絡先を交換する。

弟は私と細野さんを交互に見て、何がなんやらという顔をしていたけど、すぐに切り替えてこの瞬間を楽しむことにしたらしい。

「みんなで写真撮ろ」

細野さんの号令で、全員と記念撮影をした。買ったばかりのＴシャツにメンバー全員のサインまで入れてもらった弟はホクホクだ。マキさん相手にマドエクの好きな曲について熱く語っていた。

楽屋には関係者らしき人が他にもたくさんいたので、私は邪魔にならないように部屋の隅っこで壁に張り付いていた。

――侑哉、すごいなぁ。

物怖じすることなくいろんな人に話しかける姿を見ると、自分と姉弟だということを忘れそうになる。

――同じ育てられ方をしたはずなのに、不思議。

楽屋のあちこちで記念撮影をしているので、背景に写り込んでしまわないように避けて避けて、気がつけば入り口付近の壁に張り付いていた。

――この空間、いいな。みんなが幸せそうで。

私もその幸せオーラを分けてもらっていたら、細野さんがやってきて「来てくれてありがとう」と言った。

「こちらこそ、ありがとうございます」

「つむぎちゃんの弟が俺らのファンやって、言ってたっけ？」

「いえ……なんだかその……言いそびれたというか」

「俺が気を回さんように？」

「あの……はい」

弟がファンだと明かしたら、サインだなんだと気をつかわせてしまう気がして黙っていた。

「そういうとこ、つむぎちゃんやなぁ」

彼はそう言いながら、汗で濡れた髪の毛をタオルでガシガシと拭いた。

「新曲、どうやった？」

「すごくよかったです」

「タイトルはどう思う？」

「ピッタリなタイトルだと思いました」

「やろ。ピッタリな名前やなって、ずっと思ってたから」

彼の言葉の意味がわからず、きれいな二重の目を見つめていたら、彼が微笑んだ。

「つむぎちゃんのことやで。糸をつむぐように細やかで丁寧に生きてるつむぎちゃんにピッタリやなって」

「え……それって……もしかして、あの……」

――そんなまさか。


「うん。友達ってつむぎちゃんのこと。え、曲聴いてわかったやろ？」

「あの……まさかそんな、そんなことが私の人生に起こるとは思いませんで」

「何が」

「そんな……特別な人みたいな」

「特別やん」

　ひゅ、と喉が鳴った。

　その意味を問う前に、弟が「ＤＥＮさん！」と駆け寄って来た。

「あの……今日一緒に撮っていただいた写真、ＳＮＳにアップしても大丈夫ですか？」

　弟の問いに、彼は笑う。

「つむぎちゃんの弟って感じやなぁ。ちゃんと事前に聞いてくれてありがとう。アップしてええよ」

「ありがとうございます！」

　それから彼はスタッフさんやお客さんへの挨拶で忙しくなってしまい、ゆっくり話せずじまいだった。

「気をつけて帰ってな」という声に見送られ、会場を後にした。


　帰り道。

　当然ながら、弟の事情聴取が待っている。

　大通りを渡る陸橋の上で、弟が少し不満そうに言った。

「姉ちゃん、ＤＥＮと知り合いなんて聞いてないんだけど」

「うん……言ってないからね」

「どこで？　いつ？　あの頃？　急にマドエクのこと聞いてきた」

「うん」

「DENと知り合いとかエグッ。なんかどうしたの、姉ちゃん最近。お父さんとお母さんから聞いたけど、男と一緒に住んでるんでしょ？　その人の影響？」

　どうしようかと迷って、中途半端な答えになった。

「影響っていうか……」

「ていうか？」

「何？」

「うーんと……ついでにもうちょっと——侑哉の言葉を借りるなら——エグいこと言っていい？」

「実は一緒に住んでる」

「は？」

「一緒に住んでるの。細野さん……つまりDENさんと」

「嘘でしょ？　さすがに」

　弟は眉を寄せ、つまらない冗談を言うなって感じの顔をした。

「嘘ついてる顔に見える？」

「見えないけど。は？　マジ？」

「うん」

　スロープ状のなだらかな下り坂を進んで陸橋を降りると、通り沿いのカフェが見えた。テラス席にライブ帰りらしい人々が座って、グッズやスマホを見ながら楽しそうに話している。

　弟はこめかみを両手で押さえた。

「ちょっと待って。なんでそんなことに？」

「なりゆき」

「なりゆきって何」

「いきがかりじょう?」

「言い換えなくていいから。語句の意味は知ってるよ。そうじゃなくて」

　弟は「はぁ」と大きなため息をついた。

「お父さんとお母さんは知らないよね？　その、一緒に住んでるのがDENだって」

「知らないよ。というわけで、黙っててね」

「こんなん恐ろしくて言えないよ。お母さん、こないだの記事でDENに対して不信感バリバリなのに」

　弟は「うぅーん」とこめかみを揉む。

「あの……めちゃくちゃ恐ろしいこと聞くけど、付き合ってんの?」

「ううん。付き合ってはない」

「……姉ちゃん」

　弟が立ち止まった。カフェの光を背負って、真剣な顔をしている。

「つらくておかしくなった？　そんなにつらかった?」

「何が?」

「健介さんと別れたのだよ」

「つらかったけど、別におかしくなったわけでは……ない、と思う。たぶん」

「尻すぼみじゃん」

「……変化のきっかけにはなったかも」

「人生ずっと優等生で、親にほとんど心配もかけたことない姉ちゃんが付き合ってもないバンドマンと一緒に暮らすくらいの変化ってどんなだよ」

　弟はその場で頭を抱えた。漫画みたいな頭の抱え方だな、と思った。

「うーん」とわかりやすく悩んだ弟は、少しして情けない声を上げた。

「……うぅ、姉ちゃんとこんな話するのマジでヤダ。でも一応聞いとく。大人の男女が一緒に暮らしてて、何もないの」

答えに窮していたら、弟が「うわぁ！　やっぱいい！　待って！　やっぱナシ！　今の質問ナシで！」と言った。その声が大きかったので、道行く人が何事かとこちらを見る。

それが恥ずかしかったのか、弟は急に歩き出した。早足だ。取り残されないように私も早足で追いかける。

弟はまだ消化しきれない様子で何度もため息をついた。

「姉ちゃん、マジで何してんの？　そんなんで幸せになれると思ってんの？」

厳しい言葉だ。

「別に、今いる場所の先に幸せがあると思ってるわけじゃないよ。雨宿り中なの」

「雨宿りって。晴れたらどこに向かって歩き出すつもりなの。元の道か、新しい道か」

「それはまだわかんないけど」

駅が近づいてきた。弟とは乗る電車が違うので、駅で別れることになる。

新幹線の停車駅なので、売店はお土産を求める人でごった返している。

その人波を縫って改札に近づきながら、弟がボソッと言った。

「姉ちゃん、俺、マドエクのファンだけどさ」

「うん」

「DENのファンでもあるけどさ」

「うん」

「あの配信も大好きだけどさ」

「うん」

「だからこそっていうか」

「うん」

　もうこのあたりで、何を言われるかわかっていた。

「DENはやめといたほうがいい」

「やめるって何が？」

「わかんないフリすんな」

「……ごめん」

　弟の目がこちらを見据えた。

「もう遅い？」

「……どうだろう。わかんない」

「わかんないって何」

「感情に名前をつけるのって難しいよねって話」

　そう言って肩をすくめたら、弟が天井を仰いだ。

「勘弁してくれよー。二十分前まで夢かと思うほど幸せだったのに。今は夢であってほしいよぉお」

　ちょうど吹き抜けになった高い天井に、弟の声が響く。

　肺活量検査くらいの深く長ーいため息の後、弟は目を細めて言った。

「姉ちゃんもしかして、DENの誕生日にオブラートあげた？」

「あげた」

「なるほど」

「オブラートがどうかしたの？」

「配信で話題にしてた」

「『オブラートもらいました』って？」

「『誕生日プレゼント何が一番嬉しかった？』って質問に『むっちゃ仲いい友達からもろたオブラート』って」

――仲いい友達。

「そっか。それは嬉しいな」

「姉ちゃんのその顔……手遅れじゃん」

「顔が何？」

やはり弟はため息をついた。そして「ヤバくなったらすぐ帰って来い」と、両親と同じようなことを言いながら改札の中へと吸い込まれていった。

＊＊＊

週明け、出社するなり後輩が待ち構えていた様子で話しかけてきた。

「つむぎさん」

「あ、はい」

何事か、と身構える。

「これ、つむぎさんですよね？」

後輩はスマホ画面を差し出してきた。

覗き込むと、楽屋で弟と細野さんたちと撮った写真が映し出されていた。

「あれ……この写真……どうして」

どうして彼女がその写真を持っているのか、という疑問の答えはすぐにわかった。画像の上に弟のＳＮＳアカウントの名前が表示されていたからだ。

――侑哉、私も写ってる写真をアップしてたんだ。知らなかった。それにしたって、まさかこんなところまで届いちゃうなんて。

　弟のＳＮＳアカウントは多少フォロワーが多いとはいえ、何のつながりもない後輩のところまで届くほどの知名度ではないはずなのに。

「マドエクの公式アカウントがこの投稿にグッドをつけてたので、ファンの間で話題になってるんです」

「あ、そうなの？　そうすると見えちゃう仕組みなんだね」

「キャプションに『姉に感謝』って書いてあるんですけど。つむぎさん、マドエクに伝手（つて）でもあるんですか？」

「あー……少しだけ」

「私がマドエク好きだって知ってますよね」

「もちろん」

　知らないはずがない。

「じゃあ、ツアーのチケット取ってくれますか？　抽選全落ちしたんです！」

　顔の前で手を合わせて、鼻にかかった声を出す。おねだり上手だ。

「それは……無理だと思う」

「お願いつむぎさん！　伝手があるなら、なんかあるんでしょ!?　裏技的な！　ほんとに一生のお願い！」

　――あんなことがあったのに、よく私に頼めるなぁ。

　でも、欲しいものを欲しいって強く主張できるのは、ちょっとうらやましい。自分の感情にちゃんと名前をつけて、その感情と向き合ってるってことだから。

　そう思いながら、首を大きく横に振った。

「裏技みたいなのはちょっと難しいかな」

　そう言って微笑んだ。

「ごめんね。私、真面目だからさ」

【書き下ろし番外編②】ツムグ

初めて触ったギターは、父親の持っていたアコギだった。

エフェクトで多彩な表現ができるエレキももちろん好きだが、アコギの乾いた柔らかい音も好きだ。仕事ではエレキギターを使うことが圧倒的に多いので、久々にアコギの感触を楽しみながら鼻唄を歌っていたら、マキが部屋に入って来た。次の仕事まで少し空き時間があるので、事務所の会議室で待機している。

「お前、ええ声してるよなぁ」

マキがそう呟く。

「天下のマトゥシ様にそんなん言ってもろて、光栄やわ」

テキトーに返事をしながら、弦の高い位置(ハイポジ)を押さえてぽろぽろと音を出した。エレキよりハイポジの音が出しにくい。そこがまたいい。

「俺の声は癖あるからなぁ」

「その『癖』とやらに皆が夢中になってんねんから。ときどき、マキのおっちゃんとそっくりやなって思って笑いそうになるときあるけど」

「え、いつ?」

マキが焦ったように言う。

「ガナり入れた瞬間、一瞬だけおっちゃんの声出てくる」

そう答え、最近出した新曲の該当箇所を口ずさむと、マキはうめき声をあげて頭を抱えた。

「嘘やろ……むっちゃ嫌や……」

「ええやんけ、親子なんやから、似てて普通やろ」

そう言うと、マキは顔を上げて遠い目をした。

「俺もいずれ、あんなコテコテの大阪のおっちゃんになんのかなぁ……」

「すでに人情派のコテコテ大阪人やんけ」

「え……俺一応『クールなロックバンドのボーカル』のつもりやねんけど」

「ロックバンドのボーカルは合うてるけど、クールちゃうやろ。お前がクールやったら、他のやつ皆極寒やんけ」

くだらないことを話しながらギターを鳴らし続けていたら、マキが「ふ」と笑った。

「デン、なんか曲作るときだけ急に優等生になるよな」

「それは『優等生』やなくて『凡才』なだけや」

マドエクでは誰かから提供を受けた楽曲を出すこともあるし、メンバーが作ることもある。ヒット曲の大部分はマキが作詞作曲したものだ。才能に甘えずに陰で努力している姿を知っているし、生み出す作品が緻密な計算の上に成り立っていることも知っているから、単語ひとつで片づけられるわけではないとわかっているが、やはりマキは〝天才〟だと思う。

「デン、そこ、オンコードにして、ディミニッシュはさんだら？」

「出た。わからんやつ。『そこ』ってどこやねん」

「そこのGのところをGオンFに」

コードを指定され、ようやく何を言われているか理解できた。

「こうか？」

「そう」

「うわ、よくなった、悔し」

「悔しむな。感謝せぇ」

「えー」

「『えー』ちゃうねん。で？　この曲、最近ずっとぽろぽろしてるやつやんな？　完成しそう？」

「うん、あとちょい」

　そう言いながら目の前の紙ペラに視線を落とした。歌詞の断片とコード進行のメモだ。

　マキがすぐ隣に来て、その紙を覗き込む。

「うはぁ。王道ど真ん中のコード進行やなぁ」

「あ、それは敢えてやで。王道ってええやん、と思てん」

　そう答えると、マキはメモから顔を上げてこちらをじっと見た。

「……最近お前、おかしない？」

「何が？」

「これ、真面目な人の応援歌やんけ。不真面目のお手本みたいなお前が、どんな心境の変化？」

「不真面目な奴が真面目な人を応援してもええやろ、別に」

「悪いとは言うてへん」

　なんだかんだ言いながらも歌詞の添削をしてくれる気はあるらしく、マキはぶつぶつと歌詞を追い、「ん」と途中で声を上げた。

「ここの語呂（ごろ）、悪いな」

「それは俺も気になってた」

「語順入れ替えたら？　これこっちにして、こう。母音揃うやん」

「あ、それええな」

　すかさず歌詞を書き換えながら、つむぎちゃんの顔を思い浮かべる。

　ひとり草むらでしゃがみ込んでいたり、くだらない男に絡まれてジムで戸惑っていたり、〝真面目〟という言葉に傷ついていたり。ズルい人間が好き放題に振る舞ったツケを、どこかの誰かが払ってくれる。黙って他人のツケを払わされている人を応援するような歌を作りたかった。

「ん」とマキが声を上げた。

「それ、下がるより上がったほうがよくない？」

そう言いながら、マキはメロディーをハミングする。それを聞いて首を横に振った。

「いや……俺の声域的にそこ厳しくなるから。安全圏はその二音下くらい」

「ほう？　自分で歌う用ってことな」

「いや、ええのできたらマキにも歌ってほしいけど、自分でも歌える曲にしたい」

そう答えると、マキが目を細めた。こちらをじっと見る。俺は無視してギターに視線を落とす。

「どなたか歌ってあげたいお相手でもいらっしゃるんですかァ？」

突然の敬語と声色から、からかいたくてウズウズしているのが伝わってくる。

めんどくさい。

めちゃくちゃめんどくさい。

無視して目を合わせないようにしていたら、マキがまた「ん」と言った。

「そこを階段で上がって転調させろ」

「またそうやってわからんことを……こう？」

「わかっとるやんけ」

悔しいが、マキの言う通りにすると一気に曲が垢抜ける。

「マトゥシ大先生には敵いませんなぁ」

マキは「そやろそやろ、敬え」と短く言ってから、歌詞のメモをとんとんと叩いた。

「で、タイトルは？　決まってんの？」

「内緒」

「いや教えろや、何をもったいぶってんねん」

「……『ツムグ』」

絶対にマキの顔を見ないようにしながら言った。

返事がない。

あまりにも沈黙が長いので顔を上げると、ニヤニヤしているマキと目が合ってしまった。

——くそ。

「……ふぅん?」

「嬉しそうにすんな。お前が期待してるようなんちゃうぞ」

つい先日マキが家に押しかけて来たので、つむぎちゃんと一緒に暮らしていることを知っている。人情派のコテコテ大阪人マキは、この手の話になると異常に食いつきがいい。

「別に俺は何も期待してへんけど」

「ほんまかいな」

「なんで一緒に住んでんのか、いまだに理解はできてへんけど」

「言うたやろ。おミソ拾ったからやって」

「お前の人脈やったら、飼ってくれる人なんぼでもおるやろ。それをきっかけにお前と仲良くなれるんやったら、皆手ぇ挙げてほしがると思うで。SNSでひと言書き込むだけで解決やんけ」

ギターを脇の下から外し、立てて目の前に持った。

「つむぎちゃんが言うててん。『知名度を使ってSNSで募集したら、無責任な人とか、猫をひどい目に遭わせるためだけに手上げてくる人がいるかもしれない、自分ではそれの選別はとてもできないから』って。自分が与えられる環境以上のものを与えてくれる確信がないと渡したくないって」

「真面目やなぁ。貧乏くじ『引く』どころか、『一括買取』してそう」

マキのたとえが妙にわかりやすくて、笑ってしまった。

「つむぎちゃんはそれでも腐らんと、買い取った貧乏くじをちゃんと誠実に処理するから、むちゃくちゃ応援したくなるんよなぁ」

何気なくそう答えて、ハッとした。マキの顔がさっきよりも更に緩んでいる。生まれたての赤ん坊を見つめる大人みたいな、慈愛に満ちた表情なのがまた。

「……うるさい」

「なんも言うてへんやん」

「顔がうるさい。ニヤニヤすな」

「それはちょっと無理やな」

コンコン、と会議室のドアが叩かれた。次の仕事が始まるらしい。

「……行くか」

メモをズボンのポケットに押し込んだ。

「なぁ、デン」

「ん？」

会議室のドアを開けながら、振り向かずに声を上げる。

「これはマドエクのマトゥシとしてじゃなくて、幼馴染の巻勝俊として言うけど――」

振り向いてマキを見据えた。

「幼馴染の巻勝俊くんはちょっと口が軽すぎるから、お口チャックしといてな。こないだ家来たときにつむぎちゃんに色々しゃべったん、知ってんねんからな」

先制攻撃をしてマキを黙らせた。

マキの言わんとしていることはわかっているし、自分がその期待に決して応えられないこともわかっている。

『フラフラするのやめて、そろそろ落ち着け』

たぶんその手のセリフを飲み込んで、マキは鼻から大きなため息をついた。

19、敵はいくらかの宇宙語を話した

「お土産いっぱい買ってくるから楽しみにしとってなー」

「ありがとうございます。変なストラップ以外でお願いします」

「そんなこと言われたらストラップしか目につかへんようになるやん」

　細野さんはそう言い残し、全国十都市を巡るツアーへと出発した。

週ごとに各地を転々とし、リハーサルと公演を繰り返す合間にメディアの取材を受けるので、ツアー中はほとんど帰って来られないという。

　おミソは仲良しな四人家族に引き取られることが決まり、小学生の女の子に大事そうに抱かれてニィニィと去った。

　――寂しい……なんて言ってられないな。私も頑張らなきゃ。

＊

「ハイじゃあ田無さん、ここ意識してあと十回いきましょう」

「え、も、ムリ……で――」

「大丈夫ですよー。ハイゆっくりー」

「ム……リ」

「あと九回、八、七、ろーく」

「くっ……」

自分のペースでまったりと通っていたジムをトレーナーさんのついてくれるスパルタコースに変え、毎日の食事とトレーニングを徹底的に管理されるようになった。

＊

「つむぎさんは髪質が柔らかいから、この長さだとトップにボリュームが出にくいと思うんですよね」

「あ、そうです。てっぺんがペタッとしちゃって……」

「ここに軽めにパーマかけて、セットするときにちょっと根元を立ち上げてあげると……こんな感じ。どうですか？」

「あ、これ好きです」

「よかった、じゃあこの髪型でいきましょう。カットの後、毎日のセットのしかたを練習すれば完璧」

「はい」

「あと、これ渡しときますね。この間試してもらったスキンケア、つむぎさんの肌に合ってるみたいだから、ライン使いして二か月で肌をツヤピカプルプルにしていきましょう」

「あっはい！　ありがとうございます」

「ちなみにこのフルセットは誰かさんからのお誕生日プレゼントです。つむぎさん、今月お誕生日なんでしょう？」

「え……どうして私の誕生日……」

彼のお姉さんにそう問うと、お姉さんは彼そっくりの笑顔で言った。

「ノブの予想どおりの反応。ノブ曰く『最初に連絡くれたＳＮＳのプロフィールに誕生日書いてあった』って」

オブラートひと箱で、高級スキンケアのフルセットをいただいてしまった。海老で鯛を釣るどころか、オキアミでリュウグウノツカイを釣るくらいのアンバランスさだ。

「ノブから『お金払うって言い出すと思うけど、意地でも受け取るな』と言われてるので、私に渡そうとしないでくださいねー」

見透かされすぎている。

＊＊＊

「田無さんは青み（ブルベ）の強い肌なので、ドレスにこの色味は避けましょう。似合うのはこのあたりの色で……」

「あ、これ好きです」

「じゃあ、これとこれ、あとこれを試着していただいて……私のオススメはこれ」

細野さんを通じて紹介してもらったスタイリストさんがドレスや靴を見立ててくれ、花嫁もかくやというほど試着を繰り返して「これだ」という一着を見つけた。

そんな慌ただしい日々を送っていた十月の中旬、上司との一対一（ワンオンワン）ミーティングの日がやってきた。

職場環境への不満や不安を早期にすくい上げること、キャリアビジョンを共有する目的で四半期に一度行われる。

「失礼します」

「どうぞどうぞー、座って」

部屋に入り、星野さんと向かい合って座る。

小会議室という名前だが、八名ほど入れる広さがあるので、二人で向き合うには少し広い。

会社で指定されている項目の聞き取りの後、最近の仕事に関する細かなフィードバックをもらった。

「……そんな感じで他部署からの信頼も厚いし、これからもこの調子で頑張って。ただ、ひとつだけ」

「はい」

「チームで仕事してるわけだから、ひとりで抱え込まないようにね。いずれ管理職を目指すなら、そこは直していかないと自分の首が絞まるからね」

「はい。気をつけます。ありがとうございます」

これで終わりかな、と席を立とうとしたら、星野さんが「ちょっと待って」と言った。

「単刀直入に聞くけど、白川さんと何かあった？」

そう問われ、どくん、と心臓が奇妙な揺れ方をした。

——どれのことだろう。

全身をゆるゆるとめぐっていた血液が大急ぎで頭に集まってきているようだった。

ごく、と喉が鳴る。

「……何か、というと？」

「白川さんから、田無さんと一緒だと仕事しづらいという話があって」

「……そう、ですか」

「白川さんは、田無さんから嫌がらせをされていると感じてるみたい」

一瞬、何を言われたのか理解できなかった。

——イヤガラセ？　サレテル？

ポカンとしてしまった。

星野さんはこちらの反応をうかがっている。

驚いて固まっている場合じゃない。

何か、何か言わないと。

「あの……ええと、嫌がらせ『されてる』っていうことは……ええと、私が、してるってことですか？」

「白川さんの話によると、ね」

「な、内容は……」

「大事な仕事の締切を教えてくれなかった、とか」

　この間の件だ、とすぐにわかった。

「心当たりはある？」

　ある、けど、そうじゃない。違う。

　ちゃんと話さないと。

　どうやって？　どこから？

『ぜんぶ』

『ひとつずつどうぞ』

『つむぎちゃん、負けんな』

　細野さんの声が聞こえたような気がした。

　深呼吸をし、心を落ち着ける。

「……説明させてください」

　そう言うと、星野さんは頷いた。

「うん、ちゃんと説明してほしい」

「締切の件は私の認識と大きく異なります。時系列に沿って説明させていただきますと……まず、白川さんが担当されている会社案内の件で」

「うん」

「締切の設定等も含め、すべて白川さんが対応されていました。その締切の終業後に先方からの催促があったのですが、すでに白川さんは帰ってしまっていて」

「で、田無さんが代わりにやったってことね」

「はい」

「それってあの深夜残業の日で合ってる？」

「はい」

　二十二時を過ぎての残業には上司の承認がいる。それで星野さんに『白川さんフォローのため』と申請を上げ、承認をもらっていた。

「なるほど」

「星野さんにはどんな報告が？」

「そもそも、私から白川さんに事情を聞いたの。田無さんは申請で『白川さんのフォロー』って書いてるのに、勤務表を見てたら肝心の白川さんは定時で帰ってたから、変だなと思って。そうしたら『田無さんから締切を伝えられてなくて』っていう返事だったの。つっこんで尋ねたら、『最近嫌がらせをされています』との告発につながった感じ」

「白川さんと先方とのメールのやりとりは残ってるので、お見せできます」

「見せてほしい」

　手元でスリープモードになっていたPCを起こし、画面を星野さんのほうに向けて見せた。

　彼女は画面をしばらく見つめ、落ち着き払った様子で「ありがとう」と言った。

「このメール、前後のスレッドごと私に転送しておいてくれる？」

「はい」

「白川さんが締切を忘れてた言い訳に田無さんが巻き込まれちゃった感じかな」

「そう……ですね」

「次からは、白川さんが対応できないとわかった時点で相談してくれるとありがたいな。さっきの話にも通ずるけど、田無さんがひとりで抱えるべき問題じゃないから」

「はい。申し訳ありません」

星野さんは渋い顔で言った。

「白川さんは自分のミスの責任を押し付けたいだけなのかな？　それとも、ほかに『田無さんから嫌がらせされました』って言い出した原因に心当たりはある？」

星野さんは再び探るような視線を向けてくる。入社時から四年を超える付き合いだ。見透かされてしまいそうで怖い。

「白川さんは……理由を話さなかったんですか？」

「仕事とは関係ないことで少し揉めてしまって、とだけ聞いたけど。合ってる？」

「……『少し』、ですか」

「田無さんの認識だと『少し』ではない？」

「そうですね、違うと思います」

「揉めた内容は話せる？」

「一応、秘密にしてほしいと頼まれています」

「秘密って頼んでおきながら、自ら私に話したってこと？　田無さんの口をふさぎつつ、自分に都合のいいことだけを？」

ふぅん？　と星野さんが眉を持ち上げた。

――どうしようかな。もう全部話しちゃったほうがいいかな。ズルいかな。

「もしかしてだけど、揉めた件って田無さんの婚約解消と関係あったりする？」

直属の上司だから、婚約したこと、婚約を解消したことは当然報告してあった。解消の理由は話さなかったし、尋ねられもしなかった。

答えようか迷っていると、星野さんはまた「ふぅん」と言った。

「この質問には答えられない、と。なるほどなるほど」

星野さんは腕を組み、何やら考え込んでいる。

「仕事上の問題なら対処はある程度決まってくるけど……私生活でのいざこざは難しいなぁ。仕事に支障は出てる？」

「……私情をはさまないように努力はしていますが」

ふむふむ、と星野さんは頷く。

「了解。ちょっと考えとく」

星野さんがノートPCをパタンと畳んだ。これで終わり、ということだ。

「ありがとうございました」と頭を下げ、会議室を出た。

＊＊＊

後輩から突然声をかけられたのは、そのミーティングからちょうど二週間後のことだった。

「つむぎさん、星野さんに話しましたか？」

振り向くと後輩が立っていた。淡い色のニットを着ているけど、リブの縦じまが大きな胸に押されて開き、不規則な模様になっている。

胸から視線を上げると、後輩は不機嫌な顔をしていた。

「ええと、何を？」

「あの件です」

「健介のこと？　話してないけど」

「じゃあ、どうしてですか」

「何が？」

「どうして私が異動になるんですか」

「え、異動になるの？」

「そうです」

　悔しそうに、後輩は唇を噛んだ。

「それ……もうオープンになってる？」

「来週辞令が出るって、さっき星野さんから」

「正式な辞令がまだなのに私に話してよかったの？　口止めされてない？」

「しらばっくれないでください。知ってたくせに。つむぎさんが星野さんに話したんでしょう？」

「私は話してないよ。どうして私が話したと思うの？」

「そうじゃないと、この時期に異動なんてありえないです」

　たしかに中途半端な時期ではある。

　十月一日付の大規模な異動が終わったばかりだからだ。

「私に人事権はないから、不満があるなら星野さんに伝えたらいいんじゃないかな」

「言いました。言ったら『総合職だから異動もあるって入社時に説明を受けたでしょう？　部署異動で勤務地の変更もないし、キャリアビジョン的にも、明確にこの部署でなければできない仕事はなさそうだったし』って」

「そうなんだ。じゃあ私にできることはないよ」

「なんで私なんですか……被害者はこっちなのに」

呆気。

「えと……被害者って、なんの？」

煽るつもりはなく、本当に何を言っているのかわからなかった。

「つむぎさんが慰謝料とか言い出しておおごとにしちゃったから、健介さんのご両親も私に会いたくないとか言ってて、全然進まないんです」

私の中にいる細野さんが『知らんがな！』と大声で叫んでくれなかったら、たぶんその場で白目をむいて倒れていたと思う。

「……進まないっていうのは……？」

「結婚話です。健介さんとの」

「はぁ、結婚。それはなんていうか……おめでとう？」

「おめでとうなんて思ってないくせに、やめてください」

「えぇ……」

曲がりなりにも先輩後輩としての時間を過ごしてきたはずなのに。

人のせいにしがちなところはあったけど、新人で余裕がないせいだろうと思っていた。

――違った、みたい。

「慰謝料を受け取ったんだから、つむぎさんが私を恨む理由はないでしょう？　今は私のほうが苦しんでて、むしろ被害者です」

「そ、そっか……」

もう一緒に働かなくていい。少なくとも、毎日顔を突き合せたり、仕事のフォローをしなくて済む。

そう思ったら、もう何を言われても気にならなかった。

敵はその後もいくらか宇宙語を話していたけど、私の耳はそれを雑音として受け流した。

その日の帰りに、星野さんから声をかけられた。

「田無さん。駅までご一緒してもいい？」

「もちろんです」

「午後に白川さんと廊下で話してたの、ちょっと聞こえちゃった。慰謝料とか」

「……そうですか」

「大変だったね」

「はい」

エレベーターに乗り込むと、上の階から降りてきたらしい社長と一緒になった。

緊張しながら「こんばんは」と頭を下げていたら、隣の星野さんが軽い口調で「あ、サトル」と言った。

サトル――記憶違いでなければ、社長のファーストネームだ。高遠聡さん、だったと思う。

「久美（くみ）、お疲れ。珍しい、早いじゃん」

社長も気軽な様子で星野さんのファーストネームを呼ぶ。

「そういう聡こそ」

「俺はこれから接待」

「あらあら、毎日お疲れ様です。奥様に愛想をつかされませんように」

「そこは心配してないな」

「油断は大敵ですよ、シャチョー」

親しい様子の会話を聞きながら、エレベーターの操作パネルの前で〝開く〟ボタンを押す準備をする。

「あの件、大丈夫だった？」

「おかげさまで」

「久しぶりに久美が大ナタ振り回すのを見られて懐かしかったよ。人事の前原（まえはら）さんも懐かしいって苦笑いしてた」

　なんの話かわからないので、私は曖昧に微笑みつつ気配を消す。

「シャチョーも斬られる側にならないようにお気をつけを」

「久美には一生分斬られてるから、もう勘弁して」

　そう言って社長が低く笑う。

「田無さん」

「あっはい」

　社長に呼びかけられ、慌てて声がひっくり返ってしまった。

「この間はSNSの件、遅くまで対応ありがとう」

「いいえ、とんでもありません。ご迷惑をおかけして申し訳ありませんでした。お弁当、ごちそうさまでした」

「いえいえ」

　一階に着いた。

　ボタンを押し、社長、星野さん、最後に私の順でエレベーターを降りた。

　去り際に、星野さんと社長は「じゃあね」「じゃあな」と手を振り合う。

　そのあまりにも親しげな様子に驚いてしまった。

「高遠社長と……親しいんですね」

　駅の方向へ歩き出しながら、星野さんにそう話しかけた。

「うん。もともと高校、大学の同級生だから。入社してから十年以上、当時専務だった社長の秘書やってたしね」

「そうだったんですか。存じ上げなかったです」

「もう昔のことだからねぇ。仕事に私的な関係を持ち込みたくないけど、今回はちょっと力を借りちゃった」

「今回？」

「そ。つまんでピーンッてするのに」

　ピーン、のところで指を弾く仕草をしながら、のんびりした様子で彼女は言った。

「もしかして……今回の、異動の件ですか？」

「そ」

「ご迷惑をおかけして申し訳ありませんでした」

「全然迷惑じゃないよ。会社にとって必要だと思うことをしただけ」

　――かっこいいなぁ。

　身長が低くはない私でも、星野さんと並ぶと見上げる形になる。

　――身長が高いことを恥ずかしいなんて思う必要なんてないんだな、本当に。

　私の納得をよそに、星野さんは軽い口調で言った。

「白川さんの話を聞いたとき、私の認識とあまりにも違ったから、一対一(ワンオンワン)ミーティングの中で部の全員からヒアリングをして事実確認をしたんだ。誰が何を言ったかは教えられないけど、だいたいみんな私と同じ感想だった。『やりにくそうなのはむしろ田無さんのほう。よく耐えてると思う』って」

　ぽんぽん、と星野さんが背中を叩いてくれた。

「これからも頑張ろうね。ひとりじゃなく、チームとしてね」

20、作戦は、たぶん失敗だった

駆け足でやってきた冬は、やはり駆け足で深まった。街はクリスマス一色だけど、細野さんの部屋にはまだ半袖のTシャツがぶら下がっている。

起床、有酸素運動、仕事、ジム、という最近のルーティンをこなし、帰宅してのんびり過ごしていたら、細野さんから電話がかかってきた。

『つむぎちゃん、元気ー？』

「元気です。細野さんも？」

『うん、元気やで』

「お忙しいですね」

『うん。でも楽しんでる』

「いいですね」

ソファの上で膝を抱え、足の指をにぎにぎした。

『おミソもよかったな。家族見つかって』

「はい。ちょっと寂しいですが」

『そやんな。任せちゃってごめんな。新しい家族との顔合わせとか』

「いいえ、それは。細野さんが同席したら大変なことになりますから」

『案外気づかれへんのちゃうかな』

「さすがに今は無理では…」

『つむぎちゃんも最初気づかへんかったやん』

「ウッ……」

　電話の向こうで忍び笑いが聞こえた。

『会社ももう落ち着いた？』

「はい」

『どう？　やっぱり楽になった？』

「そうですね。急だったので業務量は増えましたが、上司がきっちり割り振ってくださったので、誰かに負荷が集中することもなく」

『よかったなぁ。みんなちゃんと見てくれてんねんな』

「……ありがたいです」

『つむぎちゃんが苦しんでんの見て、上司も上司やで、なんとかしたれよと思ってイラついてたから、ほんまよかった』

「イラついてたんですか」

『実はな』

　後輩は受発注を担当する部署に異動になった。フロアが違うので顔を合わせることもない。

『あとは結婚式だけやな。今週末やんな？』

「はい。和葉さんに細かくアドバイスいただいて、すごくありがたいです。当日も朝からセットとメイクをお願いする予定で。細野さんがくださったスキンケアもすごく肌に合って。本当にありがとうございます」

『もうお礼は十分言うてもろたから、ええって。姉から、つむぎちゃんがめっちゃ頑張ってて、どんどんきれいになってるって聞いたで。見せつけたるん楽しみやな』

「そう……ですね。見せつけるっていうのも、なくはないですが。当日背筋を伸ばして歩けたら、それだけで」

『たしかに、そやな。応援してる』

「ありがとうございます。私も細野さんの……というかマドエクの、ツアーを応援してます」

『ありがとう』

＊＊＊

いよいよ迎えた当日、トレスをもって、前あきの服を着て、美容院へ。

彼のお姉さんにヘアセットとメイクをしてもらう。

鏡の前に並んだコスメは、私でも知っている有名ブランドのものから普段使っているドラッグストアのものまで幅広い。

「ファンデはこのブランド」

「シャドウは発色が命」

「マスカラは色味で選びました」

「つむぎさんはここにシェーディングとここにハイライトで大化けすると思……ほらぁっ！」

と興奮気味に解説をしながら、顔を作り込んでくれる。

私の毎日メイクよりもはるかに工程が多く、たくさんの色を仕込んでいるのに、仕上がりがケバケバしくならないのが魔法みたいだ。

メイクが崩れないようにストローでお水を飲みながら、鏡の中の自分を見つめる。

「ピアスと髪型のバランスを見たいので一旦つけていただいて……うわぁ、我ながら完璧っ！」

お姉さんの「完璧」という言葉はくすぐったかったけど、たしかに自分史上最高で、（細野さんに見せたかったなぁ）なんて思ってしまう。

細野さんはあのいつもの笑顔で「かわいいやん」と言ってくれそうな気がする。

——私、なんかちょっと調子に乗りすぎかな。

浮かれた心を鎮めつつ、電車を乗り継いで会場のホテルへ。クロークでコートを預けて振り向いたら、友人がいた。同じく結婚式へ参列する、大学時代のサークルメンバーだ。

「あ、アズ。久しぶり」

友人は一瞬驚いた表情をして、「え」と言った。

「つむぎ？　ごめん、一瞬わかんなかった。雰囲気変わったね」

「そう？　変わったかな？」

「めちゃくちゃ変わったよー」

友人もクロークにコートとカバンを預けながら、上体を少し反らすようにして私をまじまじと見た。

「髪切ったからかな」

ずっと肩から背中あたりの長さで毛先を緩く巻いた髪型だったのを、お姉さんの手で〝ハンサムショート〟と呼ばれる髪型にしてもらった。ずっと焦茶だった髪色もグレージュに変えた。

「髪もだけど……メイクも変えた？」

「あ、うん。今日はプロにやってもらったから」

「そっか。それに……痩せた？」

「うん。ちょっとね」

心配そうな顔をされたので、「ジム行ってるから」とつけ足すと、友人は安堵したように息をついた。

この友人も、どうやら事情を知っているらしい。

「ドレスもヒールも私の中のつむぎのイメージとは違うけど、めちゃくちゃ似合ってるね」

「ありがとう」

「え、待って。つむぎ、背中すごい。見せて」

肩を持ってくるりと体を回された。

友人は私の背中に向かって叫ぶ。

「なにこの筋肉！」

「ジムで鍛えたの」

「美！　圧倒的美！」

「ありがとう」

姿勢もよくなるからと、トレーナーさんのオススメで腹筋と背筋を重点的に鍛えた。

そしてスタイリストさんの猛プッシュにより、背中の開いたドレスを選んだ。正面から見るとシンプルなボートネックだけど、背面にドレープがあり、ドレープの揺れ具合で半分ほど背中が見えるデザインだ。色は深めのラベンダーカラーで、スカートはフレア。悔しいけど、母の「フレアのほうが似合う」は当たっていたらしい。

ドレスに合わせて選んだネックレスも背中側に大粒のパールを垂らすデザインで、視線が自然と背中に流れるようになっている。

「うはぁ……この背中欲しいわぁ」

友人がしげしげと私の背中を見つめながら言う。

「ジムに通ってササミとゆで卵たくさん食べたおかげかな。アズもどう？」

「私は嫌だ、しんどいの無理だもん」

そう背後で笑っていた友人が、すっと隣に来て私の腕を取った。ぎゅっと腕を組まれ、じゃれつかれたのかと「アズ」と声をかけたところで、友人の意図に気づいた。

――あ、健介。

元婚約者が姿を現したのだ。

「つむぎ、トイレで化粧直しするから付き合って」

友人に引っ張られ、その場を去る。

おかげで健介と目も合わせずにすんだ。

「……アズ、ありがとう」

「ううん」

友人はたくさん言いたいことがありそうだったけど、「つむぎ、きれい」とだけ言った。

「ありがとう」

「ううん」

先ほどと同じやりとりを繰り返して二人で式場へ向かう。

ホテルの中にあるチャペルでの式は滞りなく済み、披露宴へ。健介とは別テーブルで、席も離れていた。

新郎新婦の幸せそうな姿を見られたし、久々に友人たちとも話せたし、誰かの視線を気にすることなく背筋を伸ばしてこの場に座れている。

——参列してよかった。

おいしい料理に大満足していたら、丸テーブルの向こう側から気づかわしげな視線を感じた。何か言いたげだけど、迷っているらしい。「どうしたの？」と視線で問うと、友人の一人が意を決したように席を立ち、私の隣にしゃがみ込んだ。

「あの……この話、するか迷ったんだけど」

そう言いながら、友人は男性陣が座っているテーブルにチラリと視線をやった。

「何？　もしかして健介関連？」

こく、と友人が頷く。

「つむぎ、健介の仕事の話って聞いてる？」

「仕事？　ううん、特には。夢がある的なことは言ってたけど」

「そっか……」

「どうかしたの？」

「健介、会社辞めたんだって」

「あ……そうなんだ」

　それ以外の感想を思い浮かばなかった。

「それで独立して新しいビジネスを始めたらしいんだけど……サークルの先輩後輩にも声かけまくって、そのビジネスに勧誘してるみたいで。その内容がその……わりとあからさまに怪しくて」

「……そうなんだ」

「後輩に『お前は一生を社会の歯車として終わりたいのか。自由に生きたくないか』みたいなことを熱く語ってるっていうタレコミがあったんで皆で心配してて……同期の男性陣も結構しつこく誘われて困ってるみたい」

「そっか」

「つむぎがなんか知ってるかなと思ったんだけど」

「知らないなぁ。ごめん」

「ううん。こちらこそごめんね」

　友人は恐縮した様子で去った。

　男性陣のテーブルを見ると、なるほど健介が何かを熱く語り、両脇の友人たちがうんざりした顔をしている。

　――歯車、かぁ。

　最後に会ったときに「あくせく働くだけのつまんない人生で終わりたくなかった」と言っていたのも、こういうことだったのかもしれない。

　披露宴は幸せな雰囲気のまま終わり、そのままの流れで二次会に参加した。二次会は立食式だったけど、女性陣が私を取り囲んで完全にブロックしてくれたおかげで、健介とは接触せずに済んだ。

　二次会も平和な祝福ムードの中で終わり、友人たちと「またね」と言い合ってめいめい家路につく。

　会場から少し離れた地下鉄の駅までヒールで歩いていたら、後ろから「つむぎ」と声をかけられた。

　振り向くと、元婚約者が立っていた。

　無視してすぐに歩き出す。

「つむぎ、待って」

　追いすがって来た健介に手首を掴まれた。二次会のレストランから持ち出してきたのか、反対側の手にお酒の瓶を握っている。

「健介、離して」

「すぐ終わるから」

「……何?」

「ちょっとだけ話したいことがある」

　手を振りほどこうと格闘しながら答えた。

「それなら今すぐここで話して」

「道端で?」

「そう」

　健介は大きなため息をついた。もわり、お酒の匂いが鼻をつく。

「つむぎ、きれいになったな」

「……どうも」

「冷たくね？」

「優しくする理由が見当たらないから」

「友達だろ」

「昔はね」

「友達でもなくなっちゃったのかよ」

「うん、そう思うよ」

「じゃあ今の関係って何？」

「他人」

　ふぅ、と健介がまた息を吐いた。酒臭い。

　私は乾杯のシャンパン以降お酒を飲んでいないから、匂いが気になって仕方ない。

「健介……どれだけ飲んだの」

「さぁ？　覚えてない。『他人』なのに心配してくれんの？」

「ううん。心配はしてない」

　――むしろ、迷惑してる。

　はぁ、とこちらもため息が出た。

「……話って何？」

　健介は手に持っていたお酒を煽った。

　瓶の中に空気の泡が入り込んでのぼっていく。

　苦しくなったのか、下を向いた口の端をお酒が伝う。

「ああやまりたくてさぁ。俺、つむぎにちゃんと謝ってなかったかもぉと思って」

　呂律（ろれつ）が怪しい。

「DENが配信で言ってたんだよ。『どう生きたって誰かを傷つけてまうことはあるけど、そういうときにちゃんとごめんなさいが言える奴でありたいよな』って」

「……そうなんだ」

「だから、ごめん。つむぎ。傷つけた」

「……そうだね」

この会話になんの意味があるんだろう。

今さら。

「俺、本気で好きだったよ、つむぎのこと。今日のつむぎ見ながら、その頃のこと思い出してた」

——今さら。今さらそんなことを。

もしかしたら、このドレスのおかげだろうか。

メイクのおかげだろうか。

髪型の。

背筋の。

いろんな人の力を借りて、努力もした。

別れてよかった、なんて思われたくなかったから。

そして、もしできるなら見返してやりたいとも思っていた。

そうしたら勝てるような気がした。

なのに、なんだろう。このみじめさは。

——もっとスッキリするかと思ったのに。

私の反応なんておかまいなしに、健介は続けた。

「大学卒業して、就職して、大学から付き合ってた彼女と結婚するってなんか『いかにも』な生き方でさぁ。

普通すぎて。俺、これでいいのかなぁとか思ったんだよね」

「……前にも聞いたよ、同じようなこと」

「ふぅうう」

健介はきっとキリギリスになりたかったんだ。

子供がチラシを切り抜いて作った翅をセロハンテープで背中に貼るような、ちぐはぐな姿に見えるけど。

先ほど一気飲みしたので酔いが回ったのか、健介は私の手首を掴んだまま前後にゆっくりと揺れている。

付き合っていたときも、こんなに酔っている姿を見たことはない。

「話って、それで終わり?」

「いや……」

ぎゅう、と手首を握る手に力がこもった。

「ちょっと、手、離して。痛いから」

「もっと大事な話がある」

ぎゅう、力が強くなる。

「健介、離して」

右手首を掴む手を剥がそうと、左手で彼の手を掴んだ。

「離して健介」

「やだ」

「ちょっとけん――」

左手に力をこめ、爪を立てて力任せに引っ張った。

「イテッ」

筋トレの成果だろうか。手首から健介の手が剥がれたと思ったら、健介はそのままよろけて地面に尻もちをついた。

「あ……ごめん。大丈夫？」

二歩ほど離れた場所に立って、そう声をかけた。

返事はない。

「大丈夫？」

健介はだらんと垂れていた頭を持ち上げ、顔をしかめた。

「いてー……」

「ごめんね」

「突き飛ばしたなー。ひどいことするなぁ、つむぎ」

「……立てる？　帰れる？　私もう帰るから」

健介は歩道に座り込んだまま「うーん」と言った。

酔っているのか、どこかが痛いのか、わかりにくい。

――まいったなぁ。

思いつく同期幾人かに電話をかけてみたけど、誰も出なかった。もう皆電車に乗っている頃だろう。

そうこうしているうちに、地面に座り込んだまま、健介が目を閉じて揺れ始めた。

そろそろ地面と一体化しそうだ。

「健介、ちょっと。そんなところで寝ないで」

放置して帰るか、タクシーを呼ぶか。

さんざん迷って、最後の情けだとアプリでタクシーを呼ぼうとしたら、ちょうど一台目の前に滑り込んできて人を下ろした。

慌てて近寄ると、助手席の窓を開けてくれる。

「あの、今すぐ乗車できますか」

「どうぞ」

　――よかった。

「健介。タクシーに乗って帰って」

　なるべく肌に触れないように健介のコートの襟首と袖を掴んで立たせ、タクシーに押し込む。

「健介。住所言える？」

「ん……めんきょしょある」

「財布は？」

「んー？」

「財布出して。早く」

「これぇ」

　うんざりしながら彼の財布から免許証を引っ張り出し、運転手さんに見せた。

「この住所までお願いします」

　じゃあ、とドアを閉めようとしたら、運転手さんが鋭い声を上げた。

「ちょっとお客さん、困りますよ！」

「え？」

「お金勝手に抜いて道路に下ろすわけにはいかないんですから。こんなに酔ってる人をひとりでは乗せられません」

「あの、でも……」

「泥酔客はお断りできることになってるんで」

「あの……」

「この人、知り合いなんでしょう？　じゃあお姉さんも同乗してください。二人乗っても料金変わんないから」

「あのでも……」

私と彼の事情になんら関係のないタクシー運転手さんを巻き込んでしまうのが心苦しくて、結局タクシーに乗り込んだ。

——助手席に乗ればよかった。

後部座席に並んで座り、できるだけ健介と距離を取ってドアに張り付いていた。

——私、何してるんだろう。早く帰りたい。

窓の外を見つめていたら、ブブ、とスマホがなった。

《つむぎちゃん、どうやった？》

細野さんからのメッセージだ。

なんと返信すればいいのかわからない。

大成功なのか、大失敗なのか。

メッセージに返信はせず、スマホを操作してバッグに入れた。

「もう」

タクシーを降り、これまた道に放置するかずいぶんと迷った挙句、スリや強盗にでも遭ったら困るからと千鳥足の健介を支えてマンションのエレベーターに乗り込んだ。

健介は前に住んでいた部屋にそのまま住み続けているらしく、何度も乗ったエレベーターだ。

「健介、部屋の前着いたよ。私帰るから。置いていくからね」

ここまで運んだから役目は果たしたはずだ。

共用廊下で朝を迎えても危険は知れている。

肩にのしかかる彼を引き剥がそうとしていたら、急に体がぐるんと反転した。

一瞬、何が起きたのかわからなかった。

肩の重みが消え、その代わりに腕をぐいと引っ張られる。背後でガシャン、と重い音がする。

そして、唇にぬるいものが押し付けられた。

部屋に連れ込まれてキスをされたのだ、と理解したときには、舌が入ってこようとしていた。

「んんーっ！」

全力で抵抗し、健介の体を突き飛ばした。

「何するのっ！」

——最悪。ほんとに最悪。

嫌悪感をぬぐおうと唇を腕でこすった。

結構な力で突き飛ばしたのに、健介は先ほどの千鳥足が嘘みたいにしっかりと立っている。

「……酔ったフリだったの？」

「酔ってるよ」

「でも、つぶれてたのは嘘なんだね。なんのつもり？」

口を拭きながら問うと、健介がふ、と鼻で笑った。

「俺やっぱ、つむぎのことよくわかってるよ。突き飛ばして怪我させたかもって罪悪感で俺を放置して帰れない真面目な性格とか、タクシーの運ちゃんに迷惑かけるの嫌がるんだろうなとか、責任感強いからこの真冬に酔っ払いを道端に転がしては帰れないんだろうなとか、全部読めた。俺にしとけよ」

「何の話？」

「やり直そうって話」

「……白川さんと付き合ってるんじゃないの？」

「一応な」

――最悪。最悪。

もう一度口をぬぐう。

「一応？　結婚するって聞いたけど」

「うちの親が首を縦に振らないよ。つむぎのこと気に入ってたから。それに菜優はお姫様気質だから、いちいち機嫌取らないといけなくてめんどくさい」

――誰にでも言うんだ。めんどくさいって。

私だからそう言われたわけじゃなくって。

誰と付き合ったって、この人は毎回めんどくさいところを探し出すのだろう。

――そうだ、健介はいつもこうだった。

サークル、ゼミ、会社、なんの話をしていても、誰かに対する愚痴ばかり口にしていた。

健介と一緒にいるとき、私は頑張っていた。

健介に好かれたいから、健介のことを好きだからだと、ずっと思っていた。

でもそうじゃない。

健介がこういう人だったからだ。

自分がヘマをしたら、自分もどこかで悪口を言われてしまうんじゃないか。それが怖くて、一生懸命いい彼女でいようとしていた。

細野さんといるときに緊張しないのは、彼が誰かの悪口を言っているのを――健介と後輩をのぞいて――聞いたことがないからだ。

「なぁ、やり直そ？」

すっかり充血した目で健介が言った。

「つむぎ、こないだマドエクのライブ行っただろ。マドエクに興味持ったの俺の影響だよな？　あれ見て確信した。つむぎの中には俺がまだ残ってるって。俺のこと、まだ好きだろ？」

「さっき自分で言ってたでしょ。白川さんと付き合ってるって」

「つむぎが戻ってきてくれるなら別れるよ」

　充血した目でそんなことを言ってくる。

　――この男は、本当に。

　笑い出しそうになるのをこらえ、深呼吸をしてゆっくりと答えた。

「ありがとう、健介」

　ＹＥＳという返事だと取ったらしい彼の目が輝く。

「今ので私、確信した。健介のこと、もうこれっぽっちも好きじゃない。むしろ嫌い」

「は……？」

　後ろ手でドアを開けた。よかった、鍵はかかってない。

　片足を出して逃げ道を確保しながら言った。

「酔っ払った演技は上手だったよ。婚約中も演技うまかったもんね。まるで私に一途です、みたいな。すっかり騙された。タクシー代は返してくれなくていいよ。もう二度と関わりたくないから。慰謝料で先払いしてもらったと思っておくことにする」

「つむぎ……」

「この会話、全部録音してるから」

「えっ」

「私は責任感が強くて馬鹿正直でくだらない嘘も見抜けない間抜けだけど、健介のおかげで少しは賢くなったの。いざというときに自分の身を守る術（すべ）は持ってる。あの子にこの録音を聞かれたくなければ、もう二度と連絡してこないで」

「つむ――」

「人生ゼロか百がいいって言ってたよね。お手伝いしてあげる。今日のことはサークルの皆に話すつもりだから、友達の数はめでたくゼロになるかもね。それと、大学時代に私のノートでテスト勉強してた健介ならよく知ってると思うけど、私、八十五点を目指して百点を取るタイプなんだよね。健介はたしか、百点目指して六十点くらいだっけ?」

ドアを外側に大きく開いた。

びゅう、と吹き込んだ風が、軽くなった髪を揺らす。

「最後に大嫌いにならせてくれてありがとう。おかげで、すごく気持ちよくこのひと言が言える。永遠にさようなら」

そう言って部屋を出て、全速力で廊下を走り、エレベーターに乗り込んだ。

エレベーターに乗っている間も、降りて駅まで走る間も、駅の改札を抜けるときも、電車に乗ってからも、何度も何度も口をぬぐった。

細野さんとは互いをほとんど知らないときにキスしたけど、嫌じゃなかった。

好きとか好きじゃないっていうより、相手に『私を大切にしよう』という気持ちが――あの瞬間だけだったとしても――あったから。

細野さんの言うとおりだ。

いい男もいい女も、いい人間であることを抜きには絶対に成り立たない。

健介はいい男じゃなかった。

〈取り返す作戦は、たぶん失敗です〉

《たぶんって?》

〈よく考えたら全然いらなかったので〉

《気づいてよかったやん》

サムズアップの絵文字と共に、短い返信があった。

電車の中でこみ上げそうになるものを必死にこらえ、最寄り駅に着いた。

点々と灯る街灯の下を足早に進むと、家が見えてくる。

——もうすぐ。もうすぐだ。

もうすぐ泣ける。

震える手で鍵を回し、勢いよくドアを開けた。

暗闇に出迎えられるはずだった。玄関ですぐに泣こうと思っていた。でも、出迎えたのは温かな光と笑顔だった。

「細野さん……どうして」

約二か月ぶりに会う彼が、穏やかな笑顔で立っていた。

「帰って来たー」

「だって、明日も公演……」

「うん。でも、つむぎちゃんのドレス姿見たかったからさ」

彼はそう言ってにっこりと笑った。

「おかえり、つむぎちゃん」

もう何も考えられなくなって、彼の胸に飛び込んだ。

21、彼のまとう鎧

「おかえり、つむぎちゃん」

　ほとんど飛びかかるような格好になった私を、細野さんはちゃんと受け止めて抱きしめてくれた。

「ほんまにおかえり」

「……ほそのさんも、おかえりなさい」

　なんとか声を絞り出してそう言いながら、こぼれそうになる涙を必死にこらえた。

　――泣きたくない。

　せっかくお姉さんに素敵に仕上げてもらったメイクがぐしゃぐしゃになっちゃう。そんなの嫌だ。

　もぞ、と離れかけた私を細野さんが腕で囲い込んだ。

「待って。久しぶりやし、もうちょっとぎゅーさせて」

　そんなことを言われ、心臓がぎゅっとなる。

　こんなにくっついているから、私の鼓動が速くなったこともバレバレだろう。

「ごめん、玄関寒いな。向こう行こか」

　腕を腰に回され、そのまま子供みたいに抱き上げられた。

「え、あの、細野さん、おも――」

「俺も鍛えてるから大丈夫」

「あの、靴が」

「履いたまま行こ。靴も全部入れてのコーディネートやろ?」

細野さんは私を抱き上げたままゆっくりと歩き、居間のドアを開けた。

暖かな空気に包まれる。

そっとリビングの中央に下ろされ、靴のままフローリングの上に立った。こつん、と硬い音がした。

「ドレス見たいからコート脱がせていい？」

こく、と頷くと、大きな手がコートのボタンをひとつずつ外していく。下にドレスを着ているのに、まるで裸にされるような気分だった。

最後のボタンを外し、ゆっくりとコートが左右に開かれた。するり、肩からコートが落ちて、足元でくしゃくしゃになった。

「回って」

左手を取られ、頭上に持ち上げられる。

ダンスをするときみたいにくるりと回ると、彼は「すご」と呟いた。

「つむぎちゃん、めちゃくちゃきれいやな。想像以上。ヒールもええなぁ。背の高さが映えて」

「……ありがとうございます。和葉さんと皆さんのおかげで」

「ううん、一番頑張ったんはつむぎちゃんやん」

「そう……でしょうか」

「うん。ほんまきれい」

「もっかい回って」と言われ、再びくるりと回る。フレアのスカートの裾がふわりと広がった。

「しかし、その背中、けしからんなぁ」

「けしからん？」

「そう。きれいすぎてあかん。もっかいちゃんと見せて」

後ろを向くと、彼の指先がそっと背中に触れた。あったかい。というか、熱い。

背中に垂らしたネックレスがしゃらん、と揺れる。

「このネックレスも、ずるいわぁ」

「細野さんの紹介してくださったスタイリストさんが、ぜひに、と選んでくださって」

「こんなん背中から目離されへんやん」

普段、背中をまじまじと見られることなんてないから、緊張してしまう。

「つむぎちゃん、背中赤なってんで」

「だって……恥ずかしくて」

「かわいいなぁ」

くるり、また反転させられて、今度は向き合った。

どんな顔をしていいかわからなくて、彼の目を見ることができずに視線を泳がせた。

――おかしなところ、ないかな。大丈夫かな。

シワなんてないのに、ドレスの身頃を手で整えたり、髪を撫でつけたりした。

「こんなにきれいになっても、やっぱりつむぎちゃんやな。かわい」

彼は頭のてっぺんからつま先までをもう一度ゆっくりと眺めた。そしてこちらに手を伸ばす。

浴衣のときみたいに髪を整えてくれるのかと思ってなされるがままにしていたら、髪をひと撫でした手が耳に触れ、首の後ろに回った。そしてその手にぐっと力がこもる。彼のほうへ引き寄せられながら「細野さん?」と問いかけたら、彼が静かに言った。

「つむぎちゃん、もうええで」

「『ええ』とは?」

彼の肩口にそっと頬で着地しながら問う。

「泣いてええよ。我慢してたやろ」

声が出なかった。

「かわいい姿もう十分見せてもろたから、思いっきり泣き。こうやってたら顔見えへんから」

ぐしゃ、と顔が崩れたのが自分でもわかった。

「よう頑張ったな、つむぎちゃん」

ぽんぽん、と軽く彼の手が背中を叩いた。

「ほんまに、よう頑張った」

「ああ」とか「うう」とか、意味のない声が出てしまいそうで、必死にそれを押し殺して声を出さずに泣いた。

ぎゅう、と彼の手に力がこもった。

「わ、たし……」

「うん」

「なにを、みてたのか」

「うん？」

「なんであんなひとを好きだったのか……ろくねんも」

すごく好きだったはずなのに、もう何も思い出せない。

未練は全部消え去った。それがとてもむなしかった。

私の六年はなんだったのだろう。未練すらも残らない、無駄な時間を過ごした。

彼はずっと背中を優しくさすってくれる。

「つむぎちゃん、入れ墨とピアスの話したときに言うてたやん。『振り返って、別にって思うことも、当時の自分にとって大切だったなら、間違いでも無駄でもなかった』って。つむぎちゃんがそいつを当時好きやったことも、六年間を過ごしたことも、無駄やったとか思わんといたって。絶対、なんかの意味はあるから」

――何かの意味。たぶん、この人と出会えたこと。

「あんなひとたちのために、泣きたくないのに」

「どんな決別にも痛みは伴うから、泣くのは間違ってない。相手に届かへんかったつむぎちゃんのつらさも、歯食いしばって頑張ってきたことも、こんなことになってなお奴らを苦しめんように精一杯誠実に振る舞ってたことも、全部俺がちゃんと知ってるから」

歯を食いしばってこられたのは、彼がそばにいてくれたからだ。

「……ありがとう。細野さん。ありがとう」

「おっ」

彼はそう言って体を離した。

「初めて敬語じゃなくなった」

「細野さんは親しい人だと……思って」

「うん」

見上げた彼の瞳が優しい。

ゆっくりと彼の顔が近づいてくる。

キスをされる、とわかった。

――あ。ダメだ。

顔を背け、体を引いた。

「つむぎちゃん?」

「あ、ちが、ごめ……」

唇をぬぐった。

「どした」

「わたし、きたたな」

「きたない？　何が？」

「あの、間接キスに……ごめんなさい、わたし、ちょっと、洗わないと」

「洗う？　間接……？　え待ってつむぎちゃん、もしかして」

　穏やかだった彼の瞳に怒りが灯った。

「帰って来たとき口の周り赤かったたん、それ？　こすったから？　無理やりキスされた？」

　口を押さえ、目を逸らした。

「キス、だけ」

「『だけ』ちゃうよ」

　うそやろ、さすがに、ふざけんなよ、そんなんあかん、あかん、ひどすぎる、許されへん、あかんよ、と彼は繰り返した。普段はよどみなく出てくる言葉が、今は途切れ途切れだ。

「待ってつむぎちゃん、口こすらんでええから。そいつはあらゆる意味で汚いけど、つむぎちゃんは汚くないから」

　汚くない、という言葉を証明するみたいに、優しいキスをされた。

　何度も何度も。

　ついばむようなキスがもどかしくて、ねだるように私から体をすり寄せた。口づけが深くなる。

　唾液の絡む音の合間に、彼が囁くように言った。

「今日キスで止めるんは無理や、ごめん」

「止めなくて……いい、です」

「……あと二時間で出なあかんけど」

　そう言いながら彼はゆっくりとドレスのファスナーを下ろし、丁寧にドレスを剥いた。

　そしてドレス用インナーのホックを上からひとつずつ外してゆく。

取り去られてあらわになった肌を見て、彼はごく、と喉を鳴らした。

「寝室行こか」

頷く代わりに、彼の首にそっとキスをした。最初の夜の仕返しだ。

抱き上げられ、寝室へ向かう。

廊下へ出た瞬間に冷気で粟立った肌は、彼に撫でられているうちにまたすぐに温まった。

「かわいいなぁ」

そう褒められるたび、体が震えた。

彼の熱い手が体の至る所に触れ、ゆっくりと快感が引き出されていく。

私も彼に触れた。

腕の入れ墨にも。

――この鎧は彼を守るものじゃなくて、彼が〝守る人〟だからなんだ。

彫師さんが考えてくれたというその柄は、彼に本当によく似合っている。

触れられ、濡らされて高まった体に彼がゆっくりと侵入してきた。

「ん……」

小さな声が漏れた。

彼が腰を止める。

「ごめん俺急ぎすぎやな、痛くない？」

「全然痛くないです」

――そういえば、今日は「入れて」って言わされなかった。

そう思っていたら、頭上で彼が苦笑いした。

「かわいくて我慢できへんかった。余裕なぁ、俺」

「……嬉しいです」

体の奥に熱く硬いものが当たる。

そうして彼の熱を感じていたら、さっきまでの泣きたい気持ちはゆっくりと遠ざかっていった。

でも代わりに、さっきまでとは別の泣きたい気持ちが迫ってくる。

悔しさ、むなしさの去ったすき間に入り込んできたのは、ごまかしようのない〝好き〟という気持ちだった。

——いつから？

わからない。

ずっとかもしれないし、さっきドアを開けた瞬間かもしれない。

「惚れ惚れするな、きれいで」

——それなら惚れてください。

「きれいやなぁ」

——他の女の人よりも？

口に出さない思いが心の中を埋め尽くしていく。

——足りない。

ナカに彼がいるだけじゃ足りない。体が疼いておかしくなりそうだ。

もっと欲しくて、自ら恥丘を彼にすり寄せた。

彼がすぐに応え、ゆったりと腰を往復させる。

——まだ足りない。

「……もっと」

そう口に出した。

「つむぎちゃん待って、それはヤバイ。俺にそれ言うんはヤバイって」

彼がうめくように言う。

「もっと」

もう一度言った。

「つむぎちゃん……壊しちゃうよ」

「こわしてください。もっと」

彼が歯を食いしばり、その口から「かは」というような音が漏れた。

「もう知らんぞ」

彼の動きが速くなった。

腰を打ちつけられ、肌のぶつかる音がする。

前回は手加減されていたのだと思い知る。激しいのに優しい、どうしてそんなことができるのかわからない。波みたいに押し寄せる快感に溺れ、息が弾んだ。

部屋に響く水音も汗の匂いも少しずつ遠ざかっていく。

彼とつながったその場所だけにすべての感覚が集中しているみたいだ。気持ちいい、もっと、以外のことが何も考えられなくなって、うわごとみたいに「もっと」を繰り返した。

「あ……ほそのさん、そこダメ」

「イイってことやな」

「あ、まって」

「それはもう無理」

「こわい」

「こわくな……ちょっと待ってすげぇ締まる……つむぎちゃ、クッ……」

体が弓なりに反った。

その腰を彼がぐっと支え、さらに奥にと突き立てる。

「あああぁあああ」

それがどちらの声だったかわからないほど溶け合って、二人同時に達した。

＊＊＊

うつらうつらしていたら、隣で彼が動く気配がした。

体温が離れてしまったのを残念に思いながらもぞ、と動いたら、彼の声が降ってきた。

「そろそろ出んと。つむぎちゃん、寝てていいから」

慌てて目を開け、ベッドから降りる。

「寝てていいって」

「お見送りします」

「すぐそこやで。車待ってくれてるから。社長が車と運転手さん貸してくれてん」

「じゃあ、その車まで。ご迷惑じゃなければ」

「迷惑ではな――待ってつむぎちゃん、敬語に戻ってるやん」

「すぐに全部は。少しずつ」

「そっか」

そう言って彼は私の髪をくしゃくしゃと撫でる。

私は急いで服を着て、「寒いから」と彼にマフラーをぐるぐる巻きにされて、一緒に家を出た。

厚着をして出たのに、やはり外は寒い。

体を揺らして温めながらエレベーターを待ち、乗り込んだ。

エレベーターの中で、彼にちゅっとキスをされた。

「あ、防犯カメラ」

「見てへん見てへん大丈夫」

ドアが開いた。一階だ。

——彼に気持ちを伝える？　伝えるなら今？

そんなことを思いながら、手をつないでエントランスを抜け、外に出た。

——寒っ。

吹き抜けた風に、つないだ手がぎゅっと締まる。

と、彼が立ち止まった。

「ほそのさ——」

見上げた彼の見つめる先をたどって、人影に気がついた。

「久しぶり」

視線の先の人物がにっこりと微笑んだ。

22、『幸せな王子』

「久しぶりやな、伸由」

中年の男性が立っていた。長身で痩せ型、白髪混じりの髪の毛が短く刈り込まれ、柔和な笑みを浮かべている。

その表情のまま、その人は私のほうへと視線をよこした。

「こんばんは。伸由の恋人かな?」

つないでいた彼の手がパッと離れた。

横に動いて、私を体の後ろに隠すように後ろ手で押してくる。

「この子に話しかけんな。つむぎちゃんごめん、ここでいいから、もう家入って」

「あの、でも……」

「中、入り」

彼はこちらを見ずに言った。

有無を言わせない響きだった。

――踏み込んじゃいけない領域……なんだろうな。

それなら彼の言うとおりにするしかない。

後ろ髪を引かれる思いで何度も振り返りながら、ゆっくりとエントランスへ向かう。

――でも。

もしも怖い人だったらどうしよう。

彼がバイトしていた頃の〝ラスボス〟だったら。

このまま去ったことを後悔するようなことになったら。

迷いながらまた振り返って、視線を戻すときに、エントランスの片隅に置かれた消火器が目に留まった。

——細野さんが危なくなったら噴射しよう。投げつけてもいいし。

消火器を持って引き返した。

彼らから見えないように、植え込みの大きな木に隠れて見守る。

「お前……生きてたんか」

彼がそう呟くのが聞こえた。

「『お前』、かぁ」

「他に呼び方がわかれへん。なんでここにおんねん」

「久しぶりに息子に会いに来ただけや」

——むすこ。

つまり、彼のお父さん？

でも、彼は全然歓迎していない様子だ。

「大きなったなぁ。最後に会ってから十年なるか？」

「十二年や」

「そんな経つかぁ」

「お前がおらんおかげで平和な十二年やったわ」

「冷たいなぁ、久しぶりやのに」

「最後に会うたときに言うたこと忘れたんか」

「さすがにあれは忘れへん」

お父さんは困ったような顔で笑った。

「覚えてんのやったら、もう現れんなよ。金は貸さんぞ」

「金には困ってない」

「嘘こけよ」

「ほんまや。ただ家族が恋しなっただけや」

「それも嘘や」

　はぁ、と大きなため息が聞こえた。

「なんで信じてくれへんのや」

「胸に手当てて考えてみぃや」

「十年……いや十二年か、そんだけ経ったら人は変わんねん。俺も変わった」

　懇願するような声が響く。

「伸由も変わったやんけ。今や名の知れたゲーノージンやもんな。テレビようけ出て」

　それを聞いた彼が「ああ」と納得したような声を上げた。

「お前……息子に会いに来たんちゃうな。マドエクのギターに会いに来たんやろ」

「何が違うんや。伸由がマドエクのギターやろ？」

「……わかれへんのやったら、ええわ」

「なぁ、俺と伸由がこんななってんの、母ちゃんも悲しんで――」

「お前が母ちゃんを語んな」

　聞いたことのない、低い低い声だった。

　体の横に垂れた彼の手にぎゅっと力がこもる。

「伸由より俺のほうが長い付き合いや」

「後半ほぼ家におれへんかったやんけ。葬式にも来ぉへんかった奴が何抜かすんじゃボケ」

——葬式。

つまり、彼のお母さんは。

「……知らんかったんや」

「姿消して連絡取れへんやつにどうやって知らせろっちゅうねん」

——聞いちゃいけないことを聞いてしまっている気がする。

たぶん彼が私に——ううん、誰にも——知られたくないことを。

彼を守りたくて消火器を持ち出したのに、そのせいで彼を傷つけてしまったら本末転倒だ。

——これ以上聞いちゃダメだ。

音を立てないように、姿を見られないように慎重に木の陰から移動する。背後で続く会話は凍るほどに冷たい。

「なんべん来ても金は渡さへんからな。借金の肩代わりも二度とせぇへんから、自力で返されへんのやったら借りんな」

——『二度と』？

それってつまり、過去に。

「ゲーノージンて皆そんなに疑り深なるんか？　大変やなぁ」

お父さんがしみじみといった感じに言う。

「ほな伸由、あそこで消火器抱えてこっちに背向けてる子のことも、同じように疑うてるんか」

——しまった。

振り向いた。

彼も振り向いた。

彼はこちらを見てハッとした顔をした。

私はエントランスに向かっていた足を止め、その場に立ち尽くした。

彼をものすごく怒らせたんじゃないか、傷つけたんじゃないか。そう思ったけど、彼は穏やかに微笑んだ。

「こっちおいで、つむぎちゃん」

慌てて彼のそばに寄りながら頭を下げた。

「……ごめんなさい。もしも危ない人だったら、と思って。その、武器を。あの、話を聞こうとかそんなことは」

「うん、わかってるから」

優しい声だ。

「その子かて同じやろ？　伸由がマドエクのギターやからそばにおるんかもしれへん」

「あの、ちが……」

「この子は違う」

慌てて否定しようとした私を遮って、彼がきっぱりと言った。

「なんでそう言いきれるんや。俺のことは信じひんのに」

「この子は他人を利用しようとか、いい思いしようとか、そのためにそばにおろうとか絶対にせぇへん」

「そんなんわかれへんやんけ」

「わかんねん」

「なんで」

「全部や。ほんまに全部。出会ってからこれまでの言動、全部や。俺とお前が逆立ちしても手に入れられへんもん持ってるから」

「なんやそれ」

「誠実さ」

私は彼のすぐ後ろに立って、両手で消火器を抱えている。

彼のお父さんがチラリとこちらを見た。

「そうかぁ、誠実さ、か」

お父さんはふ、と鼻から息を漏らした。その顔に諦めたような表情が浮かぶ。

くたびれた雰囲気をまとってはいるけど、すっと通った鼻筋やきれいな二重の目は、たしかに彼や和葉さんと同じだ。

「一個だけ……お前に感謝してることあったわ。お前が置いてってたギター、あれ、俺が初めて弾いたギターや。そこだけは感謝してる」

「……そうか。あのギターが役立ったか」

お父さんの目に希望が灯った。

「もうすぐ手放すけどな。オークション出すことなってるから」

「オークション？」

「シングルマザー支援のチャリティ。母ちゃんの金勝手に持ち出してお前が買うたギターが人の役に立つねん。よかったな」

「チャリティて……寄付か。そうか……手放すんか」

「これで親子の縁も終いや。これ言うん二回目やけど、消えろ。二度と俺の前に姿現すな」

彼はそう言ってこちらを振り向き、私の腕からそっと消火器を取り上げた。

「つむぎちゃん、これ、どこのやつ？」

「あ、エントランスの……」

「戻しとこ」

その場に立つお父さんを残し、歩き出す。

その背中にお父さんが声をかけた。

「ほんまに息子に会いたかっただけなんやけどなぁ」

「そうか。会えてよかったな。さいなら」

　振り返らずに言った彼についてエントランスに入り、消火器を戻す。

「遅なった。はよ車乗らな」

「はい」

　再びエントランスを出ると、もうお父さんの姿はなかった。

「つむぎちゃん、もうここで――」

「車までお見送りする約束です」

　食い気味に言ったからか、彼は反論しなかった。代わりに鼻から小さく息を吐いた。

　そして足早に歩き出す。

　なんだかまるで、一刻も早く私と離れたいみたいだ。

「ごめんなぁ、変なとこ見せて」

「ううん、全然」

「あいつがちょっとかわいそうに見えたやろ？」

　たしかに私には、自分の親を「あいつ」「お前」と呼ぶ気持ちはわからないし、去り際に見たお父さんの表情は悲しそうに見えた。

「あの……でも、私は何も事情を知らないので」

　彼を責めるような雰囲気にならないように慎重に言葉を探していたら、彼が「あ、あの車や」と呟いた。

　黒くツヤツヤした車が路肩に停まっている。

　彼が近寄り、助手席の窓をコンコンと叩くと、すぐに運転席のドアが開いて人が降りてきた。

「遅なりました」

「いいえ、お疲れ様です」

　車の後ろを回り込んだ運転手さんが後部座席のドアを開ける。

　彼は私に向かって一度微笑み、「じゃあな」と言った。そして体をかがめ、車に乗り込む。

　──今の「じゃあな」って、なんか。

　なんか、嫌な「じゃあな」だ。

「またな」じゃない、本当の「じゃあな」な気がした。

　四回も姿を消した、というマキさんの言葉が脳裏をよぎった。

　彼が後部座席に納まったのを確認して運転手さんがドアを閉めようとする。

「あの、待ってください」

　気づいたらその手を制止していた。

「私も乗ります」

　運転手さんは驚いた顔をし、後部座席を覗き込んだ。彼の意志を確認するためだろう。

　彼は私を見つめ、眉を寄せた。

「つむぎちゃん何言うてんねん。明日月曜やで？　仕事やろ？」

「休みます」

「いや、なんで」

「細野さんが今日ここに帰って来てくれたのと同じ理由です」

　彼は一瞬目を泳がせた。

「……ドレス姿見たいから？」

「ううん、ひとりにしたくないからです」

　酔っ払った元婚約者のためにタクシーに嫌々乗り込んだくせに、こんな状況の彼をひとりで送り出すのは違う。絶対に違う。

彼は驚いた顔で固まっていた。

明確な拒絶はされなかった。それをいいことに、運転手さんの腕をくぐってツヤツヤの車に乗り込んだ。

革張りのシートに腰を下ろし、運転手さんに向かって頷いた。

運転手さんは少し間をおいて彼の反応を確認し、ドアを閉めた。

運転席と後部座席の間には仕切りがあって、小窓のようなものがついている。向こうからこちらは見えないし、たぶん声も聞こえないようになっているはずだ。

『出発します』

マイクを通した運転手さんの声が聞こえて、まもなく車がスルスルと出た。

しばらく固まっていた彼が思い出したように動き出し、耐えられないといった様子で頭を抱えた。

「……いや待って、俺ほんまにこういうん無理やねん」

無理。

しくしく、と胸が痛む。

「私のこと……嫌いになってもいいです」

「そういうことちゃうくて。つむぎちゃんを嫌うなんて無理やけど。そうじゃなくて」

「『どんな決別にも痛みを伴う』って、細野さんが言ったんです。だから今もし胸が痛いとしても、それは間違ってないです」

「つむぎちゃん、やめてほんま……やめて。あかんて」

彼は頭を抱えたまま、かたくなにこちらを見ない。

――苦しめてる？　そのまま見送るべきだった？　そっとしておくべき？

正解なんかわからない。

でも、ひとりにしたら消えてしまう気がする。

「あかんねんほんま、こういうん、あかんねん」

「何が……ですか？」

「やめて、お願いやから」

「何を？」

「俺……あれの息子やねん」

「そうみたいですね。あの人の息子さんで、私の好きな人でもあります」

彼が私となるべく距離を取るように離れ、ドアに張り付いた。

元婚約者とタクシーに乗ってるときの私みたいだ。

「いや待って、つむぎちゃんみたいな子はあかん。やめてつむぎちゃん、あかん。俺はあかん。本気はあかん」

気持ちを伝えて二秒後にフラれた。

傷ついているはずだけど、痛みは感じなかった。たぶん目の前の人のほうが深く傷ついているから。

「私じゃダメってことですか」

「ちゃうよ、つむぎちゃんがあかんのちゃう。俺があかん」

「何がですか？」

「そっくりやねん、俺、あいつに。容姿が無駄に整ってて口がうまい。ほんでどうしてか、気ぃついたら周りに優しい人ばっかり集めとんねん。優しさにつけ込んで甘えて依存して吸い尽くして、相手がボロボロになるまで利用する」

まるでその現場を見てきたような、確信に満ちた言葉だった。

たぶん、彼のお母さんが。

「つむぎちゃんは優しいから、つむぎちゃんみたいな子に俺が寄っかかったらボロボロにしちゃう」

――わかった気がする。

彼がときどき姿を消す、とマキさんが言っていた理由が。

彼はたぶん『誰かに寄りかかりたくなったとき』に逃げるんだ。寄りかかっちゃダメだ、と信じているから。

今のこの拒絶するような態度も、私に寄りかからないため。

「細野さん、さっき言ってくれましたよね。私のこと、誠実だって」

「……うん」

「あれは本心ですか」

「うん」

「それなら私のこと、信じてくれますか？」

「……信じてるよ」

「じゃあ今から言うことも信じてください」

彼は頷かなかった。

「細野さんのお父さんのこと、全然知らないです。でも、細野さんはお父さんとは違う人間です。似てるところがあるとしても、同じじゃない」

彼がこちらを見る。

「同じなんかじゃない。絶対に違う。逆です。ボロボロだった私を細野さんが救い出してくれたんですよ。そのおミソだって。細野さんが気づかなかったら、あの植え込みの中で小さな命が消えてたかもしれない。その火傷だって、どうして負ったか思い出してください。入れ墨のことも。理由を公表したらCMの仕事を失わずに済んだかもしれないのに、マキさんの妹さんのために『理由は公表しない』って決めて、それを貫いてる。細野さんは奪う人じゃなく、与える人です」

とことん人に優しくするくせに、自分は優しさを受け取ろうとしない。吸い尽くすなんて嘘だ。自分が枯れてでも与えるくせに。

　初めての夜も今日も、彼は私を抱いた。私が必要としてたから。でも、彼がきっと誰かを必要としていたあの報道の夜は、キスだけでその先には進まなかった。

「オスカー・ワイルドの『幸せな王子』って話、知ってますか」

「ツバメ出てくるやつ？」

「そうです。与えて与えて、最後は小さな塊になっちゃうの。私子供の頃、あのお話が嫌いだった。哀しすぎて。細野さん、あの王子みたいになっちゃう。そんなのダメです。与えた分、ちゃんと受け取らないと。受け取って幸せでいて、それで初めて周りも幸せになれるんです」

　彼のあっけらかんとした態度にごまかされて、一方的に甘えてきたのは私のほうだ。

　涙が出てきた。

「つむぎちゃん泣かんとって」

「これは細野さんの代わりに泣いてるんです」

　彼がため息をつく。

「……そういうとこや。俺のそばにおるには優しすぎる」

「細野さん」

「うん」

「すごく大事なことを、ひとつ忘れてますよ」

　涙を拭いた。

「大事なこと……？」

「私今日、クズを一人捨ててきました」

　彼の口が「あ」の形に開いた。

「吸い尽くされたりしません。捨てるときは、ちゃんと捨てられます」

彼は私をじっと見た。

さっきまでの強い拒絶はもう感じない。ドアに張り付くようだった体をゆっくりと起こし、静かに口を開いた。

「……たしかに」

「でしょう？」

もう一度、頬にこぼれた涙をぬぐう。

「話したくなければ、何も話さなくてもいいです。ただ、一緒にいさせてください。マキさんのところに着くまで」

「マキあいつ……ほんまに全部しゃべりやがったな」

ハァ、と深いため息をついたけど、その口元は緩いカーブを描いている。

「……楽しい話ちゃうで」

「この状況で誰が楽しい話を期待するんですか」

彼からそう言われたのは、たしか最初の夜だ。

彼は自分の言葉を思い出したらしく、ふ、と笑った。

23、いつまでも愛されました

「何から話したらええんか」

　彼がぽつりと言った。

「どこからでも」

「……こんなん初めてで」

　彼は途方に暮れたような顔をしている。

　本当にこれまで誰にも言わずにきたのだと、その表情を見ながら思った。

「あの、手をつないでてもいいですか」

　答えはなかったけど、彼がこちらに手を伸ばしてきた。

　その手を握る。大きな手は、触れた瞬間にわかるくらい汗ばんでいた。

　彼はしばらく何も言わず、窓の外を見たり、自分の膝に視線を落としたり、せわしなく動いていた。

　薄暗い車内で何ひとつ見落とさないように、私はじっと彼を見つめる。

「……あいつはしょうもない人間でなぁ」

　そう言って彼は眉を持ち上げた。

「クズ男ビンゴがあったら、トリプルビンゴくらいなると思う。酒ギャンブル女コンプリートして、仕事も長続きせんと『新しい仕事見つけたから、今度こそ成功して家族呼び寄せる』って出てったきり数か月音信不通なんかザラ」

　家庭環境が複雑とか、両親が不仲とか、そういう人は周囲にもいた。

　でも、家族が数か月音信不通になるという話を聞くのは初めてだった。

「唯一の才能が息を吐くように嘘をつくことやで。ほんまうまいねん。何回騙されたか。母親が泣いてんの見て『次帰ってきたら蹴飛ばしてやる』って決めてたのに、両手いっぱいにオモチャ抱えていい笑顔で『おっきゅなったなぁ。会いたかったぁ。家族と離れて仕事するんしんどかったけど頑張ってきたぞ。もうちょっとで家族一緒に暮らせるからな』って言われたら、ガキの俺はつい信じて許してもうてた」

胸が痛い。

つないだ手はやはり湿っている。

「母親は普通に働いててんけど、あんな奴に惚れたばっかりに、いらん苦労してた」

「お母さんは、お父さんのそういう……自由な生き方が好きだったんでしょうか？」

「どうやろなぁ。泣いてたってことは、その生き方が好きってわけではなかったと思う。あいつが口癖みたいに言う『お前は世界で一番ええ女』って言葉に踊らされて、別れられへんかったんちゃうかな。どクズのくせに、会うてるときはめちゃくちゃ優しいからな。『自分は大切にされてる』って思わせんのがうまいねん」

ふ、と彼が鼻で嗤うような声を出した。

「俺に似てるやろ」

「……優しいところが？」

彼はたぶん自虐的なことを口にしようとして思い留まった。

代わりに吐き出した大きなため息が、せまい車内に響く。

「……あいつのせいで、姉も長らくダメな男とばっかり付き合うてた」

「和葉さんが？」

「子供の頃からずーっと父親が『母ちゃんは世界で一番ええ女や』言うてるから、たぶん知らん間に洗脳されててんな。『甘やかして許すんがええ女』って。やっとまともな人と出会って、今は幸せそうやけど」

「……よかったです」

「うん」

彼はこちらを見た。

「なんか、何話したらいいんかわかれへんなぁ。こんな感じでええんか。ほぼ全編あいつの悪口やで。気分悪ない？」

「気分は悪くないです。でも……話しづらいなら、私から質問してもいいですか？」

「うん」

「あ、答えたくないことには──」

「うん、答えへんよ。大丈夫」

何を問うかは迷わなかった。

私が知りたいのは彼のお父さんのことではなくて、彼自身のことだから。

「どんな子供時代だったんですか？」

「どんな、かぁ。どんなやろ。父親が不在がちって以外は、ごく普通やったんちゃうかな」

彼は首を反らし、低い天井を見つめた。

「小学生んときに母方のじいちゃんが亡くなって、ばあちゃんひとりになったから、母親の実家に引っ越してばあちゃんと一緒に暮らし始めた。その頃にはもう、あいつは『たまに姿現す陽気なオッサン』みたいな立ち位置やったな。もうこっちも期待せんから腹も立たへんし。ばあちゃん優しいし。あの頃は楽しかった。姉は俺の六つ上やねんけど──あ、年バラしたって怒られそうやから、これ内緒な──俺が中学入るタイミングで大学進学のために家出てん。結局大学は辞めてもうたけど、ひとり暮らしもできてたわけやし、あの頃はそれなりに生活にも余裕あったんちゃうかな。俺も家が貧乏やっていう認識はなかった」

うんうん、と頷きながら彼の話を聞く。

普通はケバケバしている座席足元のマットがふかふかで落ち着かない。

──落ち着かない理由はそれだけじゃないかもしれないけど。

「母親は俺が高校上がる年の初めに病気が見つかって、あっという間に悪なって、半年で亡くなった」

つないだ手にぎゅっと力がこもる。

「もう時間がないってわかってから必死こいてあいつに連絡取ろうとしたけど、連絡つかへんかった。母親が『最後に一回くらい会いたかったなぁ。文句いっぱいあるのに』言いながら弱って死んでったときに、俺の中の父親も死んだ。あぁ俺に父親はおらんのやって」

言葉が見つからない。手をぎゅっとする以外に何もできずに、ただ彼の言葉を待つ。

「ばあちゃんと二人暮らしになった後は平和やったけど、寂しかったな。ひとり娘亡くしたばあちゃんは、みるみるうちに年とって、なんか『人ってこうやって終わっていくんや』っていうのを感じて」

寂しかった、という言葉が胸にずんと響いた。

ひとりぼっちになったときの寂しさと、誰かが一緒にいるのに感じる深い孤独は別物だ。前者は誰かがそばにいれば埋まるけど、後者は埋められない。

「母親亡くなって初めてあいつ帰ってきたとき、仏壇の前で泣き崩れてたけど、『カモおらんなってつらいんやろうなあ』としか思わへんかった。ばあちゃんは塩投げつけてたな」

そう言って、思い出したように「ふ」と笑う。

「掃除が大変やった」

彼の淡々とした語り口が余計に重くて、息が苦しくなった。

「ほんで高二のときに、あいつが入院してん。酒飲んで暴れたかなんかで怪我してな。俺はあいつが地元に帰って来てるんすら知らんかったけど、ある日突然、金融業者が家に来てな」

彼は淡々と言う。

「どうせロクでもないところから借りてたんやろなぁ。半分……いや、八割くらいヤクザみたいな奴やった。今でも顔と声とセリフ全部はっきり覚えてる。最初は目的言わへんねん。『お父さんの知り合い』としか。『入院したって聞いたけど、悪いんか。内臓の病気か』とか根掘り葉掘り聞かれて。テキトーに返事してたら『金貸してるから死なれたら困る』って」

「その借金を……細野さんが返したんですか」

「うん。母親が連帯保証人になってたから、相続した姉と俺にも支払い義務があるって話でな」

つないだ手がぎゅ、ぎゅ、とまた締まる。

「絶対に借金の連帯保証人にだけはなるなって言われて育ったから、母親がそんなんハンコついたと思われへんかったけど、たしかに借用書にハンコはつかれてて、俺にはどうすることもできんかった」

——お父さんが、お母さんのハンコを？

「金額聞いたときはぶっ飛んだなぁ。今考えても大金やけど、高校生の俺からしたら目玉飛び出るような金額やった」

窓の外、寝静まった街の灯りが後ろに後ろに飛んでいく。

「あいつの返済が遅れたから『期限の利益』てのがなくなってる、一括で今すぐ払え、て。年金暮らしのばあちゃんにそんな大金用意できるはずがないってわかってたし、弱った老人にそんな話とても聞かせられへんかった」

車内は暖房でぽかぽかしているはずなのに、体が震える。

「あれはほんまに怖かったなぁ」

ぼやくように、彼が言う。

「『兄ちゃん、どう責任とんねん。親の不始末の責任は子がとらなあかんやろ』って。『なんや顔かわいい娘が東京におるて聞いてるから、そっちに責任取ってもろてもええけど』て、えげつない数の銀歯見せてわろてたわ」

責任という言葉が嫌い。そう言った彼の気持ちが今になってわかる。

「そんな……ことが、許されるんですか。未成年なのに」

「どやろなぁ。弁護士とかに相談できてたら、なんか違てたんかもな。当時は『姉ちゃんをいかがわしい店に売られたら』とか『ばあちゃんが知ったら死んでまうんちゃうか』とか思って、自分でなんとかしなあかんと思い込んでたけど」

高校生。

頼りになる大人がいない環境で追い詰められたら、そんなふうに思ってしまうのかもしれない。

「入院先を突き止めてあいつの病室行ったら、鼻の骨折れて顔が赤紫色でな。借金のこと聞いたら涙流しながら謝ってくんねん。『夢見たかった』とか『お前たちにええ暮らしさせてやりたかった』とか。山ほど抱えて帰って来てたオモチャ、人の金で買っててんで。信じられへんやろ」

信じられない、と思った。

でもそれを口に出すと彼を余計に傷つけるのではと思って、何も言わずに下を向く。

「それで……夜のお店で働くことに？」

「そう。ばあちゃんに内緒で、母親が俺の大学資金として貯めてくれてた金全部吐き出したけど、それでも全然足りんかったからな」

いつかの配信で、彼は大学に行かなかった理由を「アホやったから」と言っていた。

でも、本当は違う。大学資金が消えたから。

「それで……大学に行けなかった？」

「『それで』ではないな。働き出してから授業も寝てばっかりで成績ガタ落ちして、金あったとしても行けるとこなかったから」

「……夜に働いてたら、昼間に眠くなるのは当たり前です」

「俺よりしんどい状況でも、ちゃんと這い上がって大学出て真面目に生きてるやつもいっぱいおる。だから、環境のせいにはできへん。俺の能力とやる気が足りんかっただけ」

彼は自分に言い聞かせるようにそう続けた。

「借金て返しても返しても利息ばっかりで、元本が全然減らへんのよなぁ。高校卒業してまもなくばあちゃん亡くなってからは店の寮入ってどっぷり夜の仕事に浸かった。周囲に墨入れてるやつ多かったから感覚バグってて、大した抵抗なく入れた。二十とか、二十一くらいの頃やったかな」

二十一というと、私は大学生をしながら就活をしていた頃だ。

頑張っていた、と思う。

でも、彼の話を聞いていると、自分がいかに恵まれた環境で過ごしてきたのかを思い知らされる。

『金欲しいんやったら、系列の店でホストやるか』いう話が出てた頃に、マキの親父さんと偶然店で会うてん。仕事の接待で来た、言うて。『ここにおったんか、探したぞ』て連れ出されて、『心配しててんぞ』ってめちゃくちゃ怒られてな。入れ墨見たときの反応もすごかったなぁ」

そう言って彼はく、く、と笑う。

「なんでこの仕事選んだんやって問い詰められて『金もらえるから』言うたら、『お前が欲しい分だけ金出したる言うたら仕事辞めるか』って。かっこええよなぁ、マキの親父さん。用途聞かへんねんで。ほんで『無利子無期限で貸したるからちょっとずつ返せ。家族助けてくれたお礼や気にすんな。ばあちゃんの遺産が入って潤ってんねん』言うてな。よう忘れへんなぁ、札ビラ数える太い指を夢に見んで済むようになった、あのときの解放感」

彼は運転席との仕切りを見つめていた。そんなふうに見えただけで、本当は遠い記憶の中のどこかを見つめていたのかもしれない。

「それからちょっとして、マキにマドエクに誘われた」

「そうだったんですね」

「俺なんか別にギターうまいわけでもないのに、あいつ優しいからなぁ。拾ってくれてん。『東京来いや』って」

彼の話を聞きながら、マキさん一家がいなかったら彼はどうなっていたのだろうと考えた。

彼がマキさんの妹さんとおばあさんの命を救っていなかったら、ということも。

中学生の頃の彼の行動が、二十一歳の彼を救った。

私にはそんなふうに思えた。

「……今のマドエクには細野さんが必要です。誰が欠けてもマドエクはマドエクじゃなくなっちゃう。ライブを見てて、そう思いました。だからマキさんには見る目があったんですね」

「……そうかなぁ。そうやといいなぁ」

そう言って、彼は聞いたこともないくらい深く長いため息をついた。

「聞いてくれてありがとう、つむぎちゃん」

「話してくれてありがとうございます、細野さん」

細野さんはこちらにチラリと視線を寄越した。目が合うと、すぐに逸らされた。

「『かわいそう』とは思わんとっ――」

「思わないです」

きっぱりと答えた。

「今の話を聞いたからって、細野さんに対する態度が変わることも、気持ちが変わることもありません。これからも今までと同じように『オブラートに包んで』って思うでしょうし、今までと同じように『優しい人だな』って思います。ただ『今の細野さんはこうやって形作られたんだな』って納得はしました。それだけです」

彼がじっとこちらを見た。

濃いスモークのかかった窓の外から、街灯の灯りがほんのりと車内を照らす。

「なんか……つむぎちゃんが逞しくなってる……」

「そうかも。修羅場をひとつ越えると、強くなりますね」

彼が脚を引き寄せて膝を抱え、その膝に頬をつけてこちらを見る。

「つむぎちゃん、かっこえー」

頬がムニュッと潰れたゆるい姿がなんとも言えずかわいくて、しばらくその顔を見つめていた。

「……そういう細野さんは眠そうですね」

くしゃ。彼の目尻にシワが入った。

「……バレた？　だって俺今日頑張っちゃったもん。つむぎちゃんがあんまりきれいやったからさぁ。知ってる？　セックス一回で百メートルの全力疾走と同じなんやってよ」

彼らしいことを言ってから、目を閉じた。

まもなく、すぅすぅという寝息が聞こえてきた。

膝を抱えて子供みたいな姿勢で、彼は目的地に着くまでずっと眠っていた。

＊＊＊

彼の滞在しているホテルに着いたのは明け方だった。この時期だから、まだ外は暗い。

寝起きの彼と連れ立ってロビーに入ると、ソファに座っていた人が弾かれたように立ち上がった。

「ＤＥＮ！」

「あれ、マキ。こんな時間にどうした」

「どうしたちゃうわ。アホが。どこ行くかも言わんと消えやがって。どんだけ心配した思てんねん。あと一時間で仕事始まんのに連絡つかへんし」

彼はポケットに手を入れ、スマホを取り出した。

「あ。バッテリー切れてる」

「『あ』ちゃうわ、お前ほんと」

疲れきった様子のマキさんが私と細野さんを交互に見た。

「社長の車で東京行ってたん」

「そう言うてから行けや」

「ちょっと急ぎで」

「急ぎ」の理由が私に関係することだとわかったのだろう。マキさんはそれ以上何も言えなくなった様子で、やはり私と細野さんを交互に見る。

そして大きなため息をついた。

「心配して損したわ」

「損はしてへん、あいつに会うたで」

「あいつ？」

「借金まみれのオッサン」

マキさんが目を見開いた。

「DEN、お前それ……」

そう言いながら、私のほうを見る。

私は小さく頷いた。

たぶんマキさんに伝わったと思う。私がここへ来た理由が。

「ありがとう、マキ。心配かけて悪かったな。オッサンまた来たら困るから、後で社長も含めて対応相談させて」

彼のあくび混じりのひと言に、マキさんは一瞬固まった。

「……は？　もしかして今お前、俺にお礼言うた？」

「そやで」

「気色悪ッ」

「いや、感動して泣くとこちゃうんか」

「泣かしたかったら累積分の『ありがとう』全部言え。百万回くらい言われても足りひんぞ」

「喉痛めそうやから百万回は無理。五回にまけて」

「……まけたる」

「ありがとうありがとうありがとうありがとうありがとう」

指折り数えながら、彼が言う。そんな彼を見つめるマキさんの瞳が少し潤んでいるのを見て、胸が温かくなった。

——もう大丈夫だ。

きっと彼は姿を消したりしない。

「あの、細野さん、マキさん。私はこれで失礼しますね」

そう言って二人に頭を下げた。

「つむぎちゃん。ありがとう、ごめんな。こんなとこまで。一睡もしてへんやろ」

「いいえ。私が勝手に乗って来たんですから」

「帰りは？」

「新幹線で」

「ほな、駅まで社長の車で送ってもらってな」

「はい。お言葉に甘えて」

マキさんと目が合った。

「田無さん。うちの大事なギターを俺んとこまで送り届けてくれてありがとう」

首を小さく横に振る。

「必ず送り返すから、ツアー終わるまでもうちょい待っとってな」

「はい。待ってます」

ありがとう、気ぃつけて帰ってな、を繰り返しながら、彼はマキさんに引きずられるようにホテルの中へと消えていった。

——幸せな王子はいつまでも街で愛されました。

うん、私はこのラストのほうが好きだ。

24、無事の引き渡し

　翌々週、彼は約束どおりマキさんに連れられて、たくさんの荷物と共に帰ってきた。

「おかえりなさい」

「ただいまぁ。いいなぁ、こうやって出迎えてくれる人がおるん」

　しみじみ、といった感じにそう言って、彼は荷物を玄関に下ろした。

「ごめんな。ひとりで帰れる言うてんのに、コイツついて来てん」

　サムズアップした親指でマキさんを指しながら、彼がやや不満そうに言う。

「マキさんも、おかえりなさい」

「DEN連れて帰るって約束したから、田無さんにちゃんと引き渡すまではと思って」

「ありがとうございます。たしかに受け取りました」

「なんや引き渡して。俺はモノか」

「たまに荷物紛失（ロストバゲージ）するから手運び（ハンキャリ）したったんやんか。感謝せぇや」

　マキさんは細野さんの背中をこぶしでゆるく押し、「ほなな」と帰って行った。

　二人きりになった玄関で向かい合い、もう一度「おかえりなさい」と言った。

「うん、ただいま」

　細野さんは両足をすり合わせるようにしてスニーカーを脱ぎ、玄関マットに足を乗せた。そして顔を上げる。

「つむぎちゃん」

「はい」

「俺な」

彼が深く息を吸った。

吐き出すときに言葉が出てくるかと思ったのに、彼はただ息を深く吐いた。

そして笑う。

「待って、ごめん」

何を謝られているのかわからず、彼の言葉を待った。

彼はもう一度息を吸った。

「つむぎちゃん」

「はい」

もう一度。

「言いたいことがあって」

「はい」

「俺、つむぎちゃんのこと――」

――もしかして。

先に続く言葉を期待して、鼓動が速まった。

「つむぎちゃんのこと」

うん、と頷いて、先を促す。

「俺」

内心焦れながら、もう一度頷いた。

彼が手のひらで口元をぬぐうような仕草をした。その大きな手が震えていることに気づいて、鼓動はいっそう速くなる。

「めちゃめちゃ好きや」

私の目をまっすぐに見つめ、彼は一気に言った。

「かわいい」も「きれい」もこれまでに浴びるほど言われた。

彼からもらった言葉はどれも嬉しかったけど、「好きだ」という言葉がそれらと比べ物にならないくらい心に染みたのは、たぶん「好き」の主語が彼自身だからだ。

『君はかわいい』『君は魅力的』『君はいい子』に登場しない彼自身の感情を、初めて深いところで感じることができたから。

涙が溢れ、微笑んだ拍子に頬を伝う。

はぁ、と大きなため息を残して、彼はその場にしゃがみ込んだ。

「待って。なにこれ、しんど」

涙をぬぐい、彼を見下ろす。

顔を覗き込もうとしたけど、逸らされた。

「どうしたんですか」

「息が苦しい」

「えっ大丈夫ですか」

「大丈夫ちゃう。怖すぎた」

「怖い？　何が、ですか」

「好きな人に好きって言うん、こんなに怖いんやな」

――なんか細野さんが普通の人みたいなこと言ってる。

「今つむぎちゃん、わろた?」

「え、笑ってはないです」

「なんか『ふす』て空気漏れる音聞こえたで」

「……すみません」

「かまへんよ、余裕のない俺を存分にわろてくれ。まだ心臓ドコンドコン言うてるもん」

しゃがんだまま拗ねたようにそう言った彼の前に、私もしゃがみ込んだ。また逸らされた視線を追って顔を覗き込むと、「見んとってー」と言いながら彼は膝の間に顔をうずめた。

手を伸ばし、ぽんぽん、と彼の肩を叩く。

「怖くない、怖くない」

彼が顔を上げた。

「……なんか子供扱いされてる気がする」

「かわいいなと思って」

「かっこいいの間違いちゃう」

「普段かっこいいところばっかり見てるので、こういうのもいいですね」

「それ、今の俺がかっこ悪いって聞こえるけど」

「そうですか？」

彼は目を細め、唇を尖らせて「ふぅ」と息を吐く。

「つむぎちゃんは？」

「はい？」

「俺のこと好き？」

首を傾げ、上目遣いで問うてくる。

今度は私の心臓がドコンドコンする番だ。

「……はい」

「『はい』やなくて」

「……好きです」

「人として、だけじゃなくて？」

「男の人として好きです」

ニコ、彼が笑う。

「俺もつむぎちゃんのこと女の人として好き。やからさぁ――」

ヤンキー座りみたいな格好をした彼が不敵に笑んだ。

「――子供扱いはここまで。ここからは大人の時間」

ゆらりと立ち上がった彼に「つむぎちゃんも」と言われて立つと、廊下の壁にそっと押し付けられ、キスを落とされる。軽くついばむような口づけを何度か繰り返した後、ぬるりと舌が入り込んできた。両耳を手でふさがれ、頭の中で淫猥な水音が響く。すぐに息が上がった。はぁ、と深く吐き出した息も彼に絡め取られた。

短くなった髪に彼の指が絡み、くしゃくしゃに乱される。私も彼の髪を乱す。もっとくしゃくしゃになればいい。私だけしか知らない姿に。

執拗に耳の後ろの生え際を撫でる手は確信犯だ。私の感じやすい場所を知っている。ぞわぞわと背中を這う感覚に耐えられなくて肩が持ち上がった。

――私も。

見慣れたパーカーをたくし上げ、肌に触れた。燃えるように熱い。割れた腹筋の溝を指でなぞっていたら
「くすぐったいから、大人しくしとって」とやんわりと手を押しのけられた。

そんなことを言っておきながら、彼の手は私の服の中に潜り込んでくる。私の肌もきっと彼と同じくらい熱いのだろう。頬が火照っている。

「私も触りたいのに」

キスの合間にそう漏らすと、彼が忍び笑いをした。

「触られたら余裕なくなるんやもん」

「なくしたいんです」

「そんな可愛いこと言わんとって」

そう言いながら、彼の唇が首筋をたどり、耳へとのぼってゆく。

「男なんかさ、ここ見られたらすぐ余裕のなさバレんねんから――」

太ももの間に彼の脚がねじ込まれ、ズボン越しの昂りを押し付けられた。

「――上半身くらい、余裕あるフリさせといて」

耳に直接注ぎ込まれる声は低く、穏やかだ。ついでみたいに耳たぶを舐められ、また背中が震えた。

「あの、耳は」

「知ってる。弱いよな」

知ってるならやめて、と言いたかったけど、耳を口に含まれて舐められたせいで、そう口に出す余裕すら失った。

「なぁ」

耳元で声がする。

「なんでこんなに可愛いん?」

――なんで、と言われましても。

彼が前提にしている「こんなに可愛い」の部分に同意できないので、理由なんてわかるはずもない。

「可愛すぎて、こうやって耳舐めてつむぎちゃんの反応見てるだけでひと晩過ごせそう」

「……そん、なの……や、だ」

くち、とやらしい水音がした。

「なんで?」

「だって……」

押し当てられている彼の猛りに腰をすり寄せた。

帰ってくる彼をかわいい服で出迎えたい、でもあんまり気合いが入った感じになるのも、とさんざん悩んで、着心地のよいモコモコの部屋着を選んだ。

——失敗だった。

モコモコは分厚すぎて、彼を感じるのに邪魔だ。すりすりと腰を動かしても、鈍い感覚しか与えられない。

「ほそのさん」

「ん？」

「みみやだ」

「やじゃないやろ」

「でもキスがいい。キスください」

彼が唸り声を上げ、ようやく耳を解放してくれた。

唇を吸われ、甘噛みされ、漏れた唾液を舐められる。

——キスがいいと思ったけど、キスでも足りない。

彼のズボンを脱がそうと、ボタンに手をかけた。腹立たしいことに、手が震えてなかなかボタンがはずれない。三度ほど失敗して、ようやく外れた。チャックを下ろし、ポケットに指をかけてずり下ろす。そして現れた下着の上から彼の猛りに触れた。

唇が離れ、彼が「ちょお待って」と焦ったように言った。彼も息が上がっている。

「待ってつむぎちゃん、我慢できんくなるから」

「細野さん、やだ、もうください」

「ベッド行かんと」

私を運ぼうと腰に腕を回す彼の手を押しのけ、首を横に振った。

「やだ、今すぐ」

「ちょっと、つむ——」

「ここで」

彼のそこを手のひらでそっと包み込むように撫でた。

「待ってつむぎちゃんあかんて」

「おねがい」

下着も剥いた。

直接触れた彼のそこは熱くこわばっている。先端に触れ、筋をたどって根本へ。やわく握り込んで先端までゆっくりとしごくと、ひく、ひく、と動いた。

「まてないです」

そう言いながら彼を見た。視界が潤んでいる。

「その顔はずるい」

彼は舌打ちをして私の部屋着を脱がしにかかる。乱暴に引っ張られたズボンは、下着も道連れにして膝まで落ちた。

待ちきれずに腰をすり寄せ、彼のものを自分の中心にそっと誘導する。ぬるり、すでに濡れそぼったその場所にあてがってねだるように腰を前後させると、彼は観念したようなため息をついた。

「ズボンのポケットにアレ入ってんの取るから待って」

そう言われ、首を横に振った。モコモコ部屋着のカンガルーポケットから小さな四角いパッケージを取り出す。

「なんで持ってんの」

「なんででしょう」

微笑みたかったけど、うまく頬の筋肉が動かなかった。

彼はパッケージを咥えて破り、手早く装着する。そして、その場で私を貫いた。

「ああーっ」

高い声が出て、体から力が抜ける。

崩れないように必死に彼にしがみついた。

欲しいものを与えられた満足感と、もっと欲しいという渇望と。交互に襲ってくるそれを必死に受け止めながら、彼の背中に爪を立てる。

「ほその、さん」

彼は言葉を発さず、私を壁に押し付け、頭を抑え込んで腰を揺らした。じゅぷじゅぷと、聞いたことのない音がする。

背中が壁にこすれる。痛くはない。

「掴まっとってな」

彼が一瞬姿勢を低くし、私の膝裏に腕を入れて抱え上げた。右脚を抱え上げられて片足立ちの姿勢になり、挿入がいっそう深くなる。強すぎる快感から逃れようとつま先立ちになったけど、不安定さが増して、より奥を抉られることになった。

「あっ……んんんっ」

中がうごめいて彼のものを締め付けている。

つながっているところから溢れた液体が腿を伝って流れていく。

「トびそう」

彼がうわごとのようにそう呟いた。

「んっ……」

廊下に声が響く。外まで聞こえているかもしれない。

声を我慢しなくちゃ、とどこかの時点で思ったけど、すぐに無理だと悟った。

「ここやな?」

私の声が大きくなる場所を見つけた彼が、執拗にその場所を攻め立てた。

甘い痺れが腰をのぼり、吐息となって出てゆく。

は、は、と切れ切れになった呼吸のすき間に「好きです」と伝えると、「俺も」と彼は答えてくれた。

「あ、ほそのさん、もぅイッ」

「おれも」

「でも足りな」

「おれもや」

そのまま床に倒れ込んでもう一度、服を脱ぎ捨てながら寝室に移動してもう一度、疲れ果てて意識がなくなる瞬間まで、彼を感じていた。

＊＊＊

髪を触られている。

やわやわとしたその刺激のせいで、体に残る気だるい余韻がまた目を覚ましてしまいそうになる。

もぞ、と動くと、すぐ近くで「あ、ごめん」という声がした。

「起こしてもうたな」

眩しくて目が開けられない。

「何時、ですか」

声がかれている。

なんとかうっすらと目を開きながら問うと、優しい声が「朝の七時」と言った。

「ん、仕事のじゅんびしないと……」

「土曜やで」

「あ」

「やから寝とき」

「細野さんはお仕事――」

「今日はオフ。夜の配信だけ」

体の下のシーツが湿っている。

その原因に思い当たって恥ずかしくなり、彼の布団を目の下までかぶって隣を見る。そしてすぐ近くにある青緑色の模様にそっと触れた。

「好きです」

夢じゃないか確認するためにそう言ったら、彼は「俺も」と言ってくれた。

――よし。現実だ。

「つむぎちゃん、コーヒー飲む？」

「ううん。あの」

「うん？」

「おはなし、したいです」

「話？　いいけど」

彼はベッドを出ようとしていた動きを止め、体制を整える。

腕をぽんぽん、として「どうぞ」と言われたので、遠慮なく彼の腕に頭を預けた。

でも顔を見られたくなくて、彼に背を向ける。

「つむぎちゃん？」

「あの……言いにくいんですが」

「うん？」

「他の人たちとは、その……」

「セフレ？　別れた」

「え、本当ですか」

体を彼のほうに向けた。

「うん。別れるっていうんも違うんかな。付き合ってたわけちゃうし。ただ、もう会わへんって話した」

「……いつ？」

「あの朝」

「『あの朝』？」

「つむぎちゃんが一緒に車乗ってくれた日。あれから仕事始まるまでの一時間で連絡した」

「……なんて？」

「何が？　あ、相手の子らがなんて言ってたかって？」

——相手の子ら。

「……はい」

「普通に『わかったー』みたいな感じやな。一人『最近別のセフレとも別れたばっかりやから大ダメージ、いい感じの男おったら紹介して』言うてきた子おるけど」

「何人……いたんですか？」

「ほんまに知りたい？」

彼が上体を起こし、私の顔を覗き込んだ。

「知りたいです」

「知ってどないするん」

「自分をいじめるんです」

そう答えると、彼は私の頭を撫でた。

「それやったらやめとき。嫌な思いさせたない」

「人数を知ったから嫌な思いをする、というわけでもないというか……」

「俺がそういう人間やって時点ですでに嫌か」

「そう……ですね」

彼の体温、余裕をなくした声、優しい手の感触、肌の匂い、キスの味、欲に濡れた瞳の黒さ、その全部を知っている人がいる。

「これはどうしようもない独占欲の問題で。知らないと、きっとずっと想像を巡らせて気になっちゃうので、教えてほしいです」

彼は心配そうに私の顔を覗き込み、片手を上げた。親指だけを手のひら側に曲げている。つまり数字の「四」だ。

「四十人？」

「いや四十人もセフレおったら、さすがにチンチンもげる」

「四人？」

彼が頷くのを見て、ふぅ、と深く息を吐く。胸がしくしくと痛む。

――彼がそういう人だとわかって恋に落ちたんだから、この痛みは受け入れなくちゃいけないんだ。

「ごめんな」

彼は心底申し訳なさそうにそう言った。

「配信のコメントでもよう言われてた。『いつか本気で好きな人できたときに後悔する』って。でも俺、そんなこと起こらへんと思ってた。誰か一人を大事に思うなんて自分には無縁やって。今は本当に痛いくらいわかるわ。俺の生き方そのものがつむぎちゃんを傷つけるって、なんかもう。どうにかしたいのに、どうしょうもない」

「累積の……人数は？」

「それは本当に全然わからへん。ごめん」

――思い出せないほどの人数と関係を持つって、どんな感じなんだろう。

私は全部わかる。

体の関係を持った人数も、キスした人数も、手をつないだ人数も、デートした人数も。それぞれの相手の名前も、おおまかな時期も思い出せる。

「……でも、そういう経験が今の細野さんを作ったともいえるんですよね」

「ん？　俺のセックスがうまいって話？」

ぺち、と彼の肩を叩いた。

「イテテ」

「そうじゃなくて」

「ほかに何があんねん」

「目的はどうあれ、誰かと関わりを持つことで何かしらの学びがあるのかなって思ったんです」

彼はその「何かしら」に当たる事柄を探しているらしく、しばらく考え込んでいた。

「自分に一番合うコンドームとか？」

「……向こう十年くらい、誕生日プレゼントはオブラートでいいですか？」

目を細めながらそう問うたら、彼は目をキラキラさせて笑った。

「てことはつむぎちゃん、十年後も一緒におってくれるつもりなん？」

「むしろ、十年後一緒にいないつもりなんですか？」

彼の笑みが深くなった。

「おりたいよ。十年と言わず一緒――いや、この先はもっとちゃんとした状況で伝えるから待って」

――十年と言わず。

ひゅん、と喉が鳴った。

「でも、これだけは今言わせて」

彼は真剣な目をしていた。

「俺はどうしようもないクズで、それを恥じることも隠すこともなく生きてきて、これからもそうするつもりやった。つむぎちゃんと出会わへんかったら、今この瞬間もそうしてたと思う」

彼が今、別の誰かとベッドの中にいる世界線を想像してしまいそうになって、慌てて打ち消した。

「つむぎちゃんみたいな子、もう俺の人生に二度と現れへんと思う。逃げられんように本気で頑張るから、そのつもりでおってな」

「……はい」

「大丈夫？　なんかすでに逃げたくなってない？」

「……怖くはあります」

「何が？」

「私の何が特別なのか、私にはわからないので。もしかしたら今は金ピカに見えてるかもしれませんけど、一緒にいるうちに金メッキが剝がれてきちゃうかも。それが怖いです」

もやもやと胸のうちに漂っていたものが、言葉にしたことで輪郭を持つ。

「じゃあ俺の仕事はあれやな。それはメッキなんかじゃなくて内側から出てくる輝きやってことを、つむぎちゃんが不安になるたびに、繰り返し繰り返し、伝えていくことやな。ほんで、つむぎちゃんの仕事はひとつだけ」

「なんですか？」

「俺を甘やかさんこと」

「……わかりました」

ブーン、枕元で彼のスマホが鳴った。

「マキや。なんやろ。ええとこで」

「あ、出てください」

「ごめんな、出るわ」

そう言って彼は体を起こした。

「どした……メール？　見ろって？　はいはい。ちょお待ってな」

　彼はスマホを耳から離してスピーカーにし、画面を操作する。

　眉を寄せ、画面を拡大して何かを見つめている。

　そして大きなため息をついた。

「……やられた」

『DENの親父さんか？』

　スピーカーからマキさんのくぐもった声が聞こえる。

「……たぶんな」

『すぐ事務所来れるか。田無さんも。今そばにおるやろ？』

　彼を見、スマホを見た。

　彼は右腕の鎧を服で覆い隠しながら言った。

「ごめんつむぎちゃん、たぶんクズに写真売られた。明日記事が出る」

25、「推しの推しは、敵」

彼に気持ちを伝えられたときとは違う、嫌な意味で心臓が早鐘を打った。

『家張られてるかもやから、二人一緒には来んな。できるだけ顔隠して、別々に家出て、別の車でタイミングずらして来い』

マキさんの指示に従って彼が先に出発した。

私は彼に十五分遅れて家を出て、タクシーを拾って事務所に向かう。

タクシーの中で彼に転送してもらった記事を見る。すでにレイアウトも終わっていて、あとは刷るだけという感じの原稿だ。

拡大し、見出しを見て息をのんだ。

〈マドエクDEN、深夜の奇行！　背後に薬物疑惑も⁉〉

奇行とされた原因は私だった。消火器を持つ彼の写真がデカデカと配置され、添えられた文章は「深夜に火の手もないのに消火器を持って木陰にひそんでいる謎の女性。その女性から消火器を受け取るのは、人気バンドMad EqualityのDENだ」から始まっていた。

――うわぁぁああぁ。

タクシーの中なのでなんとかこらえたけど、叫び出したい気持ちだった。

小さく私の写った写真も載っている。暗いし画質は悪いし目元に黒い線が入っているので顔がわかるほどではないけど、消火器を抱きかかえて植え込みの脇にしゃがみ込んでいる姿だけを切り取ると、たしかに相当ヤバイ人に見える。

記事では『女性はふらついていた』とも書かれていた。心当たりはある。半日高いヒールで歩き回って足が疲れていたのと、寝起きだったのと、行為の余韻で下半身に違和感があったせいだ。

──んもぉぉぉおおおお。記者さん想像力ありすぎるよぉおお。

心の中の叫び声が百デシベルくらいで響いていたので、タクシーの運転手さんの「着きましたよ」に気づくのが少し遅れた。

膝の上に置いていた荷物を慌てて抱きかかえ、運転手さんにお礼を言ってタクシーを降りる。目の前には巨大なオフィスビルがそびえている。都内の一等地にオフィスを構えているというだけで『ただものじゃない』感じがする。

彼に教えてもらったとおりエントランスを抜け、エレベーターで九階へ。ドアが開くと、そこに彼が立っていた。

彼は私を安心させるようにニコリと笑ったけど、少しこわばっていた。

──きっと深刻な状況なんだな。

「ごめんな。ひとりで来んの不安やったやろ。今から中に入るけど、大丈夫？　今日おるんはみんな味方やから。ビビらんでええから」

「はい」

一応頷いたけど、この状況でビビらないなんて無理だ。心臓が体の中で大暴れして、空っぽの胃を殴りつけている。

彼がカードキーでフロアのセキュリティを解除し、中へ入る。私はただ彼の背中を見つめながらついて行くことしかできなくて、周囲を見渡す余裕もなかった。

〝A3会議室〟と書かれた部屋のドアを彼がノックする。

すぐにドアが内側に開き、マキさんが姿を現した。

「どうぞー」

マキさんについて会議室に入る。

中にはすでに三人いて、起立して私を出迎えてくれた。

「左から社長の浅田（あさだ）さん、マネージャーの北村（きたむら）さん、弁護士の向井（むかい）先生」

社長はピリッとした印象の中年女性で、マネージャーは若い男性、弁護士さんは柔和な雰囲気の初老男性だった。

「おはようございます。田無つむぎと申します」

そう言って深々と頭を下げた。

顔を上げると、社長が手で座るように合図しながら言った。

「田無さん、朝早くにお呼び立てしてごめんなさい」

「いいえ」

社長の背筋はピンと伸びていて、手足がとても長い。体に沿う細身のスーツの着こなしも洗練されている。彼女自身が芸能人だと言われても驚かないほどの美しさだ。

マキさん、細野さん、私、の順に並んで椅子に腰を下ろしながら、その美しさから目が離せなかった。

「まず知っておいてほしいことがあるんだけど、私にとって所属アーティストたちは皆、子供みたいなもの。だから、私の大切な子供の大切な人――つまり田無さんのことね――も、できる限り守りたいと思ってます」

「はい。ありがとうございます」

私の不用意な行動のせいで彼にあらぬ疑いをかけられてしまい、「お前のせいだ」と怒られるのかと思っていた。優しい言葉は予想外だ。

「マドエクはアイドル的な売り方をしてるわけじゃないから、単なる熱愛報道なら『プライベートは本人に任せています』の定型文でいいんだけど、今回は別。薬物疑惑に関しては、ＤＥＮに検査を受けてもらって、その結果を公表するつもり。ＯＫ？」

「もちろん」

　彼が頷く。

「一応聞くけど――」

「やってない。やったことないし、やる予定もない」

　彼の言葉に、社長が軽く頷いた。

「信じる。で、残る問題はふたつ。ＤＥＮの父親と、田無さんのこと」

　社長は弁護士さんのほうを向いた。

「向井先生、ＤＥＮの父親の件は先々週にも少しご相談しましたが」

　弁護士の先生が難しい顔をしているので、話し始める前から、いい答えではないのだろうなと予測はできていた。

「家族が相手だと、できることはあまり多くありません。ストーカー規制はおそらく適用できないし、脅迫等がないので民事保全法上の接近禁止も難しいかと。分籍手続きをして閲覧制限をかけることで、住所を知られるリスクを下げることはできますが……万全とは言えません」

「ヤバイ身内は一番厄介ってことですね」

　社長がため息混じりに言った。

「とりあえず、できることをするしかないから、閲覧制限についてはすぐに動こう。引っ越しも考えたほうがいいね。で、残るは田無さんのことだけど」

　社長の言葉に、彼が淡々と答えた。

「撮られたら『姉』で通すつもりで、姉の了承も得てました。けど今回は――」

「そうなんだよねぇ」

　社長が眉を寄せて、大きなため息をついた。

「写真を売ったのがお父さんとすると、記事にどこまで書くかは別として、記者は確実に姉じゃないと知ってる。週刊誌の記者を敵に回すとめんどくさいんだよねぇ」

「友達って言い通したら？」

　マキさんが会話に割り込んだ。

「嘘をつくと新たな炎上リスクを生むからね。最悪な流れとしては、記事が出て、『友達です』って言い訳をした直後に、第二弾の記事で手をつないでる写真が出る、とか。ＤＥＮは正直な配信も魅力のひとつと捉えられてるから、嘘がバレて負うダメージは大きい」

「あの夜、マンション出る瞬間手ぇつないでたと思う」

「じゃあアウト」

　腕を組んで背もたれに体を預け、社長が続けた。

「ごまかすのが無理となると、考えなきゃいけないのは田無さんをどう守るかってことね」

　――守る？

　私の疑問を読み取ったらしい社長が続けた。

「ＤＥＮは配信で色々あけすけに話してるから、女性の影があることはみんな理解してるはず。ただ、『知ってる』のと『実際に見る』のは全然違うんだよね。深夜に一緒にいるところを写真で見せつけられちゃうとね。『推しの推しは敵』って人、多いから」

　――推しの推しは敵。

　なるほど。

　私は彼のファンにとって『敵』になっちゃうのか。

「そういうのを楽しめる人はいいの。『芸能人と撮られたぞ！　うらやましいだろー』って人とか、いわゆる『匂わせ』をやる人とかね。でも、田無さんはそういう注目は望んでなさそうだし」

「そう……ですね。あまり得意ではないです」

「SNSの類はやってる？」

「アカウントはあります」

「消せる？」

「消せます」

「なら、記事が出る前に消したほうがいいと思う。どこからつながるかわからないから。DENと撮った写真とかは載せてない？」

ない、と答えようとして「あ」と思い出した。

「弟のアカウントに……ライブ後の楽屋で撮った写真が」

「田無さんも写ってるの？」

「はい」

「そのライブっていうのは──」

「新曲発表したライブです」

マキさんが答えた。

「DENが作詞作曲したやつね。それはまずい。『友達のために書いた』っていう新曲発表のライブ後の楽屋で親しげに写真に写る女がいたら、『DENの言う友達って、この女じゃない？』って、馬鹿でも思いつくよ」

「あ……」

「DEN。あんた、そんくらいのこと思いつかなかったの？　危機管理ガバガバじゃない」

「……思いついてた」

彼が静かに言った。

「じゃあなんでSNS投稿止めなかったの」

「当時は……つむぎちゃんはほんまに大事な友達で、付き合うことになるなんて思ってへんかったから。もしファンの間で炎上しても『友達やで？』って言うたらいいだけやし。あと……ちょっと、復讐したろと思って」

「復讐って何？」

「つむぎちゃんを苦しめた奴らに」

社長が「ハァー」と口に出して大きなため息をついた。

「田無さん、弟さんに頼んで消してもらうことはできる？」

「できます」

「できればアカウントごと」

「アカウントごと……ですか」

「みんなすぐにスクショ撮るからね。弟さんの投稿も撮られてると思う。投稿消したところで、スクショは拡散されちゃうでしょ」

後輩の誤爆で身に染みているから、社長の言葉には深く頷いた。

「スクショからアカウント名が割れて、コメント欄もDMも大変なことになると思う」

「名前やIDを変えて鍵アカウントにしてもダメでしょうか？」

「もともとフォローしてた人にはID変更も知られちゃうでしょ。弟さんのフォロワー、何人くらい？」

「たしか……二万人くらいだったかと」

「二万⁉　うちのタレントでもそんなにいってない子ザラにいるよ。弟さん有名人なの？」

「普通の大学生ですが、ファッションが好きで。コーディネートのポイントとかを投稿しているみたいです」

「二万人かぁ。そうなると余計に、鍵垢にしたところで意味はないね。二万人もいたら、誰かは必ず裏切る。ネット上で一回粘着されると本当に厄介なの。それで芸能人生を絶たれた子を何人も見てきた。そうなる前に、一旦ネットの世界から消えたほうがいい。あなたも弟さんもね。足跡は残るし燃えるけど、本体が燃えるよりは足跡が燃えるほうがマシだと思う」

すぐには頷けなかった。

弟はあのアカウントを大事に育ててきた。

私のせいでその努力の結晶を「消せ」だなんて、むごすぎる。

「田無さん。言いにくいだろうけど……弟さんを守るためと思って」

社長の言葉に背中を押されるようにして、その場で弟に電話をかけた。

手短に投稿を消してほしいと話すと、弟は「もう消したよ」と答えた。

『マドエク公式からいいねもらって拡散され始めたときに、ヤバイなって思って。楽屋でアップしたんだけど、その後、姉ちゃんの話聞いたからさぁ。なんか厄介なことになったら困るなと思って』

「あの……アカウントも……消したほうがいいかもしれないって」

やんわりとした言い方しかできなかった。

社長が目の前でやきもきしている。

『……説明が欲しい』

「写真を撮られて。週刊誌に。細野さんといるところ」

『付き合ってはないんだよね？』

「……付き合ってる」

『俺に嘘ついたの？』

「あのときは付き合ってなかった」

『なるほど。それで？』

「私を特定したがる人が出てくるだろうって」

『で、あの投稿から姉ちゃんに結びついちゃう可能性があると』

弟は押し黙った。

何か言葉をかけたいけど、見つからない。

たっぷり十秒ほどの沈黙だった。

「あの、侑哉、ごめ――」

『わかった、消す』

「……え？」

驚いて聞き返した。

『消すよ』

「でも。侑哉、一生懸命……」

『そりゃつらくないわけじゃないよ？　でも、姉ちゃんとアカウントどっちが大事かって話なら、答えはシンプルに姉ちゃんだよ。俺だってネットのオモチャになりたくないし。迂闊（うかつ）に浮かれた投稿した俺も悪いし。

その代わりDENさんに伝えて』

「あ、じゃあ、スピーカーにするね」

スマホを操作して、テーブルの上に置いた。

『DENさん、またライブ呼んでください』

「もちろん」

『めっちゃいい席で』

「わかった」

『あと、いつかアカウントをしれっと作り直すんで、そのときは宣伝に力貸してください』

「できるだけのことはする」

『最後に――』

　弟が深く息を吸う音が聞こえた。

『――姉を巻き込んだ以上、守り抜いてください』

「わかってる」

　電話を切った。

　よかった、という思いと弟に申し訳ない思いが綯い交ぜになって胸の中をぐるぐると回っている。

　社長とマネージャーさんが感心したような声を上げた。

「いい弟さんね。好きだなぁ、タダでは転ばない感じ。ＤＥＮが宣伝に協力するって話は、所属事務所の社長としては聞かなかったことにしとくね」

「私も聞こえなかったことにしときます」

　社長とマネージャーさんが口々に言った。

　私は頷くフリをして下を向いた。口元がわなわなしてしまうのを隠したかった。

「とりあえず、今できることはそれくらいかな。あとは……そうだ、田無さん、今の弟さんの感じだと、実家に頼れるかな？」

「はい」

「じゃあ大丈夫ね」

「どういう……意味でしょうか」

「さすがにこのタイミングで、二人で暮らしてる家には戻れないからね。記事が出たらしばらくは雲隠れが鉄則。追いかけ回されたくないでしょう」

「あっ……」

「もちろん、ＤＥＮと連絡は取ってくれて構わない。会うのだけは我慢してほし――ＤＥＮ。あんた、不貞腐(ふてくさ)れんのやめなさい」

「へーい」

　彼が不満げにそう応じた。

「じゃ、このビルを出る瞬間から、誰かに見られてると思って行動してね。守るために事務所としてできるだけのことはする。でも、最後はあなたたち二人の行動にかかってる。今の関係を大切にしたいなら、どうか軽率な行動は慎んでね。これは主に『軽率』の代名詞であるＤＥＮに対して言ってるんだけど」

「誰が代名詞や」

　社長は微笑んで立ち上がった。そして「我々は出るから、あとはお若いお二人でどうぞ。話したいこともあるだろうし。この会議室、あと一時間は確保してあるから」と言った。

「ありがとうございます」

　会議室を出ていく彼らに頭を下げた。

　ドアを閉める直前に、社長がニヤりと笑った。

「あ、一応言っとくけど、この部屋でヤんないでね。窓ないから換気大変なの。午後に広告代理店との会議控えてるからさ」

「……社長」

　細野さんがだらんと体の力を抜いて言った。

「別離の前だし、盛り上がっちゃうかと思って。ＤＥＮだし」

「信用のなさが悲しい……」

「ある意味あんたの下半身が信用されてんじゃない。喜べ」

　ふ、と鼻で笑った後、社長は私のほうに目を向けた。

「田無さん、お会いできて光栄でした」

「こちらこそ、光栄でした」

「DENが好きになったのが田無さんで嬉しい」

純粋な感想にも聞こえるし、『その信頼を裏切るな』というプレッシャーのようにも感じた。

マキさんからも最後に「頑張れ」と応援され、二人きりになった。

ドアが閉まった三秒後には、強く抱きしめられていた。

「つむぎちゃん、大丈夫?」

いつもはホッとするのに、彼の腕の中にいても、まだ体が震えていた。

「頭が整理できてなくて、まだよくわかりません。でも、たぶん大丈夫です」

「今日の配信で『彼女ができた』って話す。いい?」

「はい」

「毎日連絡するから」

「はい」

彼の吐き出した息が髪の毛にふわりとかかった。

「つむぎちゃん」

「……はい」

「キスしていい?」

「あの、でも……」

「ヤるなとは言われたけど、キスすんなとは言われてない」

私は返事をしなかったけど、彼の唇がそっと触れた。

こんな場所で深いキスをする勇気はなくて、私にはそれで精一杯だった。

私の体がガチガチだと気づいたのだろう。彼もそれ以上はせず、体を離して「エレベーターまで送る」と言った。

――次にキスできるのはいつなんだろう。

閉まるエレベーターのドアの向こうで手を上げる彼を見ながら、そんなことを思った。

＊＊＊

《めちゃくちゃ好きな人ができて、その人と付き合うことになった。ここ見に来てくれるみんなには、自分の口から伝えたかった》

その夜、実家で彼の配信を見守った。

弟は隣で配信を見ながら「フクザツだなぁ」と呟いた。

「弟としては『やめとけよ』と思うけど、DENのリスナーとしては『意外と見る目あんじゃん』と思うし、一介の大学生としては『俺の姉ちゃん芸能人の彼女ぉお』って思うし」

難しいわぁ、複雑だわぁ、答え出ないわぁ、と呟く弟は、もしかしたら誰よりも逞しいかもしれない。

「侑哉にとって、推しの推しは敵じゃないの?」

「俺は『推しの推しは推し』ってタイプだよ」

――彼がこのセリフを聞いたら「ええ子やなぁ」って言いそう。

弟のさらに向こう側では、すっかり言葉を失った両親が黙って画面を見つめていた。

26、「推しの敵は、敵」

――めまぐるしくて、ついていけない。

自室のベッドの上、毛布にくるまって丸まったまま、そんなことを思う。

彼が配信で「彼女ができた」と明かした。コメント欄は見ないようにしていたけど、弟曰く『半々』だった。

翌日、記事が出た。

予想どおり弟の投稿のスクショが出回った。

そこで終わると思っていた。

――甘かったなぁ。

記事が出た次の日、ネット上に私の個人情報が晒された。

フルネーム、勤務先、広報担当でＳＮＳの中の人をしていることも。

会社のアカウントには私個人宛ての大量のリプライが送りつけられた。ごくまれに『応援します』という内容のものもあったけど、ほとんどは誹謗中傷と言っていい内容だ。

以前の炎上を持ち出して「あの性格の悪そうな投稿の主なのでは」という憶測も広まった。

影響はＳＮＳにとどまらなかった。会社のホームページに掲載されている代表電話は鳴りやまず、オフィス前をウロウロする人まで現れた。

当然上司からも事情を尋ねられ、事実を洗いざらい伝えることになった。

「田無さんは悪いことしてないんだから、堂々としてて」

星野さんはそう言ってくれたけど、対応に追われる同僚たちを見ていたら「堂々と」なんてできるはずもなかった。関連する部門にお詫び行脚をしたかったけど、それすらも迷惑な気がして何もできない。気を使った星野さんから「しばらくリモート勤務でいいよ」と言われ、出社せず家で仕事をするようになった。

街を歩くと誰かに気づかれるのではと思えてしまって、せっかく和葉さんに素敵にしてもらった髪色も変えた。

名前を晒されてしまったせいで、友人や知人、『そういえば大昔に何かで連絡先を交換したかも』くらいの人まで、いろんな人から連絡が来た。

エレベーター前で彼と別れてから、たったの二週間でこれだ。

二週間ずっとジェットコースターに乗っているみたいだ。右に左にと振り回され、心の中で髪を振り乱して悲鳴を上げている。

街は新年を迎えたのに、私の周りだけ時が止まってしまっているような、変な感覚だ。

机の上に置いてあるスマホがブブブブ……と震える。

――また「ネットで見たんだけど、もしかして」っていう、誰かからの連絡かな。

そう思ってじっとしていたけど、しばらく鳴りやまないのを見て（細野さんかも）と、慌ててベッドを降りた。画面を確認すると、やはり彼だった。

迷った末に何度か咳払いをして喉を整えてから通話ボタンを押し、静かに「はい」と言う。

『もしもし、俺』

優しい声だ。

『……ごめんなぁ、つむぎちゃん』

「いえいえ」と答えようとしたのに、声が出ない。

代わりに喉の奥で「く」という音がした。

『つむぎちゃん、大丈夫？』

大丈夫です、心配しないで。

職場の皆さんも優しいし、家族も優しいです。

父と母はものすごく驚いてるけど、「今はつむぎを守るのが先決」って言ってくれて、知らない人が家に来ないように家の表札を〝有田(ありた)〟に変えてみたり、家に来た記者さんを追い返したり、精一杯私を守ろうとしてくれています。

弟は楽しんでるようにすら見えます。アカウントは消したけど、「また再開するつもりだから」と毎日のコーディネートを写真に撮り続けています。前向きで逞しいです。

細野さんこそ、大丈夫ですか？

薬物検査が陰性だったっていう発表、テレビで見ました。

私が消火器なんか抱えてたせいで、あらぬ疑いをかけられてしまってごめんなさい。

――声が出ない。

言いたいことは山ほどあるのに、声にならない。

震える息が彼に聞こえてしまわないように、必死に口元を押さえた。指のすき間から漏れる息がスッスッと短い音を立てる。

『ごめん。ずるいこと聞いた。つむぎちゃん無理してでも大丈夫って言う子なん知ってるのに。この状況で大丈夫なわけないよな』

彼が悲しそうな声で言った。

『ごめん……いや、謝んのもずるいか。いいよって言わせようとしてるみたいで。でも他に言葉見つかれへん』

彼が謝ることじゃない。

私が謝ることじゃない。

ただ、私と彼が一緒にいることが、どこかの誰かをひどく傷つけた。そしてたぶん、ひどく怒らせた。

『こんなとき、そばにおりたいのに。会(お)うたらあかんの、歯がゆいなぁ』

彼が悔しそうに言う。

『なぁつむぎちゃん、顔見たいんやけど、ビデオ通話にしたらあかん？』

——嫌だ。

今の顔は見られたくない。

『泣いてても怒っててもええから。何もしゃべらへんでもええから。顔だけ見せてくれへん?』

絞り出すような声だった。

その声に負けて、ビデオ通話のマークをタップした。

すぐに画面が切り替わり、彼の顔が現れる。そして右下の小さな画面に、自分の顔も。その顔が見たこともないほどひどくて、(やっぱり彼には見られたくなかったな)と思った。

『つむぎちゃんや』

彼は無理に明るくそう言った。

『髪色変えたんやな』

画面越しでも、そんな小さな変化に気づいてくれる。

自分の顔は見られたくなかったけど、彼の顔を見ることができたのは嬉しかった。

——何か言わないと。

「細野さん……疲れてますか?」

『今日スタジオ出たところで記者に追いかけられて十年ぶりくらいに全力疾走したからかな。たぶん今晩か明日あたり、俺のクソ速い逃げ足が話題なると思うわ』

彼がそう言って笑う。

『つむぎちゃんは? 夜は寝れてる?』

ひどい顔だから、嘘をついてもごまかせない。

「……あまり」

『せやんなぁ』

切ない顔で彼が言った。

何か言わないと。

　できれば、何かポジティブなことを。

「……細野さんの気持ちがわかったのは、嬉しいです」

『俺の気持ち？』

「そうです。前にも色々と書かれたとき、きっと、こんな気持ちだったんだろうなって」

『……俺はその気持ちをつむぎちゃんに味わってほしくはなかったけどな』

　――あ、しまった。間違えた。

「ごめんなさい」

『ううん、謝るようなことじゃない。つむぎちゃんが今何を感じてるんか、知りたい。話せるなら』

「私が……感じてること。たとえば、『顔のない悪意は怖い』ってこととか」

『顔のない悪意？』

「そうです。知り合いに嫌われるなら、敵が誰かわかってるじゃないですか。でも今は、どこに自分の敵がいるかわからなくて。道端ですれ違う誰かかもしれないって思うのが、ちょっと怖いです」

『なるほど』

「あとは……終わりが見えなくて」

『この事態の終わりってこと？』

「そうです」

　答えながら膝を抱えた。

「彼らは何を望んでるのかなって、考えてたんです。どうなれば満足なんだろうって。私が……」

　そこで言葉を切った。

『つむぎちゃんが？』

　彼に先を促される。

「私が苦しめば満足なのか、それとも、私が……」

『うん』

言っちゃダメだ。

言ってもしょうがない。

言ったら彼を苦しめる。

言ってしまったら取り消せない。

『つむぎちゃんが？』

スマホの画面の向こうで、彼が私の言葉を待っている。

彼の目を見ながらこの言葉を告げる勇気はなくて、スマホをベッドの上に置いた。画面には部屋の天井が写っている。

『つむぎちゃんが見えへ――』

「私が、退場すればいいのか」

彼が電話の向こうで息をのんだ。

――言ってしまった。

絶対に違う。

間違ってる。

私は彼を諦めるべきじゃない。

この選択は彼を苦しめる。

後輩の攻撃にだって耐えたんだから、今回も頑張れる。

だから頑張れ。

そう自分に言い聞かせてきた。

彼の前では平気なフリをして笑いたかった。

だけど、できない。

私は彼を好きだけど、彼を好きな人は私を好きじゃない。

『つむぎちゃん、それって』

画面の向こうで小さな彼がそう言った。

『やめたい？　俺とおるん』

私のスマホのインカメラは、相変わらず天井を写している。

「……やめたくないです。やめたいわけないです。細野さんとずっと一緒にいたいです」

『でも、マドエクのＤＥＮと一緒におるのはしんどい？』

図星だった。

彼の人気や影響力も人々の熱量も、わかっているつもりで全然わかっていなかった。

『そうか』

彼は静かに頷いた。

『そうかぁ』

しみじみ、という感じの声が聞こえた。

『しんどいよなぁ』

彼はふぅと息を吐いた。

『普通はたぶん、逆やけどなぁ』

「逆？」

『マドエクのＤＥＮとおりたい人のほうが、ただの細野伸由とおりたい人より多いと思う。ただの俺とおりたいって、めちゃくちゃ嬉しいこと言われてるはずやのに、今はめちゃくちゃ悲しいわ』

彼はそれきり何も言わなかった。

私も何も言わなかった。

正確には、言えなかった。

泣いている声が聞こえてしまわないように、毛布にくるまって声を殺していたから。

——ごめんなさい。

どれくらい時間が経ったかわからないくらいの沈黙の後、彼の静かな声がした。

『仕事やからもう行かんと。つむぎちゃん、俺、つむぎちゃんのことめちゃくちゃ好きやから。それだけは覚えとってな。絶対に忘れんとってな』

ぽろろん、と通話終了を告げる電子音が響いた。

画面を覗くと、彼はもういなかった。

＊＊＊

そのまま毛布にくるまって数時間を過ごした。

涙がたくさん出ると思ったけど、この二週間で出し尽くしてしまったのか、そんなにたくさんは出なかった。

がちゃ、と無遠慮に部屋のドアの開く音がする。

「姉ちゃん、DENの配信、見るぞ」

弟の声がして、毛布を引っ張られる。

「やめて侑哉。私はいいよ」

「いいから、見るよ」

弟がやけに強引に言うので、仕方なく毛布から顔を出す。

「ほら」

弟が顔の前にかざしてきたスマホには、もう見慣れた彼の配信画面があった。

〈DENの彼女、火だるまで草〉

〈お互いのために別れたほうがいいんじゃね?〉

嫌なコメントが目について、顔を背けた。

彼の声だけが聞こえてくる。

《〈DENくん大丈夫?〉かぁ。大丈夫ではないな。さすがの俺も、大事な人が壊れそうなん見て大丈夫ではおれんわ。俺のジメジメした配信なんか需要ないと思てるから、あの日以来この話せんようにしてたし、ヤバイコメントも無視して普段どおりのわちゃわちゃ配信してきたけど、ごめん今日だけは言わして》

「姉ちゃん。姉ちゃんの大事な人、姉ちゃんのために闘おうとしてるよ。二人の関係に口は出せないけど、せめてその頑張りからは目背けないであげて」

弟に言われ、背けていた顔を戻した。

画面の向こうの彼は、悲しい目をしていた。

《ここに来てくれる人の中にはそんな卑劣な奴おらんと信じたいけど、彼女に対する誹謗中傷はマジでやめてほしい》

〈推しの推しは敵なんだよなぁ〉

《その気持ち、わかる。腹立つよなぁ。でもなぁ、こっちも覚えといてほしい。推しの敵は敵やねん。俺にとって彼女は推しやから、彼女の敵は俺の敵やで》

彼の言葉を受けて、コメント欄の動きが速くなった。

〈いいこと言うじゃん〉

〈今かばうと逆効果じゃね?〉

〈「推し」と「敵」がゲシュタルト崩壊し始めた〉

〈ゲシェルタトって何?〉

〈節子。ゲシェルタトやない、ゲシュタルトや〉

そんな中に、ひときわ縦に長いコメントがあった。

〈バイトで中学生に数学を教えてる俺氏の華麗な証明を見よ。

推しの敵＝敵…①

DENの推し＝彼女
これを①に代入すると、
彼女の敵＝DENの敵…②

俺の推し＝DEN
これを①に代入すると、
DENの敵＝俺の敵…③

②、③より
彼女の敵＝DENの敵＝俺の敵〉

〈コメント欄に天才がいる〉
〈つまり、DENの彼女の敵＝DENを推してるみんなの敵ってことですね〉
〈ていうか推しがこんなに苦しんでんの見て喜んでる奴、畜生かよ〉
〈「手に入らないなら傷つけてやろ」って、完全にサイコパスの思考回路なんよ〉
〈DENが幸せで、いい曲書いてくれるのがファンとしては一番嬉しいよね〉
〈コメントするの初めてだけど、応援してるよー負けないでー〉

〈誰か敵を特定してくんねぇかなぁ〉

〈今こそ特定班が動くとき〉

〈個人情報まで晒すのはやりすぎって思ってたよマジで。彼女さんかわいそう〉

〈勤務先に電話とか、業務妨害でタイホ待ったなしじゃん〉

〈タイホ!?　そこんとこkwsk〉

〈過去に逮捕された例、普通にあるよ〉

〈コメント欄に専門家湧いてて草〉

〈最近コメント欄を占拠してて死ぬほどウザかった過激派が黙り込んでんの草越えて森〉

画面の向こうで彼が後ろを振り向いた。

ドアが開き、マキさんが入ってくる。

マキさんの家にいるのだろうか、と思ったら、メンバー全員が現れた。

《おじゃましまーす》

口々にそう言いながら、全員で画面に写ろうと腰をかがめたりカメラの角度を調整したり、せわしなく動いている。

ようやくいい位置に納まったらしく、四人全員が画面を見つめた。

《みんなこんばんはー！　配信中に失礼。これだけ伝えにきました。今誹謗中傷してるやつ。DENだけちゃうからな、マドエク全員敵に回すことになんぞ。今日、事務所がプレスリリース出したけど、事務所も本気出してるから。発信者情報開示で書き込んだやつの住所と名前めくれたら、容赦なく責任追及していく所存ですんで。首洗って待っとけよ》

マキさんが巻き舌気味にそう言った。

画面の中の四人がそれぞれに視線を交わしつつ、頷いている。

その中央にいるのは彼だ。

――DENさん。

『マドエクのDEN』であることは、彼を構成するかけがえのない一要素だ。

――それなのに『細野さん』と『DENさん』を切り分けるようなことを言ってしまって、ごめんなさい。

心の中でそう謝りながら彼を見る。

マキさんの巻き舌を『さすがロックバンドのボーカル』とからかってから、彼は真剣な顔で画面を見つめた。

そしてゆっくりと口を開く。

《さっきコメントで〈お互いのために別れたほうがいい〉ってきてた。そうかも。そのほうが楽かも。でも、俺なぁ。その子がおらんかったとき、どうやって息してたか、もう思い出されへんねん》

ごく、と唾を飲んだ。

は、と息が乱れた。

弟の前だからこらえようとしたけど、無理だった。

《その子を攻撃するってことは、俺の首絞めてんのと同じや。わからへん奴には何言うても無駄かもしれへんけど、キーボード叩いてるつもりで人の首絞めてるって自覚だけはしとけよ》

〈DENにここまで言わせる女とは〉

〈普通のひとっぽかったけどなぁ〉

〈よほどナカが気持ちよ……おっと誰か来たようだ〉

〈さすがに空気嫁〉

〈彼女さんの勤務先のSNSにクソみたいなリプ書き込んでた奴ら、絶対この配信見てる。こぞって垢消し逃亡図ってるけど、おせえんだよなぁ〉

〈消すのが先か、こっちの証拠保全が先か〉

〈二週間遊んでたわけじゃないんだから、「発信者情報開示請求します」って発表する前に証拠は全部固めてあんだろ〉

〈犯人詰んでて草〉

《そう、詰んでんねん。二週間、人さんざん苦しめて楽しんだやろ？　そのお楽しみにはデカい代償払わなあかんねん。払てもらう番やで》

流れていくコメント欄は、もう追えなかった。涙で視界がぐしゃぐしゃだったから。

《じゃあな。よい子はクソして寝ろ》

彼の声が最後に聞こえて、ふつ、と静かになった。

「姉ちゃん。俺はＤＥＮ頑張ってると思うよ。姉ちゃんもめちゃくちゃ頑張ってるの知ってる。だから、頑張ってる同士、やっぱり幸せになるといいよね」

そう言い残して、弟は部屋を出て行った。

翌日、熱を出して仕事を休んだ。

一日中家でダラダラと過ごした後、彼に連絡を取ろうと決めた。

スマホを握りしめ、発信画面を眺める。あとは電話マークをタップするだけだ。

画面から数センチのところに指を浮かせ、考える。

――なんて言えばいいんだろう。

――「配信見ました」？

――「やっぱり頑張りたいです」？

――弱くてごめんなさい、かな。

「そこ押すだけやで、あとひといきや」

背後で声がした。

【書き下ろし番外編③】牙と角

「……で？」

　事務所の会議室で机をはさみ、社長と向き合っている。昨晩ようやく彼女と気持ちをたしかめ合ったばかりだというのに。夜が明けてすぐにこれだ。『付き合ってから呼び出されるまで』の世界最速記録だと思う。

「どんな子なの？」

　ヤリ手の女社長の腕組みはド迫力だ。

「彼女のこと？」

「『彼女』なの？　付き合ってるってことでいい？」

「うん」

「彼女ができたって報告、受けてないんだけど」

「付き合い出したん昨日やもん」

　社長は動じないことで有名だ。自身もかつてモデルとソロの歌手をしていて、酸いも甘いも嚙み分けてきた人だからだ。

　社長がタブレットを机の上に置き、こちらに見せてきた。

「この記事の写真を撮られたときは付き合ってなかったってこと？　それにしては親密に見えるけど。セフレから彼女に昇格っていうパターン？」

「いや……セフレやなくて、友達やった」

「一緒に暮らしてたって、マトゥシから聞いてるけど」

「それはそう」

「一緒に暮らしてて、この写真の親密さを見る限りはヤることもヤッてたけど、セフレではないってこと？　意味わかんない」

「俺もようわからへんけど、そういうことがあんねん」

　そう答えたタイミングで、顧問弁護士を連れたマネージャーが部屋に入って来た。マキも彼らの後ろにいる。

　立ち上がって弁護士に挨拶をし、マネージャーとマキと視線を交わす。

　自分の軽率な行動のせいで多くの人を巻き込んでいる。

　この会議室に集合している人数なんて、背後で動いてくれている人の、ほんのひと握りだ。今後の事態の動き方によっては、もっと多くの人に迷惑をかけることになる。

　そう思ったら、自然と頭が下がった。

「ご迷惑をおかけして本当に申し訳ありません」

　そう言ってから顔を上げると、社長が「お」の口のまま固まっていた。社長だけじゃない。自分の殊勝な姿は部屋にいる全員を驚かせたらしい。

「あら珍しい。今日は雪でも降るのかな」

「終日快晴の予報やで」

　軽口に軽口で返したら、「で？」と社長が片眉を吊り上げた。

「彼女はどんな子なの？」

「もうすぐ来るから、会って判断してもらうほうが――」

「あんたの口から聞いときたいの」

　こちらは立って、社長は腕を組んで座っている。職員室に呼び出されて叱られている小学生みたいな構図だ。そこまで考えて、（まさにやな）と思った。

「別に難しいことを聞いてるわけじゃないでしょ。どんな子なの？」

「どんな子……うーん……」

「なんかあるでしょうよ。どういうところがいいと思ったとか」

「うーん……優しいところ、かな」

月並みな答えだと感じたのだろう。社長が眉を寄せた。

「もうちょっと詳しく。具体的なエピソードとかないの？」

少し考えて、最初に思いついたことを話すことにした。

「一緒に横断歩道を渡ってるときに、曲がってこようとする車があってな。彼女は車が待ってたら、急いで横断歩道渡るタイプやねん」

「私もそっち派だな」

「でも、そのときちょうど、隣を足の悪いおじいさんがゆっくり歩いててん。足引きずってて、ゆっくりしか歩かれへん感じでな。それ見て、彼女、歩くスピードゆるめてん。おじいさんが一人だけでゆっくり歩いてるとさ、曲がってくる車からのプレッシャー感じて焦ってまうやん？　だから、そうならへんように、おじいさんとペース合わせててん。たぶん無意識にな。そこでおじいさんに声かけて背負って渡ったるんも優しさやけど、なんか彼女の、見えにくいけどめちゃくちゃ世界に対して優しいところがいいなって思う。知り合いかそうじゃないかにかかわらず、自分の周りにおる人が少しでも居心地よく過ごせるようにって考えて、そのために自分の行動を変えられるってすごない？　そういう小さいひとつひとつの行動がつむぎちゃんのいいところで、俺が好きなところ」

「ふぅん」

「反応こわっ」

「いや、ＤＥＮもそんな顔するんだなって」

社長の視線は鋭いままだ。こちらをまっすぐに見据えている。真っ赤な口紅に縁どられた唇がゆっくりと開いた。

「本気なのね？」

「うん」

「その本気、どれくらいもちそう？」

「……どういう意味？」

「必死にかばって二週間後に別れてるくらいなら、今別れてほしいって」

ムッとしたのを感じ取ったのだろう。社長は腕を組んだまま、椅子の背もたれに体を沈めた。

「ひどいこと言ってるって思うでしょ。『恋愛なんか俺の勝手だろ、口出しするなんて時代遅れだ』って？　その通り。あんたはDENである前に『細野伸由』っていう一人の人間だもんね。でも私は、あんたのDENである部分にお金をかけて、商品として売り出してる。だから、私はあんたを『人間』である前に商品の『DEN』として見なきゃいけない」

社長の言うことはもっともだ。だから黙って続きを待った。

「赤裸々な配信を許可するときも散々迷ったけど、あんたくらい奔放だと、隠してもいつかどうせバレると思った。それなら『チャラチャラしたイケメン』っていう憎めない正直キャラのほうが現代では受け入れられやすいだろうっていう、戦略的な理由で配信オーケーを出したの。そこからの、急な方向転換になるわけでしょ？　これまでのキャラクターを楽しんでた人の中には、方向転換を受け入れられなくて背を向ける人も絶対に出てくる。あんたにとっては『ただ彼女ができただけ』でも、事務所にとっては『商品のパッケージ変更』くらいのおおごとなわけ。パケ変更した直後に『パケ元に戻します』は大迷惑なのよ。わかった？」

社長の口調は淡々としている。上に立つ人間独特の余裕と自信に満ちている。

その言葉のすべてに同意できたから、深く頷いた。

「わかった。俺の気持ちは絶対に変わらへんし、彼女も……そんなに簡単に心変わりするタイプではない。だから、力を貸してください。お願いします」

そう言って、もう一度部屋全体に深々と頭を下げた。

＊＊＊

その数週間後、事務所で社長とすれ違った。彼女の個人情報がネットに晒されて大騒ぎになっているせいで、このところずっと事務所は慌ただしい。ただでさえ歩くのが速い社長が今や競歩選手並みだと噂になるほどだった。

「社長、ご迷惑をおかけして申し訳ありません」

呼び止め、本心からそう言った。顧問弁護士、彼女の勤務先、広告案件のスポンサー企業、事務所への資金提供者である金融機関、社長が競歩でそういう場所を回って必要な調整をし、方々に頭を下げてくれているのはわかっている。一緒に行って頭を下げることももちろんあるが、自分の謝罪になど大した価値はない。社長が隣にいて初めて、スポンサーのお偉いさんたちの「まぁまぁ、社会的に非難されるようなことをしたわけではないのだから」という言葉が引き出せるのだ。

「別にボランティアでやってるわけじゃなくて、私は私の仕事をしてるだけだから。まぁ、あんたに頭を下げられて嫌な気はしないし、どんどん下げてもらっていいんだけど」

そう言いながら社長は「こっち」と首で社長室を示した。中に入れ、ということらしい。

社長について部屋に入る。中はいたってシンプルだ。大きな机が部屋の中央に一つ、背後の大きな窓からは大都会のオフィス街が見下ろせる。その窓にもたれ、やはり腕を組んで、社長が小さなため息をついた。

「騒ぎになるだろうとは思ったし、彼女が特定されるかもしれないとも思ってたけど、想像以上にヒートアップしてるね。名誉棄損に侮辱にって、弁護士の先生も『スクショが間に合わない』って言ってた。令和にもなって、まだネットが匿名だと信じてる奴がいることにも驚くね。超凄腕のハッカーでもない限り、匿名なんてありえないのに」

「アホな奴ほど、自分が賢いつもりでおるから」

「まぁ、アホどもの始末は専門家に任せるとして。あんたはどうなの？　本気の恋が華々しく散ろうとしてるって聞いたけど。彼女さん、もう限界なんでしょ？」

　搾り出すような声で「私が、退場すればいいのか」と言われたのは、ほんの数時間前のことだ。

「……マキの口の軽さどうにかしてほしい」

「あれで心配してんのよ、マトゥシ。全然寝てないみたいよ。目の下真っ黒だもん。化粧落とさずに寝ちゃった翌日のにじんだアイラインみたいな色してた。バンドのフロントマンとしてじゃなく、幼馴染として、細野伸由の未来を心配してるんだと思う。まぁ、顔色の悪さでいえば、今のあんたに勝る人はいないけどね。なんなのその顔。人前に出る顔じゃないんだけど」

「……胃が痛すぎて」

「そんな繊細なキャラだっけ？」

「……自分でも驚いてんねん。平気なフリは得意やのに」

　社長が肘置き付きの高級そうな椅子を引いて座るように勧めてくれる。多少気は引けたが、座れるのはありがたい。腹をさすりながら腰を下ろした。

「見られる仕事は、こういうときにつらいね。平気なフリして笑ってなくちゃいけない」

　意外な言葉だった。

　二週間前に会議室へ呼び出されたときに「二週間後に別れてるくらいなら、今別れてほしい」と忠告された。あのときは「気持ちは変わらない」なんて大見得を切ったくせに、彼女との関係は今や風前の灯火だ。「ほぅら言わんこっちゃない」とでも言われるのだと思っていた。

「社長も……現役のとき、平気なフリしたことある?」

いつになく社長の表情を優しく感じて、そう問いかけた。

「私はそっち側としてはハンパだったからなぁ。モデルとしても歌手としても三流だった。むしろ誰かに見てほしくてもがいてたから、平気なフリをして笑ってた記憶はないな」

「商品として三流やとは全然思わへんけど、他の人を商品として売り出す才能が超一流っていうのはたしかやな」

腹に手を当てたまま社長を見上げると、こちらを見下ろして目を細めた。

「あんたのそういうところ、ムカつくよね」

「そういうところ?」

「人たらしで、こっちの牙を折りにくるところ」

「社長、牙生えてないやん」

「そう思ってんの、この事務所であんただけだと思うよ」

「そう? 社長はむしろ、変な猛獣たちをうまいこと飼い慣らしてる猛獣使いのほうやと思ってた」

「目下(もっか)、一番めんどくさい猛獣は間違いなく私の目の前にいる奴ですけど」

目尻にしっかり引かれたアイラインが、表情に合わせて動く。

「それは申し訳なく思ってます」

そう言いながら椅子にぐっと体を沈めた。革の匂いがする。

——革張りのオフィスチェア、ええな。

「諦めるの?」

脈絡のない、唐突な問いだった。

社長がこちらを見据える。

大ぶりで個性の強いピアスが顔の横で揺れている。

「彼女のこと、諦めるの？」

返事をしなかったからだろう、もう一度社長が言った。

自分が相手じゃなければ彼女がこんなに嫌な思いをすることはなかった。見ず知らずの人間の悪意を浴びて傷つくこともなかった。そうわかっていても、簡単に手放したりはできない。

「……簡単に諦めれたら、苦労はないよなぁ」

「だねぇ」

「なんか……社長、なんで優しいん？ もっと色々言われると思った」

社長は窓の外を見下ろしながら、「弱ってる奴を痛めつける趣味はないの」と呟いた。

「それに正直、事務所からすると、どっちに転んでもそれなりにオイシイかなって。こんだけ『本気です』って言った後にフラれたら、マキに一発失恋ソングでも書いてもらって、ＭＶに彼女さんに似た人キャスティングすれば話題作りになりそうだし」

「……鬼」

「あら、さっき牙生えてないって言ってなかった？」

「牙はないけど鬼の角(つの)は見えた」

軽口を叩いていたら、ブブ、と机の上の社長のスマホが鳴った。

「あ、きたかな」

「ん？」

「事務所のプレスリリース、顧問弁護士の最終チェックをお願いしてたの」

伏せていたスマホを持ちあげ、社長が画面を見つめる。

「よし、ＯＫでた」

そう言いながら社長は部屋のドアを開けた。そして社長室の正面に位置する広報チームに「メールした最終版でアップをお願い」とひと声かけてから、こちらを振り向いた。

「あんたが今見てる角なんて、かわいいもんなのよ。見てな、鬼の本気を」

それからまもなく事務所のホームページにアップされた文書には、「私生活への過度な干渉や不正確な情報の拡散など、所属アーティストを傷つける行為には、相手が法人であれ個人であれ断固として抗議し、法的な措置を含む対応策をと講じていく。覚悟せよ」ということが、怒りの滲む文体で綴られていた。

文書は所属アーティストや、賛同を表明してくれた他の事務所などの協力を得てまたたく間に拡散され、SNSのトレンドワードになった。

「彼女さんの情報を漏らしたと思しきおバカさん、元読モだって言ってたじゃない？　その人のSNSをちょっと覗かせてもらったんだけど、また読モになりたくて色んな雑誌に応募してるみたいなの。昔お世話になった各雑誌の編集部の人たちと、偶然年末年始に会う機会があるからさ。お酒でも飲んで、ついうっかり、口を滑らせちゃうかもなぁって。もちろん名誉棄損になんか絶対にならないように、クローズドな場所で話すわよ？　果たして、読モに返り咲けるかしら？」

そう言った社長の頭には、たしかに角が見えた。

――弱音なんか吐いてる場合ちゃうな。俺も、俺にできることは全部せんと。

〈力貸して〉

メッセージアプリでバンドのグループにそうメッセージを入れると、数秒後に全員から返信があった。

《その言葉を待ってた》

《なんなりと》

《なぁ誰かコンシーラー貸して、クマ消えへん》

27、田んぼの無い、田無さんたち

振り向くと、部屋の入り口に彼が立っていた。

「ほ、ほそ、のさ……？」

驚いて言葉が切れ切れになった。

「来てもうたぁ」

彼はいたずらっ子みたいな顔でそう言って、ニコリと笑った。

テレビ通話で見た悲しそうな顔とも、昨日の配信で見た切なそうな顔とも違う、明るい笑顔だ。

「な、なんっ」

慌ててベッドを降りた。

「つむぎちゃんに会いたくて限界やったから」

「で、でもしゃちょ、けいそつ」

「な。社長に軽率なことすんなって言われたから必死に我慢してたけど、さすがにこれ以上は無理やったわ」

「だ……大丈夫なんですか」

「いやぁ、どやろ。怒られるかもな」

鼻の付け根にくしゃ、とシワを寄せて『まいったな』って感じに彼が言う。

「マネージャーにはちゃんと言うてきたから、たぶん今頃社長んとこにも報告いってると思う。まぁ後でお小言食らっとくよ」

そう言って彼は肩をすくめた。

部屋の入り口とベッドの脇、数歩の距離に立って見つめ合っていたら、彼が腕を広げ、首を傾げた。

声に出さない「おいで」だ。

私はゆっくりと彼に歩み寄って、胴に腕を回した。

ふぅ、と深い息が出た。

「あの……会いたかった、です」

「うん。俺も」

彼の声が髪にかかる。

「今、俺に電話くれようとしてたやんな？」

「はい」

「何話そうと思ってたん？　聞かせて」

「あの……ごめんなさい、私。弱くてごめんなさいって言おうと思って」

涙がじわりとにじむ。

昨日の言葉で彼を傷つけたとわかっているから、ごめんなさい以外の言葉が見つからなかった。

「つむぎちゃんが謝ることとちゃうよ。俺のせいで弱らせてごめんな」

「ううん、細野さんはちゃんと守ってくれようとしてたのに」

「片腕の鎧じゃかばいきれんかったから、つむぎちゃん傷だらけになってもうたな。ほんまにごめんな」

彼の言うとおり、傷だらけだった。

もう無理かもしれない、と何度も思った。

けれど、こうして彼のそばにいると（まだ頑張れそう）と思えるから不思議だ。

「あの、私、昨日」

「うん」

「弱音を吐いてしまって」

「つむぎちゃんの正直な気持ち聞けてよかったよ。ひとりで抱え込んでんのやろなって心配してたから」

「私」

「うん」

「細野さんのそばにいたいです」

「……ありがとう」

「細野さんのそばにいるためには、マドエクのＤＥＮの彼女なんだっていう事実を、誰より先に私自身がちゃんと受け止めなきゃいけないなって」

「うん」

「ちゃんと受け止めます。どうしてもそばにいたいから」

「……うん」

ぎゅ、と彼が抱きしめてくれる。

「うん」

彼はもう一度言った。

はぁ、と彼が頭上で深く息を吐いた。

「俺つむぎちゃんを失うかと思って」

ぎゅ、と腕が締まる。

「もう無理かもしれんと思った。よかった」

彼の手が背中から離れる。

どうしたのかと顔を上げると、彼は私の肩越しに自身の手を見つめているらしかった。

「むっちゃ手震えてるわ」

ぎゅ、彼はその震えをごまかすみたいに私の頭を彼の胴に押し付ける。

「もうあかんかもって思いながら、どうやったらつむぎちゃんが俺のそばにおってくれるか、ずっと考えててん。俺がマドエクやめたら、いやでも、そしたらどうやって食ってくんや、そんなんつむぎちゃんは望んでんのか、とか。もしかしたら俺が手を離したったほうがつむぎちゃんは幸せになれるんちゃうか、ていうのも一瞬よぎった」

そこまで言って、彼が小さく笑う。

「でも絶対無理やった。つむぎちゃん失ったらこの先どうやって息して、どうやって笑って、どうやって人許して生きていくんか、想像もつかへんかった」

はぁ、とまた彼が息を吐く。

「ほんま苦しかった。事務所で別れて以来、やっと息できた気がする」

「……私もです」

知らない間に息が浅くなっていたのだろう。深く深く息を吸い込んでゆったりと吐き出す。それだけで体がポカポカした。

しばらく彼にくっついて深呼吸を繰り返し、彼の顔をちゃんと見たくなって体を離した。

彼はそんな私の意図をわかっててか、わずかに首を傾げてニコッと笑う。

目の下に少し疲れが見えるけど、穏やかな表情だ。

さらに少し体を離し、彼の全身を視界に捉えた。

黒い細身のパンツにベージュのパーカーを合わせ、黒のテーラードジャケットを羽織っている。上半身がオーバーサイズ気味でゆるく、下半身はピッタリ。

「細野さん、服の感じがいつもと違いますね」

「うん、これ侑哉くんの服やからさ」

「えっユウヤ？　って、弟の侑哉ですか？」

　そう言いながら、慌てて体を離した。

　弟の服に抱きつくって、なんか、ねぇ。

　私の反応を見て、彼は笑う。

「そう。記者撒くんに協力してもろてん。名付けて『入れ替わり大作戦』。侑哉くんと俺、背格好似てるからさ」

「え、じゃあ、侑哉は今」

「俺の服着てフードかぶって、クラブのＶＩＰ席でマドエクのメンバーとわちゃわちゃしてる頃やな、たぶん」

　──侑哉、ちゃっかり楽しんでそう。

「あのでも、どうして侑哉が」

「ＤＭくれて、連絡取り合うててん。ここ一週間くらいかな」

「……知らなかったです」

「うん。なんか家族と連絡取るって外堀埋めてるみたいやん？　つむぎちゃんのプレッシャーになったらあかんから、内緒にしてって言ってあってん。まぁ今バラしてもうてんねんけど」

　目元に柔らかなシワを寄せて、彼が私を見つめる。

「つむぎちゃんも、服装の感じいつもとちゃうな」

　そう言われて自分の服装を見下ろして、思わずうわぁぁぁあああ、と叫び声が出た。

　家に服を取りに戻ることもできないまま実家に来たので、服は借り物だらけだ。上は母から借りている毛玉のついたカーディガン、下は弟から借りている色褪せたスウェット。

　一日中ダラダラしていたので、鏡を見なくても自分でわかるくらい顔がむくんでいる。

「うわぁあああ」

「俺好きやけどなぁ、この無防備な感じ」

「いやぁああああ」

「つむぎちゃん、実家の二階でその悲鳴はあかんて」

彼の言葉に、慌てて自分の口を塞ぎ、一階の様子をうかがう。静かだ。

「あの、両親には……?」

「来たときに下で軽くご挨拶はしたけど。すぐ『つむぎは上です』って二階に通してくれた」

私の騒いだ声が聞こえたからだろうか。ほどなく一階から「つむぎーっ」と母の声が響いた。

「はいっ」

母に聞こえるように大きな声で返事をした。

「落ち着いたら二人で降りてらっしゃい。お茶淹れるから」

「あ、うん、ありがとうっ。ちょっと待ってね、着替えてから」

母の声にそう答え、「ええと、ええと」と焦る。さすがにこのだらしない格好で両親と彼と四者面談をするのはダメだ。何かきちんとした服を、でもその前に顔を洗わないと、と手順を考えていたら、彼が「ゆっくりでええよ。俺先に下行って待っとくから」と言った。

「え、でも」

「ご両親とお話しして待っとくから、つむぎちゃんはゆっくりおいで」

「でもあの」

「こんな状況で実家来てんねんから。罵られる覚悟はできてる。全然大丈夫やで」

彼は「乞うご期待」と明るく言い、子供みたいに笑って階段を降りていく。

ただでさえ入れ墨だバンドマンだと両親の苦手そうな要素が並んでいるのに、この二週間の私の姿を見た後だ。彼に失礼なことを言いそうで怖い。

慌ててクローゼットを開け、実家に置いておいた服の中で一番マシな組み合わせを考えた。結局ワイドパンツに丈の長いニットを合わせ、一階の洗面所で顔だけ洗って髪の寝ぐせを撫でつけながら居間へ続くドアを開けた。

　ピリッとしたムードが漂っているのかと思いきや、意外にも和やかに三人がお茶を飲んでいる。そして彼の足元ではケルベロスが横になってくつろいでいた。

「あ、つむぎちゃん」

　こちらに背を向けていた彼が振り返り、私を見てにっこり。

　こちらを向いて座っている父に目で促され、彼の隣に腰を下ろした。

「細野さんが手土産にゼリーを持って来てくださったの。つむぎもゼリーなら食べられる？」

「え、細野さんが？　ゼリーを？」

　彼を見ると、楽しそうに笑っている。

　いつか「おばあちゃんちのゼリー」と言われたあれだ。

　彼がこれを持って私の実家に来るなんて、あの頃からは考えられない。

　そう思いながら姿勢を正し、両親と彼を交互に見る。

「えっとあの、まずは紹介から？」

「自己紹介はもう終わったで。今、記事のファクトチェックしてたとこ」

「ファクトチェック？」

「どれが本当でどれが嘘か、てやつ」

「すみません、失礼なことを」

　私が頭を下げると、彼は首を横に振った。

「全然。なんでも話すつもりで来てるから。バイトと年齢詐称と暴力沙汰のあたりは説明終わった」

　両親を見た。

二人ともまだ決めかねているという感じの表情だ。

母が手元のノートに目を落とした。上から順にチェックがついているのを見ると、彼に聞きたいことを書き出してあったらしい。さながら被疑者の取り調べだ。

ため息が出そうになるのを、なんとかこらえる。

「女性関係が派手だ、という話は？　これは記事というかネット上に書かれていたことですが」

母が問い、彼が深く息を吸う。

「お恥ずかしいんですが、それは本当です。ただ、自分の手で誰かを幸せにしたいと思ったんはつむぎさんが初めてです」

父も母も眉根を寄せた。

信用ならない、という表情だ。

「つむぎはその……そういう華やかな世界にいる人が好むようなタイプだとは思えなくて。どうしても……その、騙されてるんじゃないか、と考えてしまうんです。どうしてつむぎなんだろう、と」

父の言葉に母も頷いた。

「細野さんはつむぎのどこを好きだと思ってくださったんですか」

「え、ちょっと、そんなこと聞くの？」

無遠慮な質問に慌ててしまうけど、彼はリラックスした様子で答えた。

「色々あるんですが、一番ええなと思うのは、自分のモノサシをきっちり持ってるとこです」

「モノサシ？　つまり、価値観、ということかな」

父が聞き返す。

「はい。ちゃんと自分の中にいろんな物事に対する基準を持ってて、そのモノサシから外れんように誠実に生きているところを眩しいなと思って見てました。まっすぐなモノサシは、まっすぐな環境とまっすぐな生き方でしか育まれへんと思うので。うらやましいです」

父がはぁ、と感心したような声を上げた。

「そこで環境、とくるか」

育った環境、つまり、家庭。

それを褒められて面映ゆいのか、両親はなんとも言えない顔をしている。

彼が話し出した。

「出会ったばっかりの頃に、二人で信号待ちをしてたことがあったんです」

「つむぎさんが歩道のだいぶ手前のところに立ってるんで、どうしたんかなと思ったら『あまりキワで待つと、ハンドル操作を誤った車と接触するかもしれないから』と。『子供の頃から手前で待つように言われていて、その癖で今も』って笑ってました」

――そういえば、そんなことあったな。

「それを聞いたときに『大事に育てられたんやなぁ』って思いました。そしてそれをちゃんと守ってる誠実な子やなって。その印象は今でも変わってないですし、そういうところが好きです」

ふー、と両親が同時に息を吐く。

母が苦笑いした。

「成人しているとはいえ未婚の娘が男性と一緒に暮らすって聞いて親としては穏やかじゃなかったし、今回の報道のことについても、正直色々思うところはあったんですけどねぇ」

父もやはり苦笑いで、母に続く。

「侑哉から細野さんが今夜うちにいらっしゃると聞いて、夫婦で色々と話をしました。二人とも教員をしているので、生徒に『多様性（ダイバーシティ）』なんてことも教えます。属性で人を判断するな、と。それなのに娘の交際相手となると『入れ墨』とか『芸能人』なんて属性がつい気になってしまう」

「それは仕方ないことやと思います」

「でも、矛盾してるでしょう。自分でもその矛盾が気持ち悪くて。属性で人を判断しないとしたら、なんで判断すべきなんだろうと。結論として――これは娘に限らず息子でも同じですが――わが子のパートナーに期待することは、人間として誠実であること、お互いに大切に想っていること、子供が過度な負担や負債を背負わない程度の経済力があること、の三つでした」

　彼は黙って頷いている。

「これまでの受け答えを聞く限り、細野さんは誠実な人に見えます。そしてどうやら、つむぎのことも大切に想ってくださっているらしい。この二週間で、つむぎが細野さんを大切に思っていることも十二分に理解できました。あとは……」

「ちょっと待ってお母さん、お金の話をするつもりじゃないよね？　いくらなんでもそこまでは――」

　反論しかけた私を制して、彼が話し始めた。

「一生遊んで暮らせるほどのお金はまだありません。が、これを」

　そう言って彼がジャケットのポケットから取り出したのは通帳だった。開いて置き、両親のほうへ差し出す。

「細野さん、そんなの見せなくていいですから」

「大丈夫やって、つむぎちゃん。見せたくないもんは持って来ぉへんから。見てくださって構いません。貯蓄用の通帳です。ようやく同年代のサラリーマンの手取り五年分くらい貯まりました。さっき黒服の話をしたときにお話ししましたが、父の借金を知人に肩代わりしてもらって最近まで返済してたんで、他のメンバーに比べて多くはありません」

「それでもこんなに……」

　通帳の金額を見た父が驚きの声を上げる。

「バンドの活動とは別に個人で配信をしてまして、その収益は――もちろん一部は事務所に渡しますが――ある程度手元に残ります。それには手をつけへんと決めて、この通帳に」

「……なるほど」

「いつか芸能活動で食べていかれへんようになったら、このお金で生活をしながら学校に通ったり資格を取ったりして、新しい職を探します」

ふぅぅううむ、と父が息を吐く。

――結婚の挨拶でもないのに。

いたたまれない気持ちだったけど、彼が不快な様子もなく話してくれているのに救われた。

「では最後にあとひとつだけ……ご家族のことをもう少しお聞きしても？」

「美容師をしてる姉が一人。それと、お話ししたとおり父が健在です。絶縁していますが」

「とはいえ、法的には親子の絶縁はありえないですよね」

「そのとおりです」

父と母が顔を見合わせた。

私は父と母に『これ以上はやめて』と目で訴えたけど、黙殺された。

「お父さんの借金は……もう本当に解決したんでしょうか？　惨いことを言っている自覚はあるんですが、将来、そのせいで子供が苦労するところは見たくないというのが親の本音です」

「お父さんお母さん、それは本当に――」

「つむぎちゃん、ありがとう。でも、大丈夫やから。座り」

立ち上がった私の横で、彼が静かに言う。

彼はテーブルの上に置いた指を組み合わせた。祈るような仕草にも見える。

「実は、先日事務所に父から連絡がありまして。私はもう応じひんと決めてるんで、代わりにマネージャーに対応してもらったんですが。父に残された時間はあまり長くないようです」

「え……」

初耳だ。体の力が抜け、椅子に崩れながら彼の横顔を見た。

「会いに来てほしい、と病院の住所を伝えられたそうです。病院に問い合わせたところ、入院しているのはたしかなようです。父の話を信じるなら、ですが、父は自身の余命が短いことを知って姉や私に会いたいと思ったそうです。親子なんで住所を調べる方法は色々あるはずですが、父にはそんな知恵もなく、何を思ったか週刊誌へ連絡を取って、自分の知っている私の情報を洗いざらい話す代わりに私の住所を教えてもらったと。週刊誌の記者からしたら、仲たがいしてるらしい父と私の感動の再会現場を押さえられる可能性があるということで、父には知らせずに張り込んでたようです。それで、あの写真を撮られてしまったと。たしかに父が撮ったにしては角度やタイミングがおかしいなとは思ってましたが」

ふぅ、と今度は彼がため息をつく。

「父とは離れた位置で会話をしましたし、感動の再会とは程遠い展開になったので、面白みに欠けたんでしょう。つむぎさんとの写真が記事になってしまった」

彼は淡々と続けた。

「細野さん。それって……あの日お父さんは本当に細野さんに会いに来ただけだったってことですか」

「もしもあいつの話を信じるなら、な」

私の問いに、やはり彼は留保をつける。

「重い話をしてすみません。この先父のことでつむぎさんを苦しめずに済みそうやとお伝えしたかったので」

「会いに……行かれるんですか?」

さすがに踏み込みすぎている自覚があるのだろう。聞きにくそうに、母が問う。

「これまでの事情が事情なんで会いたいとは思ってません。残された時間が短いと聞いて……思うところがないわけではないけど、もう十分に苦しめられたんで、関わりたくない気持ちのほうが強いです」

何度目かわからない。母と父が視線を交わす。

両親の無遠慮な問いのせいでこんなことを話させてしまった申し訳なさから、どんな言葉をかければよいのかわからず、彼を見つめる。

「それなら……代わりに、私が会いに行きましょうか？」

父が静かに言った。

「え……お父さん？」

「細野さんが会いたくないという気持ちや決断に口をはさむ権利はありません。でもいつか、『あのとき彼は何を話したかったんだろう』と細野さん自身が苦しむかもしれない。そうならないように、私が話を聞いておいて、ノートにでも書き留めておきます。細野さんがいつか知りたくなったら、それを見ればいい。手元に残しておきたくなければ、その決心がついたときに燃やしてもいい。あるものを消し去ることはいつでもできる。でも、無から作り出すことはできないから」

「……どうしてそんなことを？」

彼は本当にわからないという表情で父に問いかけた。

「お話を聞いていて、もしも細野さんが自分の生徒だったらそうしただろう、と思ったので」

「お父さん、生徒のために入院中の親に会うの？」

「必要だと思ったらね」

彼はしばらく黙って父を見つめていた。そして鼻から深く息を吐いた。

「高校の頃の担任がこんな先生やったら、たぶん借金のこと相談できてたなぁ」

彼は強く数度、瞬きをした。

先ほどまでの敬語もすっかり崩れている。

「つむぎちゃんのお父さんって感じや」

そう言って彼は胸のつっかえを吐き出すみたいに、口から深く息を吐いた。吐き出しながら彼の肩が下がってゆく。風船がしぼむみたいに体の力を抜いてだらりとし、彼が私のほうを見た。

「つむぎちゃん、覚えてる?」

「はい?」

「初めて一緒にご飯食べた夜に、『みんなこの苗字やから、みんな運命の人になっちゃう』って言うてたん」

「あ、はい」

彼が田んぼだらけのＤＥＮさんで、私が田んぼの無い田無だ、という話をしたときだ。

「あれ、間違ってなかったと思うわ。俺つむぎちゃんの家族みんな好きやもん。だってこんなん、惚れてまうやろ」

そう言ってテーブルにゴン、と額をつけた彼を前に、父と母と視線を交わした。

――ね? こんな人、惚れずにはいられないでしょ?

私の無言の問いかけに、両親は口角を上げて頷いた。

足元でケルベロスがフゴ、と鳴いた。

28、乾杯

ネット上に溢れていた悪意あるコメントたちは、彼の事務所や私の勤務先からの『必要な措置を講じてまいります』というリリース以降は鳴りをひそめ、私はまた外を出歩けるようになった。

新年の訪れと共に有名人が相次いで結婚を発表したこともあり、テレビ、ネットはその話題で埋め尽くされていった。

懲戒告示

この度、就業規則に違反する行為が発覚したため、正社員就業規則第十一章第七節「懲戒」に基づき、以下の通り懲戒処分を発令する。

懲戒理由：社外秘である事項をインターネット掲示板に書き込み社外へ漏洩したことは、服務規律への重大な違反に該当する。

久々に出社した日の夕方、社内掲示板（イントラ）のトップページに掲載されたその文章を見て大きく息を吸った。

——ついに。

発信者情報の開示を待たず、私の名前を晒した人が明らかになった。

薄々そうかなと思っていたとおり、後輩だった。

「会社のＳＮＳアカウントは何かと炎上のリスクに晒されるから、何かあったときに個人まで巻き添えを食らわないように、担当者は社外秘にしてあったの。その社外秘がネット上に漏れ、業務に支障をきたすほどの事態を招いたとあってはねぇ。会社として、本腰を入れて調査しないわけにはいかないもので」

ニヤ、と不敵に笑んだ星野さんの語ったところによると、情報システム部の総力を挙げての徹底した社内調査が行われたのだという。

「とはいっても、ある程度の目星はついてたからね。証拠固めのための調査みたいな感じだけど」

結果、私の個人情報はお昼休みに——ここだけは前回の誤爆から学んだのかもしれない——後輩の会社ＰＣから書き込まれたことが突き止められ、彼女は新年早々譴責（けんせき）処分を受けることになった。

譴責は懲戒処分としては軽いほうだけど、社内掲示板で全社員に処分理由と処分内容が公表される。

それが今眺めている文書だ。

——おおごとになっちゃったなぁ。

こんな出来事に自分が少しでも関わっていると思うだけで胸が痛い。

同僚たちも同じ文書を目にしているはずだけど、誰もそのことには触れなかった。普段よりも静かに、それぞれが仕事をこなしている。

ただ、それぞれの帰り際に「大変だったね」とか「やっと落ち着いてきてよかったね」と労いの言葉をかけてくれた。

——私も早く帰りたいな。

出社できない間も家で仕事はしていたけど、家ではできない書類関係の業務がいくつか溜まってしまっていた。

それをなんとか定時後一時間でやっつけ、会社を出た。

クリスマスムードから一転、街はすっかり新年の装いだ。

すぐにバレンタインの季節がやってくる。

社屋を出て、駅とは反対方向にしばらく歩き、高架下の細い道へ入った。一台の車が停まっている。車種も色もナンバーも、伝えられていたとおりだ。

自然と早足になり、心拍数が一気に上がる。

——やっと。

最後はほぼダッシュで車に駆け寄った。

私がドアに手をかけるよりも先に、助手席のドアが内側から押し開けられた。

「お疲れ、つむぎちゃん」

運転席から手を伸ばし、助手席のドアを開けてくれているのは細野さんだ。

「すみません、お待たせしてしまって」

「大丈夫。待ち遠しくてうずうずしてたけど、実際五分くらいしか待ってないから」

ちょうど細野さんと仕事帰りの時間が合うというので、車で会社近くまで迎えに来てくれることになったのだ。

「お邪魔します」

そう言いながら助手席に乗り込み、彼を見て思わず息をのんだ。

全身が心臓になったんじゃないかと思うくらい、鼓動が大暴れを始める。静かな車内には、私が動くたびに衣擦れの音が響く。それをかき消すくらいに耳の奥で響く鼓動がどうしようもなく恥ずかしく思えてしまって、ほとんど息を止めた状態で膝の上にカバンを置き、震える手でなんとかベルトをした。

「暖房効いてるからマフラー暑いやろ、外したら？」

「あっはい」

言われるままにマフラーを外し、カバンの上にそっと乗せた。

すぐに車が動き出すのだろうと前を見つめていたけど、運転席の彼はじっと動かない。

ゆっくりと彼のほうに視線を向けると、彼はハンドルに肘を乗せてこちらを見ていた。

「あの……どうかされましたか?」

ゆるりと視線を逸らしながらそう問いかけた。

「つむぎちゃん見てんねん」

「あの、ええと、どうして……ですか?」

数メートル先にある街灯を見つめながら言った。

暗い道、車通りも人通りもほとんどない。

「かわいいなぁと思って」

彼の低い声を聞いて、ただでさえやかましかった心音が、盆踊りの太鼓くらい騒がしくなった。

――「かわいい」の致死量ってどれくらいなんだろう。

早くこの言葉に慣れないと、そのうち本当に深刻なダメージを負ってしまいそうだ。

「しゅ出発、しないんですか」

「運転中はあんまりよそ見できへんから、今のうちにたっぷり見とかんと」

「あの……そんなに見ないでください」

外したばかりのマフラーを手に取り、広げて頭にかぶった。

「隠すんは反則」

彼にマフラーを奪われる。

ちら、と彼のほうを見ると、彼は丸めたマフラーをポイと後部座席に放り投げたところだった。

「だって会うん、つむぎちゃんの実家以来やで？」

「あのでも、毎日ビデオ通話」

「ええー……つむぎちゃん、ビデオ通話くらいで足りてたん？　俺は全然つむぎちゃん成分足りんかったけど」

「いえその……足りていたわけでは」

「そのわりには全然こっち見ぃひんやん」

「あのその……」

「何？」

　彼が私の顔を覗き込むような仕草をする。

　それを視界の端に捉えつつも、そちらを見ることができずに俯いた。

「……かっこよくて、ちょっと」

「ん？」

「ドキドキしすぎてしまって。その……細野さんのスーツ姿、初めて見たので」

　そう言いながら、なんとか顔を持ち上げて彼のほうを見た。

　スーツを着ている。ネクタイまで締めている。

　カジュアルな服装で過ごしていることの多い彼のそんな姿を見るのは初めてだった。

　濃紺に白の控えめなストライプが入ったスリーピースのスーツで、シャツはグレー、ネクタイも紺色だ。落ち着いた色味で揃えてあるのに、彼が着るとなぜか華やかだ。

「ああ、これ。今日は新年の挨拶回り行ってきたから」

　そう言って彼はネクタイの首元を指できゅっとつまんだ。

「つむぎちゃんもしかして、スーツ好きなん？　それ俺、不利すぎるんやけど。会社にスーツの奴うじゃうじゃおるやろ？」

「あのいえ、スーツが好きっていうわけではなくて、その、スーツを着てる細野さんが好きだなって、あ、その、スーツを着てない細野さんも好きですけど、もちろん」

慌てて変な語順でそう言ったら、彼がこちらを見つめたまま「ふぅん？」と片方の眉を上げた。

——あ、ダメだ。なんか良からぬことをたくらんでる顔だ。

「じゃあ今日はスーツ着たままましよっかぁ」

何を、なんて問うたら、さらに追い詰められるに決まっている。

もう何も言えなくなって、必死にコートの襟を持ち上げて首を縮め、顔を隠した。

「出発してください……」

「髪短いとええなぁ、真っ赤な耳が丸見えで」

「しゅっぱつ……」

「その前にキスしてほしいなぁ」

「おうちについてから……」

「今してほしいなぁ」

「今はダメです……」

「なんで？」

「また、撮られたりしたら」

「だって俺『めちゃくちゃ好きな人ができた』って言うてんねんで？　今撮られても『だから好きな人おる言うてるやろ』で終わりやん？」

「あのでも社長が」

「『軽率な行動を控えましょう』キャンペーンはめでたく終わってんで？」

「あのでも……」

「ほっぺたでええから」

そう言って彼がこちらに頬を差し出してくる。

フロントガラスやサイドミラー後ろをきょろきょろと見渡し、人影がないことを確認してから、彼の頬にそっと口づけ――。

「俺がこの機を逃がすわけないいんよなぁ」

そう呟いた彼の大きな手でぐいと頭を抑えられ、唇を奪われた。

奪われたはずなのに、キスはとろけそうなほど優しい。追い立てるようなそれではなく、味わうようにゆるく私の下唇を食んで、彼が離れてゆく。

「……行きますか」

ぺろりと下唇を舐めた彼は捕食者の顔をしていた。

「それともここで――」

「く、くるま出してくださいっ！」

低く笑った彼は「りょーかい」と呟き、アクセルを踏む。夜の道を滑るように走り、ほどなく彼の車はあのマンションに着いた。

彼は「どうせイタチごっこやし、ここ気に入ってるし、つむぎちゃんの通勤も便利やし」と引っ越さないことに決め、騒動の収束と共に避難先のホテルから元の家に戻っていた。

「なんだか、すごく久しぶりな気が」

「一か月弱くらいか」

「はい」

深呼吸をしながら足を踏み入れた彼のマンションは、以前と何も変わっていなかった。私の部屋も、彼が換気と掃除をしてくれていたおかげで、出た日のままだった。

宅配で夕食を簡単に済ませ、ソファに並んで本題を切り出す。

「ノート、父から預かってきました」

「ありがとう」

なんの変哲もない大学ノートを彼に差し出すと、彼はそれを受け取り、表紙を眺めた。すぐに中を読む気はないらしい。

「ひとつ……父から伝言があって。これはノートに書くんじゃなく、今伝えたほうがいいと思った、と」

「何？」

「病室にギターがあったそうです。古びていて、サインのようなものも書かれていたと」

心当たりのあったらしい彼が、ふぅと息を吐く。

「オークションであのギター買ったん、あいつやったんか」

そして小さく笑うように、鼻から短い息をフッと漏らした。

「あいつ、また人の金で買うたんちゃうやろな」

その問いに対する答えを持たない私は、じっと彼の横にいることしかできない。

彼はやはり、何も書かれていないノートの表紙を見つめている。

「姉は会いに行ってみようかなって言うてた。俺は行かへん」

そっか、と心の中で思った。

「やっぱりあいつを許すんは難しい。ギターの話を聞いてもそれは変わらへん。その代わり……会いに行かんて決めたら、大して憎くもなくなった。そんな寂しい最期でかわいそやなって、哀れみの気持ちが大きくて。会いに行ってもうたら、もっと憎くなると思う。『あんだけ好き勝手生きたくせに、最後に弱った姿見せたら同情してもらえて、会いに来てもらえるんかいな』みたいな。腹立ってしゃあないやん、そんなん。だから、会いに行かへんことで憎しみを手放せると思う」

「憎しみを手放して細野さんが少しでも楽になるなら、いいですね」

「……冷たい奴やなって思う？」

彼の問いに、大きく首を横に振った。

「優しいからこそ迷って苦しんだんだって、分かってます。細野さんが冷たいなんてありえないですよ」

「……ありがとう」

彼はそう言って微笑んだ。

アルファベットでＮｏｔｅＢｏｏｋと書かれたこのノートを、いつの日か彼が開くとしたら。または、燃やすとしたら。

——そのときは絶対に彼のそばに寄り添って、彼が寄りかかれる相手であろう。

「つむぎちゃんのお父さんおらへんかったら、まだ悩んでたと思う。ほんまに感謝してるって伝えてな。また近いうちにご挨拶には行くつもりやけど。そんときはちゃんと今日みたいにスーツで」

——それって……。

「まぁでもこれからこのスーツぐしゃぐしゃになる予定やから、一回クリーニング出さんとあかんやろな」

彼がそう言って微笑んだ。

「あの、私、明日も仕事——」

「手加減はするよ。一応」

その夜、ひとつ学んだ。

彼の「一応」という言葉は絶対に信じちゃダメだ、と。

＊＊＊

学びと言えば、もうひとつ。

——人の口に戸は立てられぬ。

懲戒告示の文書内では明かされていなかった処分対象者——つまり後輩の氏名は、『以前あの誤爆をやらかした人らしい』という補足情報と共に、またたくまに社内を駆け巡った。

電話にSNSに警察への相談にと、さまざまな対応に追われた各部門のヘイトは彼女が一身に背負うこととなった。

おかげで私の『会社に迷惑をかけて申し訳ない』という気持ちもいくらかやわらいだ。

さすがにいたたまれなくなったのだろう。彼女は告示から数日のうちに退職願を出して即日受理され、あっという間に会社を去ることになった。

「つむぎさんは知らないかもしれませんけど、DENってファンの間では相当な女好きで有名ですよ？　つむぎさん、大丈夫ですか？」

退職の挨拶回り、という名目でデスク近くに来た彼女が、通りすがりにこっそりと私の耳に囁く。

「ご心配ありがとう。まさか白ちゃんにそんな心配をされる日がこようとは」

「……どういう意味ですか？」

彼女が足を止めた。

椅子をくるりと回し、彼女を正面から見据えて言った。

「意味はさすがにわかるでしょう。私の元婚約者と付き合ってるんだから」

「ちょっと、つむぎさんっ」

私は努めて小さな声で言ったのに、彼女が大きな声で返してきた。おかげでオフィスの注目の的だ。

「つむぎさん、それは話さない約束っ」

「約束？　なんのこと？」

「約束したじゃないですかっ！」

「そうだっけ？」

「健介が伝えたでしょう。そのときの健介とのメッセージ、残ってますよ」

「それがなんの証拠になるの？　健介が私にちゃんと伝えたっていう証拠は？　私が承諾したっていう証拠は？」

「健介から『ちゃんと伝えた』ってメッセージが」

「健介が嘘ついてるかもね？　ご存じのとおり、奴はときどき嘘をつくし」

「そんな嘘なんて……」

「つかないと思う？　話し合いのとき、スマホで録音してたからデータあるけど、今この場で確認する？　たしかに健介から『お願い』は伝えられたけど、私は何も答えてない。お願いされた内容を理解した、という意味で頷いただけ」

「……ずるい、そんな屁理屈！」

「あの話し合いの場に予定どおり白ちゃんも来てれば、慰謝料を取り決めた文書と一緒に秘密保持の契約もできたのにね。そうしたら、私は契約上話せない立場になるところだった。でも白ちゃんは来なかったし、私は何も約束してない。これまでは道義的な理由で話さずにいただけ。温情ともいう」

　椅子から立ち上がった。

　身長百六十七センチ、八センチヒールは、彼女を見下ろすのに十分な高さだ。

「半年も喧嘩を売られ続けて、家族や同僚、大切な人まで巻き込まれて、黙ってられるほど優しくはないの。真面目な人間を相手に戦いを挑むつもりなら、詰めの甘さは命取りになるってこと」

　彼女の目に怯えが見えた。

　それに満足して、ニコリと微笑んだ。

「今までありがとう。新天地でもがんばってね。健介の始めたビジネスを手伝うんだって？　成功を祈ってる」

そう言ってデスクのマグカップを持ち、いつかと同じように廊下に出た。

あの日は逃げるような気分だったけど、今日は違う。

別にいい気分にはならなかった。

ただ静かに（終わった）と思った。

「援護射撃が必要かと思って弾込めといたけど、必要なさそうでよかった」

給湯室で星野さんからそう声をかけられた。彼女もマグカップを持っている。

「弾……というと？」

「退職しても会社への損害賠償責任からは逃れられないよ、とか。入社して三年経ってないから入社時の身元保証人である親御さんにも請求がいくよ、とか。あとはそうだな、田無さんもプライバシー侵害の損害賠償請求ができるだろうから、時効まで『いつ請求が来るか』と震えることになるね、とか」

やったことの責任をきっちり取ってもらうのは悪くない。

――でも、今すぐじゃなくてもいいな。

「とりあえず……まずいコーヒーで乾杯でもしとく？」

ドポポ、と詰まり気味に給茶機から吐き出される黒い液体で互いのマグカップを満たし、そっと顔の横に掲げた。

「優しい上司と仲間たちに」

「……良き部下に」

29、ヤブを引っかき回してヘビを出す

「俺、冬が一番（いっちゃん）好きやなぁ」

　ふわふわの羽布団にくるまって、彼がしみじみと言った。

　二月に入ったけど、春の足音はまだ遠い。

「どうしてですか？」

「寒くて布団から出たくないやん？　せやから一日中、布団の中で楽しめることすんねん。人肌恋しいなる季節でもあるし」

「そ、そうですか」

「布団の中で楽しめること」ってなんですか、なんて聞いてはいけない。

　人はそれをヤブヘビという。

　ヤブに触れないようベッドからそっと抜け出そうとした私を捕え、再び布団の中に引きずり込みながら彼が低く笑う。

「だーかーらー、一日中楽しむんやって言うてるやん。今月唯一のオフやで。離さへんよ」

　背中から抱き込まれるような姿勢になった。彼のお腹と私の背中がぴたりとくっつき、体温を感じる。

　たしかに人肌は心地いい。

「あのでもこの部屋、暖房であったかいので先ほどのお話からすると――」

「つむぎちゃんの乳首はもう気持ちよさそうやけどなぁ」

「っ……」

彼の手は私の体にいとも簡単に火をつける。経験値が違いすぎて、抵抗なんてできるはずもない。

「なぁ昨夜電話かかってきてたん、誰から？」

「あ……サークルの友人からです」

「サークルの友人てもしかして」

「あ、いえ、違います。元婚約者ではなくて」

「ふぅん。なんか深刻そうな感じちゃうかった？」

「あの……元婚約者がどうやら、お金を貸して欲しいと言ってきたようで」

「金？」

「表向きは『出資』という名前だそうですが」

「その友達は、なんでそれをつむぎちゃんに？」

「元婚約者が『つむぎも出資した』と私の名前を出したそうで、事実確認のために」

「なんでつむぎちゃんの名前出すん？　アホなん？」

「私が一番慎重な性格なので、私が出した、と聞いたら皆心を許すと思ったのかもしれません」

「そんなセコい嘘までついて、なんか堕ちるとこまで堕ちてんなぁ」

「そ、ですね」

胸の先を器用に指で転がされ、下腹部がきゅんとする。

「あの、ほそのさ、ちょっと」

「昨夜は『もっと』って言ってたやん」

「……なんのことだか覚えてません」

「ふぅん？　しゃーないなぁ、じゃあ今から再現して思い出させて――」

「いえ覚えてますごめんなさい」

もう片方の手がお腹をするりと撫で、脚の付け根へと向かう。下着をつけていないのは、寝る前に脱がされたからだ。たぶんベッドの足元のあたりに転がっていると思う。

「うん、体のほうも昨夜のことまだちゃんと覚えてそう」

昨晩の余韻のせいなのか今与えられている感覚のせいなのか、すでにその場所はしっとりと濡れている。

「んー、とろとろ」

彼は割れ目に沿って中指を滑らせ、溢れた液体を塗り広げるように往復させる。胸に触れる手は、すでに固く主張している突起を軽く転がし、はじき、つまんで弄ぶ。

快感を逃したくて膝をすり合わせた。

「やっぱ、顔見えへんからこの体勢はあかんな」

ごろ、と九十度転がされ、仰向けになった。顔をシーツにすり寄せて隠そうとしたけど、顎をクイと指で引かれ、元に戻される。

ぬるぬると滑る指は円を描き、肝心な場所には触れない。

絶対にわざとだ。

刺激を欲して腰がわずかに動いたのを、彼は見逃さなかった。

くつ、と喉の奥で笑う。

「俺つむぎちゃんが気持ちよさそうにしてんの見るん大好き。あと恥ずかしそうにしてんのも。だから、気持ちよくて、かつ恥ずかしいときが至高。つまり今」

顔を両手で覆っても耳元で囁く彼の声は容赦なく届いて、頭の中をかき混ぜる。

「つむぎちゃん手どけて」

「……やです」

「顔見えへんやん」

「……見えないようにしてるんです」

「俺がつむぎちゃんの顔見るん大好きやって言ってんのに？」

　手を少しだけずらし、すき間から彼を見た。

　布団を背中で押し上げるようにしてこちらを見下ろしている。

　私の体に火をつけておきながら、彼はまだ余裕の表情だ。

「その恥ずかしそうでちょっと怒ってて泣きそうな顔が最高やねん。初めての夜、その顔が見たくて『入れて』って言わせたもん。はぁ、かわい」

「……お願いされるまで入れない主義じゃなかったんですか？」

「つむぎちゃんに対してはな？」

　――騙された。

　ごろ、と私の隣に体を横たえた彼は、片腕で頭を支え、もう片方の手でやはり私の体に触れている。

「……もう二度と言いません」

「無理やと思うなぁ。前に言うたやろ、俺、気持ちよさそうにしてるつむぎちゃん見てるだけでひと晩でも過ごせるって。試してみる？」

　つぷりと体の中に入り込んできた指が、そっとナカをなぞる。同時に耳元で「ここがつむぎちゃんの気持ちいいとこ」とか「ほら、わかる？　俺の指根元までのみ込んでんの」とか「ナカ、やわやわやで」とか囁かれ、顔から火を吹きそうになる。

「なぁ、つむぎちゃん」

　ねっとりと耳たぶを舌でなぞり、「言わへんの？」と問うてくる。

　気持ちいいのに、のぼりきれない。そこで生まれた熱が体をのみ込むほんの少し手前でいつも動きを止められる。

――絶対に言わない。

口元をきゅっと結んで彼を見たけど、彼は嬉しそうにため息をつく。

「はぁその顔最高。写真撮っときたいけど、つむぎちゃんの汁で手びしゃびしゃやからムリ――」

彼の口を手で塞ぎ黙らせてから、その手を彼のモノに伸ばした。

硬く立ち上がっている。大きくて熱い。筋を指でそっと撫でると、ひくりと動いた。

「つむぎちゃん」

またあの捕食者の目だ。

欲に濡れて光っている。

それなのに、彼は入れようとしない。

「……入れないんですか？」

「入れてほしい？」

「……入れたいですか？」

負けじとそう問い返すと、彼はくしゃ、と笑った。

「そうくるか」

私の上に覆い被さり、「暑いし邪魔」と羽布団をベッドの脇に投げ捨てた。「一日中布団の中に」なんてどの口が。

彼は自身の分身をそっと、私の濡れそぼった場所へ押し当てた。

そしてぬる、と腰を動かす。

ナカには入れず、花芽にこすり付けるようにゆったりと往復させる。

彼のモノが入り口を素通りするたび、先を期待した私の蜜路がきゅんと締まる。

「腰溶けそう」

「……まだ溶けちゃダメです」

「なんで？」

「だって……」

　求めているものを与えられないまま快感だけが増して、自分の体がどこへ向かうのかわからない。

「つむぎちゃん、なんでかたくなに『入れて』って言わへんの？」

「……なんで言わせようとするんですか」

「可愛いからやて言うてるやん」

「……恥ずかしいからやだって言ってるじゃないですか」

　彼の言葉を真似てそう言い返すと、彼は声を出さずに体を震わせて笑った。

　そのかすかな振動が花芽を伝い、また腰に快感が広がる。

「最初からつむぎちゃんに勝ち目はないんやって。そうやって恥ずかしがるつむぎちゃんが俺にとってはご褒美やもん」

「じゃあ……恥ずかしがるのやめます」

　顔に力を入れて、一生懸命真顔を作った。

　できる限り強い目をして彼を見たけど、果たしてちゃんとできているのかどうか。

　彼の瞳に映る私はやっぱり物欲しそうな顔をしている気がする。

「なんで俺からご褒美取り上げようとしてんの？」

「……悔しいから、です」

「何が？」

　震える息を吐き出した拍子に、恥ずかしさでまなじりに浮かんでいた涙がぽろりと落ちる。

「……どうして細野さんは余裕なんですか？」

彼が驚いたような顔で私を見る。

「どうやったら、『入れたくてたまらない、もう我慢できない、もう待てない』って思ってくれますか。あの……結婚式から帰ってきた日みたいに」

あの日、彼は自分のことを「余裕なぁ」と笑った。

あんなふうに求めてほしい。そう思うのは贅沢すぎるだろうか。

「やっぱり、プロにメイクしてもらわなきゃダメですか……？　あれは最大瞬間風速みたいなもので、自分でどんなに頑張っても、毎日あんなにきれいに装うのは難しいです」

ごく、と彼が唾を飲む。顔のすぐそばにある彼の喉元が上下に動いた。

「……それ」

彼が短く言った。

「本気で言ってんの？」

何を問われたかわからなかった。

「『それ』って？」

「俺がいつも余裕あるって。あの日だけ余裕をなくしたって、本気で思ってる？」

「……違うんですか？」

彼が「はぁ」と言いながら体の力を抜いた。

ずし、とのしかかられ、彼の重みを感じる。心地いい重みだ。

彼は私の耳の横に顔をうずめた。

「全然わかってへんよ、つむぎちゃんは。いつも開始三秒で吹き飛びそうな理性をやっとのところで捕まえて、細い糸でつないでんのに。無邪気にその糸をちょん切りにくるんやもん」

そう言って彼は顔を持ち上げ、至近距離から私を見つめた。

いつ見ても整った顔立ちだ。朝起きた瞬間から夜寝るときまで——ううん、寝ている間すら彼は完璧で、むくみを気にして夜に水分を控えても朝起きるとやっぱり顔がむくんでいる私とは違う生き物だ。

彼の手が私の髪をそっと梳く。

「あの夜のつむぎちゃんはたしかにめちゃくちゃきれいやったけど、それと全く同じ熱量で、毎日つむぎちゃんのこと可愛いと思ってんで」

「……そうなんですか?」

「あの日俺が全然余裕なかったんは——」

彼はそこで言葉を切り、苦笑した。

「——あんなんただの、みっともない嫉妬やん」

「しっと?」

「そう。元婚約者にキスされたって聞いて、理性つないでる糸がいっぺんに全部ブチ切れただけ」

「細野さんが……嫉妬を」

「するやろ。当たり前に」

「しないのかと、思ってました」

「つむぎちゃん何言うてんの」

「だって……その……」

これは幸せな時間にする話じゃない。

そう思っていた。

でも、彼といるといつも幸せだから、結局いつも話せないままだ。

彼の「何?」という視線にごまかしきれなくなって、ついに言った。

「その、セ、セフレさんたち」

「それはわかってます。でもその……前に細野さん、『お互い楽しんでる』っておっしゃってて。それを特に嫌がっているふうでもなかったので、嫉妬とかはしないタイプなのかなって」

おかしなことを言ってしまったらしい、と彼の表情からわかった。

「え。それはセフレやからやん。恋愛感情の絡まん関係やから嫉妬とかせぇへんってだけで。つむぎちゃんが他の男と楽しんでたら、俺ふつうに発狂するよ?」

「あ、そ、そうなんですか」

「いや『そうなんですか』ちゃうやろ」

彼は整った形の眉を額の中央にぐっと寄せた。

「あの、なんか細野さん、怒ってますか?」

「つむぎちゃんにじゃなくて、自分で『他の男と』って言いながら想像してもうた『他の男』にな」

「そんな人……いないです」

「わかってるけど。さっきの電話の話やって、『もし元婚約者からやったら』って、気揉んでてんで」

「……そんなの、細野さんより私のほうがずっと」

「ん?」

「私のほうが思うに決まってます。細野さんは文字どおり数えきれないくらいの経験をしてきたわけで、その中にはきっと、吹き飛んじゃうくらい気持ちいい経験もあるんだろうなとか、余裕をなくしたことだってきっとたくさんあるんだろうなとか、私の知らないどんな顔を見せたんだろうとか、誰かと冬の寒い日に一日中お布団の中にいたのかなとか、色々と思います」

「つむぎちゃ――」

「過去は変わらないからいいんです。でも、今は、誰よりも何よりも私を求めてほしいんです。私の求めに応えるんじゃなくて」

　話し出したら止まらなかった。

「そのために、求めてもらえるような私でありたくて。どうしたらいいのかなって最近ずっと考えてます。その……布面積の小さい下着を買ってみたらいいのかなとか、刺激の強い色味の下着がいいのかなとか、『誘惑』って名前の香水を買ってみようかとか。でもどれが細野さんに効くかわからないので、教えてもらおうと思ってて。ずっと。だけどそんなこと、どんな顔して聞いたらいいのかもわからなくて。好きな下着はどれですか、なんて――」

「つむぎちゃん、一旦ストップ」

　彼の制止で言葉を切った。

「エロい下着の話はとりあえず置いといて、ちょっと思い出してみ。今布団の中に連れ込んだん誰やった?」

「細野さん……です」

「それでも俺がつむぎちゃんを求めてないと思うん?」

「その……戯れじゃなくて、もっと本能的なというか、衝動的なというか、どうしようもなくというか」

　彼はいつも軽い口調や態度で誘ってくれる。私はそれを拒むことなく応じる。でも、もしも私が拒んだとしても、彼は表情を変えることなく「そっか」と言う気がする。

「どうしようもない欲望をそのままぶつけたら引かれると思って、戯れのフリしてるだけやで」

「……本当ですか?」

「うん」

「それなら、フリなんてせずに、そのままぶつけてほしいです」

　彼が鼻から深く息を吐いた。笑ったのか、それともため息なのか、区別がつかない。

「……わかってんのかなぁ、ヤバイこと言ってるって」

「……わからせてください」

彼を見上げてそう答えた。

「……おそろしいこ」

「私、ですか？」

「うん」

「……どうして？」

「真面目な顔で真面目なテンションでクソほど煽ってくるんやもん」

彼はそう言いながら私の体を跨いで膝立ちになり、こちらを見下ろした。

「あの、細野さん……もしかしてちょっと怒ってますか？」

険しい表情の彼に恐る恐るそう問いかけると、彼はその表情のまま唸るように言った。

「怒ってないよ。でもつむぎちゃん、俺の本気が見たかったんやろ？ これがそれ」

背中がゾク、と震えた。

肉食獣みたいだ、と思った。

いつもまとっているゆるい空気が消え、目がギラギラと輝いている。口元は上弦の弧を描き、薄く開いた唇のすき間から赤い舌がわずかに覗く。

その彼に、噛み付くようなキスをされた。

荒々しく歯列をなぞり、上顎を撫で、奥へ奥へと入り込んでくる。

――キスなのに、なんだかまるで……

どちらのものかわからない唾液が溢れ、頬を伝って流れてゆく。

それと同時に、すでにほぐされていた場所に彼のものが押し入ってきた。

「チンチンギンギンでただでさえ脳みその血足りてないのに、つむぎちゃんがあんなこと言うから」

そんなひと言を残し、ズン、とひといきに奥まで貫かれた。

「あっ……」

刺激の強さに声が漏れる。何か掴まる場所が欲しくて彼の背中に手を伸ばしたけど、汗で濡れて滑ってしまう。

そのまま宙に浮いた手は彼に捕まり、シーツに縫い止められた。

彼は私の首元に顔をうずめ、低く唸りながら腰を揺らす。

「んぁあぁっ……ぁあ」

体を揺さぶられて、声が不安定に波打つ。

強すぎる快感から逃れようと腰を引いたけど、すぐに逞しい手に捕えられた。

「逃げんなよ。そのままぶつけろ言うたやん」

そう言って彼はニタリと笑う。

いつものいたずらっ子みたいな笑顔じゃない。勝利を確信した獣のそれだ。

彼は挿入したまま私の左脚を肩に抱え上げ、器用に私の右腿の上に跨った。動けない。腰がねじれて不安定になった姿勢に怯えた次の瞬間、深いところを抉られた。

「きゃあ」でも「あぁ」でもない、悲鳴みたいな声が出た。

怖いけど、怖くない。

相反する感情が私の中でごちゃ混ぜになる。

迫りくる未知の快感は怖い。

でも彼は怖くない。

速度を早めた腰の動きは、私をどこまでも押し上げる。半開きの口から断続的な喘ぎが漏れるのを止められない。

涙の粒がまつ毛の先について揺れている。

「なぁつむぎちゃん」

彼が何か言う。

返事をする余裕なんてない。

不安定な姿勢のまま、私はシーツの上でもがく。シーツの海で溺れることなんて、あるんだろうか。

寝室の景色が遠ざかる。

「まだ意識飛ばすんは早い」

彼がそう呟いた。

ぐり、と彼の腿の付け根が花芽を刺激する。中と外を同時に攻められ、遠くなりかけた意識を引き戻される。私は息をするだけで精一杯だ。

腰を掴んでいた彼の手が尻のまろみを撫で、背骨をなぞる。ぞくぞくと背中を這い上がった感覚は首筋まで走り、全身の毛を逆立てた。

「なぁわかる？　わかった？　俺がどんだけつむぎちゃん求めてるか、わかった？」

彼の声はかすれている。

その壮絶な色気に、なんとかひとかけら残しておいた意識も飛びそうになる。

「あかんて、まだ」

――もうイきたい。イって楽になりたい。

「まだやって」

頂まであと一歩のところで彼が動きを緩め、私を見下ろす。

「ほ、その、さ……も、ゆるし」

「だから言うたやろ？」

彼のモノは力を保ったままだ。ぬるりと一度引き抜かれ、また差し込まれる。

すでに剥けて腫れた花芽を指でつままれ、大きな声が出た。

「ほそ、の、さん、もう……」

「まだまだ」

「おねがい」

「もう遅い。俺みたいなん煽るからやで」

覚えているのはそこまでだった。

＊＊＊

「ん」と声が出た。

正確には濁点のついた「ん」だった。

喉が痛い。

生理的な涙がたくさん出たからだろう。瞼がくっついてうまく開かない。

なんとか引き剥がして部屋の様子をうかがった。窓の外は明るい。

「水、飲む？」

控えめな声がかかり、重い体をずるりと反転させてそちらを向いた。

獰猛な獣はどこへやら、隣家の庭に入り込んでしまったボールを取りに来た少年みたいな顔をした彼が、ベッドの脇にいた。床に座って腕と頭だけをベッドに乗せ、ペットボトルを差し出してくる。

「……ごめんな、ほんま」

「いえ、あの」

「俺メンバーにいっつも『体力お化け』って呼ばれててな……ほんまにごめん調子乗りすぎて」

「いえその」

「声ガラガラやん、つむぎちゃん」

「これはその、声の出しすぎで」

そう答えながら、子犬みたいな彼を見る。ケルベロスがぬいぐるみを八つ裂きにしちゃった後に、こんな顔をしていた。

「ゆるしてくれる?」

上目遣いでそう問われ、我慢できずにふきだした。

「許すも何も。私が」

「でも、あそこまでとは思わへんかったやろ?」

ベッドに頬をつけ、反省しきりといった様子の彼の頭をそっと撫でた。

「知りたかったので。知れてよかったです」

「そう?」

「はい」

「俺、あんなに気持ちよくなったん初めてや。チンチン溶けた」

この言葉が本当かはわからない。

優しい嘘かもしれない。

——でも、本当だといいな。

「細野さんの『初めて』がまだ残っててよかったです」

「初めてだらけやん。こんなに人好きになったことないし、誰かのために歌書いたこともなかったし、女の子と一緒に暮らしたこともなかったし」

ニコ、と彼が笑った。さっきとは打って変わって、ブンブンと左右に振れるしっぽが見えそうだ。

「ちなみにやけど、俺エロい下着大好きやで？　黒とピンクみたいな狙ったエロもいいし、正統派興奮カラーの赤もいいし、清楚を装った白も好き。バレンタインにつむぎちゃんに似合いそうなやつプレゼントするから楽しみにしとってな。はぁ楽しみ、想像しただけで勃ちそう」

「あのいえ大丈夫――」

「理性吹き飛ばして求めてほしいんやもんな？」

「いえあの決して毎回という――」

「はー、ドロッドロに溶けてるつむぎちゃんかわいかったぁ」

「あの本当に――」

「もうわかってんねん。そうやって毎回ちょっとだけ拒んでみせるんは、俺にもっと強く求められたいからなんやろ？」

す、と喉が鳴った。

たぶん少し当たっていた。

当たっていたけど。

「だからこれからは、つむぎちゃんが拒んでも遠慮なくガツガツいかしてもらうことにした。こないだし損ねたから、今度車ん中でもしよーな。俺つむぎちゃんとやりたいことといっぱいあんねん」

彼は悪魔みたいな笑みを浮かべた。

ヤブをつつくどころか引っかき回してしまった、と今さら気づいたけど、後の祭りだった。

30、悲しきモンスターと薔薇の花

「つむぎちゃん、俺今から配信行くけど、ベッドでちゃんと寝たら？　ベッドまで運ぼうか？」

そう声をかけられ、意識が浮上した。

食事を終え、彼がお皿を洗ってくれている間にソファでウトウトしてしまっていたらしい。

なんとか目をこじ開けると、視界いっぱいに彼の顔があった。

――わ、よだれとか、大丈夫だったかな。

慌てて口元を手で確認し、前髪を整える。

「あ、いえ、配信終わるまでここで待ってます」

「疲れてるやろ、先寝といてええよ」

「……待ちたいんです」

「またそんな可愛いこと言って。待っといてくれるん嬉しいけど」

くしゃ、と髪を撫でる手が優しい。

「仕事で疲れてんのにバレンタインやからって豪華なご飯作ってくれてありがとう。ごちそうさま。配信終わるまでゆっくり休んどってな」

「もし寝ちゃってたら、起こしてください」

「うん。わかった」

彼はそう言って私に毛布をかけ、額にキスをし、リビングを出ていった。

――毛布ふかふかで気持ちいい。

うつらうつらしながら、スウェットのポケットに入れてあったスマホを取り出す。
——ねむいけど、配信見たいなぁ。
何度か「コクン」「ハッ」を繰り返しつつ、配信アプリを立ち上げた。
さっき私の額にキスをした人が、カメラに向かって手を振りながら《今日も来てくれてありがとー》と言っている。
なんだか不思議だ。
〈きたよー〉
〈間に合ったー〉
〈おつあり〉
〈DENくん今日もかっこいい〉
〈前髪伸びたね〉
〈バレンタインまで配信してんの草〉
《バレンタインに予定ないさみしー奴らのために配信してんねん、感謝してくれ》
コメント欄と彼のやり取りを見ながら思わずクス、と笑う。
〈寂しい奴らがこぞって幸せな奴の配信見に来るの何なの自虐なの〉
〈幸せをお裾分けされたいんだよ〉
〈今日バレンタインだって今気づいたわ〉
〈→気づいて二時間でバレンタイン終わるやん、かわいそ〉
〈この時間まで気づいてない＝誰からももらってない（名推理）〉
〈明日からスーパーのワゴンに売れ残りチョコが大量放出されるぞ〉
〈フードロスはよくないから売れ残ったチョコはタダで配るべきだと思います！〉
〈意識高いと見せかけたクレクレで草〉

〈彼女と一緒に見てるよー〉

《おっ！　コメント欄に勝ち組がおるぞ！　モノども出合えー！》

〈来んな〉

〈リア充は帰れ〉

〈彼女の手作りチョコでも食ってろ〉

〈俺たちの分までお幸せに〉

〈フラれたら帰って来い〉

〈結局みんな優しい〉

眠くて瞼がくっつきそう。

なんとかこじ開けたけど、コメントはかなり読み飛ばしてしまった。

〈DENも彼女からチョコもらった？〉

〈もらってたら、これ見よがしにチョコ食いながら配信してそう〉

——チョコは後で渡そうと思って、冷蔵庫で待機してるんだ。

〈DENなんで配信で彼女の話しないの？〉

《ネットニュースで『配信で鼻の下伸ばしてデレデレ』とか書かれるん嫌やもん》

彼は器用に眉を動かしながら言う。

〈いっそのこと、ネットニュース狙いでのろけまくってみたら？〉

〈新手の炎上商法みたいな〉

〈おのろけ配信者という新たなジャンルを確立〉

《いやー、人の幸せな話なんか聞いてもつまらんやろ？　俺知ってんねん。人間は他人の不幸な話が好きな生き物やて》

〈DENの幸せな話聞きたいけどなぁ。ニコニコしちゃう〉

〈聞きたーい〉

〈最近コメント欄平和だし〉

〈一時期地獄だったもんな〉

〈だいぶ落ち着いてよかったよー、あの空気で書き込むの怖かったもん〉

《……なんかコメント欄優しくてびっくりするわ。どうしたんみんな》

〈地獄みたいなコメントしてたやつは炎上を楽しんでただけでファンじゃないか、彼女きっかけでファンやめたかなんじゃない？　どのみちもういないよ〉

〈→それだ〉

〈でも同時接続かなり増えてるよね〉

〈DENがあのときの配信で言ってた「その子がおらんかったとき、どうやって息してたか、もう思い出されへん」の切り抜きが死ぬほどバズって新たな客層を呼び込んでるからなぁ〉

〈あのシーンだけ見て、純真なDENを期待してここ来てる人可哀想すぎるんだがwww〉

〈純真なDENとか概念矛盾なんよ〉

〈スパイス抜きのカレーみたいな〉

〈シチューやん〉

〈みんな言いたい放題で草〉

〈あの配信で彼女さん壊れそうって言ってたけど、もう大丈夫？〉

《あ、うん、ありがとう。大丈夫やと思う。言われたことが無かったことになるわけじゃないから、傷は残ってると思うけどな》

〈DENの目が急に優しくなった〉

〈そんな顔するんだ〉

〈うわぁ好きな女の話する男の顔だ〉

《……ちょおやめて、そういうこと言うん》

画面の向こうで彼が顔を背ける。

ちょうど首筋が見えて色っぽいなと、毛布の中で画面を見つめながら思った。

〈照れてる照れてる〉

〈可愛いとムカつくが半々くらい〉

〈バレンタインだもん許してやって〉

〈こんな日に配信見にきてる寂しい俺らを前にそんな顔見せんじゃねぇ！　畜生！　幸せになれよ！〉

〈ただの応援で草間彌生〉

〈ヤヨイさんどっからでてきた〉

〈予測変換が暴れたwww〉

〈しぬwwwwwww〉

今日もコメント欄は楽しそうだ。彼とコメント欄の掛け合いもだけど、コメント欄同士の掛け合いも楽しくてついつい見てしまう。

〈彼女さんいなくなったらDENも壊れちゃいそうだなって、あの配信見てて思ったよ〉

《うん、それはそうかも。あの流れで彼女失ってたら危うくアレみたいになるとこやった、映画とかでよう出てくるやん。人の心をなくした悲しきモンスター》

〈セリフがカタカナ表記のやつね〉

〈把握〉

〈カノジョヲ……カノジョヲドコヘヤッタ……カエセェエエエエ!!　ウグォオオオオ!!　カエセェェエエエエ!!〉

〈絶対最後に非業の死を遂げるやつやん〉

《そうそう。彼女が大事にしてた花とか小さい生き物とかかばって、一筋の涙垂らして死ぬやつ。俺たぶん

あれになってた》

〈推しが悲しきモンスターにならなくてよかった…〉

〈DENは陽気なセックスモンスターでいてくれないと〉

〈性獣ってやつな〉

〈そんな称号もらうん、つらww〉

〈ねぇねぇ性獣DENくん、今新しい体位に挑戦したくて色々調べてたんだけど、オススメある？〉

〈やっといつもの配信っぽいの来たな〉

「体位なぁ。それぞれの良さがあるから難しいなぁ。アレのカタチによっても違うし、だいぶ個人差あんねん。あと、お互いの経験値によっても変わってくる気がする。騎乗位もめちゃくちゃうまい女の子やと超気持ちいいけど……いや待って、不慣れやけど頑張ってんのも最高やわ。つまり全部最高。あ、コメ主、女の子なん？　じゃあ松葉崩しとかは？　最初はソフトのほうがええかな。ググったら絵出てくると思う」

〈ググったら立ち松葉ってやつ出てきて草〉

〈あれはアクロバティックすぎる〉

《立ち松葉は大昔に一回試そうとしたことあるけど、笑ってもうて無理やったなぁ》

〈よく試そうと思ったな〉

《若気の至りで四十八手ぜんぶコンプリートしようとしてたときな》

〈DENの若気、通常の人が絶対に至らないレベルまで至ってて好き〉

〈相手が協力してくれんのもすごい〉

〈これDENの彼女大丈夫なの？　配信見てないの？〉

　——見てます。

〈冷静に考えたら全世界に向けて体位の話してる彼氏やだわww　マジで彼女大事にしたほうがいいよwww〉

　——たしかにちょっと嫌です。

　でもあけすけなところが彼の魅力でもあって、そんな人だから出会えた部分もあるし。何より彼が楽しそうだから、結局いつも苦笑いしながら見てしまっている。

《たしかに。今、彼女寝てるからこの配信は見てへんけど、ここは切り抜かんとって》

〈切り抜き職人、頼んだ〉

〈頼まれた〉

《やめて言うてんのにー》

　わざとらしく悲しい顔をして、彼が言う。

　動画サイトには彼の配信を短く切り抜いて転載した動画が溢れていて、目を（耳も）覆いたくなるような内容も多い。

〈あんまりいぢめないであげて〉

〈悲しき性獣になっちゃう〉

〈性獣DENは人生で最高何個チョコもらった?〉

《バレンタインにもろたチョコの数ってこと？　うーん、覚えてないなぁ》

〈性獣の称号すんなり受け入れてやがる〉

〈覚えてないくらいもらってんのすご〉

〈オレ毎年お母さんと妹の二つだわ〉

〈妹優しいな〉

〈妹はそのうちくれなくなるぞ。ソースは俺〉

〈だいたいでいいから〉

《マドエクなってからバレンタインにもろたプレゼントも入れるんやったら、去年が一番多かったけど》

〈それは除外で〉

《それ以前やと……高校んときが多かったんちゃうかな。四、五十個とか？　一番多いときでも百超えたこと

はないと思う。あ、義理も入ってんで。もちろん》
——そ、そんなに。
《俺がばあちゃんと二人暮らしなんみんな知ってたから、ばあちゃんも食ってるってわかってたと思うよ、大丈夫》
〈DENにチョコあげたつもりがDENのばあちゃんに食われてんの可哀想すぎない？ www〉
《冷凍してちょっとずつ食ってた。ばあちゃん甘党やったし、毎年ちゃんと食いきってたと思う》
〈絶対食いきれないじゃん〉
〈ケタが違え www〉
〈DENおばあちゃんと暮らしてたの？〉
《そやで。ばあちゃんむっちゃ好きやった》
〈おばあちゃん子とか……推せる……〉
〈また新たなファン層を取り込んでて草〉
〈ねーねー彼女の話聞きたいー〉
《なんでそんなに聞きたがるん》
〈推しの推しを俺も推したいから、彼女を推せる理由を教えてほしい〉
《コメ主、ええ子やなぁ。ここはもっと心の汚い奴が来るとこやで。ここにおったらあかん、君は山にお帰り》
〈人生ゼロか百って言ってる人と付き合うのマジ勇気あるよね。ゼロになる可能性あるのに〉
《その子おるだけで百やからゼロにはならへんのよなぁ》
〈クソ腹たった〉
《ほらぁ、やっぱり腹立つやろ？　幸せな話はおもんないんやって》
〈彼女の歌書かないの？〉
〈「ツムグ」がそうだと思ってた〉

《うん。当時は付き合うてへんかったけどな》
〈ラブソング書けば?〉
〈うわさすがに彼女に宛てたラブソング聴くのはしんどいなぁ、胸張り裂けそう〉
《大丈夫。実はこないだ溢れる思いを歌に乗せてみてんけど、エロすぎてどこにも出されへん歌に仕上がった。マトゥシに真顔で『ええかげんにせぇクビにすんぞ』言われたわ。やから今後もリリースの予定はない。安心して》
〈どんな歌だよwww〉
〈DENのこういう最高にアホなところ好き〉
〈私最近DENくんみたいな、セフレが何人もいる人のこと本気で好きになっちゃったんだけど、体の誘いは断ったほうがいい? どうやったら彼女になれると思う?〉
《体でつなぎ止めようと思て誘いに乗ってるんやったらやめたほうがいいけど、自分が幸せなんやったらええんちゃう? どうやったら彼女になれるか……難しいな。相手によって違うしなぁ》
〈DENくんにとって、彼女の何が特別だったの?〉
《何が特別……それも難しい質問やなぁ》
　彼は《うーん》と考え込んだ。
《彼女はもちろん俺にとって特別やし、好きなところはいくらでも挙げれるけど、皆それぞれに特別やん? これまでに会った女の子たちにも好きなところはそれぞれあったし。ただ、彼女が誰かを必要としてるときに俺が偶然そこにおって、彼女が支えを必要としてることに気づけたんと、俺が誰かを必要としてるときに彼女がそこにおって、俺が支えを必要としてることに気づいてくれたんやと思う》
〈そこに居合わせるかどうかは運要素あるけど、居合わせても気づかない人もいるから、結局は気づけるかどうかなんだろうね〉
《そう。それやな》

そう頷いて、彼が画面を見つめた。

〈DENが必要なときに彼女さんがそばにいてくれたんだ?〉

《うん。俺自身も必要やって気づいてなかったのに、気づいてくれてん。ひとりで乗り越えれるとあのときは思ってたけど、たぶん彼女おってくれんかったら無理やったと思う。あのときの『嫌いになってもいいです』はすごかった。自分は嫌われてもいいから、俺のことひとりにはせぇへん、そばを離れへんて。クソかっこよくない?》

〈それはかっこいい〉

〈変な記事とか出ても、私は「壊れないでね」って祈って、せいぜいコメントで応援するしかできないから、そばで誰かが支えてくれてるって思うと嬉しいかも〉

〈わかる〉

〈最初は「どんな女なの」って思ったけど、幸せそうなDENくん見てたら応援せざるをえないし、むしろ「DENくんのこと傷つけたり苦しめたら許さんからな」って気持ちになってきた〉

《わ、応援されてる。ありがとう。めちゃめちゃ嬉しい。彼女に傷つけられたり苦しめられたりすることは、この先もたぶんないんちゃうかなぁ。誠実な人の隣におんのってこんなに心地いいんやなって毎日思てる。理不尽に裏切られるんちゃうかとか、突然おらんなるんちゃうかとか、そういう心配せんでええねん。俺はたぶん彼女にそこまでの安心は与えられてへんから、これから頑張るしかないなぁ》

〈大好きなんだなぁ〉

〈なんかマジで捨てられたら悲しきモンスターになりそう〉

〈これでDENのこと捨てたら、彼女DENのファンから集中砲火浴びるんじゃね?〉

《彼女が俺を捨てるときは、たぶん俺がクズに成り下がったときやから。彼女を責めんとってな》

〈相手に他に好きな人ができちゃうパターンとか考えない?〉

《まぁ人間やし気持ちが変わる可能性はあるけど……もし彼女の心変わりが原因で別れる日がきたら、彼女はたぶん自分で自分をめちゃくちゃ責めてると思う。やから、そこに輪をかけてお前らが責めるんはやめといて。あぁDENよりええ男見つけたんやなって思っといて。ほんで配信(ここ)に来て『あんなに愛語ってたのにフラれてんの草』とか書き込んで。俺たぶんそのコメント見て泣くから》

——そんな日はきっとこないよ。

〈全俺が泣いた〉

〈DEN付き合ったら意外と重そう〉

《クソ重やで。『息できへん』言うてもうてるからな》

〈セフレと刺激的なセックスしすぎて普通じゃ満足できなくて、すぐ浮気すんじゃないかと踏んでるんだけど〉

《あ、意地悪なやつおる。それがなぁ、好きな子とするセックスって脳みそドロドロになるくらい気持ちええんよなぁ。あと浮気したら音速で捨てられるん目に見えてるから、それが怖くて他の子相手じゃ勃たへんと思う》

〈結婚しないの?〉

直球の質問に、彼がニコと微笑んだ。

《……決まったらここで報告するよ》

〈バレンタインなんだからプロポーズすれば?〉

〈お、みんなでプラン考えてあげようぜ〉

〈いいねいいね〉

〈絶対ネットニュースになるじゃん〉

〈プロポーズ成功させてみんなでニュースになろう〉

《やーめーろ》

〈ヘリコプターの中でシャンパン〉

《ヘリコプターなんか飛ばさん。なんでアホみたいな金かけて、わざわざ死ぬリスク上げながらプロポーズすんねん》

〈百八本の赤いバラ〉

〈なんで百八本なの？　煩悩の数？〉

〈１０８で「とわ」＝永遠〉

〈ただの語呂合わせやん〉

〈いい国作ろう平安京〉

〈平安京じゃなくて鎌倉幕府だし１１９２（いいくに）じゃなくて１１８５（いいはこ）が今の定説な〉

〈なんか先生みたいなのいて草〉

〈そこは普通に指輪買って跪いてパカッじゃないの〉

〈言葉は？〉

〈〝Will you marry me?〟〉

〈〝Say yes〟〉

〈「俺と結婚してくれへん？」〉

〈味噌汁のやつなかったっけ？〉

〈味噌汁のはやめたほうがいい〉

〈まとめるとバラの花束と指輪用意してパカってしながら〝Will you marry me?〟で決定かな〉

——みんな、言いたい放題だなぁ。

彼がこれしきのことじゃ怒らないという、リスナーとの信頼関係あってこそだ。

〈画面の前のＤＥＮ息してなくて草〉

〈あーこれ、もしかして〉

〈これやっちゃってますよ奥さん〉

〈え本当に？　プロポーズすんの？〉

——え？

そう思って彼を見ると、たしかに動きを止めて固まっている。


〈通信が不安定なのかと思ったら、コメント欄に図星をつかれて動けなくなってるのか〉

〈どこからだっけ〉

〈ヘリコプターまでは元気だったから、バラからだね〉

〈バラ用意してんの？　マジ？〉

〈もしかして配信開始時刻いつもより早いの、そのため？〉

《ほんともう……お前らくそ……》

彼が画面の前で机に突っ伏した。

——え？　え？


〈百八本っていくらすんだ〉

〈見せて見せて〉

〈バラ見たーい〉

《イヤや》

彼は机に顎を乗せ、片手で首の後ろを押さえて上目遣いでモニターを見ている。


〈うはww恋する男の顔ww〉

〈スクショスクショ、今夜のおかず〉

〈「嫌」ってことは本当に用意してんだ〉

〈もう配信切って行ってこいよ〉

〈セリフどうすんの〉

〈「俺を悲しきモンスターにしないでください」〉

〈「一生挿れさせてください」とか〉

〈最低すぎるwww〉

〈普通に「愛してます」じゃないの？〉

《もうあかん、終わり。おーわーり》

　彼は顎をつけたまま、画面に向かって手を伸ばす。

〈待って待って、指輪のブランドだけ教えてください〉

〈記者混じってんの草〉

〈絶対ネットニュースになるじゃん〉

〈チィーッス記者さん、記事楽しみにしてまーす〉

《ほなな、良い子はクソして寝ろ》

　彼はそう言って配信を切った。配信のカメラを切る直前、彼の『参ったな』という表情が画面いっぱいに広がったのを見て、心臓がはねた。

　慌ててスマホをスリープモードにし、ポケットに押し込んで毛布を頭までかぶった。

　——どうしよう。どうしよう。

　耳の奥で響く鼓動の向こう側で、廊下を歩く足音が近づいてくる。

　ガサガサと、硬いビニールのこすれるような音も。

　がちゃ。

　ドアノブの回る音がして、足元をすっと風が抜けた。

敵の推しは、敵ですか？　【本編・完】

番外編（1）　たぶんうつった。

「チョコチップこっち見んなや。キモっ」

不穏な声が聞こえ、突っ伏していた机から顔を持ち上げた。

――眩し。

昼間の明るさに一瞬目がくらみ、何度か目をしばたいた。休み時間の教室だ。

声の主はスクールカースト――とやらが本当にあるとして、本人たち的には――上位の、男のクラスメイトだった。

奴が顔にホクロのある女子のことを「チョコチップ」と呼んだのだ、とわかったのは、教室の反対側でその子が顔を真っ赤にして俯いたからだ。

最近その女子が奴に告白し、ひどいフラれ方をしたという話も聞いていた。「俺がお前みたいなんと付き合うと思たんか」とかなんとか。

さすがにかわいそすぎる。

そう思って口をはさんだ。

「やめぇや気分悪い。他人の容姿とやかく言う前にトイレ行って鏡見てこい」

正直なところ、睡眠を邪魔されたことへの苛立ちもあったと思う。

クスクス、と教室のあちこちで小さな笑い声があがった。

発言主は気分を害したらしく、いつも群れている二、三人と共にこちらを睨んだ後、何か思いついたようにニヤりと笑う。

「あーごめんなぁ。デンは見た目のこと言われんの嫌かぁ。腕グッシャグシャやもんなぁ、長袖でいっつも隠してるけど、こないだ見えてもーたわ」

「腕ぐしゃぐしゃやのにイケメンでモテてもうて、こっちこそごめんなぁ。腕ツヤツヤなこと以外なぁんも俺に敵わへんの悔しいなぁ」

——最後のひと言は余計だった。

そう自覚したときには胸ぐらを掴まれていた。

——あー、下手こいた……貴重な睡眠時間が……。

プライドを傷つけてしまったのだろう。とりあえずという感じにこちらの胸ぐらを掴んで闘志を見せようとしているだけなのかと侮っていたら、本当に殴られた。

しかも顔。

借金を取りに来たオッサンに「今はこれしか」と言ったときに食らった重い一発——ゴツい指輪が腹にめり込んでむちゃくちゃ痛かった——と比べると、全然大したことはなかった。

でもまぁ痛い。そりゃね。

「反論できひんからって手ぇ出るんはさすがにダサいぞお前」

減らず口のせいでもう一発殴られた。

イッテェ。

「やめとけほんま。大学の推薦なくなんぞ」

さすがにこの言葉は響いたらしい。う、と相手が動きを止めた。

近頃ピリピリしているのは大学受験へのプレッシャーもあるのだろう。予備校、先生、親、世間、時代、風潮、いろんなものが「いい大学へ行け、そこにしか未来はない」と囁いてくるから。

「何しとんねんお前らっ！」

太い担任の声で遮られ、すぐに引き離された。

よかった。

三発目は食らいたくなかった。

――口ん中血の味するし。

「……デンくん、ありがとう」

ひどい呼び方をされたクラスメイトがわざわざ保健室までやってきて、泣きそうな顔でそう言った。いや、もしかすると、もう泣いた後だったかもしれない。

「気にせんでええよ、俺もなんかイライラしてて喧嘩売ってもうただけやから」

＊

「ノブが喧嘩なんて珍しぃなぁ」

一日の停学を食らって「怒られるやろなぁ」と思いながら帰宅したら、祖母は「たまには平日のお休みもええやん、明日のお昼は一緒においしいもん食べよなぁ」と笑った。

「俺は殴ってへんで」

「わかってるわかってる、あんたええ子やもんな。なんかよほどのことがあったんやろ」

「だいぶ挑発はしてもうたけど」

「口が立つんも困ったもんやな」

祖母の淹れてくれたお茶をすすったら、口の中でしみた。

「イテテテテテ」

「どしたん」

「口ん中切れてんねん」

「たまらんなぁ。口内炎の薬どっかにあったで。塗っとくか？」

「切り傷には効かへんやろ。あとその薬いつのん？」

「十年は経ってへんのちゃう？」

「腐った薬ロん中に塗るんは嫌やで」

「そらそうやな」

ずずっ。

「イテテテテ」

＊

祖母はあまり小言を言わなかった。

一度だけ朝食の席で『何かのついで』という顔をして切り出されたことがあった。

「最近遅うまでほっつき歩いて何してんのあんた。タバコ臭いけど吸ってるんちゃうやろな」

「吸ってへん、バイト先の人がみんな吸うてんねん」

「バイトなんかせんでもお小遣い足りるやろ？　足りひんのやったら――」

「ちゃうちゃう、社会勉強」

「社会勉強より先に座学しぃな。あんた大学行く言うてたんちゃうん？　今勉強せんでいつすんの？」

「姉ちゃんも大学辞めたし、俺も大学行くかどうか悩んでんねん」

「押し付けてもしゃあないけど、ちゃんと考えや。将来自分にあの頃の自分クソやなぁ言われんで。ばあちゃんその頃にはもうおれへんからな。おってやれんからな。しっかりしいや」

「うん、ありがとう」

＊

バイトはきつかった。

酔っ払いに絡まれ、そいつの吐いたゲロを片付け、すぐにキレる黒服に小突かれ、店の女の子の機嫌をなだめ、女の子同士のいざこざの仲裁をし、バックヤードで繰り広げられる「どっちが可愛いか」戦争から「そんなん……言わんでもわかってるやろ?」という意味深な答えで逃げ、割れたグラスを片付け、指名した嬢が忙しくて相手をしてくれないと苛立つ客をなんとか引き止めながら、タバコの煙でモヤのかかった店内を歩き回り、閉店時刻にきっちり酔っ払いを送り出す。風営法どおりに営業は終わっても、片付けを終えて帰宅すると明け方だ。

一日に一度は必ず帰宅する、という祖母との約束も、何度か破った。

「……ごめん」

「しっかりしいや、ノブ。あんた」

あいつみたいになるな、と。

祖母の言いたいことはわかっていた。

「うん。わかってる。心配かけてごめんな」

「ほんまにわかってんのかいな」

「……わかってるて」

成績は坂を転げるように落ちた。五本指から十本に、やがて下から数えたほうが早くなり、下から五本指の中に入ったこともあった。

進学実績の話ばかりする担任はあまり好きになれなかった。勉強しろ、成績上げろ、このままやと入れる大学ないぞ、浪人すんのか、どう考えてんのや、やる気出せ、一年の頃のほうが頑張ってたやんけ、お前がクラスの平均点押し下げてんねん、腐ったミカンて知ってるか――。

そんな言葉を浴びながらも、かろうじて卒業だけはできた。

「ノブあんた卒業して何すんの」

「バイト先が正社員で雇ってくれんねん」

「将来どうすんの」

「考えてるから大丈夫やで」

「ほんまに考えてんの？　お母さんせっかくあんたの大学資金残してくれてたのに」

「中退した姉ちゃんに言われたないわ」

「それ言われたらつらいけど、他にやりたいこと見つけて辞めただけやし。あんたと一緒にせんとって」

「考えてるから、大丈夫やって」

姉も祖母もそれ以上は言わなかった。たぶん、口うるさく言ったらあいつみたいに姿をくらますんじゃないかと思われていた。

姿をくらましたりしたら、ヤクザに地の果てまで追われるというのに。

祖母が亡くなったのは悲しかったが、もう嘘をつかなくていい、と安堵もした。

＊

意外な人物と再会したあの夜のことは、はっきりと覚えている。

「おい、ちょっとこっち来ぃ、なんやねん、そのカッコ」

「今日うちのナンバーワンのセイラちゃんのバースデーイベントやから。セイラちゃんのリクエストでスタッフも仮装してんねん」

女装姿を知り合いに見られるのは微妙な気分だ。

「その入れ墨は。それも仮装か」

「これは本物（ほんもん）」

「よりにもよってそんなゴツいん入れよってからに。それ、消されへんのんか？」

「たぶん無理やな」

「アホが。今頃お前んとこの母ちゃんとばあちゃん草葉の陰で鼻水垂らして泣いてんぞ」

「……かもなぁ」

　ガキの頃から知っている近所のおっちゃんが客に連れられて店に来た。店の女の子に結構ケバケバしいメイクをしてもらっていたからバレないかと思ったら、目が合った瞬間に「ノブヨシやんけ」と言われた。

　おっちゃんは少し会わないうちに白髪が増えていた。あぁそんな年か、と。年を取らない母のことを考えた。

「ノブヨシ、もしかして……その姿で生きていきたいんか？　だから姿消したんか？」

「マキのおっちゃん何言うてんの」

「別にそれやったらそれでかまへんから、たまには連絡してこいや。勝俊（カツ）も心配してんぞ」

「ちゃうて。女装はマジでイベントのためやから。でも似合てるやろ。今晩だけで五人ぐらいに尻揉まれた。おっちゃんも揉んどく？」

　軽口のつもりで言ったが、おっちゃんは不快そうな顔をした。

「……お前、楽しいか？　この仕事。やりたくてやってるんか？」

「……金はもらえるしなぁ」

　働いて酒を飲んでセックスして、また働く。その繰り返しだ。華やかな見た目に反してキツイ仕事が嫌になるのか、店のスタッフはすぐに飛ぶ。気づいたら自分が一番古参だ。それなりに偉くなって、それなりに自由を得て、それなりにやっている。

「金のためにやってるんか」

「まぁ、せやなぁ」

「ほな金やる言うたら辞めるか」

「やるて何やねん」

「欲しい金額言うてみぃ」

投げやりな口調で借金の残額を告げると、「それはさすがにやれんわ、すまん」と言われた。

「せやろなぁ」

——そらそうや。ただの近所の子にそんな金出すアホがどこにおんねん。

「その代わり無利子無期限で貸したる」

「……は？」

「とりあえずあの家に帰って来ぃ。お前のばあちゃんから鍵預かっとったから、ときどき空気の入れ替えと掃除してる。まだ普通に住める。帰って来てやりたい仕事探せ。カツにも連絡してみぃ」

「……マキの連絡先知らん」

「教えたる」

「……でも、なんで。おっちゃんになんの得が」

「ばあちゃんと美梨（みり）の恩返しや」

「もう返してもろたよ。うちのばあちゃんの病院の送迎とか、してくれてたやん」

「あんなん、ご近所のよしみや。恩返しにもなれへん」

そう言っておっちゃんは笑った。マキにそっくりだ。

「……美梨ちゃん元気？」

「おかげさんで。こないだ帰ってきたときはゴッツぅ濃ぉい化粧しとったぞ。今のお前とそう変わらん」

「そうか、美梨ちゃんももう大学生やもんな」

「お前のおかげで楽しそうに生きてるわ。彼氏もできた言うてた」

「美梨ちゃんが楽しそうなんは別に俺のおかげちゃうやろ」

「そこちゃう。美梨が生きてんのがお前のおかげや言うてんねん」

「……そんなおおげさな」

街の喧騒に混じって、どこかでガラスの割れる音がした。続いて怒号が響いてくる。日常茶飯事だ。もう慣れた。

　おっちゃんは声のしたほうを気にする素振りを見せ、「なぁ」と言った。

「こういう世界のことはようわからんけど、店辞めるんて大変なんか。殴られたりすんのか。するんやったら、お前の代わりに俺が殴られたる。今から一緒に行くか？」

　はは、と思わず乾いた笑いが漏れた。

「おっちゃんがなんでそこまですん――」

「わからへんか？」

　おっちゃんは驚くほど真剣な顔をしていた。

「美梨とばあちゃんだけちゃうぞ。お前があの日救ったんは。カツも母ちゃんも俺も、今と全然違う人生送るとこやった。絶望の中で生きていくとこやってん。お前が変えたんや。お前が助けてくれたんや。『なんでもないこと』みたいな顔すな。その入れ墨の下にお前が負うたもんを俺は一生忘れへん。俺はお前を助けるんちゃう、もろたぶん返してるだけや。これでも足りひんくらいや。覚えとけよ」

　街のネオンが目にしみた。

　いつかの熱い茶よりしみた。

＊＊＊

　車の中で彼女に昔話をしたせいで、遠い記憶が次々に甦っていた。

　俺を見張るためなのか、マキはホテルの部屋に居座って出て行かない。

「なぁマキ、俺めっちゃ眠たいねん。寝かしてくれ」

　ベッドにゴロリと横たわりながら言う。マキはベッドサイドの椅子に座って脚を組んだ。

「寝たらええやんけ。邪魔せぇへんから」

「見張らんでも逃げへんて」

「前科四犯やからな」

「前科ってなんの？」

「とぼけんな、逃亡のや」

「あれはアイス買いに行ってただけやて」

「二日もかけてアイス買いに行くやつがおるか」

「地域限定のアイス食いたなっててんもん」

「……ほな今日も限定アイス食いたなったら困るやろ。そのために見張ってんねん」

寝そべって腕を上げ、スマホをポチポチ。

「デン、お前なんで東京戻ってん。親父さんに会うたんは偶然やろ？」

「……寝かせろ言うてんのに」

「どうせスマホいじくって寝てへんやん。ほんで？」

「つむぎちゃん今日……いや昨日か、大事な日やって、そばにおりたかってん。無理や思て諦めてたら社長が車で東京戻る言うから『俺も乗せて！』って飛び乗った」

「……そんなことできるんお前だけや」

マキは心底呆れたような顔で言った。

「社長にも同じこと言われたわ。図々しすぎてびっくりするて」

「ほんで？」

「『ほんで』何や」

「どうすんねん」

「何を」

「田無さん」

「何が」

「お前……これで『ただのルームメイト』言い出したら友達やめんぞさすがに。こんなとこまでついて来てくれた子やで。田無さんの大事な日にそばにおったりたかったんやろ？　答え出てるんちゃうんか」

何を問われているかはわかった。

「……なんでマキにそんなんいちいち話さなあかんねん」

「田無さんとこにお前を送り返すって約束した以上、俺にも責任が」

「知りたいだけやろ」

「それもある」

「胸張んな」

チラリとマキのほうに視線を投げると、こっちをじっと見ている。

「デン、お前も田無さんのこと好きなんやな？」

——も？

「『も』て何や。まさかマキ、お前つむぎちゃんのこと好きなん？」

マキは目を細めた。

「お前何言うてんねん。その『も』ちゃうわ。田無さんや。あの子、お前のこと好きやろ」

「……さぁ」

「『さぁ』ちゃうわ、わかっとるくせに」

「俺の気持ちはともかくとして、つむぎちゃんの気持ちを俺からお前に教えるんはあかんやん」

「……俺、お前のそういうとこ嫌」

「何がや」

「そんなナリで妙にサラッと正しいとこ」

「大好きなくせに」

「……そういうとこも嫌」

　思わず笑ってしまった。

「で？　デンはあの子のこと好きなん？」

「かゆっ」

「何が」

「お前とこんな話するん、かゆっ」

「好きなんやな？」

　答えずにマキを見る。

「お前、あの子のこと傷つけんなよ。大事にせえよ」

　なんと返事をすればよいのかわからない。

「おいデン、返事」

　なおも黙っていると、苛立ったらしいマキが「お前今この状況でそれすら約束できひん程度の気持ちなんやったら……」と立ち上がった。

「……傷つけたないから大事にしようって思えるんは自信あるやつやん。俺は離れようって思うタイプやねん」

「一緒に住んで、社長の車に飛び乗って会いに行ったくせに？　どこが『離れよう』やねん」

「……それなんよなぁ」

「『離れたほうがいい』思ても離れられへんかったいうことか」

「たぶんな」

　小さなため息が出た。

「いつから？」

「……いつからやろなぁ」

──なんかわからんけど頑張れ。

──可愛いなぁ。

──ええ子やなぁ。

──かわいそうに。

──幸せになって欲しい。

そんなふうに思っていた。

──誰かそばにおったれよ。

──この子の頑張りに気づいたってくれ。

──誰もおらんのやったら俺が。

そんなふうにも思った。

「一緒に住もう言うたときには、もうたぶん好きやったんちゃうかな」

「……ある程度まともな思考回路してて安心したわ。明らかに男女の関係ありますみたいな雰囲気で『ルームメイト』て、風紀どないなってんねんと思たからな」

「でも付き合いたいとか思てたわけちゃうねん」

「好きやのに？」

「つむぎちゃんは俺には本気にならへんやろと思てたしなぁ」

「なんで」

「墨入っててセフレおって先行き見えへん仕事してる男に本気で惚れるタイプには見えへんやん」

「まぁたしかに」

「やから、雨宿りみたいなもんかなて。いっとき一緒に過ごして、雨が止んだらつむぎちゃんは将来に向かうし、俺にはセフレおるし、と。まぁそれでいっかなって」

想定外だったのはたぶん、彼女の強さだ。

「弱そうに見えて強いんよなぁ」

「田無さん？」

「うん。一緒に映画観てたら開始五秒で火事のシーン出てきてんけどさぁ」

「あぁ、それで田無さん火事のこと知ってたんか」

「あんときつむぎちゃん、迷いなく自分を悪者にする嘘ついたんよなぁ。『やっぱり別のやつ見たくなっちゃったー』みたいな」

「……ええ子やなぁ」

「ただのわがままやと誤解される可能性もあるわけやん？　でも躊躇せぇへんねん。別にそれでもいい、ていう腹の括り方が強いなって。冷や汗ダラダラかいてる俺を前にうろたえるでも事情を聞くでもなく、どうやったら俺が楽になるかってことだけ考えてくれてんのが伝わってきた」

「……なにこれ俺今のろけ聞かされてんの？」

「いや、ほんまにええ子やなとは思いながら、俺はそれがむちゃくちゃ居心地悪かってん」

「なんでやねん。普通は惚れるとこやぞ。めんどくさいやっちゃな」

「苦手やねん。弱いとこ晒すみたいなん」

　マキは眉を寄せて俺を見た。そして何かに気づいたように「あー」と言った。

「やっとわかった。そういうことか」

「何が」

　ハァ、とマキは盛大なため息をつく。

「お前のアンバランスの理由、それか」

「『それ』て何や」

「お前、自分が誰かを必要とすんの嫌なんやろ。おらんなったときにしんどいから。やから誰かに弱み見せたり甘えたりせぇへん。そのくせ優しいから、自分は相手をとことん甘やかして惚れさすようなことすんねん。罪なやっちゃな」

「あー……」

そうか。

あいつみたいになりたくないから、人に甘えないように生きなければと思ってきた。でもきっとそれだけじゃない。これ以上失う恐怖を味わいたくなかった。

誰かに寄りかかると、なくしたときに立てなくなる。母を亡くし、祖母もいずれいなくなるとわかっていた。あのときに決めた。

――ひとりで立て。甘えんな。

気持ちが介在しないセフレなら安全だ。彼氏ができたとかで関係が終わったら、また他に楽しむ相手を見つければいいだけだから。

「てことは、お前の言う『居心地悪かった』は結局『惚れそうやった』と同義やんけ」

「……そうかもな」

「で？　田無さんに惚れかけてて？　歌書いてライブまで呼んで？」

それでも俺は（いずれ彼女は旅立つだろう）と思っていた。それでいい、とも。そのほうがいい、とすら。

自制心が吹き飛んだのは、元婚約者にキスをされたと聞いたときだ。

優しさにつけ込まれたに違いない、と事情を聞くまでもなくわかった。

――この誠実できれいな魂をどこまで傷つけたら済むんや。キス？　ふざけんな。ふざけんなよ。

彼女がきれいになるのに手を貸したのは、傷つけるためじゃない。負わされた傷を少しでも癒やしたかったからだ。

なのに、手を貸したせいで余計に傷つけた。

――クソが。

「ムカついたんは、あの男が」

「あの男て誰や」

「知らん。顔も名前も。クズってことと、俺のファンってこと以外は何も」

「何やそれ」

「でも、そんなクズのくせに、墨入りセフレ有りバンドマンより、よほどふさわしそうな称号持ってんねん」

「称号？」

「大卒、サークル仲間、たぶんサラリーマン」

「あぁ、田無さんにふさわしいって話か」

「つむぎちゃんはたぶん俺に本気にはならへん、その男には本気やったのに、そんなクソみたいな男やのに、俺のほうがマシちゃうんか――」

　彼女のなめらかな肌をなぞり、甘美な痺れに追い立てられるように腰を揺らしながら、次々にいろんなことが頭に浮かんだ。

　俺にしたらええのに。

　いや、俺はあかんやろ。俺もクズやん。

　あー可愛い。顔真っ赤。

　離れんと。これ以上はあかん。

　なにこのクビレ。

　これ以上深入りするな。ナカ入ってるけど。

　あかんて。

　惚れ惚れするくらいきれいやな。

　涙目で見上げてくるんが愛しい。

　もっとあかん。

　気持ちいい。

それならいい。それだけ考えろ。

キモチイイ――。

セフレともセックスするし手もつなぐしキスもする。彼女の手を離しがたいのも、エレベーターでキスしたくなったのも、別にそれと変わらない。同じだ。

頭の中で言い訳を繰り返したのは、どこかで『違う』とわかっていたからだ。

エントランスを出て、あいつから声をかけられたときに（あぁ終わった）と思った。

墨入りセフレ有りバンドマン、さらにヤバイ親父つき。

彼女の瞳に浮かぶのは嫌悪か同情か。

そのどちらも見たくはなかった。

――これで終わりや。まあええ。何も得てない。何も失わん。大丈夫や。振り向くな。執着するな。自ら去れ。

社長の車に乗り込んで、ドアが閉まれば終わりだ。運転手がドアを閉めようとしている。

あと少し、というところで、彼女が運転手を制止して車に乗り込んできた。

（「私も乗ります。ひとりにしたくないから」）

彼女の目を見れるはずもない。ドアに張り付いて縮こまった。

（「好きな人でもあります」）

――あかん。同情はあかん。やめてくれ。元婚約者につけ込まれた優しさを俺にまで向けるな。つけ込ませるな。俺はたぶんそいつよりクズやぞ。あの親父を見ろ――。

（「クズはちゃんと捨てられます」）

――あぁ。

「……あれ言われたときに降参した」

「やっとか。往生際悪いなぁお前」

マキはため息をついた。

「デン、いっこ覚えとけよ。失う恐怖なんかみんな抱えてんねん。お前だけちゃう。人を本気で好きになった瞬間から、誰しもがその恐怖と闘うてんねん。自分だけが苦しいみたいな顔すんな。恋は苦しい、でもそれを上回る喜びがあるから皆落ちんねん。お前は今まで本気で恋したことないから知らんかっただけや」

「マキ……今のセリフで歌書けるんちゃう？　書き留めといたら？」

「こんなん先人が山ほど書いとるわ」

「あかんか」

　マキは椅子の背もたれに身を預け、息を深く吸った。背後のカーテンのすき間からは薄日が差している。

　夜が明けた。

「……よかったなぁ、デン」

「何が」

「好きな人できて」

「え、キモ」

「なんでやねん」

「俺に好きな人できてなんでマキが喜ぶんやキモすぎやろ」

「だってお前……大事な友達には、幸せでおってほしいやんけっ」

「何泣いとんねん」

　なぜかマキは急に顔をぐしゃぐしゃにして泣き始めた。

「あかん俺、昔っから睡眠不足やと涙腺バグんねん」

「もともとゆるゆるやのになぁ」

　ベッドを降りてマキの肩をポンと叩き、顔を覗き込む。

「……マキ。俺にとっても、お前はむちゃくちゃ大事な友達やで。心配してくれてありがとう」

「やめろ、さらに泣かせようとしてくんのやめろわかってんぞこの悪魔、心にもないことを」

「いやぁ、どんくらい泣くかなぁと思て」

　クク、と笑った。

　でも、言ったことは嘘ではなかった。

＊＊＊

　すぅすぅと規則的な呼吸の音がする。自分のではない。でも、そう錯覚するほど近い。

　目を開けると彼女の寝顔があった。

　穏やかな表情だ。

　ツアーから帰り、彼女に気持ちを伝えた。彼女は応えてくれた。あの瞬間の安堵は忘れられない。

——俺のもん。

　かすかに開いた小さな唇も、なだらかな頬も、その頬に落ちるまつ毛の影も、すぅすぅという吐息まで。

全部俺のものだ。

　ふいに胸に湧いた（もしいつか失ったら）という恐怖は、マキに言わせると「みんな抱えている」らしい。

立ち向かうしかない。

『恋は苦しい。でもそれを上回る喜びがある』

——ああ、くそ。なんやこれ。

　隣で彼女が息をしているだけなのに。こみ上げそうになる涙の理由はわからなかった。

——たぶんマキが伝染（うつ）ったな。

番外編⑵　きっと大丈夫……かもしれない。

《健介と別れることになりました。退去日が近いので、新しい家が見つかるまでそちらでお世話になってもいいですか？》

母から《侑哉、何か聞いてる？》というコメントと共に姉のメッセージが転送されてきたのは夏の始めだった。

家族の誰も何も聞いておらず、青天の霹靂だった。

――そろそろ一緒に暮らすとか言ってなかったっけ。

姉は几帳面でしっかり者、いわゆる優等生だ。でも、子供の頃から俺の悪事――親に隠れてゲームするとかスナック菓子を食べるとか――の証拠隠滅を手伝ってくれる優しい人でもあった。

――なんで別れたんだろ。姉ちゃん、あんまり喧嘩とかしなさそうだけど。

荷物と共に実家に帰って来た姉は両親の事情聴取を受け、婚約者が浮気をしたこと、その浮気相手が姉の知り合いであったこと、慰謝料を請求するつもりであることを静かに語った。

正直、静かすぎた。

泣き喚いたりしてもおかしくないのに。

それから数か月、ときどき（もしかして昨夜泣いたのかな）という顔をしていることはあったけど、実際に泣いているところを見たことも聞いたこともなかった。

なのに今は。

隣の部屋から、姉の押し殺した泣き声が聞こえている。この一週間、家にいる間はずっとだ。

本人でなくても眠れなくなるくらいひどい言葉の数々があちこちに書き込まれているんだから無理もな

い。

姉の写真はネットでオモチャにされ、悪意あるコラージュ画像が山のように出回っている。名前、会社名、部署まで知れ渡り、会社も大変なことになっているらしい。

部屋を出て一階へ降りていくと、深刻な顔をした両親がこちらを見た。二人はダイニングの椅子に向き合って座っている。

——つむぎはどう？

二人から目で問われ、首を横に振る。

「……今も泣いてる。相当参ってるね」

「つむぎ、今日は晩ご飯いらないって。お昼も少ししか食べてないのに」

「会社行かなくてよくなったのはいいけど、逆に部屋にこもるようになっちゃって心配だよ。姉ちゃん大丈夫かな」

「相手の男は何してるんだ。そいつのせいでこんなことになってるのに」

父が苛立ちをにじませた声で言った。

「DENは迂闊に動けないんだって、姉ちゃん言ってたじゃん」

「迂闊なことをしてこの事態を招いたくせに、何が『迂闊なことはできません』なんだか」

母は怒りを隠さない。

「迂闊な事態に迂闊な行動を重ねるよりは、大人しくしてよってことだろ」

「それにしたって！」

「DENを悪者にしたい気持ちはわかるよ。でも、一緒に住むって決めたのは姉ちゃんだし、あんな夜中に消火器抱えてたのも姉ちゃんだよ。迂闊さは五分だろ」

「何それ、つむぎが悪いってこと？　つむぎはただ相手の口車に乗せられて——」

「母さん、それは姉ちゃんに対する侮辱だよ。簡単に口車に乗せられるようなバカって言ってんのと同じ」

　母の眉毛が吊り上がった。

「バカとは言ってないでしょ！　つむぎは考えすぎて動けなくなるタイプだから、自信満々に『こっちが正しい』って言う人に引きずられちゃうところがあるの。それでも、相手があの人でなければこんな思いはしなかったはずでしょ！」

　母の声が大きくなったのを、父が制する。

「……やめよう。敵は外に山ほどいる。家の中まで殺伐としてたら、つむぎの居場所がなくなるよ。侑哉の言うとおり、つむぎにも相手の人にもそれぞれ落ち度はあった」

　父の静かな声を聞いていたら、こらえきれなくなった。

「……違う」

　ぽつりと言った。

「『違う』って、何が？」

　母が問うてくる。

「……この事態を招いた最大の原因は、姉ちゃんでもDENでもなくて俺だ」

　父と母の視線が注がれるのを感じながら、テーブルの上に乗せた手を見つめた。最近爪の手入れをしていないので、甘皮が伸びている。

「俺があの写真を投稿しなければ」

　この一週間、姉の泣き声を聞きながらそのことばっかり考えていた。

　週刊誌に載った姉の写真は、一応プライバシーに配慮して目の部分に黒い線が引かれていた。知人が見れば姉だと気づいたかもしれないけど、あの写真だけなら事態はずっとマシだったはずだ。

　――俺のせい。

高校時代に始めたアカウントはフォロワー二万人を超え、それなりには嫌な思いだってしてきたし、SNSの怖さはわかっているつもりだった。

「侑哉は……どうしてつむぎの写ってる写真を投稿したの？」

母の問いは、もう何度も自分で自分に投げかけてきたものだ。

ライブの興奮、憧れの人に会えた高揚感、メンバー全員のサイン入りのTシャツ、親しげに写る写真。

「……『見て見て』って、言いたくなった」

答えながら、両親の顔を見られなくて俯いた。

両親が何を考えているかわかる。

慎重な姉と迂闊な弟。

何をしたって姉と比べられている気がして（俺だってちゃんとやれる）と思っていたのに、結局このとおり。

「後悔してるよ。本当に」

声が揺らいだから、そこで一度言葉を切った。

予測できたことだ。

防げたことだ。

俺のせいだ。

「あのとき、迷った」

声が詰まる。

「姉ちゃんの顔をスタンプで隠すか、ちゃんと迷ったのに」

迷った結果、間違ったほうを選んだ。それが悔しくてたまらなかった。何も考えずに行動したほうが、まだ後悔が少なかったと思う。

「……間違えたんだ」

少し前に好きなインフルエンサーが妹とのツーショットをアップしていた。似てる、妹かわいい、と話題になっていた。フォロワー百万人超えの彼がそうしてるなら、俺なんか全然大丈夫なんじゃないか、そう思った。

何十万、何百万人というフォロワーを抱えた人たちがうじゃうじゃいる世界で、たったの二万人。自分はまだまだ弱小アカウントだった。

「たぶん『きれいなお姉さん』とか『似てる』とか、言われたかった」

それだけじゃない。

「バズったらフォロワー増えるかなとかも、たぶんちょっと思ってた。ほんとに……ほんとうに後悔してる」

垂れた頭の向こうで両親のため息が聞こえる。

「学校で生徒によくＳＮＳの怖さを話すの。『ライクの数が自分の評価に直結するような気がしちゃうけど、それは幻想だからね』って」

母のこの構文は、いつものアレだ。

中学校でよく教え子に言い聞かせている。なのに、自分の息子がその過ちを犯すなんて。

今日もそうくるのだろうと覚悟していたら、母は途中で言葉を切った。

「……でも侑哉は後悔も反省もしてるから、これ以上責めても仕方ないね」

やはりため息の混じった母の言葉に、ようやく顔を上げることができた。

「侑哉もアカウントを失うっていう痛手を負ったわけだし」

母はそう自分に言い聞かせているようだった。

たぶん本当はもっと言いたいことがあるんだろうけど。今言われるのはキツイから、言葉をのみ込んでくれて助かった。

「侑哉。この先も生きてれば、必ず大きな失敗をするときがくる。でも反省して学べる人間は大丈夫だ。この一週間で考えたことを忘れないように」

父が先生みたいなことを言った。

――いやまぁ、先生なんだけど。

「……うん」

こみ上げそうになるものをなんとか押しとどめ、頷いた。ギリギリだった。ギリギリ涙をこぼさずに済んだ。

母が静かに問うてくる。

「投稿のこと、つむぎはなんて？」

「姉ちゃんは俺を責めるようなことは言わないよ。顔を合わせれば、アカウント消したのを『私のせいでごめん』って謝られてばっかりだよ。あんなボロボロの顔で」

年が六つ離れているというのもあって、姉はいつも頼れる存在だった。何度も助けてもらった。姉に俺の助けが必要だなんて思ったことはなかった。

でも今は必要だと思う。

「……俺、ＳＮＳでＤＥＮに連絡取ってみようと思う」

両親は同時に眉を寄せた。なぜ、と彼らの顔が言っている。

「たぶん姉ちゃん、つらいとかしんどいとか言ってないと思うんだよ。だから、ＤＥＮにちゃんと現状が伝わってない気がしてて」

「アカウント消したのに、どうするの？」

「アカウントはすぐ作れる。ＤＭ送ってみるよ」

「……慎重にな」

「わかってる」

両親の背後の壁に並ぶ家族写真には笑顔の姉ばかりだ。やっぱり笑っていてほしい。

ハァ、と母が大きなため息をついた。

「……それにしても、あんな人のどこがいいのかなぁ。たまに優等生で悪い男に惹かれちゃう子がいるけど、そういうことかなぁ」

「母さんさっき自分で言ってたじゃん。『自信満々な人に引きずられる』って。DENは自分に自信あるタイプだよ」

「それにしたって、入れ墨だよ？　考えられる？　お父さんあの写真見た？　腕一面にぎっしり入ってるの。いくらなんでも普通は惹かれないでしょう。あ……もしかして、健介くんと正反対のタイプだから？」

「いい意味でね」

母の言葉に、そう返した。

「『いい意味』……？　何が？」

「誠実に見えるクズと、クズに見える誠実な男。たしかに正反対だよ」

「クズとか言わな――」

反射的にそう言いかけた母だったけど、途中で言葉を切った。

「――たしかに、他に言いようがないか」

「姉ちゃんの情報流したのだって、絶対に浮気相手の女だろ。二人まとめてクズ以外に呼びようがないよ」

「……そうだね」

「そのデンさんとやらが『クズに見えるクズ』って可能性はないのか」

「たぶん。でも俺が知ってるのはDENで、姉ちゃんが付き合ってるのは『細野さん』だからなぁ。結局のところはわかんない」

「……まぁ、そうだな」

部屋に戻ると、まだ姉の部屋からは押し殺した泣き声が聞こえていた。つらすぎる。

〈つむぎの弟の侑哉です。お話したいことがあります〉

SNSのアカウントを作り、DENにそうDMを送った。

フォローはDENだけ。フォロワーはゼロ。トップ画なし。怪しい捨て垢だと思われるかもしれない。

そう思って、サインしてもらったTシャツとあの日のライブチケットの写真をDMに添えた。

三時間ほど経って返信があった。

《遅くなってごめん、連絡ありがとう。用件は？》

かなり警戒されている。

文面からそう思った。

〈お時間のあるときに電話もらえますか。電話番号は070―××××―××××です。番号非通知でかけてもらって大丈夫です〉

すぐにスマホが震えた。非通知だ。

推しから電話がかかってくるなんて、普通なら手が震えて声も震えて、たぶん足まで震えるやつだ。

でも今はそれどころじゃない。

「はい、田無です」

『もしもし。DENです。こないだはどうも』

彼は固い声で言った。

「こちらこそです。あの、本物です。田無侑哉、二十一歳、大学生です。両親は教師で、姉はつむぎで。えーっと楽屋でTシャツにサインしていただいて……あ、ピアスは右二個左一個です。あと何か……」

電話の向こうで小さな笑い声がした。

『ありがとう。たしかに本物やな。ピアスの数は知らんけど、テンパったときのしゃべり方つむぎちゃんにそっくりや』

声が和らいだから、やはり警戒されていたのだろう。

『話って？』

「まずは、ご迷惑をおかけしてすみません」

電話なのに、そう言いながら思わず頭を下げていた。

向こう側で「え？」という声がする。

『こっちのセリフやん』

「俺の投稿が――」

『投稿してええよって言うたん俺やん。俺のほうこそ巻き込んでごめん。ある程度騒ぎになるかもとは予想してて、それでもええかって思ってもうてん。いや、なんなら、クズどもにかましたろくらいに思ってた』

クズども、というのはどうやら姉の元婚約者とその浮気相手のことらしいとわかった。

『ライブの写真を顔写真ハッシュタグ入りで投稿してる奴なんかなんぼでもおるやん。あの日の楽屋もいろんな伝手でいろんな知り合い来てたし、それぞれに投稿してた。俺がつむぎちゃんに惚れへんかったら、なんの問題もないファンの投稿で済んでてん』

――ＤＥＮ、姉ちゃんに惚れてるんだな。

なんか今さらなことを考えた。

『むしろ侑哉くんがあのスピードでアカウントの削除を決めてくれたおかげで、あの時点での最善の策が取れたと思てる。感謝しかない。ほんまありがとう』

――言葉の力が。

迷いなく滔々（とうとう）と話すせいだろうか。心にのしかかっていたものが軽くなる。

自信満々な人に弱いのは姉だけじゃないかもしれない。

「……ＤＥＮさん、姉と連絡取ってますか」

『取ってるけど。どしたん?』

「泣いてます。ずっと」

　短い沈黙が流れた。

『……そうか。教えてくれてありがとう』

　ぽつりとそう言い、再びの沈黙。

「教えてくれて」ということは、知らなかったってことか。

　部屋のカーテンの向こうが急に明るくなった。家の前に車が止まったらしい。

　もしかして、とカーテンのすき間から外を覗く。お向かいの家の車だ。

　――よかった。

　ホッとしながらカーテンを元に戻した。

　電話の向こうは相変わらず静かだ。

『……そうかなぁとは思っててん。つむぎちゃん最近、電話一回で出えへんときあんねん。こっちからかけたら一旦スルーして、ちょっとしてかけ直してくる』

　たぶん姉はその間に涙を拭き、鼻をかみ、声を整えて電話をかけている。

　ふぅ、と電話の向こう側でDENが深く息を吐いたのがわかった。マイクが息を拾って、ボワワ、と不快な音がした。

『事務所がつむぎちゃんの勤務先と連携して動こうとはしてくれてんねんけど。まだ詳細は決まってへんらしくて、俺にも下りてきてへん』

「事務所が動いてくれたら、収束しますか?」

『……たぶん、徐々にな。基本は嵐が過ぎんのを待つ感じやから』

「過ぎるのを待ってるうちに全部吹き飛ばされて更地になりそうです」

『……それは困る。あー、でも会うな言われてるし、今動くんは……』

　ギチチ、と歯軋りの音が聞こえた。

「手伝えることがあればなんでも言ってください」

『ありがとう。つむぎちゃんの様子、ときどき教えてくれたらありがたい。つむぎちゃん、ほんまに弱音吐かへんから』

　大きなため息が聞こえる。

『わかってんのに何もできひんの、ほんっまもどかしいな』

　そう言って彼は小さな声で悪態をつく。苛立ちを隠そうとしないその声は、深夜の配信で陽気にエロい話ばかりしているDENと同一人物とは思えなかった。

「DENさん……姉のこと好きなんですね」

『うん。好きやで』

　自分が言われたわけでもないのに、ちょっとドキドキした。

「姉も……両親に事情を説明するとき、DENさんのことを『うまく言葉にできないくらい大切な人』って言ってました」

　す、と息を吸い込むような音がした。

　そして長い長い沈黙の後、DENが低い声で言った。

『なぁ、侑哉くん身長何センチ?』

＊＊＊

やることが決まってしまえば、そこからの動きは早かった。

《侑哉くん今週末このクラブ、来れる？》
　ＵＲＬが送られてきた。
〈行けます〉
《トイレで入れ替わろう》
〈了解です〉
《侑哉くんは他のメンバーとＶＩＰ席で楽しんでな》
〈ありがとうございます〉
　クラブのＶＩＰ席なんて、普通の大学生が行けるところじゃない。ＤＥＮに指定されたクラブのＶＩＰ席の値段を調べて、変な声が出た。
《入れ替わんの成功するかわからんから、つむぎちゃんには内緒にしといてもらえるかな？　下手に期待させんの嫌で》
〈わかりました。両親には伝えておきます〉
《ほんまありがとう》
　週末が近づき、クラブに着ていく服もなんとか決まった。顔を隠しやすく、大学生っぽく、ＤＥＮの服装とは違うテイストの服で、なおかつ着替えやすい必要があるので、かなり悩んだ。
　――いよいよ明日だ。
　そう思いながらハンガーの服を眺めていたら、ＤＥＮからＤＭが届いた。
《ごめん侑哉くん、今、家？》
〈今帰ってきたところです。どうされました？〉
《ちょっとつむぎちゃんのそばにおったってくれへんかな》
〈どうかしたんですか？〉

《つむぎちゃんたぶん限界や。今日やっと事務所からリリース出てんけど、それ読む余裕すらないと思う》

　耳を澄ませた。隣の部屋はしんとしている。

　胸がザワザワした。

　音を立てずに部屋を出て、隣の姉の部屋のドアをノックする。返事はない。

「姉ちゃん」

　なおも返事はない。

　背中をつ、と嫌な汗が伝う。

「姉ちゃんっ!」

　ドアを開けると、ベッドの上の丸まった毛布が少し動いた。

「……何?」

　小さな声を聞いてほ、と息をつく。

「コーヒー飲む?」

「……ううん」

「わかった」

　部屋に戻り、メッセージを書く。

〈姉、今は部屋で毛布にくるまってます〉

《ありがとう。今日の配信でちゃんと話すつもりではおるけど。火に油かもしれへん》

〈何やっても届かない人はいるんで諦めましょう。届く人にだけ届いてくれたら〉

《せやな》

〈配信のコメント、色んなやついますけど、俺みたいに何もコメントせずに心の中で応援してる奴もいっぱいいるんで〉

《俺は慣れてるし自分でこの仕事選んでるから、何言われても平気やで。でもありがとう》

〈姉のこと、気をつけて見ておきます〉

《ごめんな、こんなこと頼んで》

〈いえ。頼ってもらえて嬉しいです〉

《もしもつむぎちゃんが別の道を選んだとしても、この先も俺にできることはなんでもするつもりやから。なんか困ったことあったらなんでも言うてな》

——別の道？

さっきDENが言った「限界」ってそういうことか、と悟った。

たぶん別れ話が出ている。この様子だと、切り出したのは姉だろう。

別れてほしくない。これは別に『姉の彼氏がDENだと嬉しい』とかいう話ではなくて、本当に純粋な気持ちだった。

〈DENさん、明日の入れ替わり、絶対に成功させましょう〉

《うん》

その夜、配信を見た姉は、声を出さずに泣いていた。

姉をいたぶって楽しんでいた奴らはきっと、誰かが本当に苦しんでいる姿を見たことがないんだろう。

目に見えないはずの心の傷が、姉の腫れた瞼から、真っ赤な目から、震える肩からはっきりと見えた。平均より十センチ近く背の高い姉が、今は小さく小さく見える。

こんな姿を知っていたら、無責任に人を苦しめる言葉なんて到底書き込めない。

——がんばれ。二人とも頑張れ。

＊＊＊

翌日クラブの前に着くと、あらかじめ伝えられていたとおり、マネージャーさんが迎えに来てくれた。彼の誘導でトイレに入り、DENを待つ。一応他の人が来たときのために個室に入った。

――緊張してきた。

個室に突っ立って待っていたら、急に外の音が大きくなった。ドアが開いたからだ。足音が響き、また外の音が遠ざかる。

「侑哉くん?」

個室の外から声がかかった。

「はい」

答えながら個室を出た。敢えて目立つ色を選んだのだろう。DENは真っ赤なパーカーを着ている。

「他の人は入って来ませんか?」

「マネージャーがトイレの前で見張ってくれてるし、一応ここVIP席専用のトイレやから大丈夫」

「VIP席はマドエクの皆さんだけですか?」

「他の知り合いもちょっとおるけど、みんな信用できる人らばっかりやから大丈夫。安心してええよ」

話しながら服を交換する。

他人の体温の残る服に袖を通すのは変な気分だ。

フードをかぶり、顔を隠しながら彼を見ると、俺のバケットハットを目深にかぶったところだった。

着替えは完了だ。

「DENさん、姉をよろしくお願いします」

「こちらこそ、うちのメンバーをよろしく。一応あいつらにはあんま飲ませんなって言ってあるけど、酒飲みすぎんようにな。あと、これだけは。基本VIP席から出んと思うけど、もしフロア出ても知らん奴から渡される飲み物と食いもんには絶対手出さんように。パッケージ入りのお菓子でもあかん。別に今日に限ったことじゃないけど。飲み食いは店のスタッフから提供されたもんだけな」

「わかりました」

「バレたり、なんかトラブったら全部マキ……マトゥシがなんとかしてくれるから。遠慮なく頼って」

　頷いた。

「あの、俺からもひとつだけ」

「うん？」

「うちの両親は強敵ですよ」

「覚悟してる」

　DENはそう言って、歯を見せて笑った。

「よし。じゃあ、俺行くわ。侑哉くん、せっかくやし楽しんでな」

「すでに楽しいです」

　そう答えると、彼は驚いたような顔をした。

「こないだも思ったけど、大物感あるよなぁ、侑哉くん」

「光栄です」

　じゃ、と手を振り、DENが先にトイレを出た。

　少し時間をおいて出ると、マトゥシがいた。

「こっち」

「はい」

　言葉少なにVIP席の奥のソファに案内され、腰を下ろす。フロアからは一段高い位置にある。

　最初の十五分ほどはバレるんじゃないかとドキドキしたけど、暗闇とチカチカする照明とフードのおかげか、フロアで盛り上がっている人たちにはバレていないらしかった。

「侑哉くんのお姉さん、どんな人なの？」

少しお酒も回り緊張がほぐれた頃に、ドラムのコーダイから声をかけられた。金髪のパーマが眩しい。ブリーチしすぎてパサパサなのをよく他のメンバーからネタにされている。

でもそばに寄るといい匂いがした。

「姉は……普通の人です」

そう答えると、コーダイは「いやー」と懐疑的な声を上げた。

「たぶん普通の人じゃないんだと思うよ、DENのあの惚れ具合を見てると」

「うん、あんなDEN初めて見た」

ベースのカイがそう応じる。

彼はずっと黒髪だ。家系的に髪が薄くなりやすいので頭皮と髪の毛をいたわっている、という、これも配信で得た情報だ。

『あんな』……？」

「昨日。『つむぎちゃんと別れなあかんかも』って。DEN死にそうな顔してたてん」

マトゥシが苦笑いしながら言った。

「DENから『失恋したときって皆どうやって立ち直んの？』って聞かれる日がくるとは思わなかったよな」

「中学生かよって笑ってやろうと思ったけど、それすらできない空気背負ってたもんな」

「そんなに……ですか」

たしかに昨日姉と見た配信で、DENの本気度は伝わったけど。

「今頃、会えてんのかな」

「あ、そうですね。そろそろですね」

「お姉さんとDEN、うまくまとまったらいいね」

「はい、本当に」

——本当に。

フロアで楽しそうに踊る人たちを見つめながら、深く深く頷いた。

＊＊＊

翌朝帰宅して両親に「どうだった？」と問うと、母がちょっと悔しそうに、でも涼しい顔をして「どうもこうも。つむぎが決めることだから」と言った。

どうやらDENは両親の信頼を勝ち取ったらしい。

——DENならきっと大丈夫だ。元婚約者みたいな傷つけ方もしない気がする。

その夜、動画アプリでなんの気なしに動画を見ていたら、DENの配信の切り抜きが流れてきた。

DENの髪が赤いから、たぶんかなり前の動画だろう。

〈今まで最高何Pしたことある？〉

『四、かな。たぶん。ナンパしてきた子らが三人組やってん』

〈エロ漫画の世界やん〉

『楽しいっちゃ楽しいけど、一人で三人の相手すんのめちゃくちゃしんどかったから、冷静に一対一がええよ。

次の日筋肉痛でヤバかったもん』

——やっぱり不安になってきた。

番外編(3)　一応の手加減

「あの、私、明日も仕事――」

「手加減はするよ。一応」

「い、いちおう」

「そう、一応」

ソファに並んで腰掛け、肩が触れるか触れないかの距離にいる彼がゆっくりと動いた。ギシ、お尻の下でソファのスプリングが軋み音を上げる。

一瞬目が合ったのを慌てて逸らした。スーツ姿の彼を、やっぱり直視できなかった。

「つむぎちゃん」

彼の大きな手が頬に伸びてくる。

それだけで息が乱れてしまう。

触れた手は、この先を予感させる熱を帯びていた。

「やっと帰ってきた」

しみじみ、といったように彼が呟いた。

「気持ちが通じたと思った翌日に会うの禁止されるとか、どこの彦星(ひこぼし)やねん」

頬をひと撫でした手は顎に向かい、軽い力で持ち上げられた。彼の親指が唇をなぞる。

膝の上で握った自分の手から視線を外し、ようやく彼を正面から見る。長い前髪がひと束、左目にかかっている。

「キスしていい？」

答えられなかったのは焦らそうとしたからじゃない。声が出なかったからだ。

――色気が。

熱を帯びた瞳に見つめられ、いたたまれなくなって視線を落とした先に、シックな色のスリーピーススーツがある。

上質そうな布は体にぴたりと沿う美しいシルエットを描き、スーツの上からでもわかる体格の良さを引き立てている。

シャツの一番上のボタンまでとめてネクタイもきっちり締めているのに、やけに首筋に目がいってしまうのはなぜなのか。

「つむぎちゃん、返事は？」

彼は焦れた様子もなく、むしろおかしそうな表情で私を観察しながら言った。

「あの……ジャケットを脱いだほうが」

「たしかに動きにくいな」

彼はジャケットを脱ぎ、ソファの背にぽいと掛けた。

あらわになったベスト姿にまた息をのむ。鍛えられた厚い胸板と脇からウエストへのなだらかな曲線が、ベストによって強調されている。

「あの、ジャケットをハンガーに――」

「うん、後でな」

「スラックスもベストも、シワに……」

「クリーニング出すから大丈夫やで。それとも、つむぎちゃんが脱がせてくれる？」

何も言えなくなって俯くと、彼の笑う静かな声が聞こえた。

「キスしていい？」

囁くような声でもう一度問われ、頷いた。

ギシ、とまたスプリングが鳴った。

顔を引き寄せられ、ちゅ、と小さな音を立てて唇をついばまれる。

一度では終わらなかった。

静かな部屋に、かすかな衣擦れと唇の合わさる音が響く。

唇が重なるたび、鼓動が早くなる。

軽いキスを繰り返すうちに、頭の後ろにあった彼の手がゆっくりと腰に下りた。その手に誘導されて、気づけばすっかり彼のほうへ体重を預ける姿勢になっていた。

覚えのある彼の香りを吸い込むと、呼吸が乱れた。

――くらくらする。

彼のシャツにもベストにも、乱れたところはひとつもない。

それなのに色気を感じるのは、服の下に隠されたものを知っているからだろうか。しなやかな筋肉と腕を覆う鎧と熱い体温と。

首から下ばかり見ていることに気づかれたのだろう。彼はキスの合間に小さく笑った。

「スーツがお気に召したようで」

「……すみません」

彼が穏やかに微笑んだのが、頬にかかった息でわかった。

「つむぎちゃん、ありがとう」

お礼の意味がわからず、彼の瞳を覗き込む。

「何が、ですか……？」

「俺のそばにおるって決めてくれて。つむぎちゃんの周りにおるスーツの男ら相手やったら、あんな嫌な思いせんで済んだのに」

軽い口調だったけど、眉の間に浅く刻まれたシワに、彼の複雑な心境が表れていた。

たしかに相手が彼でなければ、自分の容姿や振る舞いについて見ず知らずの他人から残酷な批評を受けることも、会社や家族に迷惑をかけることもなかったのだろう。

「……でもその代わり、こんなにいい思いもできないので」

そう言って彼の胸元にすり寄った。

「『いい思い』？」

「心から好きだと思える人のそばにいることです」

彼が大きく息を吸ったのが、胸の動きで分かった。

言葉もなく、中断していたキスが再開された。先ほどまでのついばむようなそれではなく、もっと深く入り込んでくる。舌先を吸われ、ねっとりと口の中を嬲られて、思わず甘い吐息が漏れた。

キスの採点基準なんて全然わからないけど、他のことを何も考えられなくなる彼のキスはきっと上手なんだろう。

何も考えられないでいるうちに、ニットの中に忍び込んだ彼の手が背中のホックを外したことに、ふる、と胸が揺れてようやく気づいた。

「んっ」

あまりの手際の良さに、キスをしながら驚きの声を上げてしまった。

小さな水音と共に彼の唇が離れる。

「つむぎちゃん、ここ跨いで」

彼の手に誘導され、ソファに座る彼と向き合う体勢で彼の腿を跨いだ。

脚を開いたせいでピンと張ったタイトスカートを彼の手が器用にたくし上げ、タイツの上からそっと腿を撫でる。

その感触のせいで思わず漏れそうになった声をごまかしたくて、彼にぎゅっと抱きついた。

彼は全部わかっているみたいにぽんぽん、と私の背中を軽く叩き、腰に腕を添えてぐいと彼のほうに抱き寄せる。

そうして初めて、自分の腿の下で彼のそこが力を持っていることに気づいた。

「スラックス薄いから丸わかりやな」

彼の欲望の証を直に感じて、どんな顔をすればいいかわからない。

そんな私を見透かしたように、彼が喉の奥で笑いながら抱きしめてくれる。

「つむぎちゃん、もうなんべんも俺のチンチン見てるやん。今さら何を照れてるん」

彼はなおも笑いながら、私の首筋に唇を這わせた。ちう、と軽く吸われる。

ぬるくてもどかしい感覚に身をよじり、ハッと息をついた。

「また髪切ってんな」

「は……い」

襟足を彼の指がそっとなぞる。

短い髪は周囲に好評で、実家に閉じこもる日々が明けてすぐに、和葉さんの美容院へ出向いて切ってもらった。

「知ってた？　この髪型、耳から首のラインがむっちゃエロいって」

彼が首に唇を当てたまま話すので、かすかな振動で快感が生まれ、背中が震える。

「知らな……」

「ほんでこのニットやと、鎖骨から首のラインが丸見えでヤバイ」

先ほどよりも強く、彼が首に吸い付いた。そしてなかなか離れようとしない。

「あ、あの、細野さん、痕がついちゃ……」

リップ音を立てて彼が離れた。

「うん、ごめんな。しばらくハイネック着といて。俺の心の平穏のために、もうちょい髪伸びるまで首隠しといてもらわんと」

——目の毒だから隠しておけ、的な？

意味を問おうと思ったけど、そこで思考が途切れた。

彼の手がうなじをたどり、器用な舌が耳たぶを捕らえたせいだ。

「っや……」

ごまかしようのない、甘い声が漏れる。媚びるような響きに、声を出した私自身が驚くほどだ。

そんな私をさらに追い立てるように、彼の手がニットの下で胸をかすめた。

「んっ」

柔く弾かれただけなのに、すぐに先端が立ち上がってニットを押し上げた。

耳と胸に与えられる快感で、背中が反った。あぁ、とため息のようなものが漏れる。

ホックを外されて役目を放棄しているブラは肩に引っかかり、たくし上げられたタイトスカートはウエストのあたりにくしゃくしゃとまとまっている。

そんな状態で彼にまたがって艶めいた声を漏らす私とは対照的に、彼は全く乱れのない姿だ。

それが悔しくて、ベストの中にしまわれていたネクタイを引っ張り出した。結び目に指を入れて緩める。

いたずらな手が胸を弄ぶので、なかなか思いどおりにネクタイを外せない。

「ダ、メです」

「何が？」

両方の胸をつままれ、肩が上がる。

彼の余裕を崩したくて、ネクタイをぐいと引っ張って彼の顔を引き寄せ、キスをした。

自分から仕掛けたくせに、彼の舌に絡め取られて快感を与えられ、私のほうが追い詰められてしまう。

——彼が何も考えられなくなるくらい、私もキスが上手だったらよかったのに。

彼の手が胸の先を軽く捏ねる。

鼻から「ん」とまた甘い声が漏れた。

——ダメだ。

彼の手を捕まえ、体の脇へと押しやった。

「あの、ちょっと大人しくしててください」

そう言って唇を引き結ぶと、彼は一瞬驚いたような表情を見せた後、くしゃりと笑って「りょーかい」と言った。

「大人しくするん、手だけ？　口は使ってもいい？」

そう問いながら、彼が首筋に唇を這わせる。

「こっちは？」

今度は腰をゆっくりと動かし、下腹部のこわばりを私の中心に押し当てた。

布越しの感触だけで、体の奥が疼いてしまう。

「ぜんぶ、です。全部大人しくしててください」

「仰せのままに」

言いながら彼はホールドアップの姿勢で体の力を抜き、ソファの背もたれに身を預けた。主導権を明け渡してくれるらしい。

まるで『ただリラックスしてソファに座っているだけです』って感じの顔で口角をきゅっと上げ、楽しそうに私を見つめている。

そんな彼に跨ったまま、さてどうしたものかと思案した。私もなんとかして彼を乱したかったのだけど、この完璧な人をどうすれば乱せるのかわからない。

とりあえず髪をくしゃくしゃにしてみたけど、目にかかる前髪越しの視線に余計にドキドキしてしまった。

大人しくしろと言ったくせに、こうなるとどうしてよいかわからなくなってくる。モタモタしているうちに彼の昂りが熱を失ってしまったら、と焦りを覚え、すぐ近くにある彼の唇に口づけた。

彼は先ほどの姿勢のままソファの背もたれに体を預け、微動だにしない。わずかに開いた口からそっと舌を差し込んでみたけど、歯に阻まれた。

ちゅっと軽く唇を吸っても下唇をやわく噛んでも無反応で、まるで銅像にキスしているみたいに手応えがない。

「あの、細野さん」

「ん？ どしたん？」

「あの……」

「大人しくせぇって言うから」

「あの、そういうことじゃなくて」

「じゃあどういうこと？」

わかっているくせに、いたずらな笑みを浮かべている。

「その……キスには応えてほしいです」

「お望みとあらば」

彼は低く笑い、すぐにキスを返してくれた。望んでいたものを与えられたはずなのに、満たされるどころか「もっと」と思ってしまう。

そんな私の心のうちを見透かしたように、彼の手が私の首の後ろをぐっと掴んだ。そして口内を貪られる。キスに応えてほしいと言ったけど、彼の動きは「応える」どころじゃない。結局私のほうがいっぱいいっぱいになってしまって、思考が薄れて行く。

――けいけんちが、ちがいすぎる。

唇が離れた。彼は唇をぺろと舐めて言った。

「なぁ、もう大人しくすんの終わりでいい？」

ふいに彼が見せた微笑みにあっさり陥落し、白旗を揚げた。

「……いい、です」

「よかった」

すぐにスカートの中に潜り込んだ手がタイツを引っ張り、ずりおろす。腰を浮かせると、お尻から腿を撫でるようにゆっくりとタイツが剥かれた。膝をなぞり、足首を通ってするりと落ちていく。

彼は次いで迷いなく下着に手をかけ、同じようにするりと足から引き抜いた。

「つむぎちゃん、俺のベルト外してくれる?」

頷き、バックルに手を伸ばした。

ベルトの端を引き抜き、ピンに指を引っかけて引っ張る。そしてスルスルとウエストから引き抜いた。

彼がそれを受け取って床に落としてから、自ら前立てのボタンを外した。そして下着をずらすと、彼のものが姿を現した。ぐんと立ち上がっている。

そっと彼の指が私の蜜口に触れた。濡れている。

「もうとろとろやな」

恥ずかしい、と一瞬思ったけど、彼の嬉しそうな笑顔にそんな思いをかき消された。

彼が自分の猛りを私のそこに添え、ゆっくりと腰を動かす。

「すぐには挿れへんから、ちょっとこすらせて」

花弁が彼のものに吸い付き、ぬち、と水音がする。

硬くなった彼のものに花芽をぐりとこすられて、快感に顔が火照った。

「あっ……」

「うん、ここな」

全部わかってるって顔で、彼は私の腰を掴んでゆったりと前後に動かす。

入り口をかすめるたび、彼の先端がわずかに引くっかかる。

訪れを期待して、中がきゅんと切なく締まる。

「あ、の」

「うん？」

　ぬち、ぬち。

「ほそ、のさ……あっ」

「うん」

　ぐり。

「あっ」

　あまりに気持ちよくて自ら腰を動かした。ねばっこい水音が響き、快感が腰を支配する。でも足りない。

「たりない」

　情けない声が出た。

「たりないです」

「うん」

　なおも腰を動かした。彼の首が反り、鼻から深く息を吐いた。

「ほそのさん」

「うん」

「なか、ほしいです」

　彼は穏やかに私を見た。少し眩しそうな表情をしている。私はきっと「我慢できない」って顔をしてるんだろう。

「ほそのさん」

　甘え、ねだるような声が出た。

　彼が頷いてベストのポケットに手を入れ、小さな包みを取り出した。

「そんなところに」

「そ」

「……いつもいれてるんですか？」

「まさか。今朝つむぎちゃん用に仕込んだ」

彼の答えに満足し、彼の手から小さな包みを奪い取った。

「おっ。つけてくれるん？」

彼の問いに黙って頷き、包みを破いて中身を取り出した。

表裏を間違えないように気をつけつつ彼の先端にあてがい、指でゆっくりと撫で下ろす。すっかりこわばった彼の分身が薄い膜に覆われて行く。

根元のほうまで指を動かすと、ひく、手の中でそれが動いた。同時に彼が何か呟いて首を反らした。

「ほそのさん？」

「般若心経（はんにゃしんぎょう）唱えてんねん」

「どうしてですか？」

「暴発防止のため」

「ぼうはつ？」

「好きな子に触られてんねんもん」

装着を終え、手を離した。

彼が私の腰を掴み、そっと持ち上げる。片手を彼のものに添え、ゆっくり腰を下ろすと、ぐ、と先端が入り込んできた。

下からぐ、ぐ、と腰を押し付けられ、彼を奥に感じる。熱いこわばりが硬さを増し、次から次へと深い快感を呼び起こす。

「あ、そこ……きもち、い」

「うん、知ってる。つむぎちゃんの好きなとこ」

「っは……」

ぐら、上体のバランスが崩れ、慌てて彼の腕にしがみついた。のりの効いたグレーのシャツが手の中でくしゃ、と小さな音を立てる。

「ここも好きやろ」

ぐり、と中をこすられ、声も出ない。

私の中に彼が満ちている。

体を満たされることと心が満たされることは必ずしもイコールでつながるとは限らないけど、今は体と心のどちらもが満たされている。

ふいに(この温もりを失っていたかもしれないのだ)と思った。

内側をミチミチと押し広げる感触も、悩ましげに眉を寄せる表情も、「痛くない?」と問うてくる優しい声も、あとほんの少しで手放してしまうところだった。

彼に手を伸ばし、キスをねだった。

ちゅ、と軽く口づけて、彼が私の顔を覗き込む。

「どした? 痛い?」

んんん、と首を横に振った。

「幸せで」

ふ、と彼が笑う。

「俺も幸せ」

気持ちよくて、でももっと気持ちよくなりたくて、自然と腰が揺れる。

つながっている部分に潜り込んだ彼の指に花芽を刺激され、体の中がきゅんと彼のものを締め上げた。

ソファにもたれかかった彼の上体が波打つように動いた。

「動きづらいから体勢変えていい?」

頷くや、ぎゅっと抱きしめられた。体を傾けられ、私も慌てて彼にしがみつく。ふわりと仰向けにされ、ソファの座面にそっと寝かされた。

　上下が入れ替わり、覆い被さる形になった彼がゆっくりと腰を揺らす。押されてずり上がりそうになった肩を抱き込まれ、つながりがより深くなる。

「細野さん」

「ん」

「好きです」

「俺も」

　はぁ、と彼が深いため息をついた。

「ごめん、辛抱はここまで」

　彼はそうひと声漏らすと、私の肩口に顔を埋めた。

　先ほどまでのやわやわとした動きから、一気に責め立てるような動きに変わった。

　甘美な痺れが腰を這い、四肢を伝う。

「あ、や」

　高い声が出た。

　彼は低く唸りながら腰をぶつけてくる。ソファに片膝だけをついた不安定な姿勢なのに、無駄も迷いもない動きだ。

　視界に入る彼の上半身は相変わらずシャツとベストに覆われ、ネクタイが緩んでいる以外はほとんど乱れがない。

「あ、の」

「ん?」

「きもち、いい、です、か」

「うん。むちゃくちゃな」

切れ切れになってしまった問いに、彼が短く答えた。

「よか、た」

「うん」

体の下でスプリングが悲鳴みたいな音を上げる。

いや、これは私の悲鳴かもしれない。

下腹部で生まれた熱が膨れ上がって、のみ込まれそうになりながら彼にしがみついた。

「あ、ほそのさっ」

「うん、俺ももう」

あああ、と最後に上げた声はかすれきって、リビングの広い空間の中に散った。

＊＊＊

「それにしてもつむぎちゃん、敬語抜けへんなぁ。いまだに『細野さん』やし」

ソファに折り重なって呼吸を整えながら、彼が言った。

「あ……」

「まぁつむぎちゃんに『ノブぅ、茶ぁ持ってきてー』とか言われたら、それはそれでビビるけど。親しい人認定はどないなったんかなと」

「親しい、と思ってます」

「うん俺も思ってる」

「どうしてかなと自分でも思って、調べてみたんです」

「調べたって、何を？」

「親しいのに敬語を使ってしまう心理、みたいなのを。ネットで」

彼の胸が震えたので、笑っているのだとわかった。

「そんなんネットに答え出てるん？」

「はい、たくさん。『壁を作っている』とか、『その人と親しくなりたくない心の表れ』という記述もありました」

「あれ？　俺今傷ついたほうがいい？」

「その中にひとつだけ、しっくりくるのがあって」

「うん」

「なんてことはなくて、本当にそのまま『相手を尊敬したり頼っているから』って。これだな、と思ったんです。細野さんに出会ってから、私は助けていただいてばかりでしたし」

「そう？」

彼の手が私の髪を撫でる。

「私は昔から『しっかりしてる』と言われることが多くて」

「うん」

「弟がいるというのもあるでしょうし、学級委員長みたいなのもよくやっていて」

「あー、わかる」

「頼られることのほうが多かったせいか、頼るのがそんなに得意ではなくて」

「うん」

「誰かに自分のことを相談するのも。相手の時間を奪ってしまうし、共通の知人に関することだと、相手にその……自分サイドにつくことを強要してしまう気がしたり、『励ませ』とか『元気づけろ』とか、ときには『褒めろ』って言ってるような気がして。でも、細野さんには不思議なくらいなんでも話せてしまうんです。頼って、甘えて」

「そか」

「弱くなれるんです。守ってもらってる感じがするというか」

あぁ、と彼は納得したような声を上げた。

「なんとなくわかった。つむぎちゃんのなかで、頼れる存在＝敬語、みたいな感じなんやな？」

「はい。その立ち位置が心地よくなってしまって」

「それはそれで嬉しいから、敬語でもええわ。ほかの人にはよう言わへんようなことも俺には言えるってことやろ？」

「はい」

「他の人には見せへん痴態も俺には見せるしな？」

彼の手がまた怪しい動きを始めた。

「あの、明日、仕事です」

同じことを言った。

「手加減はするよ、一応」

同じ言葉が返ってきた。

【書き下ろし番外編④】マンネリ防止のＮ箇条

――あ。

出勤途中のコンビニでお昼ご飯を確保し、飲料棚から水を取って、さてレジに向かおうというタイミングだった。たくさんの新刊が並ぶ雑誌コーナーで、表紙に踊る『愛され女性になるために。マンネリ防止の十箇条』という文字列が目に飛び込んできた。

まだ細野さんと付き合い始めてからそれほど時間が経っていないないし、日々が慌ただしくてなかなか会えないのでマンネリはしていないと思うけど、仕事をしている間も、『愛され女性になるために』というタイトルが頭に残っていた。会社帰りにもう一度コンビニに寄り、雑誌を買う。

そして。

――うーん……積極的に、かぁ。

自室のベッドに雑誌を広げ、体育座りで膝を抱えた。

雑誌の記事は交際相手がいる男女へのアンケート結果を中心に構成されていて、中でも〝夜〟の関係にスポットが当てられていた。男性のアンケート結果の欄には『相手が受け身すぎると段々冷めてくる』『積極的な人のほうがいい』といった趣旨のコメントがずらりと並ぶ。マンネリを防ぐ手立ては『スキンシップ』、『愛情表現』に次いで『自分磨き』が三位にランクインし、『現状にあぐらをかいてちゃダメ』という厳しいコメントまで付されている。もちろんアンケートへ回答した層にはある程度の偏りがあるだろうから、これをもって世間一般の考えとまでは言えないにせよ――。

そこまで考えたところで、窓の外から足音が聞こえてきた。もしかして、と雑誌を閉じてベッドから下りる。すぐに、玄関ドアの鍵が回る音がした。

——細野さんだ。

部屋を出て、玄関で彼を出迎える。

「おかえりなさい」

「ただいまー」

柔らかな笑顔で彼が言う。

「五日ぶりのつむぎちゃんや」

「……はい」

靴を脱ぎ、「手洗ってうがいするから待ってな。今日いろんな人に会ったからさ」と言い残して洗面所へ消えた。すぐに戻って来て、ぎゅっと抱きしめてくれる。

「ただいま」

「おかえりなさい」

もう一度同じやりとりを繰り返す。

「つむぎちゃん、晩ご飯食べた？」

「はい」

「俺、実は食いっぱぐれてて」

「え、てっきり食べて帰って来られるものだとばかり思ってました！　すみません、用意がなくて」

「いや、全然。食べて帰る予定って伝えてたし。その予定やってんけど、ちょっとスケジュール押したりしてバタバタしてたら食べ損ねた」

「じゃあ、急いで何か」

「いや、ええよ。つむぎちゃん座っといて。テキトーにスパゲティかなんかチンして食うし」

「でも……」

「そうやって気つかって作ってくれようとするんわかってたから、コンビニ寄って買って帰って来ようと思っててんけどな。駅着いたら一秒でも早くつむぎちゃんに会いたくなって、一目散に帰って来てもうた」

「……嬉しいです」

キッチンへ向かう彼の後について歩く。彼はシンク下の戸棚を開け、「あ、パスタのソースあるやん。これ食っていいやつ？」と問いかけてきた。

「はい、細野さんが前に買われたものだと思います」

「あれ、そうやっけ？　すだち明太子、美味そう」

手馴れた様子でパスタと水を専用容器に入れ、レンジへ。私はその間にお皿とフォークを用意して、あとは茹で上がりを待つのみだ。

「つむぎちゃん、お皿ありがとう」

そう言って彼はレンジの前に立ち、残り時間の表示を恨めしげに見つめる。

「この待ち時間がなぁ……長いんよな」

「意外と時間かかりますよね」

「一人やと『今か今か』ってなるけど、つむぎちゃんと話してたら、たぶんすぐやな」

そう言いながらこちらを向く。

「仕事、どうやった？」

「いつも通りです。細野さんはどうでしたか？」

「こっちもいつも通りかな。マキとカイが喧嘩してたけど」

「喧嘩!?」

「あ、全然大丈夫なやつやで。じゃれ合いみたいな」

「よく……あるんですか？」

「ここにみんなで住んでた頃は、一週間に一回くらいは喧嘩してたな。やりたいことが常に一致するとは限らんから、すり合わせがヒートアップしたりとかな。一番多いんはマキとカイ。マキはバンドのフロントマンとしてのプライドと責任感があるし、カイは親父さんを超えたくて勇み足になりがちゃし。お互いの才能をめちゃくちゃ尊敬し合ってるから、絶対に一線は越えへんけどな」

「カイさんのお父さんというのは……？」

「有名な作曲家兼音楽プロデューサー。デビュー当初は本人の希望で隠してたけど、今は公開情報になってる」

「そうなんですか。知らなかったです」

「あいつの実家遊びに行ったことあるけど、地下に音楽スタジオあんねん。すごいよな」

「想像もできない世界です」

軽やかな電子音が鳴った。スパゲッティの茹で上がりだ。彼は蒸気の上がる容器を「あちち」と言いながら取り出し、湯を捨てた。一本、ぬるりと容器から逃げ出した麺がシンクに落ちた。

「あ。もったいなっ。食えるかな」

そう言いながら、彼がシンクを覗き込む。

「排水口の近くまで到達しちゃってるので、やめておいたほうが」

「諦めるかぁ」

残念そうにそう言い、無事だった麺たちをお皿に盛る。湯気を払いながらソースを絡め、フォークで混ぜて完成だ。

私が手伝うような作業もないので、隣で彼の手元を見つめている。

二人でダイニングに移動し、向き合って座った。

「つむぎちゃんもちょっと食う？」

「いえ、私はもうお腹いっぱいなので」

「そう？」

彼はそう言ってから、「いただきます」と手を合わせ、食べ始める。

長い指がフォークを操ってスパゲティーを巻き取り、形のよい口に運ぶ。

彼が帰ってくるまで雑誌の特集を読んでいたせいだろう、その手や唇が自分に触れたときのことを思い出してしまいそうになって、慌てて目を逸らした。そしてハッとする。

――目を逸らしてるようじゃダメなのかも。

経験値の差がありすぎて、リードしてもらうのが当たり前になってしまっているけど、それはよくないんだろう。

――それならせめて、こちらから誘う？

どうやって誘えばいいのか、さっぱりわからない。彼がいつもしてくれるようなことを、私からすればいいのかな。

――キス、とか？

そう思って顔を上げたけど、ご飯を食べている人にキスなんかできるはずもなく。

「ごちそうさまー」

あっという間に食べ終えた彼が、お皿を持ってキッチンへ向かう。私も慌てて彼の後に続いた。

「つむぎちゃん、どした？　なんか取る？」

彼にそう問われ、首を横に振った。

「いえ、その」

「ん？」

お皿を洗おうとスポンジを握った彼にキスをするのも変だろうと、代わりに後ろから抱きついた。彼の胴に腕を回す。

「おっ。なになに、なんのご褒美？」

「細野さん、その、よかったら」

「ん？」

「あの、その」

「んん？」

「今日その」

会話にならないので焦れたのだろう。彼が上体をひねってこちらを見下ろす。

「つむぎちゃん？　どした？」

焦りすぎて適切な言葉が見つからず、脳内は「今夜ベッドインしませんか」と「一緒にお風呂に入りませんか」の二択になった。絶対に前者は違う。ワードチョイスが絶望的だ。それだけは、パニックになった頭でも判断できた。だから後者にした。

「……今日、一緒にお風呂に入りませんか」

——言えた。

心臓がバクバクと音を立てる。

彼も行為を始めるとき、こんなふうに緊張するんだろうか。いや、彼は慣れてるし、そんなことはないのかな。

そんなことを思ったときだった。

ブシャ、と派手な水音がして、彼の体の前に回していた手にしぶきを感じた。

「つめてっ」

「あ、細野さん、大丈夫ですか？」

慌てて体を離し、彼を見た。

顔と上半身の前側から水が滴っている
「動揺してもうた……はっず……」

「あ……驚かせてごめんなさい」

「いや、謝らんでええねん」

そう言いながら、彼は水の滴る前髪をぎゅっと絞った。

「濡れたし……すぐ風呂入ろか」

彼が微笑んだ。濡れた前髪から、ぽとりと水滴が落ちた。

「……はい」

どんな顔をすればよいかわからず、うつむいたまま彼に続いて風呂場に向かう。セーターを脱ごうと裾に手をかけたら、彼が「待って」と言った。

「服は俺が脱がせるから。俺先脱がせてくれへん？」

「あ、はい」

パンツだけを残して、彼の服を脱がせた。

「つむぎちゃんの番」

そう言われ、彼に言われるがままバンザイをする。

そんなところに触らなくても服は脱がせられるのでは、と思うくらい、あちこちに触れながら服を剥かれていく。

インナーを剥かれ、肌の一部が部屋の冷気に触れて鳥肌がたった。

この段になってようやく、彼が「俺先脱がせて」と言った理由がわかった。彼が服を脱ぐ間、私が寒い思いをしないように、という配慮だ。どうやったら短時間でそんなに機転をきかせられるようになるのだろう。

「細野さん……すごいですね」

「え？　俺の裸の話？」

「あ、いえ、そうじゃないです。あ、もちろん裸もあの、素敵ですが」

何を言ってるのか、と途中で恥ずかしくなって言葉を止めた。

彼はくつくつと笑っている。

ショーツを脱がされそうになって、慌てて押さえる。

「あの、それは自分で」

「そう？　じゃあ、俺も脱ごう」

なるべく彼の体を視界に入れないように目を逸らしながら、戸棚を開けて入浴剤を取り出す。

「え、入れるん？　それ」

「あ、はい。お嫌いですか？」

「いや、普段は好きやけど。それ色つくやん。お湯に。体見えへんやん」

「……見えなくしたいんです」

その答えが意外だったのか、彼は心底驚いたような顔をする。

「一緒にお風呂はいろって言ったん、つむぎちゃんやのに？」

「み、見られたいわけではないので」

「ふぅん？　ええけど」

できるだけ体の前側を隠して掛け湯を済ませ、急いで体を洗おうと石鹸を泡立てていたら、彼に石鹸を奪われた。

「それは俺がやる」

「え、泡立てるのを？」

「泡立てるのも、やな」

「嫌な予感が」

「なんもせぇへんよ」

予想に反して、言葉通り、彼はいたずらせずに丁寧に私の体を洗ってくれた。私も彼の体を洗い、二人で湯船に入る。早く体を隠したかったので、乳白色のお湯に浸かってようやく、ホッと息をついた。

彼も向き合う位置に体を沈める。溢れたお湯が静かに浴槽の縁を滑って、洗い場の手桶を壁際に押し流した。

「で、どしたん？」

揺れる手桶を眺めていたら、彼が静かに言った。

「なにが……ですか？」

「急に風呂入ろうって、どうしたんかなって。裸見られたいわけではなかったみたいやし」

あらためて「どうしたの」と聞かれると、なんと説明すればよいのかわからない。ただ、彼の表情が何か心配をしているふうだったから、慌てて口を開いた。

「あの……雑誌を買ったんです」

「……ん？　雑誌？　なんのはなし？」

「その……男性のアンケートがあって」

『風呂に誘え』って書いてた？」

「あ、いえ、そういうわけではないんですけど。ええと、その……積極的に誘ってほしい、的な男性の意見が優勢なアンケート結果で。ええと、その、『誘ってほしい』っていうのは、その」

「セックスってこと？　俺は躊躇なく誘うタイプやし、『つむぎちゃんから誘ってくれへんぴえん』とかなるタイプちゃうから全然平気やけど、たしかに誘われたら嬉しいかもなぁ。つむぎちゃんも俺を求めてくれてんねんなってわかるし」

そう答えた後、彼は口元を緩ませた。

「っていうか、つむぎちゃんはなんでその雑誌の記事を読もうと思ったん？　そこが一番気になる」

ぴちょん、と水滴の音が響いた。天井についた蒸気が落ちてきたらしい。

「なんというかその……わたしは低刺激タイプかなと、常々思っていまして」

「ん……？　スキンケアの話？」

「いえ。私自身の。なんというかその……危険な魅力、みたいなのとは遠いので。『マンネリ』というキーワードを見て、なんとなく気になってしまったというのか」

乳白色のお湯の中で、足の指をにぎにぎする。

　お湯が少し揺れた。

　彼の手がお湯から出て、こちらに伸びてくる。そして頬に触れた。

「マンネリ？　それは大丈夫ちゃうかなぁ。まだ俺つむぎちゃんに着てほしい下着も、一緒にしたいことも山ほどあるもん。出かけたい場所も、一緒に食べたいもんもな」

「今日、そのうちのひとつ、試してみる？」

「はい」

　彼の腕から落ちた水滴が、乳白色の小さな波紋を作る。波紋同士がぶつかるのをじっと見つめていたら、彼が「こっち」と言った。短い言葉だったけど、ちゃんと意図がわかったから、くるりと体の向きを変え、彼の胸元に背中をつけて座った。

「つむぎちゃんがなんか悩んでんのかと思って、体洗うときは我慢してててん」

　耳元で彼がそう囁く。その大きな手が胸に触れ、そっと頂をなぞる。持ち上げられた胸先が水面に姿を現し、恥ずかしくて顔をそむける。

「見て、もう固くなってる」

「ん……そういうこと、言わないでください」

「ごめんそれは無理」

　いつも以上に声が近い。体が密着していて、彼の口元が耳のすぐ横にある。

　指で胸先を転がされ、たまらず首を反らした。彼の肩に頭を預けるような姿勢で荒い息をつく。お尻のすぐ後ろにある彼のものが徐々に質量を増していくのを感じる。

　喘ぎながら、手を後ろに回して彼に触れた。そっと筋をなぞると、ひくりと動いた。

　胸先への刺激は強くなったり弱くなったり、私の反応をうかがいながら続いている。

「あっ」

たまらなくなって、思わず小さな声を上げた。せまいお風呂場に声が反響する。

「あ、ちょっと……待って……恥ずかしいです」

「ご褒美ですありがとうございます」

「あの、そうじゃなくて」

「誘ったのつむぎちゃんやしなぁ。『待て』は無理やなぁ」

胸からするりとおヘソを撫でて、彼の手が秘所へと向かう。

「とろとろしてる」

耳元で実況されて、顔が火照る。お風呂でのぼせているのか、彼のせいなのか、よくわからない。

花芽をそっと摘まれ、転がされながら、耳たぶをそっと噛まれた。

「ん……ダメです」

「声に力がなくなってんで」

「力、入んない……です」

身体はすっかり彼にもたれかかり、支えられていなければ湯の中に沈んでしまいそうだ。

「ん、ダメ」

「なにが?」

耳たぶを舐めながら、彼が問うてくる。

何が、かは、私にもよくわからない。

「気持ちよくて、ダメです」

彼の手が一旦その場所を離れた。そして湯船の外、壁に取り付けられた蛇口に触れる。ざぁぁああ、と壁のシャワーヘッドから水が流れ出す。

「ちょっと待ってな。あったかくなるまで」

彼が何をしようとしているのかはわからなかった。

戻ってきた手が、また花芽にそっと触れる。彼の舌は首の後ろから肩を這い、また耳に戻った。くすぐったさと、低い声で囁かれる「つむぎちゃん」という声に、理性がすり切れていく。

「あ……」

声の反響はシャワーの音にかき消される。

意志と無関係に蜜をあふれさせる場所がひくひくと動いて彼を求めていることに気づいたのだろう。

「ごめんつむぎちゃん、立てる？　湯の中はのぼせるし、あんまりよくないから」

彼に体を支えられて立ち上がり、湯船を出た。熱いシャワーの下で、彼からのキスを受ける。私も応えたくて、自分から舌を絡めた。唾液なのか水なのかわからないものが顎を伝い、首を撫でて落ちていく。

「壁に手つける？」

そう問われ、彼の手に促されて壁に手をついた。彼の手が壁の棚に伸び、シャンプーの後ろから四角い小さなパッケージを取り出した。

「あ。いつの間に」

「さぁ、いつでしょう」

彼は慣れた様子で、これまた棚に置かれていた小さなタオルで手を拭き、手早く準備を済ませる。そして背中に覆いかぶさるようにして、「いい？」と尋ねた後、ゆっくりと入ってきた。

「ん……」

ぴりぴりとした刺激が下腹部に広がる。

「痛くない？」

「はい」

そう答えると、彼が動き出した。いつもと違うところが擦れて、腰と背を何かが這い上る。

「あっ……」

壁についた手に力が入らなくて、肘が曲がった。腰を彼がつかみ、ゆっくりと抜き挿しを繰り返す。シャワーがちょうど肩甲骨のあたりに当たっている。

　ざぁぁぁあ、というシャワーの音に負けないように言った。

「ほその、さん」

「ん？」

「きもち、いい、ですか」

「うん。めちゃくちゃ」

「よか、た」

「この背中、ほんまに。どないなってんねん」

　彼が背後でつぶやく。

　彼の手が体の前に回った。中の刺激と、花芽への刺激と。もう片方の手は胸を弄んでいる。

　快感が強くて達してしまいそうだけど、達したら足から力が抜けてしまいそうで怖い。

「あの、ほそのさん、ダメです」

「なに、が」

　彼の声も少し乱れている。動いているからなのか、彼も感じているからなのかはわからない。後者だといい。

「ちから、はいんない、です」

「待ってもうちょいだけ」

　奥まで突かれ、「あ、あ」と途切れ途切れの声が出た。

　壁に手をついていたはずが、今や上体のほとんどが壁にもたれかかっている。

　――崩れ落ちちゃう。

　足に力が入らないので、自然と挿入が深くなっていく。

「あの、も、ダメ、です」

　そう言うと、そのままそっと壁に押し付けられた。彼の動きが速くなる。私は彼と壁に挟まれて、かろうじて立っている。自分の口からでる甘い声が小さな浴室に幾重にも響いている。恥ずかしくて、おかしくなりそうだ。声を押し殺そうと手の甲を唇に押し当てたけど、手が震えているせいか、隙間から「ふ」「あ」と声が漏れてしまった。

「つむぎちゃん、もっと声聞かせて」

手を掴まれ、高い位置で壁に押し付けられる。胸先が壁にこすれ、その刺激で体がガタガタと震えた。

彼が私の髪の毛に顔を埋めた。そして何かつぶやく。うなるような声から、そのときが近づいているとわかった。

「つむぎちゃん」

「ほそのさん」

く、と耳元で彼の声がした。そして、力のこもっていた彼の腕がゆるむ。二、三度ゆったりと腰を揺らしてから、そっと私の中から出て行った。

「とりあえず、ひとつ」

気だるい余韻の残る中、彼がそう呟いて頬にキスをくれた。

「つむぎちゃんと一緒にしたいこと、向こう百年分くらいはあるから。覚悟してな。『飽きた』なんか言わせへんから。あ、エロいことだけちゃうで？　たとえば、つむぎちゃんの髪の毛乾かしてあげるとか。あ、でも『びしょびしょのままベッドでセックス』ってのもええな。今日は後者――」

「ぜ、前者でお願いします！」

「えー、『積極的に』って話はー？」

「う……」

「な？」

彼が首を傾げ、悪魔みたいな顔で微笑んだ。

〈紙書籍限定・特別番外編〉居酒屋つむぎ

珍しく細野さんが二十一時前に帰宅した日のことだった。

夕飯は済ませてきたという彼と並んでソファに座り、プレイリストからランダムに再生される洋楽を聴いていた。無意識なのか、ソファの背もたれに置かれた彼の指先が私の短い髪の毛の先を弄んでいる。しばらくされるままに任せていたが、意を決して口を開いた。

「あの……細野さん、何かあったんですか？」

そう問いかけると、彼がハッとした様子でこちらを見た。

「……なんで？」

「ため息、ついてました。この曲の間だけで三回」

無意識だったらしく、彼は一度天井を仰いで大きく息を吐いてから、こちらに視線を戻した。

「ごめん」

「謝るようなことでは。ただ……どうしたのかなって。理由を聞いてもいいですか？」

「うーん……マジでかっこわるい話やから」

彼はそう言って苦笑した。

踏み込んでいいのか、踏み込まないほうがいいのか迷って、言葉に詰まった。

——無理やり話させるのは違う、よね。

「じゃあ、あの……ここ、来ますか？」

「ん？」

「ここ」

　そう言いながら自分の膝を指さした。

「ゴロンて、しませんか？」

「え、膝枕してくれんの？」

「そうです」

「そんなん断るわけないやん」

　そう言いながら、ごろ、と彼が寝転んだ。

　大型のスピーカーからは、甘く切ない声色の洋楽が流れている。よく聴く有名な曲だし歌っている人の顔も分かるけど、曲名が思い出せない。失恋の曲らしい、というのは、歌詞から何となくわかった。

「前から思ってたけど、膝枕ってさ、膝とちゃうくない？　太もも枕やんな？」

「たしかにそうですね」

　私の太ももの上で彼が上を向き、子供みたいに笑った。そして目を閉じ、深呼吸をする。彼の長い前髪が目元にかかっているのが（くすぐったくないかな？）と気になり、指でそっとつまんで顔の横に払った。

　彼の手が伸びてきて私の手を取り、自身の頬に当てる。

「つむぎちゃんの手ぇ、冷たいなぁ」

「ごめんなさい」

　引っ込めようとしたけど、彼は手を離さず、頬に押し当てた私の手を自分の大きな手で包み込む。

「俺のほっぺたであったためたろ」

　なされるがまま、彼の頬に手の平を当てていると、少しずつ温まってくる。

「んー……これはなんか……話したくなるやつ」

　そう言いながら、彼はゆっくりと目を開けた。きれいな形の目がこちらをまっすぐに見上げている。

　対するこちらは彼を見下ろす位置取りだ。彼視点で自分がどんな顔に見えているのかは、考えないことにした。

「聞き出そうと思ったわけではないんですが、細野さんが話したくなったら、いつでも聞きます」

　彼の視線がゆる、と私から離れたどこかに流れていった。

「今日、大学のサークルの同期会があんねんて。マキとカイとコーダイ、三人そろって顔出してんねん。俺はお留守番」

　彼は低い声でゆっくりとそう言った。

「たしか、マドエクはサークルで始まったバンドでしたね」

「うん。就職するっていうのでギターが抜けたとこに俺がポンと入った。つまり今日の同期会には、たぶん元祖ギターも来てる、と」

　彼はくしゃ、と鼻の付け根のあたりにシワを寄せた。

「だからなんやねんって話なんやけどさ。『マドエク』って名前つけたんも、その元のメンバーらしいし、なんかな」

「……ちょっとザワザワする感じですか？」

「うん、そんな感じやな。言葉にするん難しいけど。なんかちょっと落ち着かへんというか。会ったから何が起こるってわけでもないってわかってんねんけど」

「頭で理解してることと、心がどう動くかっていうのは別の話ですもんね」

　感情をつかさどるのは脳だから、「頭」と「心」は本来同じ場所にあるはずなのに、どうしてかバラバラに動いたりする。不思議だ。そんなことを考えていたら、彼がゆっくりと上体を起こした。

「ごめんな。せっかくつむぎちゃんに会えてんのに、ため息なんかついて。家に帰ってくるまで別になんとも思ってへんつもりやったけど、つむぎちゃんの顔見てのんびりしてたら、なんか急にこう……自覚したというか。ああ、ちょっとなんかモヤついててんな俺、って気づいた」

「謝るようなことじゃないです。話してくださってありがとうございます」

そう答えたら、彼の顔がゆっくりと近づいてきた。

彼が何をしようとしているかわかったから、黙って目を閉じる。

すぐに、唇に温かなものが触れた。

ありがとう、とか、大切だ、とか、言葉にしなくても肌の触れ合いで伝わることがある。こんなとき、どんな言葉をかけたらいいのかわからないから、せめて彼の気持ちに寄り添えるといい。

唇を離した彼が、低い声で言った。

「つむぎちゃん、もう風呂入った？」

「はい」

「じゃあ、俺ちょっとシャワー浴びてくる」

「あ、はい」

「シャワー浴びた後、続きしていい？」

「あ……はい」

さっきとは別の意味で言葉が見つからず、うつむきながら頷いた。彼はそんな私を笑い、頬にキスをしてから立ち上がった。後ろ姿を見送り、自分の鼓動の速さに急かされるように立ち上がった。

――続きをするなら、せっかくだから前にプレゼントしてもらった下着を着けよう。

そう思って部屋に向かう。

クローゼットの中の小さな引き出しを開ける。見るだけでちょっと恥ずかしくなるデザインなので、そう頻繁に目につかないように奥のほうにしまってある。布面積の小さな下着を引っ張り出し、急いで着替える。細い紐を体の後ろで蝶々結びにしているときだった。

ブブ、軽い振動が床を伝う。先ほどクローゼットで下着を取り出すときに、チェストに置いておいたスマホだ。紐を結び終え、元通りの部屋着を上から羽織ってスマホを手にとる。企業の公式アカウントの広告かな、と軽い気持ちで通知画面に目をやると、「薪さん」と表示されていた。緊急連絡先として、細野さんを通じてマキさんとマネージャーさんと連絡先を交換したのはつい一週間ほど前のことだ。万が一第三者に見られてしまったときのために、と、どこまで効果があるのかわからないながら、名前を別の漢字で表示させるよう設定している。

　マキさんからは「緊急時以外でも気軽に連絡してな。ＤＥＮに対する不満とか」というありがたい言葉をもらっていた。

　どうかしたのだろうか、と慌ててメッセージアプリを開くと、《デン元気？》という短い一文が届いていた。マキさんも彼のことを心配しているらしい。

――どうしよう。なんて返信すればいいんだろう。

　もちろん「少し元気がないです」なんて、私を信用して話してくれた細野さんの気持ちを裏切るような返信はできない。「元気です」と嘘をついておけばいいのだろうか。それが彼のためになるのなら、いくらでも嘘はつくけど。

――細野さんにとって、どう答えるのが一番いいかな。

　既読がついているのに返信しないのは失礼だろうし、余計に心配させてしまうかもしれない。マキさんが細野さん宛ではなく敢えて私にメッセージを送ってきたということは、彼にマキさんからのメッセージのことを伝えないほうがいいのだろうから、彼に相談することもできない。

　洗面所のほうから、お風呂場のドアを開閉する「カチャ」という音が響いてきた。

――シャワー終わったかな。

　早く返信しないと、と焦る中ふと脳裏に浮かんだのは、いつか動画配信サイトで流れてきた短い動画だった。自分の恋人がその元カレや元カノに会いに行くのを許せるか、というようなテーマの会話の一部を切り抜いたもので、「断れない場合もあるだろうから行くなとは言わない。帰りに電話をくれたり会いに来てくれたりしたら安心できるから、できればそうしてほしいと伝える」というような発言が賛同を集めていた。

——ちょっと状況は違うけど。

体を拭いたバスタオルを洗濯機に入れる音も聞こえてきた。もうあまり考える余裕もなくて、大急ぎで文章を打ち込んだ。

〈もし明日ご予定がなければ、お帰りの前に「居酒屋つむぎ」にいらっしゃいませんか。締めのラーメンをご用意します〉

その意図を問うことなく、マキさんは察してくれたらしかった。

《ありがとう。こっち終わったらカイとコーダイも連れて行く。酒とつまみとカップラーメン買ってくからヤカンだけ貸してもらえたらありがたい》

短い返事がすぐに届いた。

——カイさんとコーダイさんも？

慌てて部屋を出て、すばやく居間を見回した。昨日洗ったクッションカバーがカーテンレールにぶら下がったままだ。ダイニングテーブルの片隅には図書館で借りた本が積んである。片付けて、平日おざなりになっている掃除もしておかなくては。

＊＊＊

洗面所のドアが開くのとほとんど同時に、廊下の物入れからフローリングワイパーを取り出した。

「なぁ〜」

彼が少し不満げな声を上げた。

「さっき『ちょっとだけ掃除したい』って言ってなかった？　トイレも廊下も床も壁もピカピカにしたし、洗面台の鏡もピカピカやん。もう磨くとこ残ってないと思うで」

私がいそいそと動き回っていると、彼もじっとはしていられないのか、一緒にあちこちの掃除を手伝ってくれていた。彼はクローゼットに掃除機をしまいながら「もしかして」と呟いた。

彼の言葉の続きを聞こうと動きを止めて彼を見つめていると、彼はそのままこちらに近づいてきた。

手に持っていた拭き上げ用のクロスを奪い取られ、そのまま彼と壁の間にはさまれる。

「俺、避けられてる？」

壁についた彼の両手に囲われるような姿勢で、逃げ道を塞がれている。薄暗い廊下に二人、リビングから漏れてくる電灯の明かりを頬に受けた彼が、至近距離で私を見下ろした。

「そういう雰囲気にならんように動き回ってる？」

彼はそう続け、拗ねたように口を尖らせた。

答えが見つからない。

——マキさんたちが来るって、言ったほうがいいかな？　でも、もしも同期会が盛り上がって朝までコースになって、『やっぱり来られません』ってことになったら？　余計に細野さんを傷つけちゃう。マキさんたちが来るまで黙ってたほうが——。

「この沈黙は正解ってこと？」

「あ、いえ、そういうわけではないんです。ただ、ちょっとその」

冷や汗が出そうだ。

「あ、もしかして、アカン日？」

そう言った彼の瞳が何かを思い出すみたいに上に流れた。きっと周期を数えている。月の周期を彼に把握されていることが恥ずかしすぎるし、相手の周期を把握していることが彼にとってなんら特別ではなさそうなところが彼の過去を連想させてちょっとチクチクするし、マキさんたちが今来たらどうしようと焦るし、感情がぐるぐると巡って、ひとつに集中できない。

「じゃないですが、あの、その」

「乗り気じゃない？」

「いえ、そんなことではなくて、もちろん、でも、その、あの、今はちょっとダメで」

〝しどろもどろ〟という言葉のお手本みたいな口調になってしまった。

彼がちゅ、と首に吸い付いてくる。

「あの、聞いてますか」

壁を背に彼に捕まった状態で、何とか身をよじらせて逃げ出そうとする。でも、彼の唇が耳にたどり着いたところで、体に力が入らなくなる。

「聞いてるけど、よう分からへんねんもん」

服の中に手が忍び込んできて、脇腹を撫でた。手が驚くほど熱い。

「シャワー浴びに行く前に『続き』って言ったとき、了承してくれたと思ったけど？」

耳元でそう囁かれた。と同時に、彼の手がブラの中に潜り込んで胸の先にそっと触れる。

「あのほそのさっアッ」

甘い声が出てしまった。焦って手で口を塞ぐ。

「そこ塞ぐんは俺に任せて」

彼に手を引き剥がされたと思ったら、すぐにキスが降ってきた。思考がかすんでしまいそうになるのを必死に引き戻していると、インターホンが高らかに鳴った。

――来た。

慌てて体を離そうとしたけど、彼は不満そうな唸り声をあげて私の体を押しとどめようとする。

「あのでも」

「無視無視」

　きっとマキさんたちだ。

「こんな時間やで？　宅配便が来るような時間ちゃうし、来客の予定もないし」

　彼はポケットからスマホを引っ張り出して画面を見、表情を変えずに切ってポケットに戻す。

　またキスを再開しようとすると、ムー、と近くでスマホの震える音がした。

「あの、電話」

「マキやから、ええよ。ほっといて。明日の朝かけ直す」

「あのでも、大切な用事かもしれませんし」

「同窓会でしこたま飲んで酔って電話してきただけやと思う」

　ムー、今度は太ももに振動を感じた。私のポケットだ。

　スマホを引っ張り出すと、マキさんからだった。

「つむぎちゃん、ほっといてええ――」

「はい、もしもし」

　彼が言い終わるより先に通話ボタンを押し、電話に出た。

『マンションの下ついたけど、もしかして取り込み中？　時間遅いし、帰ったほうがよければこのまま帰るけど。大丈夫？』

「あ、もちろんです。今開けます」

　そう言いながら、驚いた様子で私を見る彼の横をすり抜けて居間に向かい、素早くインターホンの応答ボタンと解錠ボタンを押した。

『こんばんはー』

インターホンからは口々にそう言う三人の声が聞こえてきた。

「ちょお待って。え？　今の声、マキ？　カイとコーダイもおる？」

「あ、はい」

「どういうこと？　こんな時間に押しかけて来たん？　何考えてんねんあいつら」

彼はノシノシと玄関に向かう。

エレベーターからほど近い位置にあるので、まもなく彼らが到着するはずだ。

部屋の前のベルが鳴らされる前に、彼がドアを開けた。そして外に向かって小声で言い放つ。

「いや帰れ。さすがに時間考えろ。ド深夜になんのつもりや。しかも酒くさっ。どんだけ飲んでん。酔っ払って人の家に押しかけてくんな」

「まぁまぁ、明日土曜やし、俺たちも十二時入りやから、多少寝んの遅くなっても平気やろ」

そう言いながら、ガサガサというビニールの音とともにマキさんが入ってくる。初めてマキさんに会った日のことを思い出して、（なつかしいな）と思った。

彼はそんなマキさんを外に追い出すような仕草をした。

「いや平気ちゃうわ。つむぎちゃんは普通の生活してんねんから。明日寝坊できるとかの問題ちゃうくて、仕事のために早起きしてるからもう疲れてんねん」

「田無さん、入ってもかまへん？」

マキさんが細野さんの体を避けるようにして、こちらを覗き込みながら問うてきた。

「はい、どうぞ」

「それはズルいでマキ。つむぎちゃんに聞くな。つむぎちゃんは『迷惑や』とは言いにくいやろ。ごめんな、つむぎちゃん」

彼がそう言いながらこちらを振り向いた。そして動きを止める。

私の表情を見て何かを察したように目を細め、マキさんを見つめ、そしてもう一度私のほうを振り返る。

そんな細野さんの後ろで、マキさんに続いて玄関に入って来た二人の人物が口々に「田無さん、はじめまして！　カイです」「コーダイです」と名乗る。カイさんがマドエクのベース、コーダイさんがドラムだ。

玄関ドアがまだ開いているからだろう、二人とも囁くような声だ。

「あ、はじめまして、田無つむぎです。お噂はかねがね。お会いできて嬉しいです」

「こちらこそ、田無さんの噂はデンからもう『かねがねかねがね』って感じで聞いてますよ。ご婚約おめでとうございます」

「ありがとうございます」

挨拶を交わしつつ、「ちょっと、マキもっと詰めて。入れない」「待て、俺靴の紐ほどかんと」「ややこしい靴履いてるやつは最後に入れよ」「それこないだ言ってたおニューのやつ？」「そう、まだ足に馴染んでないから脱ぎ履きに時間かかんねん。ちょっとコーダイ、押すな」などと言い合いながら、それほど広くない玄関でむぎゅむぎゅと押し合っている。先頭のマキさんがブーツを履いていて、脱ぐのに手間取っているらしい。

「ちゃんとお祝いすべきなのに、俺ら三人とも酔っ払ってて、なんかこんな感じでごめんね」

そう言いながら、コーダイさんが私と細野さんに向かって手を合わせた。

「そんで、来て早々本当に申し訳ないんだけど、トイレ借りてもいい？　コンビニで借りようと思ったら故障中で、もうだいぶ限界で」

言葉通りに限界だったらしく、私と細野さんが頷くなりコーダイさんは靴を脱ぎ捨ててマキさんと私たちの横をすり抜け、トイレに駆け込んで行った。

——トイレ、掃除しといてよかった。

「俺はとりあえずヤカン借りまーす」

　そう言って手に持ったビニール袋をガサガサと振ったマキさんもようやく靴を脱ぎ終え、次いでカイさんも靴を脱いだ。マキさんとコーダイさんの分も合わせて、カイさんが三人分の靴をきれいに揃える。流れるような動作から、「きっと普段もこんな感じなんだろうな」と思った。カイさんは靴を揃え終えると立ち上がり、私と細野さんに向かってにっこりと微笑む。

「夜遅くにごめん。カップ麺と酒とツマミ大量に買ってきたから許して。デンが好きなチーズたら（ちーたら）もある」

「俺が好きなんはチーズちくわ（ちーちく）や。チーズたら（チーたら）好きはマキ」

「うそうそ、ちゃんと両方買ってきた」

「お前ら、うちで飲み直すつもりってこと……？　マジで……？」

「そ。『居酒屋つむぎ』がオープンすると聞いて」

　そう言ってカイさんは私のほうを見て「ね？」と首を傾げる。

「はい。ご来店ありがとうございます」

「カイー！　豚骨のやつって結局やめたっけ？」

　リビングからマキさんの声が聞こえてきた。

「あ、俺が持ってる袋に入ってるよ」

「俺それ食う」

「ハイハイ」

　マキさんの声に応えながら、カイさんはもう一度「おじゃましまーす」と言って居間へ向かう。

　そんなカイさんの背中を見送って、恐る恐る彼のほうを振り向いた。

　彼は鼻から細く息を吐いた。そして私を見つめ、口を開く。

「つむぎちゃんがあいつら呼んでくれたんやな？」

「はい」

頷くと、彼は「ハァ」とため息をついた。

「あの……余計なことをしてごめんなさい」

「ううん、ちゃうねん。この溜め息は、『つむぎちゃんに気ぃつかわせてもうたな』って。ごめん。ありがとう」

「これは気をつかったんじゃなくて、私がこうしたかったんです。私のわがままに付き合ってくださって、こちらこそありがとうございます」

そう答えると、彼は再び特大のため息をついた。

「今のため息は、『めちゃくちゃ抱きしめたい気分やのに邪魔者おるからできへん』ていうやつ」

拗ねたように言う彼に顔を近づけながら、声を潜めた。

「あの……ちょっとギュッとするくらいなら、その、向こうから見えないかも」

「ええん？　ちょっとじゃ済まへんくなるかもやけど――」

彼の言葉を遮るように居間のドアが開くカチャッという音がした。そちらに目をやると、カイさんがカップ麺を重ねたタワーを手に持って立っていた。

「田無さんとデン、カップ麺どれにす……」

途中で言葉を切り、私たちを交互に見る。

「アラ失敬、なんかお邪魔しちゃった？」

ニヤニヤしながらそう言われ、彼に近づけていた顔を離した。

――大丈夫、距離は近かったけど、触れてはなかった。大丈夫、大丈夫。

彼がノシノシと廊下を進み、カイさんの手からカップ麺を奪い取りながら投げやりに言った。

「お前ら全員ラーメン食うたらすぐ帰ってくれへんかな」

＊＊＊

――本当に、仲良しなんだな。

細野さんと三人のやり取りを聞いているだけで楽しくて、ニコニコしてしまう。

マキさんが気をきかせて私用に買ってきてくれた鴨(かも)だしのカップ蕎麦(そば)をフゥフゥ冷ましている間に男性陣はラーメンを食べ終わり、コンビニで調達してきたらしいおつまみを口に放り込みながら、お酒を好きに飲んでいる。ダイニングテーブルはお酒置き場と化し、皆ソファ前の床に好きな姿勢で座り、リラックスした姿勢で過ごしている。

――もともとこの家に住んでたんだもんね。

熱い麺で火傷しないように慎重に蕎麦を食べ終え、容器に残ったお出汁(だし)を捨てるために台所へ向かった。

「皆さん、お水は大丈夫ですか」

シンクの中にお出汁を流しながらそう声をかけたら、視線の先で細野さんが立ち上がった。

「つむぎちゃん、水は俺がやるからええよ。それ捨てたら、こっち戻って座っとって。みんなで住んでた頃とそんなに変わってへんから、どこに何があるかもわかってるし、基本ほっといて大丈夫やで」

そう言いながらこちらへ向かってくるので、慌てて食器棚からグラスを取り出した。

「あの、今日は『居酒屋つむぎ』なので。私が皆さんをおもてなししますので。細野さんこそ、座っててください」

「いや、皆つむぎちゃんに会いたくて来てんねん」

そう言いながら、細野さんは私が出したグラスを見て「酔っぱらいにこんな高いグラス出したら大変なことになんで、百均ので十分」と呟いた。

「『居酒屋つむぎ』は、あいつらと玄関で顔合わせた瞬間に、もう役目果たし終わってるから。閉店してええよ」

彼がそう言って居間のほうを見た。私もつられてそちらを見ると、マキさん、カイさん、コーダイさんの三人がこちらを見て頷いた。

「田無さん、グラスはデンに任せて。こっちこっち」

コーダイさんの手招きに加え、ポンと促すように細野さんに背中を軽く叩かれ、観念して居間に戻ることにした。

どの位置に座るのが正解なのだろう、と自分の座る位置を考えながら三人のほうに向かう。

と、カイさんが何かに気づいたような声を上げた。

「そういえば、呼び方『細野さん』なんだね。伸由って呼ばないの？　遠からず同じ苗字になるんでしょ？」

たしかに、と思いながら言葉を探していたら、マキさんが「まぁ」と割り込んだ。

「呼び方なんかただの記号やから、何でもええやん。あいつ『細野さん』って呼ばれることほとんどないから、結構気に入ってるっぽいしな」

そう言いながら、マキさんが自分の隣の床を軽く叩いた。隣にどうぞ、ということらしい。会釈をしながらマキさんの隣に座ると、マキさんが「俺さぁ」と話し出した。

「ずっと田無さんに話したかったことがあってん。前にこの家に来たとき、俺、田無さんにおもっくそ偉そうなアドバイスしたやん？　デンのこと、『人として好き』で止めとけ、みたいな」

「あ……そうでしたね」

そう答えると、マキさんは眉尻を下げた。

「あんとき余計なこと言ったなって、ずっと思ってた。ごめんな」

「いいえ、全然そんなふうには。私を心配してくださってたってわかってますので」

「そう言ってもらえると気ぃ楽になるけど。ずっと謝りたかってん」

マキさんは台所のほうを見て少し声を落とした。

「なんか俺がこんなこと言うんも変やけど、あいつと出会ってくれてありがとう」

どういたしまして、でもないし、こちらこそ、というのもしっくりこない。返す言葉が見つからなくて、ただ小さくうなずいた。

「マキさんにそう思っていただけて嬉しいです」

「俺も思ってるよ」

　コーダイさんがマキさんの横からこちらを覗き込みながら言った。

「俺も俺も」

　カイさんも続く。

「その言葉を撤回されないように頑張りますね」

　そう言うと、三人が一斉に首を横に振った。

「頑張らんでええよ」

「田無さんがそのまま田無さんでいるだけで、十分だよ」

「そう……だといいんですが」

「本当に聞かせてやりたいよ、デンのノロケ。他の奴だったらたぶんめちゃくちゃウザいと思うんだけど、なんか可愛いんだよね。『遅い初恋』って感じで」

　どう反応していいかわからずにいると、キッチンから「あ」という細野さんの声が聞こえ、皆でそちらを向いた。

「いつのかわからへん柿ピーあったけど、食う？」

　片腕に危なっかしくグラスを抱え、ビニールのパッケージをサラサラと振りながら、彼が歩いてくる。そしてマキさんと私の間に腰を下ろし、グラスをテーブルに並べる。

「はい、あとはセルフサービスでよろしく」

「デンありがと」

「柿ピーの音がなんか、サラサラしてんだけど。割れてほぼ粉になってってね？」

「食うたら同じやろ」

「限度ってものがあんだろ。お前は卵かけご飯と味噌汁と漬物を混ぜて食うか？」

「文句あるなら別に食わんでええねん」

「俺全然平気だから食うー」

　ポンポンと言葉が飛び交うのを聞いているだけで楽しい。

　部屋には彼がシャワーを浴びる前にかけた音楽が流れ続けている。プレイリストなのだろう、連続で再生される中の一曲に、彼らが同時に反応した。

「あ」

「あーこれ……」

　イントロの三音目くらいで三人が顔を見合わせる。私はもう少し先まで聞いて、ようやく何の曲かわかった。映画の主題歌にもなっていた、有名なラブソングだ。

「例の」

「待て俺は今お前らが何を言おうとしてるかわかってる。マジでそれはアカンやつやから。口を閉じろ。今すぐ」

　ニヤニヤする三人と、焦ったように立ち上がる細野さんを見て（どうしたんだろう）と思っていると、マキさんが「ほら、田無さん戸惑ってんで。理由、説明したほうがええんちゃう？」とさらに笑みを深めた。

「いや本気で……俺なんでこんな目に遭ってんねやろ……家でのんびり過ごしてたはずやのに、家に押しかけて来た酔っぱらいが余計なことばっかりしゃべる……なにこれ……」

「こないださぁ」

「カイ、それしゃべるんやったら本当に追い出す」

「デンがさぁ」

「コーダイ、お前もやぞ」

「デン、たぶん自分で説明したほうが傷浅く済むで」

　マキさんの言葉に、彼が「くそ……」と言いながら両手で顔を覆った。

「お前なにを今さら照れてんねん、いっつも楽屋で死ぬほどノロケてるやんけ。あっちのほうがよっぽど恥ずかしいわ」

「こんなデンを見れる日がくるとは」

「酒がウメー」

　三人からの猛攻を受け、細野さんが顔を覆っていた手を離した。そしてこちらを見る。

「あの、言わなくても大丈夫です、言いたくなければ、私はその、知らなくても」

　会話に割り込んで場を白けさせるわけにもいかないと黙って成り行きを見守っていたけど、彼が私に知られたくないと思っていることを無理に聞き出したいわけではない。だから慌ててそう言ったら、彼は「じゃあ、あとで」と言った。

「あとで話す。邪魔者が帰ってから」

　そう言いながら、彼は立ち上がって目の前の空き缶をビニール袋に放り込んだ。

「ほれ酔っぱらいども、そういうことやから。十二時(てっぺん)過ぎたし、もう帰れ」

　ローテーブルの上に並ぶ缶を振って中身が入っていないことをたしかめながら次々に回収していく細野さんを、マキさんが制止した。

「帰る前に、ひとつだけ話あんねん」

　先ほどまでのからかうような口調とは打って変わって、マキさんは真剣だった。

　だからだろう。細野さんが手を止め、マキさんを見る。

「何？」

「今日の同期会、元メンバーの奴来てたんやけど」

　細野さんは黙って頷いた。

「今年結婚するんやて。ほんで年末くらいに結婚式するから、余興やってくれへんかって」

「オリジナルマドエクで演奏すんの？　盛り上がるやろな」

　彼は再び頷きながら、軽い口調でそう返した。そしてゴミの回収を再開する。テーブルの反対側に伸びた彼の手を、マキさんが制止した。

「ちゃうちゃう」

「ん？」

「デンも」

　マキさんは言いながら、彼の顔を覗き込んだ。

「は？」

「俺ら四人で出てくれへんかって。事務所とも相談せなあかんけど、もしお前が嫌じゃなかったら」

「いや、でも。新郎は元メンバーなんやし、お前らと一緒に演奏したいんちゃう？　一夜限りの復活的な。盛り上がるやろ」

「結婚相手がデンのファンで、配信とかめちゃくちゃ見てんねんて。だからお前に出てほしいって」

　マキさんは細野さんをじっと見つめた。たぶん理由は私と同じ。彼の心の動きをひとつも見落とさないように。

「デンが嫌やったら、無理せんでええで。お前からしたら、知り合いでもないやつの結婚式なわけやし」

「嫌ちゃうよ。でもせっかくオリジナルメンバーが揃うんやから、途中まで新郎が弾いて、途中から俺が出るとかは？」

　マキさんと細野さんの会話を見守っていたカイさんとコーダイさんが一瞬顔を見合わせた。ホッとしたような表情だった。

「いいじゃん、それ」

「盛り上がりそうだね」

「それやと実力差エグくて新郎がしんどいから、お前が後のほうがええな」

「逆のほうがええかな？　俺が先弾いて、途中から新郎に代わる？」

「曲は？　何がええんやろ、結婚式やと」

「実はリクエストが入ってんねん。『もしできたら』て」

「どの曲？」

「『ツムグ』のアコースティックバージョン。あのライブ、二人で来てたんやってさ。二人とも、マドエクの曲の中であれが一番好きって」

　四人の視線が交錯した。『ツムグ』は彼が作った曲だ。

「……それは余計に、俺が歌わんわけにはいかんな」

　彼の手に持ったビニール袋の中で、缶がペコンと音を立てた。

＊＊＊

　酔っ払った彼らはちゃんと家をきれいに片付けて、使ったグラスも洗ってから、来たときと同じように玄関で小声で挨拶をしながら帰って行った。

　ドアを閉めた彼は「魔除け。もう絶対にドア開けへん」と言いながらチェーンロックをかける。そしてこちらを振り向き、眉尻を下げた。「つむぎちゃん。ごめんな」

「何が、ですか」

「疲れてる中、酔っぱらいの相手させてもうて」

「いいえ。私がお呼びたてしたんですから」

「でも、俺のためやん。助けられてばっかりやな。ありがとう。本当に」

「少しでもお役に立てたならよかったです。何が正解かわからなくて、もしかして余計なことかなって、迷ったんですけど」

「あいつらに会えてよかったんもあるけど、なんやろ……つむぎちゃんが俺のために考えてくれたっていう、その事実に癒やされてるから、『余計なこと』とか『正解』とか、ないねん。ほんまにありがとう」

「あの……結婚式は、大丈夫ですか。無理をされてるとかではなく？」

「うん。大丈夫。っていうか、普通にちょっと楽しみにしてる。『ツムグ』を好きって言ってもらえて嬉しかったし。セールスで言ったら、もっと売れてる曲なんぼでもあるのに。俺がつむぎちゃんのこと考えながら作った曲が誰かの心に届いたんやなって」

「私も……すごく嬉しくて誇らしい気持ちです」

そう答えると、彼は静かに微笑んだ。

「片付けも終わってるし、歯磨いて寝よか」

「はい」

二人で洗面所に向かい、戸棚からめいめい歯ブラシを取り出して、歯磨き粉を絞る。

――あ、出しすぎた。

にゅるりと歯ブラシの上にのった歯磨き粉を見ながらそう思っていたら、彼が歯磨きを咥えながら言った。

「あいつらが言うてた、あの洋楽の話な」

何やらからかわれていた、あの曲のことらしい。

「あ……いいですよ、本当に。細野さんが話したくなければ」

「いや、全然。あいつらの前でつむぎちゃんにしゃべるんはさすがに恥ずかしいけど。隠すようなことちゃうから」

シャカシャカ、歯ブラシを動かす合間に彼が言う。

「俺、これまであの曲聞いて『ここのギターすげぇ』とか思うことはあっても、歌詞に共感したことはなくてさ。でも、最近ふとあの曲が流れてきたときに、初めて『わかる』って思ってん。大切な人が目の前で息してるだけで胸が詰まるくらい幸せなんやなって」

言い終えると、彼は洗面台に屈みこんで泡を吐き出した。そしてコップの水で口をゆすぐ。そう、歯磨きの最中だ。彼の口調は淡々としているし、ちっともロマンチックな空気じゃない。なのに、どうしてだか、聞いている私の胸も詰まった。

「あの、私も」

歯ブラシを片手に彼を見つめる。彼が顔を上げ、鏡越しに目が合った。

「私も」

『好きです』とか『大切です』とか、『幸せです』とか、ありきたりな言葉しか思い浮かばない。

「あの……」

「うん?」

鏡越しで左右が逆だからか、いつもと少しだけ印象の違う彼が先を促すように首を傾げた。

「の、のぶよしさん」

ただ名前を呼んだだけなのに、耳の奥でドクドクと脈打つ血管の音が聞こえるくらい、鼓動が激しくなった。視線の先で、歯ブラシをしまおうとしていた彼が動きを止めた。

「……ちょお待って」

そう言って、彼は自分の頬を両側から手ではさんだ。そのせいで中央に寄った唇が、ひよこみたいに縦に開いた。

「口元緩みすぎてヤバイから、ちょっと待ってな。いや別に呼び方にこだわってるわけちゃうんやけど。ただの記号やし。待って、自分のだらしない顔、鏡で見るんしんど」

そう言いながら、鏡から顔をそむけてこちらを見る。

「つむぎちゃん歯磨き終わった？」

「あ、はい」

慌てて口をゆすぎ、歯ブラシをしまった。そして彼のほうを向くと、キスをされた。歯磨き粉の爽やかなミントが香る。唇が離れると、彼が「ハァ」とため息をついた。

「アカン。つむぎちゃん疲れてるし酔っぱらいどものせいで時間遅いし、マジで寝かせてあげたいけどごめん、アカンかも」

彼がうめくように言いながら私を抱き上げた。向かう先はわかっている寝室だ。

「もっかい呼んでくれる？」

ベッドに下ろされながら、耳元でそう囁かれる。暗くて彼の表情は見えない。

「……伸由さん」

「ごめん我慢できへん」

「あの、私、大丈夫です」

「大丈夫って、どんくらい大丈夫？」

「どんくらい……でしょう……」

答えを見つけ出せずにいるうちに、彼の手が服の中に潜り込む。そして彼は息をのみ、体を離した。

「ちょ、待ってつむぎちゃん、下着っ」

――あ、そうだった。

彼がシャワーを浴びている間に着替えたんだった。

「あ、あの……プレゼントしていただいた」

「この下着であいつらと、あの近距離で飲んでたん？　マジ？」

暗い寝室で、カーテンの隙間からわずかに差し込む共用廊下の灯りが彼の瞳に映りこんでいる。

「あの……その……の、のぶよしさんがシャワーを浴びている間に着替えたんです。そのあと、マキさんから連絡をいただいて……部屋をきれいにすることで頭がいっぱいになってしまって」

背中に回った彼の手が蝶々結びの紐をほどく。

「次はマジで何をおいても着替えといて。どんな事故があるかわかれへんねんから。こんな……こんなペラいレース……あかんて……透けたらどうすんねんマジで。下なんか紐パンやし」

「あのでも、分厚いスウェットを着てましたし、透けたりはしてないと思います。それにお三方とも、私の服が透けてても何も思われないのではと」

「俺が気にするから。リラックススタイルのつむぎちゃんの姿を他の男に見られてるってだけで嫌やのに」

あっという間に服と下着を取り払われる。肌寒く感じて彼にすり寄り、服の下の熱い肌に直に触れた。そこから先は、言葉はなかった。貪るようなキスをされ、高められ、喘ぎ声を上げる。彼の手はいつもどおり優しいけど、いつもより少し激しい。声がかすれた頃に、ようやく彼が中に入り込んでくる。

――ひとつになるの、好きだな。

身体の中に彼を感じながらそう思った。でも情けない声を上げるので精一杯で、言葉にならなかった。代わりに、切れ切れに彼の名を呼んだ。

「俺、今日のことたぶん一生覚えてると思う。つむぎちゃんと出会ってから、二度と忘れへんのやろうなって思える日がいっぱいある」

私を腕の中に閉じ込めて息を整えながら、彼が言う
「俺と出会ってくれてありがとう。あの日ノアの散歩して、ほんまによかった。気まぐれにジム通って、ほ

んまによかった」

「わたしも……わたしも、よかったです。細野さんと出会えて」

「あれ……呼び方戻ってる」

——あ、ほんとだ。

「まぁええか、ときどきで。ベッドの中でだけっていうのもええな」

——彼がいいなら、それもいいかな。

眠くて、しゃべるのが難しい。

「おやすみ、今日もありがとう」

額にキスをされたのはわかった。優しい手に髪をすかれながら、ゆっくりと眠りに落ちた。

《紙書籍限定・特別番外編》居酒屋つむぎ【完】

初出一覧

敵の推しは、敵ですか？　：　ムーンライトノベルズ（https://mnlt.syosetu.com/）掲載作品を加筆修正
いい子　：　書き下ろし
ツムグ　：　書き下ろし
牙と角　：　書き下ろし
マンネリ防止のＮ箇条　：　書き下ろし
居酒屋つむぎ　：　書き下ろし（紙書籍限定収録）

敵の推しは、敵ですか？

2024年3月21日　第1刷発行

著　者　金里 遠玖

発　行　フリードゲート合同会社

発　売　株式会社 星雲社（共同出版社 流通責任出版社）

印刷所　株式会社 光邦

校　正　花塔 希

ISBN 978-4-434-33408-5 C0093

お買い上げありがとうございます。当作品へのご意見・ご感想をお寄せください。

〒104-0061 東京都中央区銀座1-22-11 銀座大竹ビジデンス2F
フリードゲート合同会社　編集部